同祯博客文集

九门深处轶闻多

王同祯 著

北京燕山出版社

图书在版编目(CIP)数据

九门深处轶闻多：同祯博客文集/王同祯著.
——北京：北京燕山出版社,2014.12
ISBN 978-7-5402-3715-8

Ⅰ.①九…　Ⅱ.①王…　Ⅲ.①随笔－作品集－中国－当代　Ⅳ.①I267.1

中国版本图书馆 CIP 数据核字(2014)第 266596 号

书　　名：九门深处轶闻多：同祯博客文集
作　　者：王同祯
责任编辑：金贝伦　马明仁
责任校对：甄　飞
特约编辑：叶青竹

出版发行：北京燕山出版社
社　　址：北京市西城区陶然亭路 53 号
邮　　编：100054
电　　话：010－65243837
经　　销：新华书店
印　　刷：北京九州迅驰传媒文化有限公司
开　　本：710 毫米×1000 毫米　1/16
字　　数：300 千字
印　　张：19.5
版　　次：2015 年 11 月第 1 版
印　　次：2015 年 11 月第 1 次印刷
定　　价：45.00 元

版权所有　翻印必究

奥运湖

坝河入温榆河

八大处灵光寺

坝河起点

北京来自海

北中轴线

昌平白浮泉

大都公园忽必烈像

大都公园

菖蒲河

东不压桥

德州董园

房山拒马河

放排拒马河

故宫雨花阁

高梁桥

怀柔水库

海淀翠湖湿地

金太液池遗址

金宫殿遗址

金鱼池

旧时金鱼池

旧时龙须沟

琉璃河大桥

密云水库

柳荫公园海藻化石

南长街织女桥旧址

奶奶的纺车

南水北调终点团城湖

南水北调终点团城湖

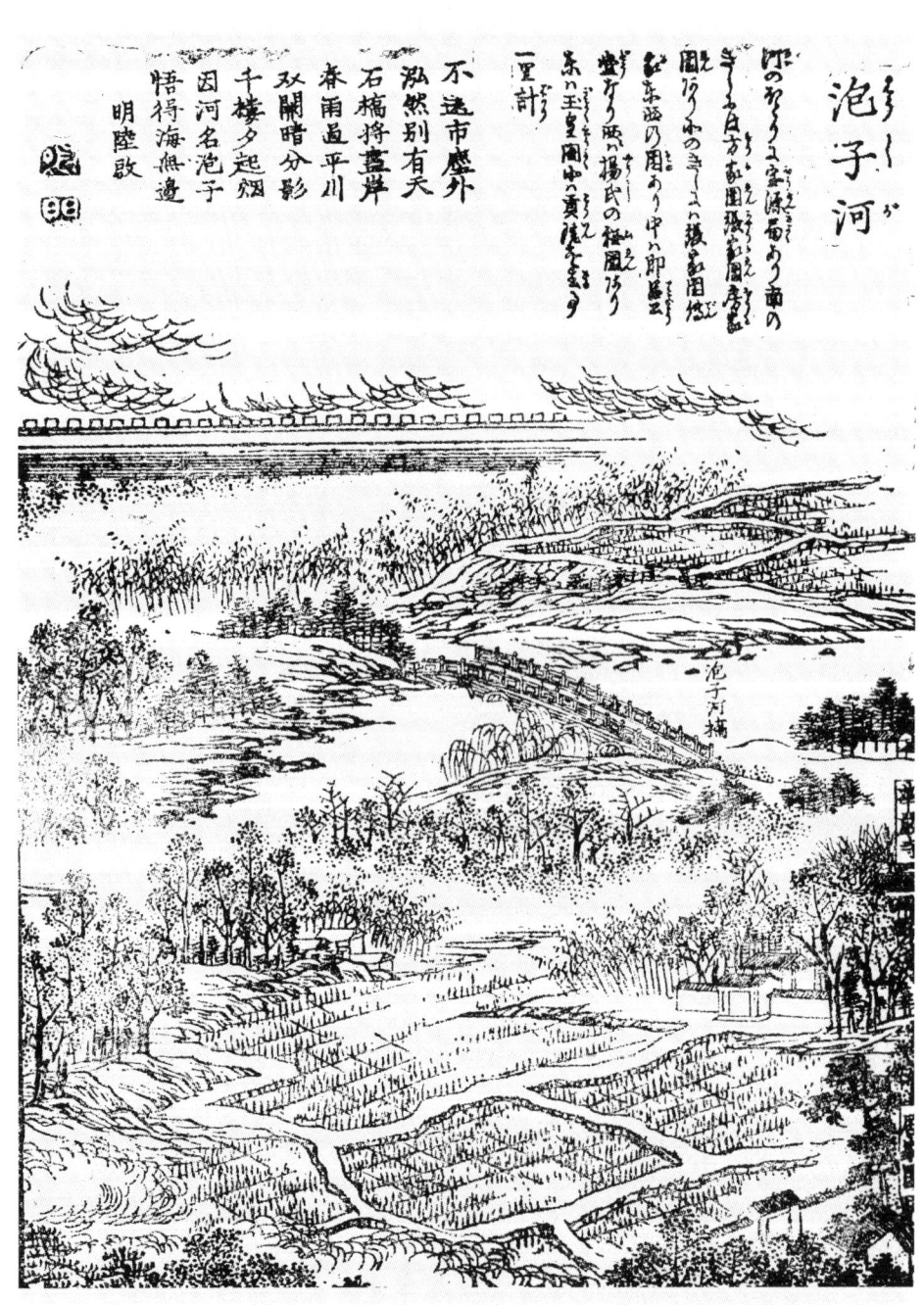

泡子河

《唐土名胜图会》摘自：北京古籍出版社 1985年版

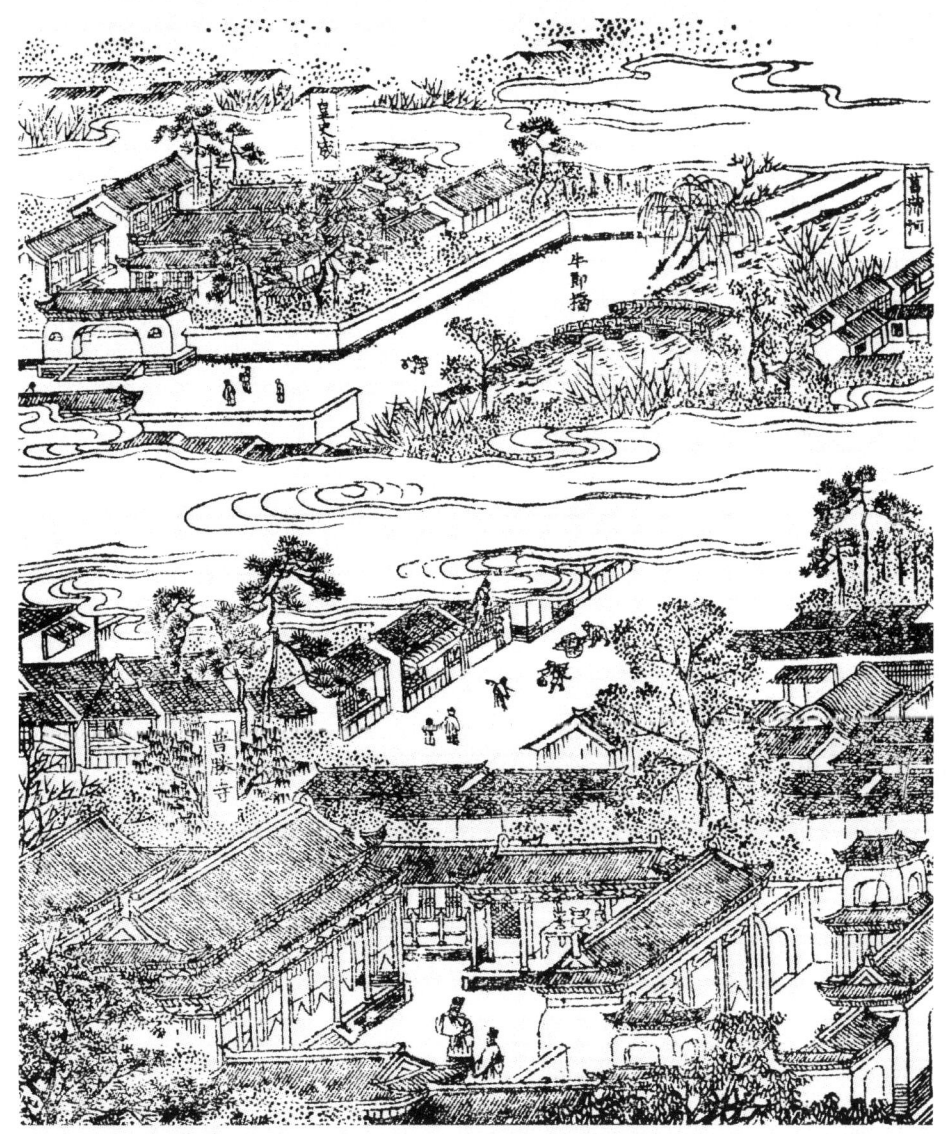

牛郎桥

南新仓

平谷丫吉山寺庙

什刹海滑冰

十七孔桥

天安门

顺义旱石桥湿地

通州张家湾

通州萧太后桥

小汤山行宫

延庆野鸭湖警惕的白天鹅

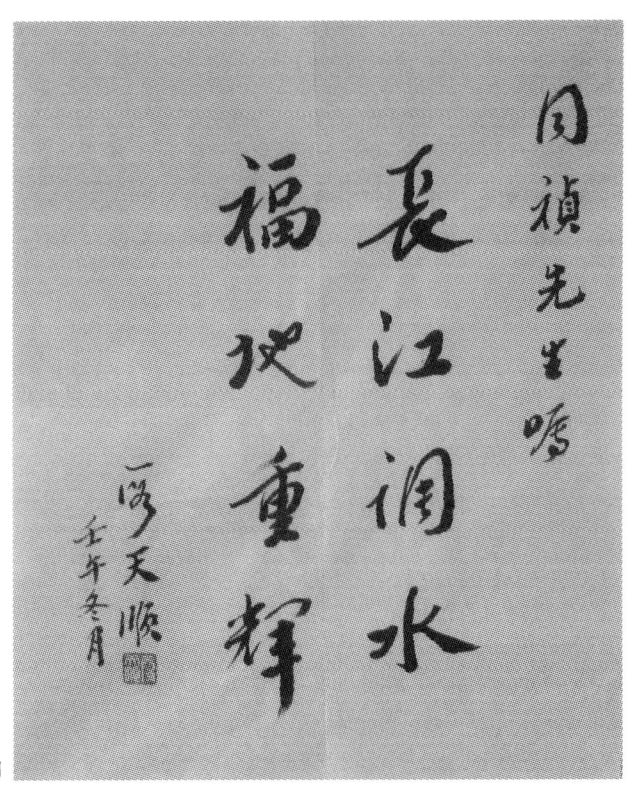

南水北调题词

永定河引水渠塔影

电视塔下京密引水渠

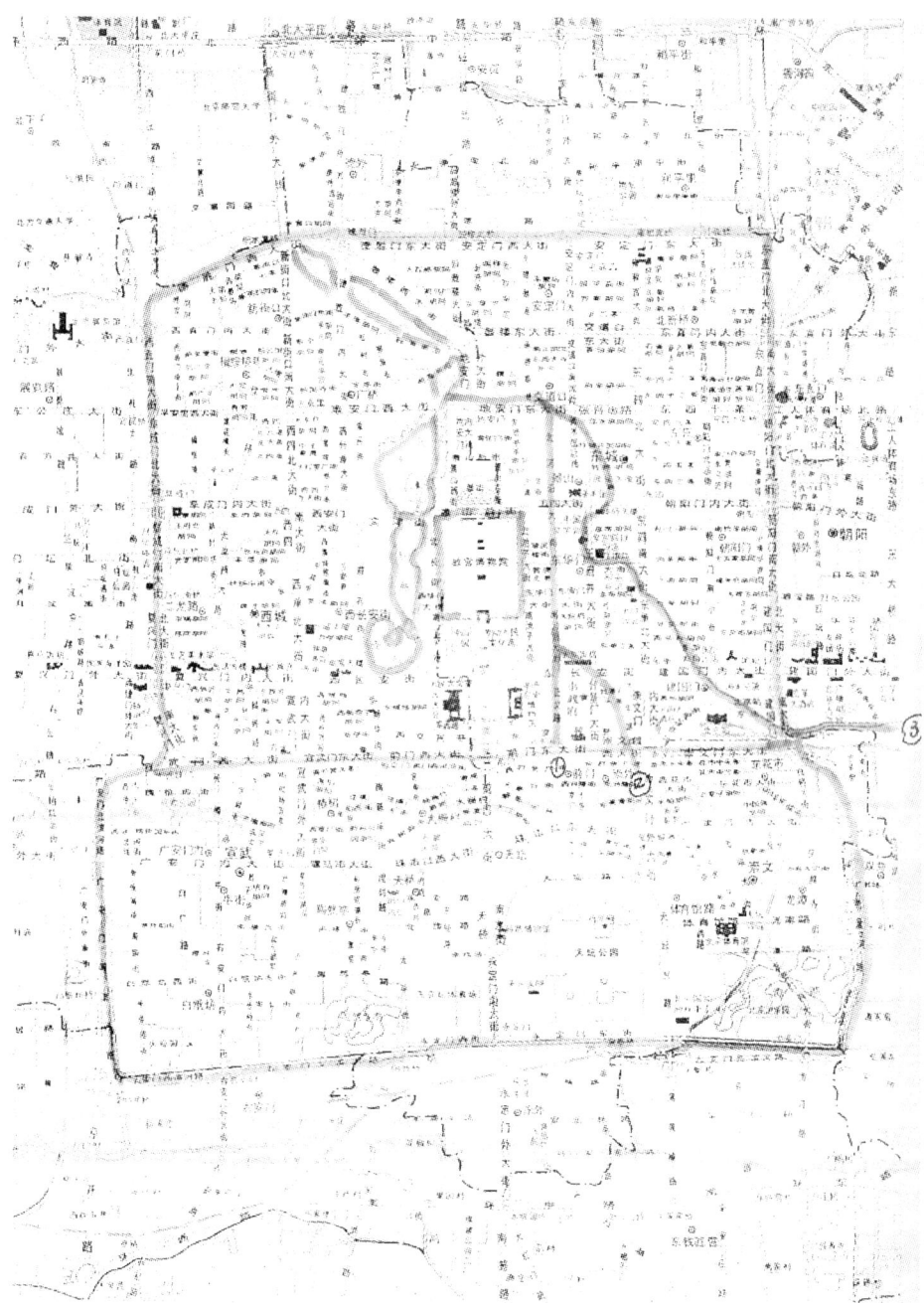

寻找古通惠河图

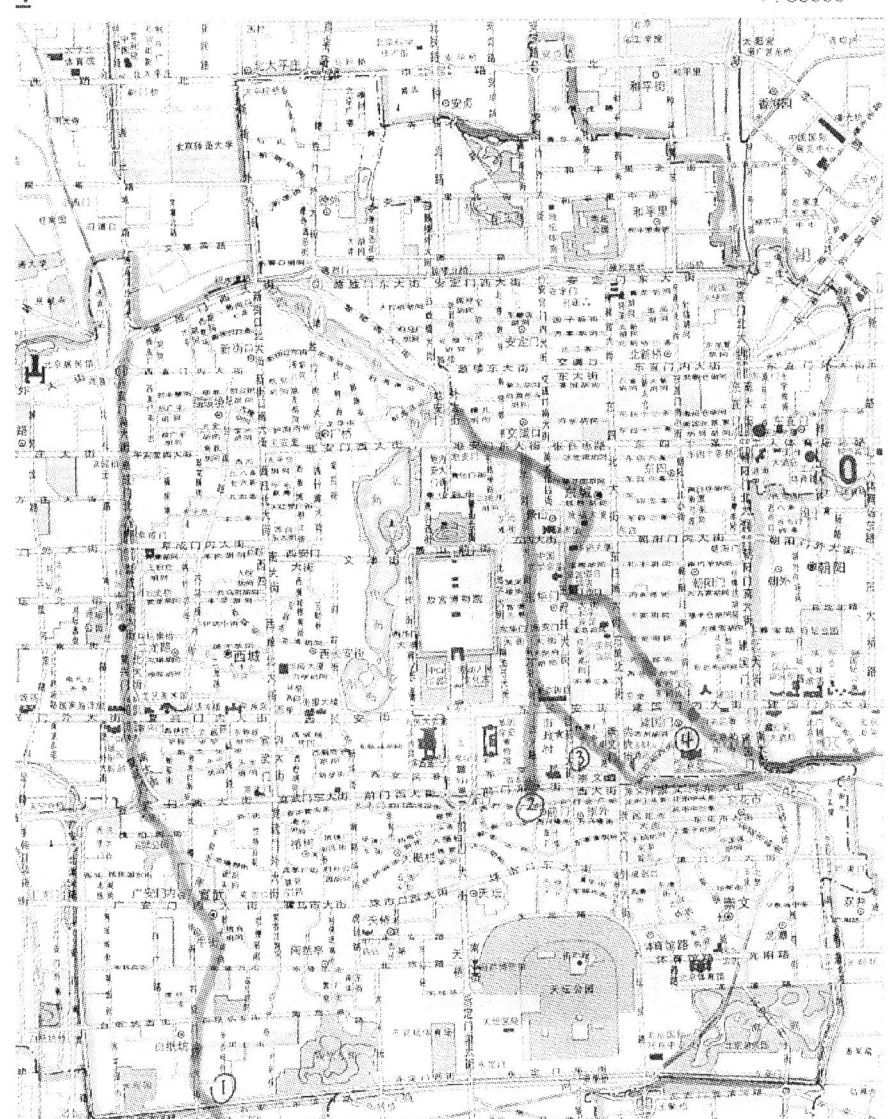

寻找古河道图

目录

走近文化，走进文化（代序） 001

一、揭秘老北京 001

1. 读史拾零——刍议北京的首都地位 002
2. 北京的龙脉、人脉和文脉 009
3. 也谈北京的风水和龙脉 013
4. 海洋北京 014
5. 三个北京城的故事 017
6. 女真人是怎么进驻北京的 020
7. 又见蓟丘 024
8. 谈谈北京中心点的漂移 026
9. 北京城中心点不在万春亭 028
10. 北京的三条南北线 029
11. 我与北京文物及历史文化 031
12. 北京水系的昨天、今天和明天 036
13. 别给子孙留下干枯的北京 041
14. 北京城垣为何缺一角 043
15. 寻觅北京城消失的坑塘湿地 045
16. 京城水系游览 052
17. 在卫星遥感地图上寻找古通惠河 057
18. 从卫星遥感照片寻找古河道 061
19. 北京曾经是水乡 066
20. 《历史探寻片——水乡北京》策划书 074
21. 菖蒲河边的故事 089

22. 水文化——无法割断的 DNA 092

23. 颐和园里的"水牢"之谜 096

24. 请你走一走西堤六桥 097

25. 金鱼池不是鱼藻池 099

26. 老地图上的水乡北京与漕运 100

27. 《龙脉水系篇》前言 106

28. 龙脉吉辰好奥运（讲稿） 109

29. 《龙脉吉辰好奥运》序 112

30. "东便门角楼"叫法不妥 115

31. 与龙共舞 116

32. 北京最早开凿的人工运河为何以萧太后命名 120

33. 浅说北京古桥的历史意义和文化价值 122

34. 宛平城和抗日战争纪念馆 132

35. 北京寺庙文化(讲座) 133

36. 古刹普会寺 144

37. 我为古刹普会寺撰写碑文 146

38. 《契丹女雄萧太后》简介 147

39. 契丹萧太后与北京 153

40. 我和公主坟 163

41. 公主后人今何在 165

42. 铁鸽子你在哪里 168

二、社会与观察 171

1. 对振兴德州经济的点滴思考和建议 172

2. 赤峰印象 176

3. 听出租车司机聊家里的事情 179

4. 听出租车司机讲那过去的事情 180

5. 给晚报提点意见 181

6. 学会逆向思维 182

7. 怎么看待朋友 185

8. 昨夜的梦 187
9. 可以把土地还给农民吗 188
10. 你了解这些数字的含义吗 188
11. 弄不明白的中国电影 190
12. 从母亲的平均生日谈孝道 191
13. 谁是"老北京" 194
14. "同志"为何物 195
15. 关于左和右的疑问 196
16. 要学会分清左右 197
17. 我认识的一位好编导 198
18. 归来吧，香港 199
19. 春天想水 200
20. 染指甲有害健康 202

三、感悟生活 203

1. 我和我老伴儿 204
2. 奶奶的纺车 206
3. 我为岳母百年诞辰写祭文 207
4. 我想谁 210
5. 清明寄语 211
6. 清明祭爷爷 214
7. 爸妈说了些啥 215
8. "话聊"儿时北京生活 219
9. 我的婚礼 220
10. 新婚致辞 220
11. 我的世界观 221
12. 听爷爷讲家史 222
13. 轻回首——阿碧 233
14. 我快乐 233
15. 孩子，我的堡垒 234

16. 孩子，不必事事都第一 235
17. 与一岁半的外孙子斗智斗勇 237
18.《家庭快报》号外 239
19. 北京访亲团胜利归来 240
20. 我玩儿出了几本书 241
21. 在鼓楼前吃泡馍 244
22. 黄山归来 245
23. 旧作新读 247
24. 雪天小记 249
25. 读余梓林同志诗有感 250
26. 丑老鸭自画像 250
27. 大米粥和小米粥 251
28. 就文物保护工作给市政府的建议 252
29. 给段强的信 254
30. 给阿南史代的信 255
31. 给维周的信（一） 256
32. 给维周的信（二） 257
33. 给柱田的信 259
34. 给小勤的信 261
35. 给莉莉的信 262
36. 给琳琳的信 264
37. 给昊、翼的信 267
38. 孩子们在伦敦过春节 268
39. 给昊的电邮 270
40. 给昊、翼的信 271

絮　语 272

走近文化，走进文化（代序）

今年"入伏"的头一天，我接到同祯兄寄来的尺余厚的书稿；晚上又接到他追来的电话，快人快语地讲：年龄大了，精力不支体力差，想就此搁笔；在出版社的建议下，想把过去多年来发表的一篇篇文章整理归类结集出版；故此，要我为这部未来的《同祯文集》写篇"前言"。并郑重强调：我的文集"前言"只能你写，也只有你能写！因为我是如何走近文化的，只有你最清楚！

听罢同祯兄肯切而热诚的电话我受宠若惊且浮想联翩。

我乃"奔七"之人，而同祯兄又长我近十岁。我俩的相识、相交乃至成为文字上的挚友已近三十年了。与其他的朋友之交不同，我俩从不识到挚友具有纯粹的偶然性和传奇性。三十年来，我俩从未共同吃过一次饭，也未曾在一起品过一回茶，甚至聚首面谈的次数都很少，但我们却是挚友，更准确地说，是文字上的挚友。

蓦然回首，这种在当今社会绝无仅有淡如水的君子之交，起因要从三十年前说起。当时，我写了一本有关文物文化的小册子正式出版了，虽然很高兴，但随着时间的推移，兴奋劲儿也渐渐淡了。一天，正在上班之际，突然接到一个指名道姓找我的电话，主动介绍自己叫王同祯，虽然从事的不是文化工作，但却对文化、对历史特别是对北京的文化、历史有着痴迷的热恋；看了我写的书很兴奋，认为找到抒发情怀的方式，并想立刻在电话中和我一起探讨他选定的一个有关北京历史文化的题材。听完这番表述，那股已然淡却的兴奋由于"知音"的出现重又涌上心头，但当时上班的纪律是很严厉的，像这种非公内容的私人电话是明令禁止的。于是我们相约下班后联系。自此开始了我们虽然互不相识却神往相交的历程。后来各自家中都装了电话，于是多数的交流改在了回家的晚饭后，他主动或我主动"煲电话粥"，时间长短视内容繁易而定，有时三五分钟，有时半点钟或一小时，绝无虚话、套话、客气话，都是直奔主题。若干年来百分之百的主题都是切磋各自对文化的认识和理解。至于说，我们会多长时间"煲一次电话粥"？并不固定，可能是一星期，可能是一个月，也可能是三五个月，完全视当时的需求而然！至于谋面晤谈之举，屈指可数！

如此这般，虽说我们算不上是携手并肩，但都做着相同的努力：走近文化！

如此这般，虽说我们算不上是严格意义上的文化人，但都朝着这个目标在努力：走进文化！

说是"异曲同工"也好，算是"殊途同归"也罢，我们之间的相同点在于努力地走近文化，希望能够走进文化；但我们各自选这个目标走这条路的启蒙却不尽相同。

我是土生土长的北京人，生于斯，长于斯。除了"文革"期间在山西下乡"插队"几年外，一直在北京学习、生活、工作，我对北京有着深厚的感情。我父亲是个性格内向且有些木讷的中学教师，但课教得好，一直是高三年级的语文教师。1957年，他所在学校的党支部书记在"引蛇出洞"的方针指导下，诱导他给党支部提了两条意见；但是书记又挥动"秋后算账"的大棒迅即将他打成"右派分子"，不准教课而送到工厂做铸造工。木讷的父亲10个月后就离开了人世。"存者且偷生，死者长已矣"！死者确实长已矣，但存者偷生何其难！当时正上小学的我顿时成为"贱民"，无论在学校还是住宅的街道，看到的是鄙夷的歧视，听到的是讥讽的嘲弄。连原来很要好的邻居兼同学，也一改常态，总在我面前反复唱《社会主义好》中的一句："右派分子想反也反不了。"于是，整日提心吊胆的我除了上学必须走出家门外，其余时间则一头扎入家中的故纸堆；于是，无奈的我为了躲避社会上那些"歧视"与"嘲弄"而养成了看书的习惯，从1957年至1966年读遍了家中所存的数百本古今书籍。今天回首深思，当年从天而降的"贱民"身份，突然改变了我连续"三好生"在人们眼中的形象，无奈与尴尬是我走近文化的最初原因，躲避一些同学、邻居甚至曾经的朋友的讽刺或嘲弄，是我不断走近文化的持续动力。

同祯兄的出身和成长的境域与我不同，他走近文化的起因与动力亦与我不同。

他出身于山东德州地区数代贫农的家庭，正规学历不高，20世纪50年代独身进京谋生。在那个以阶级斗争为纲的时代，他根正苗红，若走仕途则具有别人无可取代的先天优势,而他并不是没有这种机遇;但他的天性却是向文化靠拢,而那个年代文化并没有什么社会地位,但他为了追求文化,寻找公平,数次调动工作。一个山东省的贫家子弟,热诚地追求文化,若仅此也无可厚非,但他却深深地痴迷于古都文化,只要有益于走近文化,只要能多了解古都的历史文化,他就向往之,而不在意其他。这在那个时代同样不被一些领导、同事和朋友所理解,无异于像大脑进水的傻瓜一样,是弃高就低之举。但我理解他:之所以旁若无人、旁若无物地勇往直前,其动力与耐力皆源于热爱与追求。

同一个时代,同样受到外界的歧视与嘲弄,虽然他受到的歧视与嘲弄是属于文化层次方面的,而我受到的歧视与嘲弄是政治方面的,但对年幼的心灵来说却都是深重的压力。他为了追求文化而勇敢地抗拒压力,我为了躲避压力而无奈地靠近文化。

几十年来,同祯兄利用自己业余时间写了很多专著,比如,已出版的《老北京城》、《北京的桥》、《京水名桥》、《水乡北京》、《寺庙北京》等受到社会和业界广泛关注。同祯兄对社会、对工作、对事业、对自己、对朋友一贯秉持认真负责之态度,据我所知,几年前他已撰就的40万字的《契丹女雄萧太后》,几经反复修改,仍不满意,还要精雕细磨再交给读者审阅,还有他撰就的另一部书稿《龙脉水系篇》也是如此,仍在反复推敲之中。这本集子里,他通过阐述老北京历史文化,对社会的观察,对生活的感悟,从不同侧面和角度表达他的人生观和价值观,是一本以实求实的永远的参考书。

同祯兄一个非专业人士,几十年对文化孜孜不倦的追求,对作品认认真真的态度,对朋友清淡如水的纯真……一桩桩,一件件……有如一幅幅影视画面时常在我脑海闪烁,让我钦佩,让我感动!

习主席倡导的"中国梦"是全体中华民族的向往与追求。

同祯兄身体力行、孜孜不倦的"古都文化梦",是他走近文化一生的追求!

同祯兄,愿你继续为"古都文化梦"而奋斗,走近文化,走进文化!

傅公钺

甲午年夏日中伏

于京师南城凉水河畔

一、揭秘老北京

九门深处轶闻多

1. 读史拾零——刍议北京的首都地位

　　首都北京是一座"古老而年轻"的城市。说它古老是因为它至今已有3057年（始自前1045年）的建城史，从938年辽建陪都已有1074年，自女真领袖完颜亮1153年迁都燕京（金中都）也有859年的历史。说它年轻，是因为它始终保持了强劲的发展动力，由一个军事藩镇发展为陪都，进而上升为首都，几千年来始终未停下前进的脚步，尤其近百年来，北京城顺应了历史发展的大趋势，充分利用北京的自然优势，扬长避短，最大限度发掘了人世间最强劲的发展动力——人的无限创造力，让这个布满历史皱痕的城市逐步焕发青春，创造出令世人刮目的奇迹，稳固的政治中心和逐步发展的军事实力让战争狂人不敢小觑，悠久灿烂的历史文化令各国专家学者肃然起敬，众多的文物古迹和旖旎的山水风光引无数宾客纷至沓来，如今还有哪个国人不为有这样的首都而倍感自豪呢。

　　我们始终没有忘记，"奴隶创造历史"和"人民革命是社会发展的原动力"这些哲语，从大历史的角度看，我们没有理由推翻这些理论，但在历史的某些节点上，在一些看似偶发事件实为历史必然的问题上，领袖人物的高瞻远瞩和英明决断成为历史不可断缺的光辉篇章。历史上先后有数十位极其重要的领袖人物光顾北京且决定着它的命运，为北京奠定基础并保持首都地位的重要人物有：辽太宗耶律德光、金海陵王完颜亮、元世祖忽必烈、明成祖朱棣、清世祖福临，甚至"窃国大盗"袁世凯都对北京的首都地位作出过不同贡献。

　　历史上的北京因其优越的自然环境，很早即以都会著称，司马迁曾在《史记》中这样描述：蓟城也算得是渤海、碣石间的一大都会了，它南通齐赵，东北又和胡人相接壤。北京不仅是经济和贸易的重要都会，也是中原北部边境的军事重镇，因此受到世代军政势力的重视。

　　北京真正的首都地位始于女真人建立的金朝，女真领袖完颜阿骨打的嫡长孙完颜亶自幼从师汉官韩昉，深受汉文化影响，天会十四年（1136）称帝（金熙宗）后，多次巡视燕京城，对辽留给他的这座完整的城池及汉人汉地的先进文化和经济留下很深印象，这时他就瞄准了这座神奇城市，希望有一天能将都城迁移到这里。还没等他有机会实施这一计划，皇统九年（1149）就被完颜亮杀害，二十八岁的完颜亮虽然夺得皇位，但朝廷内部极度的政治混乱和宗族矛盾让他心神不宁，在北部边境又有强劲的鞑靼势力骚扰，让这位上任不久的新皇帝每天都如坐针毡，为了躲避政治杀戮和北疆异族侵扰，完颜亮想的仍是尽早迁都。完颜亮也是一位汉文化的崇拜者、农耕经济的向往者，他清楚地认识到，北部草原和沙漠地区无遮无挡，骑射放牧非常适宜，但对军事防守非常不利，发展经济也极度缓慢，于是他看到在长城以南的燕京地区土地平坦肥沃，农耕经济发达，东南面向大海，西部、北部和东北部有太行山和燕山山脉为天然屏障，契丹人在关口南侧建立的燕京都城，城市规划整齐，城垣壕堑完备，皇宫衙署齐全，道路平顺有序，这里有行之有效的军事和政令指挥系统，还有什么地方比这里更适合做首都呢，在完成一系列准备之后，于贞元元年（1153）将首都从会宁府（黑龙江阿城）迁来燕京，将辽陪都南京改名为金中都城，从此北京城真正迈上国都的新台阶。

在追忆北京的首都地位起始点时，我们在永远记住完颜亮这个响亮的名字的同时，决不能忘记这段历史的奠基人——契丹领袖们。活跃在东北草原上的契丹民族，自916年耶律阿保机称帝之始，就一直企图举兵南下，入主中原的第一站就是幽州城，太祖阿保机还没有来得及实现他的宏图大愿，就于926年七月驾崩。至太宗时，正好有一位卖地求荣的河东节度使石敬瑭于938年把幽云十六州割让给契丹政权，从此幽州划入契丹版图。辽太宗耶律德光随即将燕京升格为陪都，从此北京城跃入都城行列，辽太宗通过对燕京的巡视见识了先进的中原文化和发达经济，那时的辽代经济和军事实力与中原相比还相差很远，契丹贵族保守势力还很强势，统治阶级内部为了争权夺势互相残杀，46岁的太宗耶律德光驾崩后，后来的世宗和穆宗皇帝都死于非命，没有人认真管理和经营陪都燕京，因此陪都的作用也还很有限。

燕京真正跨入经济和军事发展快车道的时机是自耶律贤继承皇位后的40年间。景宗耶律贤生性懦弱，体弱多病，但他娶了一个好媳妇——萧燕燕（萧绰），就是后来的镇国太后承天皇太后，即民间常说的"萧太后"。萧燕燕幼年随父亲萧思温到过幽州城，中原的先进文化和繁荣经济给她留

九门深处轶闻多

下了深刻印象,她入主皇宫之后,首先帮助景宗耶律贤确立了"任人不疑、信赏必罚"的用人原则,组织了自己的臣僚队伍,逐步稳定了辽朝内部的混乱局面,命运多舛的景宗皇帝在皇位上只待了14年就一命呜呼了,11岁的长子耶律隆绪继承皇位,给承天皇太后萧燕燕增添了巨大压力的同时,也给她施展政治才能带来良好机遇。这位聪颖睿智的镇国太后是一位勇敢的改革家,她知人善任,敢于打破契丹和汉人界限,充分发挥各级各类人员的作用,大胆起用汉族官员,虽出身草原,但更重视农业发展,开垦荒闲土地,兴修水利,保护商旅,改革整顿税赋,减轻各族人民负担。萧太后非常重视南京城的建设和发展,为了巩固陪都的军事和政治地位,她几乎年年到南京城巡视问政。在她的英明指挥下,打败了宋王朝的数次围攻,展示出辽军的强大军事实力,呈现了辽代历史上圣宗盛世的大好局面。这里需要特别指出的一位汉官叫韩德让,他祖上是河北玉田人,祖父被契丹军队掳到东北,他生于契丹土地,但深受家族传统文化影响,对汉文化有很深的修养,因从小生活在契丹社会,对契丹文化和习俗也很熟悉,幼年就认识萧燕燕,父辈们曾给他们定过娃娃亲,所以韩德让和萧燕燕是真正的青梅竹马之交,他不仅帮助萧燕燕学习汉学,也在军事和执政上为她出谋划策,让这位皇太后在处理军政大事上游刃有余。萧太后充分利用各种有利条件,对巩固燕京城的都城地位,对长城两边的稳定起了决定性作用,对一统中华起到了基础性的铺垫作用。

燕京城地处漠北草原与中原汉地的关口位置,历来为兵家必争之地,1000年前后,中原霸主北宋王朝及东北的女真军事势力,都瞄准了这块宝地,与辽政权之间形成了三角对峙之势。当时对辽军的最大威胁来自宋军,无论军事实力、经济实力还是地域条件,辽军与宋军均相差较大,979年宋灭北汉之后乘胜北伐,由于辽军首领投降,宋军直逼迎春门下,南京城危在旦夕,如果当时南京城真的失守,陪都南京即刻归宋,幽蓟之地会重新归入北宋版图。众所周知,赵匡胤虽原籍涿州,但从小在洛阳长大,陈桥兵变夺得皇位后立都开封,他曾设想过迁都洛阳,但由于众臣反对未能实现,宋太宗接班后,也根本没有设想过把首都迁往北部边陲,最多只能把燕京作为一个军事重镇对待。后来辽军在萧太后的英明指挥下,出奇制胜地转危为安,在高粱河战役、岐沟关战役等带有决定生死存亡的重大战役中连连取胜,1004年把宋军追到黄河岸边，逼迫宋太宗签下澶渊之盟，盟约规定：1.宋辽为兄弟之国，宋太宗称萧太后婶母。2.以白沟河为界，双方撤兵，两朝不得在边境增设城池。3.宋朝每年向辽军提供白银十万两、绢20万匹，在燕地交割。4.双方在边境设立榷场，开展互市贸易。这个盟约的签订，不仅结束了长达数年的战争，也保住了南京城的都城地位，虽然辽朝有五京制，但真正让辽统治者放在心头的是陪都燕京城，从此之后，燕京地区经济更加繁荣，城池更加巩固，辽派往陪都南京城的人员部属更加频繁，这种政治中心的南移，为后来向首都迈进打下坚实基础。

东北的女真势力原为契丹属下的一个部族，后来不满辽朝统治，企图与辽分庭抗礼，他们与宋军密谋联合抗辽，签订了"海上之盟"，按照盟约，宋金联合攻辽，双方以长城为界，金军攻取中京，宋军进攻燕京，事成之后燕云十六州归宋，宋朝原先向辽朝缴纳的贡品如数交与金朝。金军攻辽势如破竹，很快拿下中京。宋军无力拿下南京城只好求金军支援，金军进攻燕京地区时，将所有富户财富房掠一空，1123年（宣和五年）四月不情愿地把燕京城交给宋军，宋将燕京改称燕山府，宋军还没来得及认真考虑如何恢复燕京的元气，两年后的1125年十二月金人就找借口打回燕京，腐败的宋朝根本无力抵抗，从此燕京又重新落入金人之手，北京归宋只有两年八个月，人们叙述中国历史时常以"唐宋元明清"概括之，但在北京根本找不到宋代的遗迹，以上即为最好的诠释。短短数年内，虽然燕京城几经易主，但它的险要位置不可能更改，圣宗盛世打下的坚实基础没有受到根本摧残，它的经济、文化和群众基础没有任何改变，所以20多年后海陵王完颜亮毅然将金朝首都从大东北迁来燕京，从此让北京城展开了首都历史的新篇章，这是历史性跨越。后来的元朝势力也是塞外游牧民族，无论他们多么骁勇善战，仍不忘山后是他们最可靠的根据地，地处山口处的燕京地区攻可进、退可守，有险峻的山势和丰沛的水资源，又有多年的都城历史文化积淀，所以忽必烈也把首都定在燕京，让北京的首都地位得以延续，金、元两代的首都定位，主要看中了辽陪都南京城的险要地位和城市基础，辽太宗建立的陪都当然功不可没，但没有萧太后二十多年的经营和发展建设，金、元两朝不一定选择燕京作为首都，所以真正应该让历史记住的是这位具有战略眼光且文韬武略俱佳的镇国太后萧燕燕。如果历

九门深处轶闻多

史问题允许假设的话，如果当年没有辽陪都南京城完备的都城基础和险要的军事防守地位，海陵王也许不一定将燕京城作为新首都，当年宋军如果彻底打败辽军和金军的话，宋朝肯定不会将首都定在北京，不是开封、洛阳就是长安。

在中国历史上最具杀威的大元朝蒙古军队，把中国的边境线画到了欧洲和中东，但成吉思汗的子孙们仍逃脱不掉"只识弯弓射大雕"的阴影，还不到一百年大元朝的命运就结束了。元末政治黑暗，财政拮据，内讧不断，阶级矛盾空前尖锐，各路起义大军风起云涌，汉人朱元璋1368年宣布为大明皇帝的同年八月攻下大都城，燕京城又换上大明王朝的旗帜，似乎北京城理所当然地成为明朝的国都，但事情没有如此简单。

明太祖朱元璋打下大都城后，仅在这里设立了一个地方行政机构——北平布政使司，将北京称为北平府，连个陪都都不是，它的首都仍是南京。朱元璋之所以放弃建筑雄伟的大都城定都南京，有着他自己的内心因素和客观原因，朱元璋出生于安徽凤阳，跟随他南征北战的部下臣将也都是南方老乡，多年在长江两岸拼杀征战，对江南水乡有着深厚感情，六朝古都南京城在他们心中有着神圣崇高的地位，做梦也想着进入皇都的殿堂享受富贵生活。有天堑之险的南京城山水相依，水资源丰富、交通发达，宋朝之后全国的经济中心已经南移到长江中下游一带，南京城又有多年的都城基础和文化积淀，当时漠北少数民族军事势力已经被汉人打得七零八落，残余势力有的逃往西域，有的败退长城以北，他没有理由不将首都南迁到魂牵梦绕的六朝故都南京城。稍稍安定后，他也曾冷静地分析过，定都南京是不是最佳方案，有的大臣也提出东北的少数民族生性好斗，退守经济不发达的边远地区的蛮夷可能会再次进攻中原，要想一统华夏，必须立都可操控南北的中部地区，他曾派太子朱标巡视过河洛和关中，就是没有想过定都北京，这也是由他的出身、文化和经历决定的。朱标回到南京后不久即病故，晚年的朱元璋也没有精力操持这件事了。

朱元璋除了皇后外，还有众多嫔妃，这些女人为他生了26个儿子、16个女儿，长子朱标为太子，但不幸早亡，朱标有5个儿子，因长子早夭，10岁的二儿子朱允炆立为皇太孙，也就是将来的皇帝接班人，这在朱元璋的众皇子中引起不小的风波。朱元璋为了保持大明朱氏王朝的长治久安，实行了分封制，给诸王们很大的权力，这不仅可以让王子王孙们牢牢掌握地方权势，也可以分散他们对朝廷事务的注意力，这对朱元璋何尝不是两全其美之策。在众多皇子中，四子朱棣洪武十三年（1380）封为燕王，他聪颖过人、能力超群，也是朱元璋最为倚重的一位藩王，朱棣长期驻守燕京地区，对这里的地位形势、民心民意、经济和军事熟如掌心，多年的北方生活也改变了他的生活习性，因此对燕京地区怀有深厚的感情。当然他对那个即将接皇位的十几岁的侄子朱允炆也耿耿于怀，老皇帝尚在，他也佯装无事。洪武三十一年（1398）朱元璋突然一命呜呼，皇太孙朱允炆顺势接替皇位，朱棣再也不能等了，次年便凭借他长期在燕京培植的军政心腹举兵起事，从此拉开了长达四年的夺权之战，史称"靖难之役"。1402年，朱棣大军挥师强渡长江，守城大将开门迎降，朱棣攻占南京，朱允炆逃之夭夭，下落不明。

朱棣夺得皇位后，立即宣布将北平改名北京，并在北京设立行在六部，他本人长期驻守北京，让太子监守南京。这时的永乐皇帝朱棣认真思考的是要把国都放在哪里，南京虽为六朝古都，但从地理形胜方面，尤其军事防守方面，南京远不如北京合适，明初面临的最危险的敌人仍是长城以北的蛮夷势力，他们随时可以越过燕山侵扰华北和中原，一旦战事起，掌握军政人权的南京就会鞭长莫及，因此他打算将国都北迁，风声一露，立即遭到旧臣们的坚决反对，因为跟随老皇帝多年的将军和臣僚都已到中年，这些人已经在南京建立了安乐窝，南方的气候、生活更适合他们。但朱棣深层考虑的是自己如何能"君主华夷"和"控四夷以制天下"，他的深谋远虑不是没有道理的纯感情用事，北京的山川形胜足以控夷制天下，北京虽没有长江一带充足的水利条件，但经过辽、金、元三代的开发整治，完全可以满足北京地区各项经济发展的需求，再加上他多年积蓄的政治力量，迁都北京已成定局，永乐四年、永乐十四年几次诏令大规模营建北京宫殿，永乐十八年（1420）北京宫殿基本建成后，便诏令正式迁都北京。这一系列的行动都充分看出朱棣的深谋远虑和"英雄之略"。所以后金势力再度兴发成功时，也没有更多的选择，仍把北京定位首都，清代没有为京城花费太大的力气，轻松接管了一个完整有效的都城。尽管国民政府曾一度将首都南迁，但很快中国的首都又回归到北京。

九门深处轶闻多

纵观北京千年史，北京由一个军事重镇上升为陪都，进而定为首都，为北京的建都、巩固和发展做出贡献的有许多英雄人物可圈可点，笔者认为，为北京首开首都记录的金海陵王完颜亮功勋卓著，让北京延续首都地位的明成祖朱棣功不可没，但我们也决不能忘记为北京跃入首都地位打下坚实基础的辽镇国皇太后萧燕燕，是她帮助圣宗皇帝稳定了燕京地区的军政局面，完善了燕京都城的基础设施，建立了一个稳定的政治中心，让后来的金人轻松入主一座现成的都城。

北京的都城史大体可分为两个段落，元、金、辽都是东北的少数民族族群，他们除了长城以北的根据地外，在广大的中原地区没有任何根基，要想控制山两边的整个华夏领土，只能够在太行山、燕山南部的重镇建立根据地，胜可继续南攻，败可迅速退回漠北，而这个地方当然就是两山连接的关口处燕京城。而明之后的汉人军政集团则不同，他们可选择长安、洛阳、开封和南京、杭州等古城镇，因为这些地区不仅有较好的都城基础和经济实力，又有他们熟悉的土地和民众，明太祖朱元璋已经在南京城建立了完整的都城，这个时候要想迁都不仅需要眼光和胆魄，也必须有足够的军政实力和社会基础，朱棣就是这样一位具有战略眼光和操控能力的英雄人物，因为他有能力从北京打到南京，就有实力统治大江南北，他不仅要操控中原，要想永保华夏长治久安，还要征服并统一长城南北的广袤土地，这个国家的首都必须选择在能操控长城南北的北京，他想到了，也做到了，幸哉，伟哉！

今天的首都北京是全国的政治中心和文化中心，是国际大都市，它左有渤海湾出口通道，右有巍巍太行山脉，背靠重岩迭起的燕山屏障。冷兵器时代虽已成久远的历史，但今天的世界形势仍有许多不确定因素，即使原子战争发生，也仍需要山水助战，靠山、分散、隐蔽的战略仍具有非常重要的现实意义。北京积淀了千年都城文化，既有强大的军事防守能力，又有坚实的民众基础，敌人从外部消灭北京是非常困难的，如果我们自己在环保、资源、政治路线上不违背历史发展的自然规律，那么北京的首都地位也将"益寿延年"、"永葆青春"。历史的经验值得汲取，前人的教训更应该牢记。

（2012年9月8日）

2. 北京的龙脉、人脉和文脉

　　龙是中华民族的图腾，国人常曰北京的龙脉、人脉和文脉，以龙的传人傲称。龙到底是什么？百姓把身有鳞首有须、能兴云作雾而行踪不定的神异动物叫龙，古生物学家称有四肢、有尾、身有鳞片的巨大爬虫为龙，堪舆学家指蜿蜒山脉为龙，封建皇帝宣称自己就是龙的化身，故有"真龙天子"之说。龙在哪里？有人说龙在天上，有人说水龙王在海里，而龙王爷又常蹲在庙堂里，龙似乎无所不在，其实龙就在我们心里，是一种虚幻的比拟和崇拜。既然如此，人们作任何比喻和诲说都不为过。

　　物有物形，龙有龙脉，古时将绵亘起伏的山脉比为龙脉，凡有龙脉之地必为吉祥兴盛之地。北京是千古帝王之都，当为龙脉之地。鄙人读书不多，但却有些书呆子气，凡事总要找到"理论根据"，在散发着古朽味道的元代《析津志》中我找到这样的记载："山有形势，水有源泉。山则为根本，水则为血脉。自古建邦立国，先取地理之形势，先王脉络，以成大业，关系非轻，此不易之论。"那么北京成为千古帝王之都的山脉水脉在哪里呢？有人引用了许多古籍论断说北京的龙脉在昌平的天寿山（水脉没有讲），此以明朝十三个皇帝陵墓为实证。有书呆子气的人都爱钻牛角尖，我仔细翻看了引用的诸如《大明一统志》、《明实录》、《人子须知资孝地理学统总》及未引用到的许多古代著作，凡说天寿山为龙脉的文章，都是明代文人官宦所著，这就难逃牵强附会的"拍马屁之嫌"。

　　爱游山玩水的我携夫人登上十三陵附近可攀爬的峰顶，希望找到北京的"龙脉"，海拔513米的天寿山虽然不在"脚下"，但"龙脉"轮廓依稀可辨。抬首北望，与燕山山脉之军都山相比，这天寿山只能称为山前岗丘，这时我突然想起，明以前这片"岗丘"称黄土山，自明永乐七年选为皇陵后始改"天寿山"，谐取"与天齐寿"之意。北京建城三千多年，有明一朝只有276年，说天寿山是北京的龙脉显然难圆其说。

　　那么什么是北京的龙脉呢？大自然天翻地覆之造化铸就了北部巍巍群山的同时，也铺就了面海朝阳的南部平原，形成了西北高、东南低的基本地形，

九门深处轶闻多

并雕刻了由北而南的沟壑与河渠，在众多沟渠河道中对北京影响最大、贡献最多的当属古永定河，亿万年来由山西和内蒙高原来的两支流在河北朱官屯汇合后入官厅水库，从官厅水库南端流出后始称永定河，它倒像一条翻滚飞跃的巨龙，一路欢腾一路咆哮地斜向穿入北京大地，带着华夏民族的剽悍和倔强，将西北高原裹着黄沙的水输送到北京地区，又以博大的胸怀容纳了北京山区的溪流和清泉，然后无拘无束地在北京平原上奔淌着，河水解了北京大地的干渴，滋润了北京万顷林海和粮田，使这块古老的土地上生机勃勃、万物兴盛，这是北京成为千年古城的根本原因，犹如恒河边的新德里、尼罗河畔的古开罗、泰晤士河旁的伦敦、塞纳河西岸的巴黎城。

作为母亲河的永定河也不总是那么温顺可爱，她那狂暴无羁的性格也让北京儿女饱尝水患之苦。千万年来，这条翻腾跳跃的巨龙曾四次更改行踪，商代之前走奥运主会场北边的清河一线东南入海，西周时期经紫竹院走坝河和北运河出海，春秋至西汉期间又从今积水潭改向南流，经六海穿今天的北京城而过，又经龙潭湖和萧太后河沿线流向北运河入海，汉至隋代期间，河道才改在城南流过。其中对近代北京影响最大的当属流经六海这一故道。从三家店飞驰而下的河水沿途汇集了西山和北郊一带的溪流和泉水，经今昆明湖和紫竹院向东，在西海（今积水潭）转向南，奔腾咆哮的河水冲刷出一道宽大的河床，就是今天的六海水道（西海、后海、前海、北海、中海、南海），两千多年来，这条水脉为北京送来了甘露，带来了湿润，抚醒了万物生灵，雕琢了万千美景，能说这不是兴旺发达之兆吗？辽金帝王将北海一带开发为游幸娱乐场地，胸怀宽达的元帝忽必烈看中了这块风水宝地，平地起筑了一座六十里长的大都城，奠定了今日新北京城的基础。七百多年来，历代臣民都意识到这是一方非凡之地，但没有觉察到其形更像一条翻腾欲跃的巨龙，直到20世纪70年代，一幅专门拍摄地下影像的美国的卫星红外遥感技术把六海水系清晰地反映在照片上，国人如梦初醒，无论是巧合还是想象，这不就是人们猜度的那条神秘的象征吉祥兴旺的巨龙吗？看那西海（积水潭）后海像龙尾，长长的尾须一直飘伸到长城内外，前海和北海犹如肥大的龙身，如果中海像脖颈，那南海就更像龙首，长安街上的古河道影像犹如长长的龙须。在"龙首"左侧是住着"真龙天子"的故宫，那里的建筑到处都雕塑或绘制着龙的图案，"龙首"右侧是元代的隆福宫和兴圣宫旧址，是元、明、清三代皇家贵戚居住之所，清代慈禧太后附庸风雅，让李鸿章在西苑修了一条小火车道，她从中海瀛秀门外上车，经中海北海西岸到北海静清斋"上班"，她怕惊了龙脉，让四个太监用红丝线编成的绳索拉着火车走，一路不得鸣笛大声喧哗。今日之"中南海"，仍是960万平方公里土地的指挥枢纽，不管你迷信风水还是笃信马列，700多年来，这条水脉上下左右，一直是全国的政治中心和文化中心是不争的客观事实。

20世纪80年代，一张航拍的"景山大佛"图又一次打破京城的宁静，在"龙身"左侧的景山上南面屹立着一尊慈祥的大佛，这里是北京城的至高点，也是北京城的中心区，其情意味深远，其景美哉壮哉，不管是古人有意为之，还是自然的巧合，这总是北京城的一大幸事。我登上景山万春亭，放眼金色琉璃瓦海和天际滚动的五彩云霞，金戈铁马的时代仿佛就发生在昨天，朝代可兴亡更替，但北京城却恒晟不灭，这亘古之谜不在山脉，而在水势，无论是从千古风水学说，还是从现代生态科技理论解释，水绝对是万古万物兴亡的唯一条件，其重要性犹如人体之血液，输送"血液"的河流沟渠湖泊当为北京的龙脉。

犹如血脉的水脉滋润了一方土地，这方水土养育了一代代英才，形成了北京独特的人脉关系。无论是帝王将相，还是文武英才，不管是历史巨人，还是时代精英，他们对推动北京历史步伐都做出了不朽的贡献。商末时，周武王就派召公来到燕地，开始了长达三千多年的文明之旅。龙年出生的海陵王完颜亮以大无畏的气势荡平"天下"，又以超人的战略眼光毅然决定将金代首都从冰天雪地的阿城迁到风水俱佳的北京（时称燕京），成为北京第一位真正的帝君。巧的是，明朝的仁宗朱高炽和清代康熙皇帝也都是龙年出生，他们又将北京历史延伸了500多年。晚清的恭亲王奕䜣、风流才子纪晓岚、红楼巨匠曹雪芹、革命烈士刘和珍及现代巨人陈独秀、蔡元培、郭沫若等一大批英豪也都是龙年出身。旧民主主义革命领袖孙中山早年来到北京，为推翻封建帝制做出历史性伟大贡献。李大钊、陈独秀等革命先驱把马克思主义带到中国，1949年新中国成立，毛泽东主席成为新中国的第一代人民领袖。新中国成立后，又有一大批英才涌现，李四光让新中国脱掉贫油的帽子，博学大师季羡林、历史地理学家侯仁之开辟了学科教育的新领域。钱学森、陈景润等一大批科学家为中国博得荣誉，齐白石、梅兰芳、侯宝林等艺术大师

九门深处轶闻多

是北京的骄傲，也是我们的国宝。随着历史的步伐，北京高校和社会各界又将有一批批生气勃勃的英才腾空出世。历史不断，人脉大系将继续延伸。

世界上人是最宝贵的因素，人创造文化，文化可以影响一个国家、一个民族甚至整个历史。北京的人脉不绝，文脉必兴，中华五千年催生了56个民族，源远流长的多元璀璨文化荟萃北京。从周口店走出第一批北京人起，北京文化就此诞生，历经百万年的磨砺和锤炼，北京文化得到逐步丰富发展。中华民族的共同祖先黄帝和炎帝在京郊的大战开创了北京乃至全国的战争史，燕蓟创造了古老的城市建城史，远在东北草原的契丹族把契丹大字和小字传播到中原，与汉文化融合形成了辽文化，白山黑水边的女真人第一次把北京确立为首都，北京成为大半个中国的文化中心和政治中心。以后的蒙满又进一步丰富了北京的多元文化，他们竭力利用和重视汉人汉文化，使北京真正成为全国的文化中心。耶律阿保机虽然没有在北京立都，但他的子孙们辽圣宗耶律隆绪及太后萧燕燕等极大地推动了草原游牧文化和中原农耕文化的交流与融合，奠定了之后的金中都作为首都的稳定基础。汉官韩德让、刘秉忠、郭守敬、张廷玉、孙承泽、林则徐、康有为等为丰富中华文化做出不朽贡献。这期间，意大利青年商人马可·波罗、阿拉伯建筑师也黑迭尔等先后来到北京，带进西方文化的同时，也把中国文化带到世界各地，让北京人更加宽容不同文化的融入，使得北京文化更开放，更具世界性。

北京三千多年的建城史、文化史，积聚了极其丰富的军事、政治、礼仪、宗教、艺术、医学、建筑等辉煌典籍，元代的天文历法和水利等科技水平远远领先于世界，明《永乐大典》和清《四库全书》是世界上最为辉煌的伟大著作之一，它囊括了中国有史以来最为经典的各科著作，是人类文明史上的璀璨之作。于敏中的《日下旧闻考》和缪荃孙的《光绪顺天府志》等巨著浓缩了北京文化的精华，是研究北京历史文化不可缺少的重要文献。曹雪芹在西山完成的瑰丽巨作《红楼梦》，为中国和世界留下了精彩宝贵的文化遗产。

李大钊等革命前驱，把马克思主义从遥远的欧洲带到北京，使中国追求民主光明的星星之火烧掉一切封建残余，在孙中山开创的民主基石上修筑共产主义的巍峨大厦，让中国人民找到光明出路，全国各地有识之士蜂拥而至，经过漫长曲折的斗争终于取得了人民革命的胜利。经过各代人的不断努力，北京建成了世界上最大的天安门广场，拥有全国最大最多的图书馆、书店、博物馆、展览馆、影视机构、出版社和剧场、体育场，中国科学院绝大多数专业院所都集中在北京，北京有全国乃至世界莘莘学子追寻的高等学府。写作之余我也爱到大街小巷一转，总被那五花八门的书摊、报亭拦住脚步，那林林总总的书报杂志无不饱含着出版人的辛勤汗水。就是这样一批人在默默无闻地延伸丰富着北京文脉。

2006 年 8 月 31 日

3. 也谈北京的风水和龙脉

正月初二逛了京味书楼，关于风水、相学、堪舆、八卦、易经等的书格外抢眼，其装潢制作之精美令人赞佩，于是拎了一大包回家。

在一本论述故宫风水的厚书中，作者在谈到北京的龙脉时说：紫禁城的龙脉就是北京的龙脉。中国的龙脉在昆仑山，在引用了许多古人论述天寿山与北京城的关系后断言北京的龙脉在昌平的天寿山，龙穴就在紫禁城。作者强调："古人建城必靠山，古人建阴宅必选山"、"古人建城必寻龙脉"、"定龙脉是建城的首要原则"，意思就是古人在建北京城和紫禁城时肯定是先选定天寿山龙脉后建城。如果二环路内的北京城是明朝选定的，倒可勉强附会，可偏偏这个城址不是明朝首选地，而是明朝的前朝元选址定都的。明清紫禁城也是在元故宫的遗址上南北稍加移动修建的，绝不是明朝根据龙脉重新选址修建的。这里有两个问题需要弄明白，昌平那座山明朝之前叫黄土山，明朝选为皇陵后才改名天寿山，因此所有论述天寿山与北京城关系的书都是明朝以后文人的附会说。忽必烈选址都城时有个得力参谋叫刘秉忠，此人有些迷信，当过和尚，又懂得些道教理论，但未见他的风水和龙脉之说。据一位元史专家介绍，迄今为止，他也没发现一篇元朝建大都城和故宫前先根据风水理论定龙脉的文献。

曾有人把北京城西北缺角、东南角歪斜解释为风水学上的"天塌西北、

地陷东南"。近期另一本国家级的权威杂志的风水专辑上,也有教授根据风水理论把西北缺角称为"天缺口"。所以北京城和故宫筒子河西北都缺一角,总之都是人为故意。中国历史上哪朝哪帝不迷信风水,为什么魏洛阳城西北多一角?南朝的康城、北宋东京城、唐长安城、元大都城、明清故宫都不缺角?元大都是非常典型的方正平直的都城,大街小胡同都规定尺寸,马可·波罗在游记中有清楚的记载,但为什么东直门和西直门不能通顺平直?非常重要的安定门大街为什么到了大佛寺就得拐一个弯儿?今天卫星遥感技术已经清楚地解答了这些问题,这些违反"常规"的现象大部分都是由于水和地质结构的原因,迫使人们不得不采取"违规"措施。从美国多幅卫星照片看出,从积水潭到西直门历史上是一片湿洼地,在湿地东南侧有一道明显的斜向城墙遗址影像,但也有一条正东西向的城墙痕迹,另从地质结构图也看出,从二里沟到德胜门有一条斜向地层断裂带。这说明明初曾把城墙西北角修成直角,由于湿地和断裂带的影响,不得不在后来改为斜角修筑。外城东南角城墙不直同样由湿地影响所致,与风水和龙脉毫不相干。筒子河西北缺角不是明清所为。民国八年就想扩展景山到北海那段过窄的道路,但遇到筒子河与道路的矛盾,多次议而未决,到了1956年,当时的北京建设局决定把筒子河西北抹去一角,解决了扩路的困难和矛盾,从石墙底下的混凝土基础完全看得清楚,这根本不是明清所为,故与风水和龙脉毫无关系。

(原载《北京晚报》2006年2月19日)

4. 海洋北京

来京整整48年,算是半个北京人了,对北京感到神秘和好奇的那根神经始终没有松弛下来,因为北京有太多的待解之谜。

北京之所以被历代君王看中并定为都城,且历千年不衰,绝不是因为所谓的龙脉所系，而是缘于这里丰沛的水资源和优越的地理环境。近年来"水乡北京"的概念逐渐被人接受，但最早的北京来自大海却少为人知。

北京历史上曾称幽州，老年间听说古代北京是一片大海，海水退去后留下的全是苦咸水，故有"苦海幽州"之说。望着房舍连延的胡同四合院及宫殿林立的皇城建筑，我怎么也无法把北京和大海联系在一起。又听说大海里住着龙王和龙母，有一个君王看中了这块地方，命军民填海建都城，龙王和龙母也惹不起皇帝，就偷偷把整个北京城的水都装进篓里向西逃去，皇帝命大将高亮追赶龙王龙母，追到玉泉山，不小心把装有甜水的篓扎破，水流遍地，所以玉泉山的水是甜的，其他地方的都是苦咸水。关于北新桥东北角那口通海眼的井更让我着迷，虽已年过六旬，仍童心未泯，地铁施工时曾几次到现场探看能否挖出那口井。

古老的北京传说太迷人了，翻开关于北京的史籍，明代诗人刘溥曾描写道："当时妖雾久消沉，空余易水东流海。沧海变桑田，天地几翻覆。龙争虎斗且莫论，卷起飞尘纵双目。"民间传说和古代诗文如此形象附会，难道北京过去真的来自大海？

两年前我家住在柳荫公园对门，差不多每天晨练我都要在小山顶一块被罩着的石头前伫立一会儿，这块石头上有一个个带花纹的椭圆形凸起，经专家鉴定，这是10亿年前的海藻化石，旁边的铭牌告诉我们，石头产自房山。房山的低山区海拔也在800米左右，如果房山在海水线以下，那么位于海拔几十米的北京城当然也淹没在深海之下无疑。记得曾有报道说，新中国成立后在金街王府井曾出土过鲸脊椎骨化石，如果没有海，鲸鱼从何而来？近年来，门头沟村民在修路时又发现了一块10亿年前的藻类化石，化石剖面有清晰的植物枝叶花纹，专家鉴定认为，这是10亿年前的浅海白云质灰岩，经过亿万年层层沉积而成。

许许多多看似孤立的地质现象其实并不孤立，它们都有一个共同成因，就是经过长期的海水浸泡和沉积而成，说明北京曾经历过汪洋巨涛的狂暴洗礼。

一个春日上午，我拜访了古地质研究专家萧宗正先生，向他讨教北京与大海的渊源。萧先生从橱柜里小心翼翼取出一大堆宝贝说："这都是海相化石岩心，在仪器下可以看到许多海底生物的形体花纹，它们有的来自

九门深处轶闻多

半山的延庆,有的出自平原地区顺义,甚至可以说北京四周到处都有海相化石,没有海哪有海相化石?经过多年研究鉴定,北京过去曾为海绝非妄言轻谈。"

翻阅了大量书籍文献,在古今描述中,一个托生于滔天海浪中的北京跃然于目。位于华北平原北端的北京大地是一块古老而又极具生命力的土地,它经受过自然界各种严酷的考验和磨难,生生不息地为我们保存下亿万颗生命的种子。

大约在距今1亿5千万年时,北京大地发生了一次强烈的地层变动,炽热的火山岩浆喷向天空,冒着浓烟的灰烬回落大地,堆积成了高山大岭,强烈的火山爆发锤炼了北京地区的生命活力,也给北京北部增添了美丽的燕山秀景,这就是著名的燕山造山运动。晴日里极目北眺,一道巍峨的青屏巨障把北京北部和东北部围挡得严严实实,它冬天挡住了漠北的刺骨寒风,夏日拦住了东南的湿热空气,形成了北京的季节性降雨,使北京有一个温暖潮湿的气候环境,万物生灵得以滋生和繁育。

海水入侵和地壳变动为北京陆地留下了道道沟壑和高低不平的复杂地形,不仅铸就了北京旖旎的山水风光,也为北京陆地隐藏了多水的地层结构。古代时北京湿地遍布,河湖纵横,银镜般的坑、塘、池、淀遍布城内外,今天的海淀当年就是一大片湿地。北京有许多满井和泉眼,水与井口平齐,清泉突突涌冒,历史上的文人墨客曾为这井满泉滢的美景留下大量千古佳句。

在距今六千多万年时,今八宝山、黄庄、顺义高丽营之南一线,西北边抬起,东南部沉降,西北部的山泉水沿海水冲刷过的沟壑向东南平地流淌,涓涓细流潺为小溪,无数条小溪又汇成大河,河水一路流淌一路欢歌,向着它们的母亲渤海湾奔腾而去。

回归东南渤海湾的水也从没有忘记它哺育过的北京大地,春、夏、秋三季变成升腾的湿云北上,在北部山峦的拦截下,又将甘露洒向人间,灌满了河湖池塘和沟渠河道,条条沟渠浇注了北京的万顷粮田,片片坑塘湿地滋润了北京天地万物。大海对北京循环往复的无私关爱,使得历史上的北京曾是昆虫的世界,植物的王国,动物的天堂。

(原载 2006 年 7 期《北京纪事》)

5. 三个北京城的故事

买新房后认识了装修工小王,休息时我问他哪里人,他面带羡慕和遗憾地回答说:"东北吉林,你们北京人多好啊!"我告诉他:"其实你们的老祖宗也是北京人,吉林是女真人的发祥地,他们从黑水白山一路杀到北京城,统治北京数十年,他们的皇宫就在宣武门附近。现在最有资格说是老北京人的是清朝的遗老遗少,但他们的老祖到北京的时间也只有三百多年,而北京城的历史却有三千多年,到底谁是老北京人?"小王诧异得一脸茫然,一连向我问了许多问题,收工后迟迟不愿离开,希望听我讲述关于三个北京城的故事。

在洪荒亘古的年代里,刚刚诞生的北京人只能赤身裸体地围绕山水求生存,根本谈不上什么房屋和建筑,更谈不上建城开市。随着岁月的延长,这些原始的北京人越来越多,以母系为中心分成若干群落。在部落斗争中"蓟"和"燕"两个部落胜出,各领一方山水治天下,并立"国"建都。但燕和蓟的争斗并未就此罢休,为了争夺势力范围,双方经过无数次血腥拼杀,以燕胜蓟败告终,从此燕国一统北京天下,并将蓟城定为燕都。北京地区发现最早的古燕国城池位于房山琉璃河附近的董家林村,距今年(2006)已有3052年。

小王以到房山拉材料为名,非让我陪他去看看最早的北京城。车子出了广安门,飞也似的朝西南方向奔去,过了窦店不远,左转弯向南直行,一会儿工夫,在树丛禾苗中露出一组宽大的屋顶,显然不是一般的厂房和办公场所。不等醒过味儿来,车子就开到"西周燕都遗址博物馆"门前。在那里我们见到了西周时期的城墙和城壕遗址,大量西周早期的生产生活用品用具,有的还刻有铭文,墓穴里不仅有陪葬的奴隶,还有陪葬的车马坑,它们又一次验证了恩格斯那句名言:"在新的设防城市的周围,屹立着高峻的城墙并非无故,它们的壕沟深陷为氏族制度的墓穴,而它们的城墙却已经耸入文明时代了。"

北京地区商末周初的这个早期城市,虽然带有浓厚的奴隶制的血腥味

九门深处轶闻多

道,却也把它推向更新的文明时代。当讲解员说到这个最老的北京城市已经有3000多年的历史时,小王碰了碰我的臂膀重复地小声念叨:"三千多年,三千多年。"他似乎想象不出人类三千多年的含义,我告诉他:"美国历史只有200多年,我们的北京三千多年前就有了这座城市。"

这个古燕国地处永定河与大石河之间,土质松软潮湿,非常适合农耕农种,但先人们没有主动治水抗灾的能力,常受两河夹击之苦,经过无数次的磨难和思索,有人从卢沟桥附近的渡口东渡,发现永定河以东的台地上水草肥美,土质更加松软肥沃,于是纷纷东渡求生。后来干脆把国都也迁到一个长满蓟草的高地上,这个新城的名字就叫"蓟城"。自秦汉至隋唐,这块土地上硝烟不尽、战乱不断,城市的主人换了一茬又一茬,这命运多舛的第二个北京城始终掌握在草莽英雄手中。

我们乘车从董家林村返回,正好途经广安门,小王按照我的指引将汽车停在北滨河公园边,我告诉他这就是第二个北京城皇宫旧址,西客站旁边的莲花池就是当年的主要水源地,静静的河水无忧无虑地流淌着,河滨的汽车长龙缓慢地蠕动着,公园里草青花艳,遛公园的人们悠闲自得,这里一点儿皇宫的影子都没有。我指着公园里的蓟城纪念柱说:"这里就是蓟城大安殿旧址。1200多年前,东蒙一带勇猛善战的契丹族征服了其他部落,建立了大辽朝,在烽烟迭起的战乱中从汉人手中得到了包括北京在内的燕云十六州,当时的北京称南京,契丹统治者冬春半年时间住在这个陪都南京城内。几十年后,你们老家的女真族从黑水白山间挥刀飞马而至,契丹族四散而逃,你们的老祖宗成为这座城市的新主人,并把国都从阿城迁到这里,当时叫金中都。"说到这里,小王有点喜形于色,我拍了拍他的肩膀说:"别太得意,若干年后,金戈铁马的蒙古大军打败宋朝后又折师北返,在几十万大军的烧杀下,女真人也落得个弃城而逃的下场,这第二个北京城变成了一座'兔出狐没'的废城。"说到这里,我眼前似乎重现了风云滚滚的远古岁月,手持大刀长矛的祖先们兵刃血战的目的就是为了得到这片土地?我陷入沉思中。

公元1260年,成吉思汗的孙子忽必烈率大军再次来到北京,见中都城已经"瓦砾填塞、荆棘成林",这个雄才大略的蒙古皇帝毅然决定弃旧城、建新都,他率领一群汉臣踏遍京城山山水水,最后来到东北郊一片狭长的湖泊旁，这就是金代的白莲池即今北海水域，他站在小山头上穷目四望，见北部三面青山环翠，东南方是朝阳接海的沃野平原，一道道紫气霞光荏苒透过，山下蜿蜒流淌的碧波犹如琼浆玉液，这哪里是湖泊，分明是一条巨龙南北而卧，他用手画了一个圈儿，对大臣们说："新大都就建在这里。"他又问宠臣刘秉忠："你看大内如何定位？"刘秉忠扫视了一眼那宽阔的水面，手指丽正门外第三桥南一棵大树说："就以这棵大树为中心向北就是皇宫位置。"以后这棵大树成为神树，被封为独树将军。于是很快以北海为中心的皇宫建筑群大规模修建工程开展起来。

小王好奇地问道："北京没有丽正门呀？"我告诉他："元代南城墙中间一座城门就叫丽正门，大约在天安门广场国旗杆稍北的位置，因有了这条中心线，才有以后的北京规划建筑中轴线，所有的城市重要建筑都分列在中轴线两侧，明清两代也没有改动过，这个举世无双的城市格局被国外规划专家赞为城市奇观，在修建这第三个北京城时，同时放弃了莲花供水水系，改由高梁河水系供水，天文和水利专家郭守敬又将昌平白浮泉等几十眼清泉汇集导入城区，挖修了通惠河，江南的水稻、丝绸、茶叶、木材等重要物资可以顺畅运送到大都城内。自元至明清直至今天，这第三个北京城 700 多年来绝大多数时间一直是首都所在地。

登上景山万春亭放眼四望，蓝天白云下参差错落的高楼大厦熠熠生辉，却遮挡不住城内青砖灰瓦的胡同韵味，回首太液池岸边金黄色的琉璃瓦海，尘封已久的记忆闸门猛然崩启，烽烟滚滚高天来，一代代君王来又去，今日城头变幻的不是"大王旗"，而是殷红的五星红旗，风景旖旎的中南海记录着风云的迭起和骤变，承载着中华历史的漫长轨迹，轻轻蠕动的湖水悠哉悠悠哉，似乎这里什么也没发生过，我们有理由向苍茫大地发问：到底谁主沉浮？

这就是我眼中的第三个北京城。

（2006 年 9 期《北京纪事》）

6. 女真人是怎么进驻北京的

北京正式作为首都已有近860年了，这是非常值得隆重纪念的。公众都知道，北京作为首都是1153年女真人从东北（黑龙江阿城）迁都后正式命名为金中都开始的。那么女真人是怎么占领北京的呢？

一、女真是怎样一个民族

女真是我国东北地区一个历史悠久的古老民族之一，生活在黑龙江、松花江和长白山一带，商周时期称为"肃慎"人，"肃慎"与"女真"发音很近，"女真"一词即音译于"肃慎"。一直到隋唐时期仍过着以渔猎为生的氏族部落生活，当时称为"靺鞨"人。

当时在东北还有一个更加强大的契丹辽朝，辽灭渤海国后，女真也向南迁移，随之成为辽朝附庸。但女真人并不情愿听从于辽朝统治，双方不断发生矛盾，辽越想整治这个不安分的部落，女真就越想脱离辽的高压统治。女真部落中有一个发展较慢但生性强悍的完颜部，1113年阿骨打成为完颜部首领，他为了脱离辽的统治，一方面努力发展本部经济，一方面积极组织兵源，第二年就发动了抗辽斗争，并取得了胜利，不仅锻炼了队伍，也扩大了完颜部领土，第三年（1115）在会宁（黑龙江阿城县白城）建立了自己的政权组织，定国号为"金"，他就是历史上赫赫有名的金太祖。

二、金与辽、宋之战

1. 12世纪初的"国际"形势：大唐王朝垮塌后，出现了五代十国（907—960）半个多世纪的混乱时期，中原地区相继建立了梁、唐、晋、汉、周五个短期王朝。南方建立了九个王朝（吴越、前蜀、吴、闽、楚、南汉、南平、后蜀、南唐），加上北方的北汉共所谓十国。这个时期在北方还有契丹政权、女真政权及西南部的南诏和吐蕃等与上述五代共存，形势非常复杂。与此同时，赵匡胤也于960年建立了北宋王朝，短短50多年时间里，就有十几个政权并存并立，可以想象得出，一个个虎视眈眈地都想吞并更多的领土，哪个也不是省油的灯，大仗小斗连年不断，矛盾错综复杂。特别值得一提的是936年后唐的河东节度使石敬瑭为了做儿皇帝，双手将燕云十六州拱手送给了辽太宗耶律德光，就是这个时候，北京作为礼物归属了契丹政权。

2. 女真政权对契丹辽朝的战争：辽后期朝廷腐败，内讧不断，金人瞅准时机，1114年四月，阿骨打主动发动了抗辽战争，九月以2500兵力强行攻击辽的边城，大获全胜，后来又发动了宁州之战，同样辽军大败，金与辽打过两次大仗后，都以金胜辽败告终，这大大鼓舞了女真人士气。趁辽军未稳，紧接着又抢占出河店，俘获大批俘虏和军用物资，充实了兵力，鼓舞了军民士气，兵力发展到万人之多。在屡战屡败的情况下，辽希望与金和谈，但双方在条件上互不退让，在久谈不果情况下，金已经没有了耐心，单方面终止了谈判。后来宋朝看出门道，积极支持金抗辽，由于宋军的介入，让金由争取脱辽独立变成了灭辽取而代之的战略方针。

3. 金宋之战：此时的宋朝，看到金灭辽的可能性很大，他们无时无刻不惦记着收回失去的燕云十六州，便将计就计联合金共同灭辽。1118年八月宋朝秘密派使臣以买马为名，从山东登州渡海与金密使策划联合攻辽，经过两年艰苦谈判，终于于1120年达成协议，史称"海上之盟"。按照盟约，宋金联合攻辽，双方以长城为界，金军攻取中京（宁城），宋军进攻燕京，事成之后燕云十六州归宋，宋朝原先向辽朝缴纳的贡品如数交与金朝。金军攻辽势如破竹，很快拿下中京。宋军与辽军几次反复较量，还是无力拿下燕京城，只好寄希望于金军援助，金军进攻燕京地区时，将所有富户财富房掠一空，1123年（宣和五年）四月按照合约不情愿地把燕京城交给宋军，宋将燕京改称燕山府，宋军还没来得及认真考虑如何恢复燕京的元气，两年后的1125年十二月金人就找借口打回燕京，腐败的宋朝根本无力抵抗，从此燕京又重新落入金人之手，阿骨打进入燕京宫城，在德胜殿接受群臣祝贺，契丹人经营了百年的燕京城，归属宋朝只有短短两年八个月（1123年四月至1125年十二月）就又被女真人占有。1125年十二月这是一个值得永远记住的日子，就是这个时候北京归属女真人的金朝管辖。人们叙述中国历史时

常以"唐宋元明清"概括之,但在北京根本找不到宋代的遗迹,以上即为最好的诠释。

三、金中都的建立

金占领燕京后,凭借有利条件全线向宋朝进攻,1127年金彻底消灭北宋,占据中原淮河以北的大片地区,占领容易统治难,金熙宗曾经在1140年到燕京巡视过,并举行过祭孔活动,对燕京地区比较了解,他们分析了当时的形势后,制定了"以汉治汉"的策略,仿照辽宋封建制度建立统治机构,初步议定将来有条件时把燕京作为首都。但这个时期金内部实际大权并不在金熙宗手中,军政大权都掌握在武将完颜宗弼手中,因此内部斗争十分激烈,金熙宗经常生气而不能自控,酗酒后乱杀无辜,群臣个个自危、矛盾不断升级,1149年贵族完颜亮杀了金熙宗自立为王,完颜亮面对的同样也是错综复杂的矛盾,为了摆脱宗族对朝政的威胁,他也想急于迁都,可选的目的地当然只有燕京,因为完颜亮也是一个汉文化的向往者,他仰慕中原先进的物质文明和博大精深的汉文化。1151年完颜亮下令扩建原辽燕京城城垣宫室,将大城东西南三面外扩三里,增建宫殿,修建御苑。在完成修扩建任务后,1153年五月把首都从黑龙江阿城正式迁到燕京,改辽陪都燕京为金中都。从此北京正式跃入首都地位,这是一次历史的跨越,是北京历史上非常重要的纪念日。1215年蒙古大军火攻中都城,五月中都留守完颜承晖自尽,中都城失陷,女真人逃出了占据90年的中都城。

四、女真后裔——满清

金朝后期,漠北草原上另一支彪悍民族——蒙古族正在兴起和壮大。为了灭金,按照成吉思汗战术方针,又一次联合南宋灭金,经过多次联合作战,终于消灭了金的有生力量,最终以金王朝灭亡结束了这场旷日持久的战争。但顽强的女真人不可能被全部灭绝,大批女真人四散逃往东北各地躲避追赶,后来不仅奇迹般活了下来,而且越来越兴旺,至明朝时,永乐皇帝对这些前朝残余势力不放心,在东北设立远东指挥使司,企图控制女真各部落，但各机构的大部分官员都是女真成员，女真后裔努尔哈赤正担任明朝建州部首领，他被选为指挥使司的行政长官。1583年他的祖父和父亲被明军杀害，努尔哈赤继承父亲留下来的十三副铠甲武装部分女真旧部，偷偷发展自己的势力，相继兼并了海西四部，征服了东海女真，统一了分散于东北各地的女真部落，这就为他实现更大的政治抱负奠定了基础。到了1616年，他在赫图阿拉即汗位，建立了自己的国家，定国号为金，这就是历史上的后金。从此敢于与明王朝公开对抗。1634年三月国都从辽阳迁到盛京（沈阳）。1636年努尔哈赤的儿子皇太极在沈阳即位，改国号为清，改族名为满洲。从此没有灭种的女真人又开始统治大半个中国。1643年四月，六岁的福临继承皇位，由叔父多尔衮辅佐理政，为了占据能扼控南北的有利地位，于1644年九月把首都从盛京沈阳迁到北京，顽强坚韧的女真人历经数百年风雨锤炼，又一次站在历史的舞台上，离开燕京429年的女真人又回来了。这就是一个顽强不屈的民族的风雨之路，这段精彩但无华的历史就是中华民族的文化精髓。说到这里，我们不能不提一下金的前朝契丹朝打下的基础，辽中期的圣宗时期让燕京城经济繁荣、文化发达、国防坚固，呈现了圣宗盛世局面，在与北宋的长期战争中屡屡得胜，设想如果当时让宋朝取胜，他们的着眼点在中原腹地，肯定不会把首都定在华北北部边陲北京，那么女真人也不一定会迁都到北京。辽圣宗接班时是个11岁的少年，全亏他有一个文武全才的好妈妈，替他执掌朝政，这位伟大的母亲就是赫赫有名的萧太后，乳名燕燕，学名萧绰。

五、感念先人

今天的北京是一个国际型特大城市，是全球五分之一人口的首都，北京人的所见所闻所受，是许多外地人无法达到、无法企及的特殊待遇，我们在外地旅游或出差时，当被问到你是哪里人时，我们都带有一丝骄傲的愉悦感告诉人家："北京人。"我要强调的是，这种特殊感觉不是来自北京，而是来自它背后的"首都"两个字。首都不是北京人的首都，是全国人民的首都。我们能享受这种特殊待遇，要感谢把北京定为首都的先人。

金代女真人领袖海陵王完颜亮是第一个定都北京的人，是他把国都从大

东北迁到北京。元代的忽必烈于 1271 年把首都从上京（今锡盟正蓝旗）迁来北京，功不可没。朱元璋打败元军把首都定在南京，他的四儿子朱棣远见卓识，发动了"靖难之变"，1403 年也把首都迁到北京。清代顺治朝在多尔衮操持下，福临又把首都迁来北京。孙中山推翻封建帝制，定都南京，国民政府也曾搬都到过北京。毛泽东领导的共产党八路军最具远见卓识，打败所有反动势力后，毫不犹豫地定都北京。让在座各位能安详舒服地在这里讨论北京的历史文物和国家大事，让我们记住这些功过于天的先人吧。在我们周围或者今天我们会议中间，可能就有女真后裔，他们是北京历史的活标本，是珍贵无比的活文物，一定要倍加珍惜，重点保护！

为什么历史上这些领袖都要定都北京，除了这些先人具有远见卓识外，也与北京特有的自然条件和人文历史有极其密切的关系，希望在这方面安排时间重点讨论，为"我爱首都北京"提供更多素材和内容。

（2013 年 11 月 17 日）

7. 又见蓟丘

北京古称蓟，专家考证说蓟之说源自蓟丘。在战国至秦汉的儒家经典《礼记》中有这样的记载："武王克殷反商，未及下车，封黄帝之后于蓟。"北魏大地理学家郦道元的《水经注》中也有如下描述："昔周武王封尧后于蓟，今城内西北隅有蓟丘。因丘以名邑也，犹鲁之曲阜，齐之营丘矣。"郦道元更加明确指出，这座古老城市就以蓟丘来命名，蓟丘位置在城西北角。一个城市竟以长满蓟的土丘定名，第一说明当时实在没有更好的标志可选，第二说明这个蓟丘绝非一般长着蓟的小土坡，一定是一个十分醒目的地理标志。到底丘有多大、蓟为何种植物、蓟有多高多密，史无详载。倒是乾隆皇帝的一方《蓟门烟树》碑招惹起一波波争论，关于蓟门的位置肯定不在今蓟门桥北边，如果笼统凡指一座城（如津门），那蓟门应在广安门一带，如非要理解为一座城门，这个城门也应位于蓟城的西北角位置，若这座蓟城与辽南京城位置基本无异的话，那么城"西北角"大约位于今白云观西北一带。后来的专家们为了争论蓟丘的位置颇费了不少笔墨，但对为何以蓟丘命名一座城市却无深入探讨，这不能不说是对北京的自然史、生物史研究的一大缺憾。

80年代，笔者曾在北京旅游学院工地上发现过半人高的蓟草，但稀稀拉拉不成片，没引起我的重视，数日后当我意识到这就是象征北京的蓟草，急急忙忙拿着相机再追寻蓟草时，蓟草已经变成了脚手架，我为此感到十分惋惜。

今夏我在昌平马池口无意被一大片长满粉花的草坡吸引，走近一看，我简直惊呆了，那齿状的叶子、开着粉色刷子花的不就是我数年追寻的蓟草吗，这片草坡足有两个足球场大，小时候家里很穷，曾跟奶奶剜过刺菜充饥，刺菜叫小蓟，最高也就三四十公分，昌平这个土丘上主要生长的是大蓟，中间杂以小蓟和其他不知名的野草，医书上说蓟是多年生菊科草本植物，性凉苦，可以凉血止血，有散瘀消肿之功效。我望着眼前风吹草动的景色，洪荒蛮野的北京古老土地一下冲进脑海，从洪涛巨浪的海湾中托生出来的北京大地，又遇多次地震和火山爆发的锤炼，山岭和平原几乎平分天下，山前坡地上沟壑纵横，古老的永定河几次在这块土地上左右摇摆改道，位于冲积扇脊背上的土地潮湿松软，蓟草也许就是这方土地上最古老的植物品种，也许就是它为最原始的北京人充饥医病，所以蓟丘不仅是古代北京定名的参照物，同时也是北京诞生的神圣殿堂。

一个秋色正浓的上午，我背着相机又一次踏近这片"蓟丘"，较高的蓟草没过我的肩膀，密密麻麻的粉红色花絮变成一片雪白，微风吹拂，白色的絮毛刺痒我的脖颈，我仍不想离开这里，此情此景令我浮想联翩，我终于明白了先人们为什么以蓟丘命名这座城市，眼前的"蓟丘"是历史的再现，也象征着北京将会呈现繁花似锦的明天。

（原载《北京晚报》2007年9月18日）

8. 谈谈北京中心点的漂移

尽管各代史籍对"中国"一词的解释不同，但都离不开"中心"的含义。在封建帝王时代，统治者极力强调要有一个固定中心，但中心点总是不断随他们的意志经常发生转移。北京城两次城址位移是最大的中心漂移。契丹辽朝的五京制和女真金朝的四京制实际上为中心点的漂移奠定了基础。金贞元元年（1153）金代将首都从上京迁移到燕京，明灭元后也将都城从南京迁移到北京，后金建立的清王朝中心也自行从盛京沈阳迁来北京。

现在的北京城位置是元代规划确立的，全城围长28600米（约合六十里），呈南北略长的四方形。元《析津志》记载：中心台在中心阁西十五步，有石碑刻曰中心之台，为都中东、南、西、北四方之中也。尽管专家们对中心阁和中心台的确切位置认识不统一，且各代的步尺换算也不同，但钟鼓楼这一地面为大都城的中心是不争的事实，即旧鼓楼到东直门与到西直门的直线距离基本相等，从旧鼓楼到丽正门与到北城墙中点也基本等距。这不仅说明从东直门到西直门这条直线是大都城的东西中轴线和南北平分线，也说明鼓楼附近为元大都城的中心是确定无疑的，到底这个中心点在哪个坐标点上，还有待专家进一步考证。

元至正二十八年（1368），明将徐达攻下大都城后，为了便于防守，将元大都城北城垣南移五里至今北二环路东西一线，此时的东直门到西直门一线就不再是大城的南北中分线，旧鼓楼附近也不再是大城的中心点。

五十年后的明永乐十七年（1419），洪武帝在改建北京城时，将元大都城的南城垣从长安街南侧南移约二里至今正阳门东西一线，当时为什么要确定南移距离为约二里史无记载，几百年来也无人探究其中的奥秘。后来我们惊喜地发现，从阜成门到朝阳门东西一线正好南北等分改建后的北京城，也就是说，这条等分线变成了北京城的一条东西轴线，我们把这条东西轴线与北京城的南北等分线（基本为旧鼓楼大街一线）相交，如果目前市售地图误差不大的话，其交点基本位于景山上最西侧的楫芳亭之南，即明永乐十七年后，北京城的中心点已经漂移到景山上的楫芳亭之南的位置。

明嘉靖三十二年（1553），为了都城的安全，拟在大城外再修建一层外城郭，因财力困难，只在南城外修建了一段便草草收场，形成了一个帽形所谓外城，后又称南城，此时的政治、经济中心仍在原来的大城内，这时的大城又称内城，中心点没有做实质性变化。

新中国成立后，北京城发生了翻天覆地的变化，人口大量增加，城区迅速外扩，轴线随之延长，北京城作为首都的定位从政治、经济、文化中心重新定位为全国的政治和文化中心地位，虽然作为都城象征的城垣已不存在，但人们仍以城里、城外的概念来区别旧城和新城，北京的政治中心仍在中南海，经济中心仍在东四、西四、前门、王府井、地安门一带，绝大多数人口拥挤在这个中心及四周地区，人们很少提起作为地理标志的那个中心点。

20世纪80年代之后，北京又一次发生了巨大的变化，人口猛增，城市进一步扩大，城区概念已含混不清，那个飘忽不定的中心点几乎被人遗忘。进入21世纪后，不得不重新规划这个国际大都市的城市建设和发展，人们把原先的一个中心扩散为多中心，即规划为："两轴两带多中心。"将北京发展战略格局做根本性调整和改变，所谓两轴即传统的南北中轴线和长安街及延长线。两带即：通州、顺义、亦庄、密云、平谷东部发展带和大兴、房山、昌平、延庆、门头沟西部发展带。多中心即：建立多个服务全国、面向世界的城市职能中心，如中关村高科技、顺义现代制造业、亦庄新技术产业、石景山和通州综合服务业、奥林匹克中心区等多个职能中心。一个全新的中心概念写入北京史志。

北京的中心点从漂移到飘忽不定，再由一个中心到多个中心的运动轨迹可以看出，北京是一个历史悠久的城市，是一个不断发展的城市，是一个充满活力的城市，是一个极具发展潜力的城市。

9. 北京城中心点不在万春亭

前不久又携夫人登上景山公园万春亭，发现亭前地上多了一块铜牌，牌上镌刻旧北京城图，下方标识为《北京城中心点》。无疑这是公园为游人增加对北京历史地理知识的善意之举。

对北京历史地理一知半解的我即刻寻思良久，仍不解其意，首先标识的"北京城"是指现在的北京城，还是老北京城，是指明清北京城还是元大都城？这个"中心点"的含义更加模糊，"中心"有多种解释，如政治中心、城市中心、几何中心等，如果强调"中心点"中的这个"点"字，那更像几何学上的点的含义，点无大小，纯粹是一种数学概念。那么说"北京城的中心点"应该是几何意义上的那个点，即由万春亭中心点至北京城四角和东西南北城墙中心点基本都是等距的，为此我请教了研究景山的专家张富强先生，张先生给了我极尽的解释，但我仍不能顿悟，故以此文恳请各路专家赐教。

关于"北京城的中心点"和"中心点漂移"的争论持续了几十年，近年来刚刚平静下来，笔者不想重惹事端，仅就事论事而已。我在最具权威的北京市历史地图——明万历末北京地图（1994年北京市测绘院编测绘出版社出版）上用比例尺粗略测量了一组数据，怎么也求证不出万春亭那个中心点，不妨把这几组数据公之于众，供专家们参考。万春亭—明清东城墙根3180米，万春亭—明清西城墙根3420米，万春亭—明清北城墙2650米，万春亭—正阳门2665米，万春亭—永定门5750米。并测量了万春亭中心点至内城四角的距离，因内城并不是规矩的方正体，故数据仅作参考。从以上数据看出：东西城墙之间长6600米，南北城墙之间的距离为5350米，这两条直线几何中点的连线交点不在万春亭，而在最西侧的楫芳亭附近。

明清北京城是在元大都城基础上改建而成，当年规划建设大都城时先建皇宫后修建大城，皇宫建成后，发现今工体一带是一片低洼湿地，只好将东城墙稍向西挪移，结果造成大城的南北中轴线与皇宫南北中轴线不相重合，我们今天常说的那条中轴线准确的称呼应该叫规划建筑中轴线，北京城的东西几何中分线应该是穿越旧鼓楼大街的那条南北轴线。经新中国成立后实地测量，这两条南北轴线东西相差100多米，明清未做修改，那么位于南北规划建筑中轴线上的景山万春亭中心点肯定与大城南北向东西中分线不相重合，所以万春亭那个中心点至东西城墙也不可能等距，笔者在地图上测得今鼓楼与旧鼓楼大街东西相差150米，与侯仁之先生曾在报告中所讲的东西相差125米非常接近。

笔者建议，万春亭前那个点可以模糊地叫北京城区中心点，或叫旧北京城至高点。

（2012年4月）

10. 北京的三条南北线

北京有"两轴、两带、多中心"的总体规划设计，两轴指传统的南北中轴线和长安街及延长线。近年来，北京的"中轴线"提法不仅频繁出现在报刊等媒体上，也经常在官方文件中亮相，因此中轴线一词广泛被京城百姓接受和认可。但"中轴线"的全称和确切含义很少有人提起。

"中轴线"一词的全称应定义为"北京城的建筑规划中轴线"，它不是整个老北京城的东西中分线，也不是新北京城的平分线。与这条南北建筑规划中轴线齐名的还有两条南北线。

传统意义上的中轴线来源于元大都城，基本与明清两朝无关。我们知道，北京城定位于北海为中心是元帝忽必烈决定的，明占领大都后，只是将北城和南城做过移动，东西两城位置未做任何移动。元初，忽必烈问汉臣刘秉忠大都以何为中心，刘秉忠指丽正门（今正阳门北）外一棵大树说，由此向北为中心线，从此大规模的宫殿城池建设开始，从丽正门向北穿元皇宫直至大都北城，城市所有建筑都对称分布在这条中心东西两侧，老北京城的建筑中轴线就此产生，这就是常指的北京"中轴线"。经新中国成立后测量得知，南城长6680米，北城长6730米，东城长7590米，西城长7600米，全城周

九门深处轶闻多

长 28600 米。之后明清两朝基本因循就位未做大的改动。这条南北建筑规划中轴线自永定门至钟楼长 7.8 公里,今天这条中轴线已经向两端延长到 25 公里。这是北京的第一条南北线。

第二条南北线是北京大城的几何中分线。经过测量知道,第一条南北中轴线并没有交叉在南北城墙的中点上,而是位于中点偏东 120 多米处,那么等分东西两城的中心线在哪里呢?后来经过测量得知,这条中分线在原来的旧鼓楼大街南北一线,建筑规划中轴线与大城几何中分线东西相距 125 米,也有说 129 米。

第三条南北线是穿越北京城的子午线。子午线也称真北线,是在地球表面画一条连接地球南北两极的假设直线,也称经线。在地球上任何一点都可以画出子午线,当然北京城也绝不例外,北京的建筑规划中轴线和东西两城的几何平分线都是人为形成的,与地球的子午线不一定相重合。有位认真的老人偶然发现,北京的南北建筑规划中轴线与地球真北线(子午线)并不重合,经过实地测量得知,建筑规划中轴线与真北线成 2 度十几分夹角,北京城的中轴线与子午线呈顺时针方向偏斜,从永定门到鼓楼短短的距离就东西相差 300 米。后来有人把北京的建筑规划中轴线向北延长发现,北京的建筑规划中轴线北延长线与元上都经度几乎重合,于是就发挥出了"南京说"、"阴谋说"、"上都说"等高论。张文大老师等几位"老北京迷",为了验证北京与元上都的经纬度关系,手持 GPS 定位仪,在永定门、鼓楼前等处测量起,乘长途公交车到正蓝旗,测量了元上都的大安阁等六处的经纬度,发现大都和上都的中心点经度只有几分之差,这种惊人的重合度不能不让人感慨万分,是巧合?是有意为之?古人有那么高的测量技术吗?

第一条南北中轴线完全体现了人的主观性,刘秉忠和他的学生郭守敬博览汉籍,遵照周礼原则,广纳古规汉习规划设计了元大都城,以一条南北轴线为中线巧妙布置了大都城内的主要建筑。但为什么会出现建筑中轴线与大城东西中分线不重合的现象呢?这主要是受当时地理环境条件限制出现的结果。

元大都城的规划建设是从皇宫开始的,大漠来的蒙古人对水十分珍爱,在规划大都时尽量想把水面囊括在皇宫周围,当时的水面比今天的三海水面大得多,庞大的皇宫建筑群又不能距水边太近,因此元宫具体的位置规划也受到水面的限制，经过一番勘测度量，规划位置大体就确定在后来明清皇宫的位置。皇宫修建完成之后，在修建大城时就遇到了问题。

城垣的划定并非随心所欲，虽然没有今天这样的拆迁困扰，但它受到地面条件的限制，主要是水系及地质条件的限制，古代北京源泉丰茂、水系密布，城北地区，奥运森林公园附近的清河水系原为古永定河流经地，由于河道任意流淌改道，形成大量湿洼地，今天的"洼里"地名也许因此而来。在这条水系的南面二里许是相对地势较高的干地，所以北城垣就确定在今北土城东西一线。在大城规模的限制下，南城垣就划定在今长安街南侧东西一线，北距皇宫正门较近。西部的今玉渊潭一带也是河湖湿地遍布，但据皇城稍远，而东部的今工体和朝阳公园南北一线地质情况更加不利，只能在大片湿洼地西侧南北修筑城墙，城墙修筑完之后，形成东西两城墙距宫城中轴线距离不等的局面，东部距离小于西部距离，成为北京城历史上永久的疑团。这里有三种可能性：一是未经仔细测量或测量误差被忽略。二是为了躲避水不得已而为之。三是出于某种迷信观念。根据《周礼·考工记》原则，大元皇朝是不会随意把大城规划为不规则状的，所以笔者认为一定是为了躲避水才形成的东西不等距。

至于那条子午线更是"景自天成"，即使当时对地球的认识达到700多年后的水平，其测量技术水平也绝对满足不了他们的主观意愿，前门的马和地安门的鼠可能是明清所为，"南京说"、"上都说"、"阴谋说"未免太过牵强和主观臆断，当然与八卦风水更不沾边。

11. 我与北京文物及历史文化

一、"我与北京文物及历史文化"可以用《老北京城》一书"编后絮语"中的几句话来诠释："我不是'原装'的北京人，屈指算来进京还不到40年，但喜爱北京的劲儿却不亚于真正的'老北京'，特别是那神秘沧古的老北京

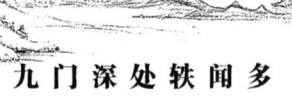
九门深处轶闻多

城,我一踏上这遍地是宝的热土,或听或看,就为她那瑰丽无比的建筑、气势宏伟的规划格局、秀丽险峻的山川和令人神往的动人传说所深深吸引,当然也为她那日渐破旧的衣衫暗暗哭泣,听侯先生说他抱着一块比美国建国历史还长的北京城砖进国际博览会时,我突然感到自己身体在长高,我们无时无刻不在文物堆上生活和工作,我们怎么能不热爱这块令帝国主义垂涎的宝地?我们有什么理由不倍加珍惜我们的北京城!"

二、我和文物保护的机缘

1. 在人所共知的那个特殊的年代,我亲眼看见高大的城墙和宏伟的城楼被野蛮拆除时,我数次跑向工地"参观",亲眼见到元和义门和元代宅院从城墙下挖出时,我惊呆了。我心想:那时的美利坚在哪里啊?如此伟大无比的人类文明值得我们永远骄傲,可惜不是每一个国民都有这一认识,我能为此做些什么呢?我觉得应该把宏伟的北京城还原给北京市民和全国人民,于是开始学习和搜集有关北京古城的资料,骑着自行车跑遍北京大街小巷和遗存的文物古迹点,资料攒多了,可以成形为一本书了,我的第一本书《老北京城》于 1997 年出版问世,同年 7 月 22 日《北京日报》予以报道,随后《北京晚报》、《广播电视报》也予以报道。同年列入三联书店售书排行榜前 7 名。

2. 1987 年我的单位搬到海淀区普会寺村办公,见村里到处都是不同年代砖瓦、生活用品遗物和古树,在拆迁过程中,我负责挖出埋在百姓角门下的明嘉靖三十六年的《重修普会寺碑记》,之后又出土了金末元初的《陀罗尼经幢》,我对照文献研究确定该寺院初建辽代,历经辽金元明清五代,清末时逐渐荒圮。普会古寺的出土和研究,填补了北京寺庙研究的一项空白,我指挥工人将明嘉靖碑送往五塔寺保存,在单位领导批准下,把小区中心绿地规划在寺庙所在地古白果树附近,利用绿化经费刻制了一通《古刹普会寺迹址》碑,把经幢附立在碑旁,我撰写了碑文,请张先得先生设计碑形,请五塔寺韩锐先生书写碑文,于 1994 年 9 月举行揭碑仪式,文物局宣教处李发全处长代表文物局到会予以肯定和表扬,并在北京文物报头版详细报道。当地居民和区文物部门给予良好评价。

3. 我工作的地点离公主坟很近。公主坟是北京有名的历史性地名,公主到底是谁,社会上传说颇多,但多为讹传臆造,尤其电视剧《还珠格格》对社会误导极大。为了搞清公主坟的真正来历，我自1985年开始，一直研究、访问、查找资料，二十几年来，我找到了公主的五代孙、六代孙、七代孙、八代孙，并与他们保持经常性联系，对照清史资料，基本搞清了嘉庆皇帝的三女儿和四女儿是这座陵园的真正主人，在书写本文的一周前，我和四公主的七代孙（成吉思汗35代孙）等人计划进一步深化研究，追索公主的驸马与后几代人在东北的活动轨迹和亲缘关系。

4. 萧太后是北方乃至全国非常有名气的女英雄，她与北京关系极大，但也都是民间传说占据主导地位（如《四郎探母》），为了搞清萧太后到底是怎样一位历史人物，我搜集了大量文献资料，自费到赤峰巴林左旗探访辽上京历史遗存、参观当地博物馆，撰写了40万字的传记体文稿。

5. 水不仅是生命之源，也是一座城市尤其都城赖以存在和继续发展的根本基础，北京城也不例外，但长期以来，人们一直认为北京城历史上就是座缺水的城市，通过大量历史资料的收集整理，我大胆推翻了这一结论——北京城历史上曾经是"林麓苍莽、河湖纵横、清泉四溢、湿漉漉、水滢滢"的风水宝地。我跑遍了城郊各区县参观、访问、拍摄，搜集水资源文献，拍摄了几百幅河湖湿地和桥梁闸坝、码头等的照片，第一时间跑到金中都水关遗址出土工地拍照，通过研究国内外卫星图片资料，找到了许多文献上没有记载的河湖沟渠和湿地影像，初步解释了北京城部分历史悬案，填补了一些历史地理研究上的空白，并撰写了20万字的专著《水乡北京》，对专家们进一步研究北京的水资源起到一定补充作用。舒乙先生于2004年3月27日在《北京晚报》发专文对"水乡北京"予以肯定。

6. 2008年奥运会是中国历史上难得的一次展示中华文明的机遇，在奥运场馆规划范围内有大量文化和文物遗存，我家距奥运场馆很近，为了让全世界了解这些灿烂的文明果实，早在2006年我就准备整理这一地区的文物遗存资料，2007年我无数次泡在大屯和洼里一带施工工地上，拍摄地上遗存物，留心地下出土情况，回到家里查找历史文献，2008年上半年，以游记形式撰写了近20万字的《龙脉吉辰好奥运》文稿，虽然没有在奥运会之前正式出版，之后我在文保协会组织的讲座上发表讲演，对保护这一地区的历史文化也起到了促进作用。

7. 我喜欢新的北京城，更关注北京古城，有人说北京是六朝古都，也有

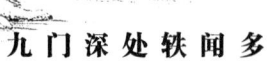

九门深处轶闻多

人称为五朝古都，辽南京虽然不是首都，但也是一座都城，从辽至清的五个朝代，先后有契丹、女真、蒙古、满族四个少数民族占据北京，只有明代一朝是汉人统治，这一特殊历史现象非常值得研究，为了探讨这个有意思的历史问题，我先后三次前往内蒙古（辽上京巴林左旗、元上都正蓝旗等），一次前往大兴安岭，体会草原文化和东北少数民族的风情韵味，追思那铁马金戈的战争年代，对深入研究由草原文化向农耕文明过渡的社会发展轨迹有更大帮助。

8. 宗教文化是中华传统文化的重要组成部分，作为宗教文化承载体的寺庙，是极其宝贵和具体的有形文物，北京是五代古都，由于皇家的重视和积极参与，北京的寺庙数量最多、规模庞大、种类最全、建筑宏伟豪华，但迄今为止，没有一个权威部门对北京历史上曾经有过的寺庙数量、宗教类型、遗存情况做过详细统计整理，作为个人肯定不可能胜任这一繁重任务，但我却尝试了这一极其艰难工作的味道，我用七八年的时间搜集整理了大量寺庙文献资料，拍摄了大量残存的寺庙照片，整理出4315座寺庙基本情况，根据历史情况判断，这一数量可能仅为全部寺庙数量的二分之一，但我开始做了，可以为后人深入研究铺垫一个基础，40多万字的《寺庙北京》中，统计表格占据一半页数，受到部分专业人士的重视和好评。

9. 2008年11月20日参加了正阳门管理处关于《北京正阳门》专业书籍的书稿论证会。

10. 先后在《北京历史文化讲座》上讲述如下内容：（1）北京奥运场馆历史地理，（2）契丹萧太后和北京，（3）北京的寺庙文化。

三、出版、发表过的书籍和文章

（一）专著：1.《老北京城》1997年燕山出版社

2.《北京的桥》2000年燕山出版社

3.《京水名桥》（合）2003年北京美术摄影出版社

4.《水乡北京》2004年团结出版社

5.《寺庙北京》2009年文物出版社

6.《契丹女雄萧太后》正联系出版事宜

（二）杂志：1.公主坟里的公主为谁，《燕都》1988年2期

2.北京城垣为何缺一角儿，《燕都》1989年2期

3. 古刹普会寺，《燕都》1992年5期

4. 水乡——曾经的北京，《知识就是力量》2004年11期

5. 海洋北京，《北京纪事》2006年7期

6. 三个北京城的故事，《北京纪事》2006年9期

7. 北京的龙脉在哪里，《北京纪事》2006年10期

8. 公主坟琐考，《北京文物与考古》第6辑

9. 从卫星遥感照片寻找古河道，《北京文博》2006年2期

10. 寻觅北京消失的河湖，《地图》2009年1—2月

（三）报纸：1. 北京桥的故事，《北京晚报》2003年3月13日、3月14日连载

2. 别给子孙留下干枯的北京，《新京报》2004年7月14日

3. 金鱼池不是鱼藻池，《北京晚报》2006年4月3日

4. 话说西郊公主坟，《建筑市场报》2003年6月27日

5. 春天想水，《北京晚报》2005年4月24日

6. "公主坟是我家祖坟"，《北京晚报》2001年8月28日

7. 也谈北京的风水和龙脉，《北京晚报》2006年2月19日

8. 又见"蓟丘"，《北京晚报》2007年9月18日

9. 老地图上的水乡北京和当年的漕运，《北京青年报》2007年3月13日

10. 公主坟曾埋过哪位公主，《北京晚报》2012年2月10日

（四）其他：1. "宛平城和抗日战争纪念馆"一文发在1985年出版的《北京郊外导游》一书中。

2. "北京水系——昨天、今天和明天"一文发在2007年《水与文化》一书中。

3. "北京古桥的历史意义和文化价值"发在2013年中国古桥研究会论文集中。

（2012年3月5日）

12. 北京水系的昨天、今天和明天

北京是苍天赋予我们的风水宝地，是紫气恒晟的帝王之都，它的城市年龄已有3052年，作为首都也有853个春夏秋冬，北京之所以被历代君王看重，并历千年不衰，绝不是什么风水龙脉决定，而是因为北京有丰沛的水资源和独特的地理环境。千百年来，历代史学家对北京的皇权交替、朝代更迭、城垣宫室和寺庙陵地进行了大量挖掘研究，并留有大量珍贵历史文献，但真正能支撑政权巩固和人类生存的水环境却少有记载和论述，有待有识之士为大家解开这个谜。

一、回顾梦幻般的"水乡"之城

舒乙先生说："北京原本多水，称北京为水乡也很贴切。"多水的北京源于它"出身"于北京湾。众所周知，地处华北平原北端的北京大地，西北、北、东北三面环山，朝向渤海湾的东南方是大片平原沃野，称其为北京湾绝不是仅仅因为它的形状像湾，是因为北京的确曾有海水入浸的历史。明代诗人刘溥曾有诗曰："当时妖雾久消沉，空余易水东流海。沧海变桑田，天地几翻覆。龙争虎斗且莫论，卷起飞尘纵双目。"这"沧海变桑田，天地几翻覆"的推测和论断，几百年后被地质科学家的考古钻探所证实。早在二十几亿年前，北京地区地震频发、火山多喷、岩浆溢流，是一块很不稳定的地层结构体，汹涌的渤海湾海水经常入浸北京大地，在十二三亿年至四亿年前，北京地区仍淹没在海水下，海水不仅吞没了顺义、延庆、密云等地的平原，也淹没了房山、门头沟、三家店等地的山坡地带，使得北京成为海陆交替的滨海区。新中国成立后在王府井曾出土了鲸脊椎骨化石，在房山也发现了十亿年前的海藻化石，这都是"北京曾是海"的科学证据。在距今三四亿年前，华北大陆逐渐抬升露出海平面，成为一块古老陆地。到了距今3.5亿年至2.7亿年前，北京陆地又沉入水底，重现汪洋巨浪，这片动荡不稳的海陆交替持续了4000多万年。到了距今两亿年前，北京陆地再次脱离海浪稳定下来。这样的海陆巨变使得大量生物得以滋生、进化和发展，许多海洋生物逐渐演化为陆地种群，历史上的北京地区生态繁茂、生机盎然。在距今约一亿五千万年时，北京又发生了一次强烈的地壳变动，炽热的火山岩浆喷向天空，冒着浓烟的灰烬回落大地后，堆积成了高山大岭，高山之间即为山谷，这就是著名的燕山造山运动。这种海陆间的反复变化，为北京陆地留下了道道沟壑和高低不平的复杂地形，也为北京陆地隐藏了多水的地层结构。多变的地壳运动铸就了北京的山山水水，形成了美丽的自然风光。在距今六千多万年时，沿海淀黄庄、八宝山、顺义高丽营之南一线，又发生了严重的地面沉降，西边地面抬起，东部下沉，上升的地面成为山坡地，下降的地面即为平原洼地，这样的地层变动不仅塑造了千变万化的地貌，也在地下隐藏下道道断痕，这种无规则带状地层断裂成为许多千古之谜的起因。从近年拍摄的卫星遥感地图上可以看出，北京城里有多条古河道至今未被揭秘，其中从地安门经北京中医院、灯市口、总布胡同、东单、苏州胡同与古通惠河连接的一条河道影像尤为明显。北京内城西北缺角和东南角歪斜之谜也可从中探寻到。

北京较大的自然水系有四条，白西而东为拒马河、永定河、潮白河、沟河。拒马河古代曾称涞水、巨马河、巨马水，金代始称拒马河，发源于近邻河北涞源县西北太行山东麓的山泉，在北京房山西部入境，弯弯曲曲地绕行在崇山峻岭间，沿房山西南部向东南流过，在房山南部分为南、北两条支流，北拒马河出房山境向东又折向南称白沟河，南拒马河在房山南部出境又向南流向河北省。拒马河干流全长254公里，在北京流长61公里，流域面积433平方公里。房山境内那段弯弯曲曲的河道就是著名的十渡风景区。永定河历史上曾称湿水、㶟水、无定河、浑河、卢沟河。上源有两条，北支发源于内蒙兴和县北山，称洋河。南支发源于山西宁武县的管涔山，称桑干河。两条支流在河北怀来县朱官屯汇合后始称永定河，流经官厅水库后入北京境内，穿越西山后从三家店冲出，流经门头沟、石景山、大兴等区县，在北京南端向河北方向流去，到天津附近经永定新河入渤海湾。永定河干流全长650公里，在北京流长187公里，流域面积3168平方公里，永定河是北京最古老也是最大的河流，千万年来，是它浇灌了北京古老的大地，滋润了北京万千生灵，像母亲一样哺育了一代代北京儿女，所以荣冠"母亲河"之称。当然

九门深处轶闻多

母亲也有发怒的时候，做"儿女"的也饱尝过母亲发威的苦头。潮白河是北京第二大河流，上游为潮河、白河两条支流，潮河发源于河北丰宁县，白河发源于河北沽源县，两条支流在顺义牛栏山附近汇合后始称潮白河，经密云、顺义沿通州与河北交界处流出北京市。潮白河全长500多公里，在北京市流域面积5613平方公里。白河支流流经的密云水库是北京最大的水库，承担着北京城的主要供水任务，这盆净水是北京人的命根子。泃河发源于河北省兴隆县的茅山、跑马厂两乡境，在天津蓟县附近入海子水库，出水库后经平谷县城又纳汝河后流入天津地界。泃河在北京市流长66公里，流域面积1224平方公里，它不仅浇灌了平谷的万顷粮田，也为海子水库提供了充足的水源。北京除以上较大河道外，还有凉水河、高梁河、清河、妫水河、怀沙河、温榆河等较小河道。

为了解决漕运和城市用水，北京古代还挖修过许多人工河道，汉代时曾在今石景山修建过戾陵堰和车箱渠，这是北京历史上最早的水利工程。辽圣宗时期，修建从通州张家湾到辽南京迎春门的萧太后运粮河，这是北京最早的漕运记录。金代试图挖修金口河从永定河引水到金中都城，然后向东引入漕运河道，因水势难以控制而失败。元代为了解决漕运问题，郭守敬又想重开金口河，也以失败告终。后来他主持疏浚了从光熙门到通州的坝河漕运路线，因上水源主要被皇宫御苑占用，坝河水源逐减而搁浅。郭守敬晚年主持修建的通惠河工程，上源汇集昌平白浮泉及沿途诸泉水，经北京城区又通往通州北运河，为元明清各代巩固政权起了非常大的作用，因此通惠河有"生命河"之称。

由于特殊的地理位置，一代代君王都选择北京作为首都，他们在修建高大城墙的同时也挖修了宽大的护城河。自有资料可查的辽代至明清北京城，被称为"警卫河"的护城河总长度达130多里，河渠纵横的北京大地上形成了一道道网格线。在这些水乡网格中，又有无数个银镜般的坑塘洼淀，与郊区大大小小的湿地和山泉组成了巨幅立体水景图，那湿漉漉、鲜灵灵的稻黍瓜果和菜蔬花卉点缀其间，不是仙境，胜似仙境。

对北京历史地理和人民生活影响最大的当属永定河。据专家考证，商代之前，古永定河主流冲出三家店后经八宝山向北流，又经今昆明湖走清河水道流向东南，至通州经北运河水道出海，约在西周时期，主河道摆向紫竹院，经积水潭和坝河水道流向通州,春秋至西汉期间,主河道又从积水潭改向南流,经后海、北海、中南海出城转向东流向通州方向,东汉至隋代时,河道已经移到北京城南。永定河的这种摆动给北京留下的最好、最重要的纪念就是形成了六海水道,不仅为皇家留下了宽阔的太液池,也给北京百姓留下了休闲纳凉的好世界,几乎穿越南北全城的水道连接着北京的沟塘坑池,为北京增添了几分灵秀之美,与千眼水井、郊外大大小小的湿地和山泉组成了北京的水乡风貌。

湿漉漉、水冷冷的水环境产生了一方独特的水文化,高大的宫殿城池下有绿树环抱的护城河,胡同口有完整的排水沟渠,水塘边有夏泳冬冰的欢乐百姓,那京腔京调的笑骂声、五花八门的吆喝声凭添了古城的几分生气,什刹海边的笛声和胡琴声伴着水波更显悠扬清脆,吼上几声西皮二黄又增几分精气神儿。

二、今天——令人堪忧的水环境

上苍是公平的,历史不仅给北京遗留下丰富的水资源条件,也给北京人一个考验和竞争的环境基础。由于自然环境自身规律的变化,月有圆缺,天有阴晴。人、水、地球都是和谐的自然之子,水早于人类来到这个地球上,人类的繁衍和进步增加了对水和其他自然条件的影响变数,由对自然和水的依赖发展到对自然和水的许多干扰,使得人与自然开始变得不够和谐,反过来自然也对人类发出无数次警告,但人类似乎并不重视这些警告。从元明清至近代的水旱灾害统计情况看,呈现水灾递减、旱灾渐升之势,大自然对人类的生活提出严肃挑战,且有日益加剧之势,尤为突出的是水资源的日渐短缺。

新中国成立后,北京市采取了各种应对措施,新挖了永定引水渠、京密引水渠两条城市供水干渠,兴修了密云、十三陵、怀柔、海子、白河堡、官厅等几十座大中型水库拦储季节雨水,疏浚了古老的长河、高粱河、通惠河、坝河、亮马河、凉水河等河道,对六海水系和各大湖泊进行清淤挖修,新建了以水为主的团湖、朝阳公园湖、柳荫湖、青年湖等主题公园,对永定河、潮白河、温榆河等较大河道采取多项维护和管理措施。

九门深处轶闻多

在总结经验教训时,也不能不看到,我们过去曾犯过的各种幼稚错误,有些已经造成不可挽回的损失。20世纪五六十年代和80年代,高喊"人定胜天"的口号,"与天斗其乐无穷,与地斗其乐无穷",深挖土地,填埋湿地,拆城墙,填护城河,毁林造田,城区坑洼池塘变成硬邦邦的水泥、树林,搞局部畸形发展,结果不仅失去了大量水资源环境,湿地由历史上的15%降为3%,旱情逐年加剧,生态环境受到严重摧残,如不严加控制,将有继续恶化的趋势。为了美化北京,在水资源极其紧张的情况下,仍在大量制造城市人工水景,将松软透气的河底改成硬邦邦的水泥面,在湖底加盖防渗膜,完全破坏了生态循环系统。北京邻近省区为了生存,毁林毁草,沙漠化凸显,湿润的北京被干燥的风沙弥漫。河水上游修建污染工业项目,水源被严重污染。近代以来,新物质、新产品、新武器、"新技术"频现,但绝大部分只注重前期开发,只注重短时经济效益,不考虑后期污染处理,造成温室效应,地面蒸发加剧,降雨减少,原有的物质结构和自然平衡被打破,大气环流遭干扰,在这种大环境的影响下,更加剧了北京的自然失衡,干旱缺雨的情况越来越严重,让许多外国城市问题专家对作为首都的北京是否依水而建产生了怀疑。虽然北海、昆明湖、什刹海里仍可划船嬉戏,但水质水量大打折扣了,仍存的河道沟渠里一年就有半年干,经营性的湖泊水成本日渐攀高,北京的"河渠纵横、溪涧错镂、井满泉滢"的景象将一去不返。

三、希望北京明天的水环境越来越好

由于多种原因,北京人失去了宜人宜物的水环境,严重的水资源问题敲响了警钟。党中央提出了科学发展观的战略思想,各级领导开始认识到水与发展的密切关系,这是一个可喜的开端。恢复历史上的水乡风貌几乎没有可能,但给人一个较为舒适的生活环境还是可以争取的。

"南水北调"是半个世纪的梦想,通向北京的中线工程已经完成过半,2010年的丹江口水库的水就会流入颐和园的昆明湖,如能解决沿途污染问题,北京就会用上清凉干净的长江水,让紧张的水资源问题得以缓解。为了恢复生态系统,北京市正在恢复和扩大所剩无几的湿地,清除污染项目,继

续清理河道湖泊，植树种绿。通过教训得来的这些认识和措施十分宝贵，希望明天的北京天更蓝、水更清、树更绿、草更茂。

发展中的北京需要水，需要充足的水源，需要清洁的水质。要想保证北京有充足清洁的水源，必须对水有一个充分清醒的认识。水是什么？水绝不是氢和氧原子的简单组合，而是创造生命的源泉，水创造了令生命延续下去的秩序，创造了这个生机盎然的绿色地球。水是有灵性的，城镇有了水就会有灵秀之感，水是城市赖以存在的基础。水的载体是文物，水的人文升华是文化，水是人类文明的摇篮，水文化是历史割不断的DNA。我们重视水，又不能单纯就水论水，水是社会的必需品，其数量和质量深受社会的影响和制约，要想有一个适合社会发展的理想的水环境，必须摆正人和自然的关系，强调人与自然的协调发展。城市，特别是作为首都的北京，一定要量资源（特别是水资源）制定城市发展规划，把握住北京的城市定位，否则还会走新的"有水—糟蹋水—缺水—又找水"的怪圈和弯路。希望明天的北京有充足的清洁的水源，成为一个能够保持持续发展的、永葆活力的、适合人类居住的城市，成为一个能担当大国责任的国际都市。

（原载《水与文化》2007年中国城市出版社）

13. 别给子孙留下干枯的北京

北京的水系面对着严重缺水的残酷现实，北京到底能不能被称为"水乡"，很多人对此看法更是不同。鄙人愚见，说北京是"旱地"并不过分，因为眼前干旱缺水的现实不容回避。但说北京是"水乡"，也绝不是故弄玄虚，因为历史上确实有过"水淋淋、湿漉漉"的景象。

位于北纬39度56分、东经116度56分的北京大地，早在洪荒混沌的远古年代，就淹没在海水的洪涛巨浪中，故有"北京湾"之说。直到距今2亿年时，海水才最后退出北京。在距今1亿5千万年时，北京地区又发生过

九门深处轶闻多

强烈地壳变动,形成了西北三面环山、东南临海的吉祥宝地。

这惊天动地的山水巨变,给北京留下了良好的自然环境条件。北京的山前大地上,有密如蛛网的涓涓小溪,也有奔腾流淌的大河,在大河与小溪之间分布着大小不等的湖泊、池塘和坑沟,犹如银镜铺地、宝石镶嵌。在大自然留给北京的四条主要河道中,北京的母亲河——永定河对北京的贡献最大,危害也大,它曾四次狂妄无羁地更改河道走向,每次改变河道都留下大片冲积扇平原,这些松软冲积扇下的伏流,形成诸多清泉和湿地,这些河湖、坑塘和湿地,滋润着北京大地,调养着北京人的生生息息。

西北巍巍太行余脉和北部"惟余莽莽"的燕山山脉,像铜墙铁壁一样把北京平原与塞外寒漠分割成南北两个天地。这三面环山一面临海及西北高、东南低的特殊地势,造就了北京温暖潮湿的独特气候条件,夏季湿热的东南气流常在山前迎风坡处受阻形成降雨,因此夏季北京的降雨比纬度偏南的石家庄和衡水还要多,年降水 600 多毫米。北京夏季充足的雨量及丰富的地下水,滋养了万物生机,树上花果满枝,地上绿草茵茵,田间稻禾飘香,水中禽鸟飞翔。流经北京城里的金水河和通惠河,灌满了城里的大小湖泊和坑塘,不仅皇家的太液池微波涟漪,就连胡同口的沟沟槽槽也清水长流。清晨的阳光从东南方的海面升起,带着万丈霞光,掠过露水欲滴的稻禾与屋宇,把湿润和清凉带给老人和孩子,把古老的北京城映衬得多姿多彩。

如今北京却面对着干旱缺水的现实,许多人都要问:为什么北京变得如此缺水?怎么才能解决北京的缺水问题?干旱缺水很难用一句话说清,其中有大自然本身运行规律的问题,更有人为原因。大自然本身的原因我们一下很难扭转得了,我们能做到的是决不能做加速恶化环境的蠢事。北京建城三千多年来,汉唐以前人与水相处的文字记载较少,辽把北京作为陪都后,为了解决南京城的用水,就进行过许多水利开发,金代开发水的记载就更多,辽金时期人口很少,影响大自然的水利活动是有限的。元代对解决大都水问题的活动是空前的,对解决漕运、皇宫及城市用水做出不可磨灭的贡献。而明王朝统治者却做出了一件再愚蠢不过的事,为了扫除晦气,拆除了元故宫,后来为了扩大皇宫范围,把皇城墙外扩,扩展后的东皇城墙竟把通惠河今南北河沿一段圈在皇城内,漕运遭到致命破坏,没有人疏通城内水道,后来金水河也因上游缺水逐步断流,腐败的清朝后期和混乱的民国基本上没有进行过有效的疏水治水活动，北京的水明显紧缺。如果说历史上的统治者只知道找水而不知道涵养水源的话，而今天，人们对水和自然的认识与三千多年的历史却远远不相匹配，人们只知道用高效手段引水用水，开发水的利用价值，却不用心用力研究增加水的来源，百年来北京地上地下水日渐趋紧，就在人人喊缺水的今天，仍有大量清水遭到浪费和污染。

要解决北京水的危机问题，治理上游荒漠化、节约用水、废水处理、海水淡化、南水北调、雨水积存、多修水库等都是可用的办法，但科技水平发达了，人们对水的浪费水平也提高了，对水的期望和贪婪程度也提高了，地球上可用的水是有限的，怎么办？用当下最时髦的一句话讲，就是树立科学发展观，综合治理，走可持续发展之路，不搞那些讨厌的政绩工程，踏踏实实工作，先研究涵养和增加水源，再制订用水计划，千万不要给子孙留下一个干枯的北京城。

（原载 2004 年 7 月 14 日《新京报》）

14. 北京城垣为何缺一角

北京城已有三千多年的历史，自作为陪都辽南京至今也有一千多年。辽南京、金中都、元大都城垣建筑甚为规整，尤其元大都城，严格按照《周礼·考工记》原则建城，略呈长方形的城垣，南北端正，左右平直。到了明代，在改建城垣时，使规整的大都城变了模样，略呈长方形的内城西北独缺一角儿。今天当你驱车在北二环路由东向西行进时，到了积水潭再往前，就会明显感觉到南斜 30 多度，直到西直门立交桥和西二环交接处，这个 30 多度的斜角就是缺角的那一部分。

侯仁之教授曾指出是由于水面阻隔所致，无疑这是很重要的原因，但所论略简。今就此问题试作探讨。

九门深处轶闻多

　　1368年，朱元璋在南京建立了明王朝。接着派中书右丞相徐达北伐元军，七月抵直沽，元顺帝见势不妙，北逃健德门外。八月二日徐达填壕攀城攻入大都城内。这时的大都城，经过多次战乱，城垣残破。明军要想在这儿站稳脚跟，必须收拾残局，重整城垣及防御设施。徐达命华云龙改建大都城并决定把地广人稀的城北部弃去，缩小城区范围，重建一道北城垣。当时仓皇施工，不可能像初建那样详细勘测和设计，只能选择困难较小易于施工的地段修筑。

　　从地理位置上分析，从大都北垣到今二环路之间，地旷人稀，尤其东北部几乎没有什么重要建筑物。1952年曾在雍和宫北面出土一通元代《都漕运使王德常去思碑》，应该是立在都漕运使府门前的，说明这东西一线曾有一条河道。因此华云龙在此建城时只要将河道稍加疏通即可成为护城河，这是符合实际规划原则的。但当城墙修到西端时，就会遇到海子北端的水面阻隔，若城墙南移，水面更宽阔，那为什么不可以再往北移绕过海子呢？整个北京城再移，不仅西半部建筑较多，又涉及规模宏大的元中书省旧址，据《析津志》记载："中书省地高爽，古木层荫，与公府相为樾荫，规模宏敞壮丽。"至元二十七年，中书省南迁，此处改为翰林院。

　　《宸垣识略》记述说："元时翰林院……启迪在风池坊北，钟楼之西。"这个地方大约在今六舖炕滨河公园一带，为了军事需要，明军可以强拆民房，甚至可以将房屋全部埋在城墙下，但要想在短时间内拆掉这座宏大的建筑群，是非常困难的。当时的形势不允许耽搁太久，只能择易而行，沿翰林院南侧修筑。

　　那么城墙如何通过海子水面呢？"文革"期间填掉的太平湖（今地铁车辆段）也是海子一部分，和今积水潭是连在一起的。城垣规则整齐，城墙就得从海子北侧浅水区或枯水区正向穿过，当然基础是很不牢固的，而我们所见到的清代晚期城墙的西北角却是东北西南走向的，这个谜单靠史料是难以解释的。

　　随着现代科学技术的飞速发展，卫星遥感技术在解决地貌、地矿、地质结构等方面的问题——彰显特殊的功能。卫星装上红外遥感监测装置，地球上任何一个角落和一定深度地下的情况都可以拍成照片。根据70年代国外卫星影像分析，北京城西北角既有直线墙基影像，又有斜角墙基影像，两墙基夹角 35~36 度，正东正西向墙基线正位于元代海子西北端北岸附近，和东段城墙在同一纬度线上，说明这里确曾修建过城墙。我们再进一步观察，从车公庄到德外大街一线又有一条地层断裂带，正好经过城西北角与那段直角边斜向相交。这段在潮湿松软地基上修建的城墙肯定会经常倒塌，以后屡修屡倒，不得不改变施工方案，躲开这段不祥之地。在新街口外二环路口，海子有一个细脖处，在这里采取疏水设施，北城墙在这里斜向西南沿海子南岸修筑，把海子西北端全部舍弃在城墙之外作为护城河一部分，这样不仅墙基牢固，比水面留在墙内侧也更利于防守。从此大城西北角由直角边变成斜角边，从空中俯瞰北京城，宛如方方正正的棋盘被砍去一角，看上去很不顺眼，这就是大自然的威力。

（原载：《燕都》1989 年 2 期及《北京建筑市场报》2003 年 5 月 30 日）

15. 寻觅北京城消失的坑塘湿地

北京不是凡城俗地和浮华之都，是苍天赐予我们的风水宝地，是紫气恒晟的千年帝王之都，作为城市已诞生了三千多年，屹立在东方地平线上的北京城被历代君王选为都城千年不衰，之所以一直保持旺盛的生命力，与国际上那些历史名城一样，都有着优越的水环境，它们依水而建、傍水而生。因为水是万物生灵的源泉，是城市赖以存在和发展的根本条件和基础。

在 12~4 亿年前，北京地区仍淹没在滔滔海湾中，经过几次沉没与浮出，直到两亿年前才稳定在今天这个样子。距今一亿五千万年时，古老的北京大地又发生过一次强烈的地壳变动，炽热的火山岩浆堆积成了燕山山脉，在距今六千多万年前，燕山南麓又发生过大面积地层断裂和沉降，在二百万年前的漫长岁月中，大自然鬼斧神工地在北京这块古老大地上刻下了道道沟痕，使得北京城有着天然丰富的地下水资源。在燕山山脉与太行山余脉的间

九门深处轶闻多

隙——南口的北面是清风冷气,夏天渤海湾湿热的东南风在南口之阳与北方来的冷空气相遇,形成了明显的降雨过程,一直连续到深秋不断,使得北京大地沟溢壕平、井满泉漾。经过千万年的冲刷荡击,条条沟壕变成了大大小小的河流,历经多次弯转改道,又给北京留下了许许多多坑洼湿地和池塘湖泽。千百年来,一代代北京人在这片土地上耕种劳作,又形成了许多人工坑塘和人工河道。这些河渠纵横穿越北京大地,湿漉漉的水网格间布满大大小小银镜般的池塘洼地,尤其由于古永定河改道形成的六海水道,一幅龙泽水乡的画卷给北京人留下了永久的纪念。自然形成的水域除了六海水道外,郊区的昆明湖、玉渊潭、莲花池、紫竹湖、南海子等也是古河流经的水道。"湖"字虽然早在古代就有,如《周礼·职方》有"扬州浸有五湖,浸川泽所仰以灌溉也"的记载,但查阅历史地图,中国历史上对陆地积聚大片水域称湖却少有使用,北京历史上少有直接称湖的水域,一般将较大水面称为"海"、"淀"、"池"、"潭"、"湾"、"泡子"等,"湖"一般为现代用语,所以本文题目以古代常用词汇称呼失去的水域。

悠悠历史越千年,天地人间曾大变,龙泽水乡久不再,寻古探水亦悠然。让我们手捧地图寻觅那逝去的水乡旧景,不图思幽,仅为及后。

1. 南太平湖:复兴门桥以南有一段修复过的明清内城城墙,东侧的中央音乐学院和一幢幢现代化大楼把"高高的城墙"甩在脚下,在城墙和大楼之间就是南太平湖所在地。从乾隆十五年北京地图上看到,这片水域北端向东有一条水道,沿水道继续向东是浘水河胡同,再向东是新旧帘子胡同,这东西一线正是辽金北护城河故道,元灭金后,北护城河仍存,明沿袭元代东西城墙及护城河,城墙东侧的旧护城河不再使用,但这条水道作为城区排水系统仍发挥作用,当然水质很差,久之成为一条臭沟渠,西段的浘水河曾称臭水河,东段的帘子胡同因沟里曾种有莲藕叫过莲子胡同,西部元代修成一条南北向城墙,使得这条旧河道就此断流,在东城墙下汇集了大量城市雨污水,这就是所谓太平湖的真正来历。清代在水面东侧修建醇亲王府,《天咫偶闻》记述太平湖说:"平流十顷,……高柳数章,人误曲江之宛。当夕阳衔堞,水影含楼,上下都作胭脂色,尤令过者流连不能去。其北即醇王故府……"近期电视台播出的《最后的王爷》中的王府,早期旧府就是这座醇王府,有专家说这片水面由城外护城河引入,笔者未见文字记载和考古证实,暂不敢苟同。

随着北京城市的巨变，这个饱含历史风韵的湖泊淤塞日渐，至20世纪60年代初彻底从地图上消失，随后一栋栋大楼拔地而起。

2. 北太平湖：驱车沿北二环路西行，从积水潭到西直门桥变成一段斜线，在斜线起点向南望是碧水荡漾的积水潭湖，它的路北是地铁车辆段和成片的居民楼，北太平湖就消失在车辆段和居民楼地基下，元代之前这片水域与路南的积水潭为连通水系，水面浩渺、生物种群繁多，元末时因水势大减，在积水潭站位置变成了一个细脖儿，但两片水面仍相连通，明初在战乱稍息时急于收缩元大都北城，沿今北二环路匆匆修建一道东西向新的北城墙，在西直门火车站处与西城墙直角相接，因湿洼的地基又遇一条西南—东北向活动地层断裂带，西部这段城墙屡修屡倒，最后不得不沿西部水域南岸边斜向修筑城墙，因此形成了这段偏斜30多度的夹角，成为百年之谜让后人费解，直到一百多年后的20世纪六七十年代，在卫星照片上真正揭开这个谜团，让"风水论、八卦说"休矣。

新中国成立前的三四十年代的地图上，南部水域称积水潭，北部水域标为苇塘，新中国成立后二环路南北两边的水面由水闸彻底分成两个水域，水势日渐缩小。南边的水域仍称积水潭，北边的水域称太平湖，一座小桥把湖区分为东西两部分，这里夏荫冬冰，成为附近居民休闲的好去处。1966年的盛夏，老舍先生带着"不了的北京情"在这里与千万北京老乡亲告别，不久的70年代初修建二线地铁时，太平湖被填平修建起地铁厂房，老舍先生离别我们多年，每逢路过已经失去的太平湖路段时，似乎仍听到先生在娓娓讲述那听不够的北京故事。人们怀念太平湖和太平湖的故事，惜失去的水韵不再复返。奥运会前，在德胜门以西的旧护城河段，师傅们又精心修复了一段水清、柳绿、花艳、鱼欢的水景，称之为新太平湖，聊以慰藉，安矣善哉。

3. 南、北青年湖：沿白纸坊西街过外城西护城河西行，在鸭子桥北里有一个叫"金宫花园"的地方，从称呼上判断，这里是一处别墅或高档住宅区，当地老人仍称为"青年湖"，走近细瞧，却是一片烂尾楼，所谓的青年湖里长满荒草和树棵子，到处是脏乱垃圾和施工剩余物，间或可以看到几个现场看护人员，虽然这里与"花园"不沾边，但这"金宫"两个字的取用说明工程的建设和审批者对历史有些了解。

　　这里的确是一块宝地，早在千年前的辽代时，契丹人就来到这里修建了陪都南京城，子城内辟有瑶池，岛上建瑶屿殿和临水殿，在西部不远处又有一片很大的水域，是契丹皇家游赏胜地。12世纪初女真人赶跑了契丹人，将南京城改称中都城，不仅将大城东西南三面外扩三里，还斥重金修建皇家御苑，将原来的瑶池改建为鱼藻池，利用西北部那片水域扩建为皇家西苑，西苑又称同乐园，古籍有"西至玉华门，曰同乐园。若瑶池、蓬瀛、柳庄、杏村皆在于是"（大金国志）的记载。辽金时期这里又称太液池，其功能犹如元明时期的北海和中南海，可见此地非同一般。13世纪初，蒙古大军的铁蹄踏进中都城，城内建筑几乎被大火烧尽，瑶池御苑等也难逃劫运，房子毁了，水系断流，幸运的水池奇迹般保存下来。元末被称为南城的中都城变为一座"兔出狐没"的废城，明代始有人户进入，当然风光已不再。清光绪三十一年京张铁路始建，铁路和车站切去了"南河泡子"近三分之一面积，原来椭圆形的鱼藻池变成了马蹄形。1915年双和盛啤酒厂在残余的岛上修建了一座小洋楼，新中国成立后被政府接管，60年代岛上搬入菜户营乡的菜农。后来宣武区将残存的二三十亩水域辟为青年湖公园，北半部改建成了露天游泳场。

　　20世纪80年代，一个叫"金中都实业开发公司"的开发商把这块宝地圈在自己的名下，在湖心岛修建"御花苑"，后来由于种种原因，项目被迫下马，留下前文描述的那堆烂尾楼。为了保护这个珍贵的历史遗迹，90岁高龄的侯仁之教授题写了《金中都鱼藻池遗址简介》的碑文，同时这里被列为北京市重点文物保护单位。二十多年过去了，青年湖不见了，侯先生题写碑文的石碑也已失踪，昔日鱼藻池会彻底消失吗？让人牵挂……

　　所谓"北青年湖"是指安外路西的青年湖公园，这里原是一片积水坑，1958年将水坑面积增扩，改建成一处以水景为主的市民公园，1959年竣工后定名为青年湖公园，水域面积5万平方米。

　　4. 北馆湿地：在北二环路向东二环转弯的内侧，是俄罗斯大使馆，一幢幢带有殿式风格的中国建筑占地面积排列在所有大使馆的前位。这里历史上曾是一片坑洼不平的湿地，在明初收缩大都城北部新建北城墙时，之所以选择在今安定门、德胜门东西一线，就是因为在今北二环路外侧原有一条东西向古河道，古河道从所谓的太平湖东端往东流向今坝河方向，既然是自然河道，就不可能像护城河那样平直，明初修挖护城河时裁弯取直，留下了一些坑洼湿地，俄罗斯大使馆位置的湿地可能就是那时留下来的，随着科学技术的飞速发展，人们在20世纪70年代的卫星照片上证实了这一判断，这里是明代北京城东北部的一处较大水景区。随着自然环境的变化，城内人口的增加，湿地面积锐减，清代逐步成为一处坑洼地。

17世纪中期，西方洋教进入中国，东正教也随之进入北京，经康熙皇帝批准，1685年在东直门内路北关帝庙基础上扩建为东正教堂，湿地基本消失。1729年俄国人又在东交民巷路北修建了另一座东正教堂称为南馆，东直门内那座教堂就叫做北馆，因此这块湿地称为北馆湿地。1956年前苏联将北馆归还中国，并建立苏联驻中国大使馆。20世纪90年代，东城区修建了以水景为主的北馆公园，让人们还可以回忆起那块曾经有过的湿地。

5. 东直门外湿地：北京西北部多山，东南部是平原，形成了西北高、东南低的基本地形，东直门和朝阳门外多大片坑洼湿地，过去从东直门外、工人体育场到水碓子，到处可见水汪汪、绿莹莹的坑塘沟渠，这些湿地大都是历史上人类活动积累起来的湿地群。水碓子已经变成了漂亮的朝阳湖公园，工人体育场东南部的洼池也已修浚为水塘绿地，东直门外到朝阳门外之间的坑洼湿地上直到新中国成立前仍是垃圾坑和乱坟岗子，也有少量菜农在这里种植菜蔬，新中国成立后陆续被高楼大厦取代。东直门外湿地对北京城的规划影响很大，媒体和书籍上经常会有"北京的中轴线"一词，严格地说这条线应该称为"北京城的建筑规划南北中轴线"，常说的那条"中轴线"并不东西等分北京城，从这条中轴线到东直门的直线距离要小于到西直门的直线距离，真正能几何中分东西两城的那条线在旧鼓楼大街南北一线，两条南北线之间距离为125米（也有129米说），其根本原因就是元代刘秉忠在规划大都城时是先规划确定了宫城位置，后确定大城的位置，当时的什刹海和北海、中海水势比今天大得多，什刹海东岸大约在地安门商场门前位置，北海和中海东岸也会偏东一大块，为了宫廷有足够的庭院，又要躲避开水滩区，主要宫殿就确定在今故宫太和殿南北一线上，等规划确定大城四围位置时，为了躲避东部大片坑塘湿地，只好在这片湿地西侧修筑东城墙，西城墙北端也有今称太平湖的大片水面阻隔，无法向东移动

九门深处轶闻多

城墙位置,最后确定了一条相对安全的地段砌筑西城墙,可能限于当时的测量技术,或者有意忽略这个误差,给北京城留下了这一永久的遗憾和猜测。这就是水的绝对威力。

6. 泡子河:热闹的北京站是首都的重要门户,在北京站东侧、明北京城墙遗址之间,过去的旧地名叫泡子河,明清时期这里是一处风景秀丽的水景区,水的来源要追述到元代通惠河的变迁。元代时南城墙在今长安街南侧,古观象台即东南城墙拐角处,通惠河沿元代南护城河向东流向通州方向,河水出城处大约位于北京站前东街与东二环路接点处。明代时将大都南城墙和护城河南移二里至正阳门东西一线,通惠河也随之南移,甩在北京站东侧那段旧通惠河段变为一个盲肠似的死河泡子,后来明代富家商贾将这里绿化成一处休闲游玩区,两岸遍植花草树木,河上盛开莲花,贤达富族在此修建园舍亭馆,如张家园、方家园、傅家园、吕公祠等,"张园酒罢傅园诗,泡子河边马去迟,踏遍槐花黄满地,秋来祁梦吕公祠"的诗句即为当时的真实写照。1900年八国联军侵占北京,此地惨遭破坏几成废墟,新中国成立初期,为了改善居民生活环境,将残存的沟渠填平,修建了居民住宅,但泡子河的旧景和旧地名仍留在老北京们的话语中。

7. 南下洼和大小川淀:在宣武区平渊里地区,历史上是一大片水洼子,清末和民国期间称大小川淀,辽代时这里是辽南京城东护城河流经地,虽几经朝代更迭,但始终是低洼湿地,雨污水久积成淀,民国六年的地图上已经明显标上了蓝色池淀图示。在它的东北部,今工人俱乐部以南、潘家河沿以东也有一大片水洼,清乾隆地图标识为下洼子,这里位于金中都城东护城河外地区,也是辽萧太后运粮河流经地,历史上遗留下的水道遗迹又经后代人的挖掘,形成了大片水洼地,这两片洼淀积水都向东经龙须沟排入外城南护城河。

8. 龙须沟和金鱼池:龙须沟并非自然河道,因老舍先生名著而蜚声中外,历史上南城一带多水洼坑淀,旧北京的雨水和城市污水多自由流淌排放,下洼子和大小川淀等处的水,经先农坛北门外向东流,又经天坛北门外汇集金鱼池的水继续东流,在天坛东北角拐向东南入南护城河。这是一条城市排水沟渠,沟里的水质非常差。

金鱼池位于天坛北门外,这里位于金中都东城外,是元代文明河流经地,明代三里河流经地，因此历史上就是一片水乡泽地，数十亩的水面由数十块小水塘组成，明代有人在这片水面饲养金鱼，清代至民国仍称金鱼池（这里并非金中都御苑的鱼藻池）。因为这里的水质相对比较清澈，明清时期的达官贵人在此修建亭园楼阁，明代李园将水引入园中，舟桥伴楼阁，碧水映廊榭，使这里的景色更加秀丽。

清末民国期间，金鱼池和龙须沟一带日渐衰落，树木被砍、脏水横流，使这里成为北京有名的贫民窟。新中国成立后为了改善百姓生活环境，龙须沟填平改为暗沟，将金鱼池修浚为水景公园，终因死水断流臭气熏天，1965年也不得不彻底将金鱼池填平盖起住宅，金鱼池和龙须沟彻底消失在人们的视野中。

9. 外城东部多坑塘湿地：由于北京西北高、东南低的基本地形，历史上的许多古河道都流经这一带，使得外城东部地区低洼多湿地，在1950年和民国三十六年出版的地图上可以看到，大小不等、形状各异的湿洼地和苇塘遍布城东南部，较大的坑塘如东便门内白石桥湿地、广渠内北水关湿地、南水关湿地、土地庙湿地、浙慈湿地、浙绍湿地、太阳宫湿地、官窑厂湿地、三义庙湿地等，也有人工挖掘形成的坑塘，如潘家窑坑、放生池等，今板厂南里一带历史上也是一片湿洼地，清代名士冯溥买下后将其改造为水景园林，修建亭堂楼阁，湖岸植柳万株，称"万柳堂"，园区面积达百余亩。

外城东南部的坑塘湿地不仅影响着当地百姓生产生活，还严重影响北京城池的施工建设，明嘉靖年增扩外城，施工到东南部的大片湿地时，在湿洼地基础上修筑的城墙屡修屡倒，最后不得不尽量躲避湿洼地歪歪曲曲地把工程凑合完工，在明之后的任何一张地图上都能看得清清楚楚。新中国成立后水势大减，日渐干枯，随着北京人口猛增，居民住房成为政府的头等大事，50年代中期坑塘洼地逐步被改造为民宅，50年代末期，除东南部的坑塘湿地修建为龙潭湖公园外，其他湿地坑塘逐步被填平成为工厂和居民区。

（原载《地图》杂志2006年3期）

16. 京城水系游览

为中林依科生态工程公司推荐游览路线

一、路线安排

1. 颐和园（昆明湖、团城湖、京密引水渠、西提六桥）
2. 长河与京密引水渠分叉处
3. 永定河与卢沟桥
4. 六海（西海、后海、前海、北海、中海、南海）
5. 湿地
6. 金水河与菖蒲河
7. 北运河

二、水系解说

1. 北京自然概况：北京位于北纬39度56分、东经116度20分的华北平原最北端，坐落于永定河冲击扇脊背上，平均海拔高度51米左右，地面坡度千分之一点二至一点三，西、北、东北面三面环山，东南面对渤海湾。北京距今十二三亿年前尚淹没在汪洋大海中，经过几次退水、涨水后，在距今约2亿年后稳定在今天的状况，所以北京有"北京湾"之称。北京地处温带，气候温和，四季分明，近代平均气温8~12度之间。年降雨600多毫米，多集中在7、8、9三个月，丰水年1400多毫米，枯水年为200多毫米。

在大约距今1亿5千万年前时，北京地区曾发生过一次强烈的地壳变动即燕山造山运动，形成了西北高、东南低地貌特点，在造山运动的同时，出现了许多西北—东南走向、宽窄深浅不等的沟壑，这些沟壑逐步形成了北京的主要河道。又由于北京独特的地理位置和形态，夏天从东南海上吹来的湿热空气，在北部山口遇冷风形成丰沛的降雨，雨水、泉水顺河道又向东南流向渤海湾。历史上的北京河湖纵横、溪流遍布、井满泉涌，到处都是湿地，温暖潮湿的气候，滋润了万物生灵，养育了性情温和、勤劳善良的北京人，因此称为"水乡北京"绝不过分。至于为什么变成了现在的干旱少雨、水源匮乏的局面，这正是我们这些生态、环境、水务科学家们要解决的迫切问题。

2. 北京的历史概况：人们常说北京是五朝古都，或称六朝故都。五朝古都是从金代算起，六朝故都是从辽代算起，真正作为首都应从金代天德五年（1153）算起，至今（2005年）已有852年。但北京的建城史比这要早得多，从公元前1046年算起，至今已有3051年了。当时的古燕国位于房山琉璃河畔的董家林村。北京的都城位置有过几次移动，第一次迁址从永定河之西的董家林迁往永定河之东的广安门稍南一带，第二次迁移从广安门迁往东北部的以北海为中心的一带。元代之后的明朝时，城址未大动，但城垣位置也有较大变化。元大都城围长60里，明清内城围长40里。历史上的每一座城外都有宽大的护城河，城内有御苑和太液池，城内的水系都与城外的自然水系互通。在进行城址转移和城垣改造时，被遗弃的旧河道演变成为沟塘或坑池。

3. 颐和园：曾名清漪园，是北京著名的皇家园林，是风景秀丽的西郊"三山五园"之一。13世纪中叶的元代时，这片水域称瓮山泊，是一片自然休闲风景区，14世纪的明代开始修建部分建筑，但主要建筑是18世纪的清代修建的。1961年列为中国第一批重点文物保护单位，1998年被联合国教科文组织列入世界文化遗产单位。园内主要由万寿山和昆明湖两大部分组成，总面积296万平方米，水面占五分之四，有230多万平方米。东部最大的水面是昆明湖，湖中西部有一条南北向堤岸是西堤，仿苏州西湖苏堤建成，堤上有著名的六桥，由南向北依次为：柳桥、练桥、镜桥、御带桥、豳风桥、界湖桥。西部的团城湖是南水北调中线的终点，是京密引水渠所经之水域。南水引自长江（湖北丹江口），途经五省市，穿越黄河等数条河道，到达颐和园的团城湖，干线长1427公里。年净调水量10亿立方米，不仅可以大大缓解北京地区的缺水状况，还可以调整沿途和周边地区用水环境。

4. 长河与京密引水渠分叉处：长河是一条古老河道，全长30多里，上游源自昆明湖南端，经长春桥后东折，又经麦庄桥、广源闸、紫竹桥、动物园后身、高粱桥接内城西护城河西北角，18世纪中后期，清代慈禧太后

九门深处轶闻多

前往颐和园就走这条河道,岸上护卫林立,船上笙箫齐鸣。京密引水渠是1958年至1960年挖修的一条京城主要输水人工河道,上游引自密云水库,又经怀柔、顺义、昌平、海淀,从颐和园北部进入团城湖,从昆明湖南端流出,在长春桥南侧与长河分叉继续南流,在罗道庄东折进入八一湖和玉渊潭。这个宽阔的分叉处水流平缓,是进行水上划船运动的良好场所,清华大学与剑桥大学的划船比赛就是在这个水域举行的。

5. 京密引水渠与永定河引水渠的汇流处:永定河引水渠是1957年修挖的人工输水河道,水渠上自门头沟区三家店拦河坝,经石景山模式口、海淀的双槐树,在罗道庄与京密引水渠汇合流入八一湖,从八一湖流出的水南流,在西便门接通南护城河,全长26里,是永定河向北京供水的主要河道。(关于八一湖和玉渊潭另述。)

6. 永定河与卢沟桥:北京地区有大小河道200多条,较大自然河道只有4条,由西往东依次为拒马河、永定河、潮白河、泃河。其中对北京影响最大的当属永定河,永定河是北京的母亲河,发源于山西省和内蒙古境内,北支流源于内蒙古兴和县,称为洋河,南支流源于山西宁武县,称为桑干河。两条支流在河北怀来县朱官屯汇合后始称永定河。历史上曾称㶟水、卢沟河、浑河、无定河等。永定河水穿越河北及京津大地在天津入渤海湾,全长700多公里。架设在门头沟区河段上的大桥就是闻名遐迩的卢沟桥,这是一座历史悠久、艺术造型最美、中外最为驰名的桥梁,它初建于12世纪(1189)的金代,初名广利桥,元明清几代和新中国成立后都进行过较大修缮,大桥全长266.5米,桥下11孔,桥宽7.5米,桥上雕有许多栩栩如生、顽皮可爱的石狮子,请大家猜猜共有多少石狮子?(485个)。桥东端的碑称"卢沟晓月"碑,碑上四个大字为乾隆亲书,13世纪一个年轻的意大利商人马可·波罗曾在他的《游记》中做过详细描述。卢沟桥闻名遐迩的另一个重要原因是1937年在这里发生了"卢沟桥事变",就是从这一天开始,拉开了长达八年的抗日战争的序幕。

7. 六海:是永定河流经北京地区的河段遗迹,历史上永定河曾三次更改河道,早在我国的商代(公元前16—前11世纪)前,永定河出西山后,经八宝山向北,又经今昆明湖入清河向东,走北运河入海。约在西周(公元前11世纪—前771)时期,河道从八宝山摔至紫竹院一线,经今积水潭沿坝河方向东流，也走北运河出海。我国的春秋（公元前770—前476）至西汉（公元前206—公元24）期间，河水从积水潭折向南流，经后海、前海、北海一线继续南流，经龙潭湖、萧太后河向东在天津入海。我们面前这个风景秀丽的湖泊（什刹海）就是2000多年前的永定河故道，所谓六海即西海（积水潭）、后海、前海（什刹海）、北海（太液池）、中海、南海，前三个海子位于皇城外，又称外三海，后三个海子在皇城内，故称内三海。过去的塞外少数民族嗜水如命，把较小的水面也叫海，但它们比真正的大海要小，犹如大海的儿子，故称"海子"。

8.北京的湿地：由于北京特殊的历史地理环境，历史上北京有许多湿地，著名的海淀就是一大片湿地。北京现存湿地5万多公顷，其中只有7个具有明显的湿地特点。（1）顺义汉石桥湿地，（2）延庆康庄湿地，（3）延庆金牛湖湿地，（4）延庆龙庆峡湿地，（5）延庆白河堡湿地，（6）房山拒马河湿地，（7）怀柔沙河、怀九河湿地。北京的湿地保护范围内有植物69科183属321种，野生动物260多种，其中鸟类152种，鱼类81种。水面较大的湿地以汉石桥湿地和康庄湿地最为著名。

汉石桥湿地位于顺义区杨镇汉石桥村东边，原为汉石桥水库，现在湿地面积7500公顷，有"小白洋淀"之称，核心区内有芦苇1615公顷，是一个芦苇沼泽原生湿地。湿地内有鸟类134种，约占北京鸟类种数的50%。茂密的芦苇荡和丰富的生物种群，为京郊平原地区难得的湿地风景区，过去因缺乏自然保护区的合法身份，当地曾计划作为一般旅游区开发，由于专家们的紧急呼吁，引起高层关注，2004年被列为北京市湿地自然保护区。

康庄湿地位于延庆县西南的康庄镇西部，是妫水河冲积平原，1954年修建官厅水库，实为永定河水系一部分，康庄西部经常受到大水淹没，之后这里村庄大都外迁，遂开辟为康西草原旅游区，草原上的水域栖息着大量野鸭，后名为野鸭湖公园，2000年批准为市级自然保护区，这片湿地自然保护区由官厅水库、妫水河干支流及河流沿线库塘、周边沼泽、季节性泛滥地等组成，保护区总面积6873公顷，核心区2145公顷，湿地总面积3939公顷。是北京最大的湿地自然保护区之一。

这片湿地具有稳定的水源和大面积滩涂，有多种多样的植被类型，为种类众多的动物提供了充足的食物资源和良好的栖息、隐蔽条件以及适宜的繁

九门深处轶闻多

殖场所,是北京地区生物多样性特别丰富的地区之一,北京地区分布的所有的动物门类都可以在这里见到。北京50%的两栖类、60%的鸟类、35%的爬行类和17%的兽类在野鸭湖湿地都有分布。野鸭湖湿地自然保护区具有大面积的水面、河滩地和农田等,为鸟儿提供了多样的、优越的栖息条件。据统计,野鸭湖的鸟种总数达264种,占北京地区鸟种总数的61%;其中湿地鸟类240多种,约占北京地区湿地鸟类种数的90%。

9.金水河与菖蒲河:明清北京城有四道城围,即外城、内城、皇城、紫禁城,天安门是皇城七门中的一个城门,城门通高32.7米,重檐九楹,进深五间,门前有两根华表,通高9.57米。城楼下外侧的河道称外金水河,河水来自中南海。城楼下架设在金水河上的桥称外金水桥,共有七座桥,中间最大的御桥是皇帝的专用桥,其他官员按品级大小走两边的桥。皇宫内还有内金水河,河上也有桥。内金水河水来自筒子河,内金水河的水一方面可以作为消防水源,又可以调解宫内小气候,并可以浇灌宫内园林。外金水河过了天安门往东那一段因长满蒲苇,人们称之为菖蒲河,东段过去曾有牛郎桥,与南长街上的织女桥并称为牛郎织女桥,民间流传着动人的牛郎织女故事。

10.北运河:位于通州东门外,是京杭大运河北段。北运河流经北京北部和东部地区。其上游为温榆河,源于军都山南麓,自西北而东南,至通县与通惠河相汇合后始称北运河。北运河是7世纪初隋朝开凿的南北大运河的最北段。北京城近郊区的河流,如北面的清河、南面的凉水河等几乎全注入北运河,是北京最主要的排水河道。北运河是我国南北大运河的北段,自北京通县至天津入海河处,长186公里,系元朝利用白河下游河道修浚而成。北运河河身狭窄,洪水期宣泄不畅,故下游多以减流分洪、洼淀放淤,如青龙湾减河、筐儿港减河等分别分洪于七里海。

北运河是流经北京市东郊和天津市的一条河流,为海河的支流。干流自通州至天津也即京杭大运河的北段。古称白河、沽水和潞河。其上游为温榆河,源于军都山南麓,自西北而东南,至通县与通惠河相汇合后始称北运河。

(2005年4月23日)

17. 在卫星遥感地图上寻找古通惠河

一、问题的提出

笔者曾在文章中形容:"永定河是北京的母亲河,通惠河是北京的生命河。"通惠河是元代挖修的一条人工运河,这条河道北起昌平的白浮泉,经大都城内,往东在通州高丽庄入白河。自1293年贯通后的700多年间,路由多变,城北和城东河段因地处郊外旷野,对人的影响较小而少被议论,但流经人口稠密的城区河段则影响甚大。通惠河的城内段有无变迁?有何变迁?古今籍文图册偶有涉及,但所述甚为简略。

打开侯仁之教授主编的《北京市历史地图集》,在元代部分有这样的叙述:"大都建成后,又为旧闸河开辟新水源,自昌平白浮泉水西转南下,筑堰引流,汇双塔、榆河、一亩泉、玉泉诸水,注入瓮山泊,是谓白浮堰。然后自瓮山泊循旧渠道东南流,仍从高粱河入都城积水潭,再从积水潭东岸开渠,绕宫城东侧南下出城,以接闸河旧道,命通惠河。"图集中元大都图上标示为:水从海子桥(地安门桥)东流又东南转向南流,沿东萧墙笔直南流,在丽正门东(今国家博物馆东北部)出城接南护城河。明(万历—崇祯年间)、清(乾隆十五年)两代地图上都标示为:河水从什刹海东部流出,经过东不压桥胡同南折过平安大街又东折,在今皇城遗址公园北部西侧南流,经今南北河沿大街笔直南流,出南池子,穿长安街,过正义路,钻城墙南接内城南护城河,然后东流在东便门外接城外的通惠河河段,一路奔向通州,因为明代改造北京城时大都南墙南移,所以这段河道也南延至明代新护城河。这是一本当今非常权威的地图典籍,不容任何置疑,因此以后所有出版的北京地图都以此为蓝本照抄照画,给人的印象是通惠河城内段除南延一里多外,一直就是这样笔直南流出城的,过去我也一直这样理解并写进我的书中的。

近日从张先得先生那里得到几张美国拍摄的有关北京地下数米处的卫星遥感照片,分别是1976年、1984年和1991年的。看了照片后,不仅觉得新鲜,

九门深处轶闻多

更是惊喜,照片上反映出的问题不仅内容广泛,而且位置准确逼真。城墙、护城河轮廓清晰,故宫等古代建筑物基础清晰明确,尤其与水有关的如昆明湖、莲花池、陶然亭、龙潭湖、青年湖等水域更为清楚准确。多年来,我一直怀疑通惠河的城内河段是不是就这一种流径,在照片上我终于发现了不同的答案。首先从什刹海东岸流出的水一条如同《北京市历史地图集》所绘过平安大街径直向南流出明清内城接南护城河,另一条影像则是在平安大街南侧斜向东南,穿北京中医院又曲曲折折南流,大约在沙滩东部向西拐了一个弓形弯儿。从灯市西口东行又东南流,斜穿红星胡同、外交部街、西总部胡同,在东单西侧穿越东长安街继续东南流,于北京站东北处斜向东接角楼外通惠河东段,一路流向通州。还有一条与《北京市历史地图集》的不同处是河水在南河沿大街南部斜向东南,穿北京饭店西部,经台基厂北部斜向东南方向,于崇文门西侧向南出城穿护城河向东南流,这样的发现不能不让我喜出望外。这两条从未被发现过的水道是其他小河沟与通惠河的巧遇,还是通惠河确曾如此走过,尚难一时定论。

二、简单的考论

研究历史地理问题,过去一般有三种方法,一是看保存完好的地物地貌,二是查看历史文献及专家论证,三是进行专项挖掘或勘探,对这三种方法我尽己可能做过努力,但都不能解释遥感照片上显示的河道影像。首先,上述新发现的河道路由都在稠密的居住或办公区,不可能斜向挖掘不规则的人工排水渠,感谢各级政府没有大规模拆改这些旧胡同旧房屋,从地物地貌上根本看不出任何特殊之处,只能理解为过去这里在修建房屋前地下曾有旧河道。其次,查看历史文献和专家论证,《元史·郭守敬传》载:"自西水门入城,环汇于积水潭,复东折而南,出南水门合于旧运粮河。"南水门在哪里?没有交代。而《元一统志》进一步明确说:"自西水门入城,经积水潭为停渊,南出文明(门),东过通州至高丽庄入白河。"文明门是大都南城墙上最东的城门,大约在东单十字路口稍南处,"出文明门"即从文明门东或西侧流出大都城。侯仁之先生与邓辉合著的《北京的起源与变迁》中作出明确解释:"积水潭之水从万宁桥流出,沿皇城东墙外南下出丽正门东水关,转而东南至文明门外。"这就说明这个水关位于丽正门之东、文明门之西。这个水门的具体位置到底在哪里成了问题的关键,是在丽正门稍东不远处,还是近在文明门西侧?如果水门近在丽正门东侧,《元史》应叙述为"出丽正门东水关",既然是东南出文明门,就应该是近在文明门西侧,这就符合了卫星遥感图上过北京饭店西部东南流的那条河道影像。这也和段天顺与蔡蕃先生在点校《通惠河志》时的出版说明中"后门桥下流出,经东不压桥、南河沿,过正义路南行,经船板胡同、北京站,出东便门,沿今通惠河至通州"的叙述基本相似。但我们也不能回避从今南河沿向南直出明清内城南城墙这个影像事实,这应该归功于明朝对大都城的改造工程,明永乐十七年(1419)将内城南墙南移2里,即由今长安街南侧南移到今正阳门东西一线,在废除北部旧护城河后,自然在正阳门外挖掘新的护城河,何年何月何故废除了"东南流"的通惠河段又直接向南接通新的护城河史无记载,但有一点可以肯定,那绝不是元代的"原作",而是明代对"原作"的"篡改"。

下面再研究关于穿北京中医院那条曲曲折折的旧河道。《什刹海志》引《明实录》说:"(宣德七年——笔者注)上以东安门外沿河居人逼近皇城,喧嚣之声彻于大内。命行工部改筑皇城于河东;皇城之西有隙地甚广,预徙河东之人居之。八月又移东安门于桥之东。"一直以来,人们把通惠河城内段断航归罪于东皇城东扩把河道围在皇城内,也许就是这个时候皇城内的河道叫成了御(玉)河,果真如此吗?明代诗人曹代萧在描绘皇城风景时有诗曰:"暧叇烟光上苑通,紫泉缭绕御河东。梯杭万里随风入,遥见云开五色中。"这就是说,有可能在这条御河东边还有一条弯曲的旧河道,侯仁之先生在《关于古代北京的几个问题》(1959)中,根据《水经注》引用的"魏土地记""蓟东十里又高梁之水"的说法,与长安街御河桥出土的唐任紫墓志铭记载印证推论说高梁河下游应在东单附近通过。他又于1973年在《北京旧城平面设计的改造》一文的图中明确绘出这条旧河道的具体走向,并无奈地说:"高梁河下游的原始河道,从此就没入大都东部的坊市之内而湮废无闻了。"当时侯先生没有看到后来的卫星遥感图,尚不敢断言这条古河道的具体走向,但他的推测与卫星遥感图上从东不压桥穿北京中医院那条水道是基本相符的。北京师范大学的孙秀萍老师在《北京城区全新世纪埋藏河、湖、沟、坑的分布及其演变》一文中提到,北京中医院内曾有沟渠通过,同

时又指出东单北大街有东沟,细管胡同有北坑,隆福寺附近有孙家坑,灯市口有北坑,大佛寺和美术馆附近也有坑,尽管她把这些沟渠和坑都分类在人工形成的沟渠坑槽中,但她所述的这些沟渠和坑塘连接起来正好与几十年后发现的卫星遥感图上的古河道走向巧合。再次,文革期间对元大都进行考古勘探时,曾对高梁河及通惠河做过部分挖掘,限于当时的条件,没有进行详尽全面的仔细挖掘勘探,卫星遥感图上显示的河道影像无法在难得的一次考古挖掘报告上找到答案。

三、大胆的推测

卫星遥感技术是 20 世纪 60 年代诞生的一门对地观测的综合性技术,80 年代后这项技术得到长足的发展,广泛用于军事和经济领域,卫星遥感是以人造地球卫星为平台,对地球和大气进行电子和光化学观测,从而得到地球上人们希望获取的各种信息资料。在这项技术上走在前边的美国,早在 20 世纪 70 年代就利用陆地卫星对全球进行了各项观测拍摄,当然北京也难逃它的"法眼"。地球上任何物体都具有不停地吸收、发射和反射电磁波的特性,不同的部位或不同物体所吸收、发射和反射的电磁波的特性,不同的部位或不同物件所吸收、发射和反射的电磁波有着千差万别,针对不同的应用和波段范围,人们制造各种传感器,装在地球卫星上的传感器可以探测和接受地球上不同部位的可见光、红外线或微波范围内的电磁信号,经过复杂的技术处理,这些电磁波信号转换成图像,其失真率非常低,因此我们拿到的遥感照片所反映的事物是相当准确的,我们没有理由怀疑照片的技术歪曲。人们所绘制的各种地图,由于人为因素倒是可能出现偏差的。

既然照片上人们熟知的筒子河、御河、护城河、昆明湖、六海的准确性是真实可信的,那么照片上这些未经专家命名的河道的客观存在也是不可置疑的,历史地、客观地说,这些河道影像不是人工排水渠,更不是现代的地面水沟,尤其弯弯曲曲的 3 号河道影像,那肯定不是人工所为,可以大胆地讲,那是一条古代自然河道,有可能就是侯先生推测的那条高梁河下游河段。古代的人工运河并非都是平地硬挖出来的,为了省时省力,大都尽量利用旧有河道疏浚而成,北京的古河道不乏其例,通惠河的城东南下游段就是利用金代的旧闸河，那么城内的河段也会利用旧高粱河下游河段，这就是图中的 3 号线。如果此推断成立，有四个城市问题就能得到解释。第一，3 号线沿线有许多坑塘沟渠，有的可能是人为取土形成，大部分应该是原先的旧河道淤塞后的遗迹。第二，灯市口街道及以北的胡同布局与元大都城市布局不协调，可能与 3 号线河段有关。第三，美术馆后身的大佛寺街，有一段很小的拐弯，这也与 3 号线河段走向有关。第四，关于沙滩地名的成因，过去有人解释过，说因玉河积沙而成，按照现代地图的标识，笔直的河道别处不积沙，为什么专在这里积沙呢？看了 3 号线河段中部那个弓形弯儿，积沙的原因便会一目了然。

尽管编纂粗糙的《元史》有些记载，但成书于元后，后来的记载也多出于明代书籍，所有记载都是粗略的叙述，不可能对元初的每段河道进行详细记载和论述，而卫星遥感图片上的河道却是明确又具体的，在手工把遥感照片与现代地图重合时尽管有些误差，但还是可以参考的，根据以上推测分析，可以大胆做出以下结论性推断：

（一）根据遥感地图上 3 号线河段影像的清晰度分析，元初圈建大都城时，那条高粱河下游河段仍是存在的，挖修通惠河时城东南利用了闸河故道，城内河段利用了高粱河下游故道，即 3 号线河段。

（二）元代中期或后期因原河道多弯曲易淤塞，改行 2 号线河段。

（三）明扩建皇城后，河道改成了 1 号线河段，从此运河断航。

18. 从卫星遥感照片寻找古河道

北京有多少古河道痕迹，因年代久远且地面反复破坏，已无从考证，对北京影响较大的古河道（如高粱河、古永定河、温榆河、潮白河等）流域、流长及改道流经路线似明似暗，多年来很少有人详尽其解。不久前，从张先得先生那里得到几张 20 世纪七八十年代关于北京地区的卫星遥感照片，片

中反映的内容和信息极其丰富，其中有几条关于古河道的影像见所未见、闻所未闻，笔者愿公之于众，与有兴趣者探讨。

一、什么是卫星遥感照片

遥感技术是20世纪60年代诞生的一门对地面观测的综合性技术，80年代后这项技术得到长足发展，广泛用于军事和经济领域，卫星遥感是以人造地球卫星为平台，对地面和大气进行电子和光化学观测，从而得到地球上人们希望获取的各种信息资料。走在这项技术前列的美国，早在20世纪70年代就利用陆地卫星对全球进行各种观测和拍摄，当然北京也躲不过它的镜头。地球上任何物体都具有不停地吸收、发射和反射的电磁波的特性，不同的部位或不同物体所吸收、发射和反射的电磁有着千差万别，针对不同的应用和波段范围，人们制造了各种先进的传感器，装在地球卫星上的传感器，可以根据不同的波长探测和收集地球上不同部位的可见光、红外线或微波范围内的电磁波信号，可以探测拍摄地面下1米至数米处的信号，经过复杂的技术处理，这些电磁波信号转换成图像其失真率非常低，因此我们拿到的遥感照片所反映的事物相当准确，比手工绘制的任何地图都要精确。在一定意义上讲，如果没有特殊的技术防护则没有任何秘密可言。

二、在卫星遥感照片上看到了什么

由于地球上不同的部位有不同的含水量，因此被卫星遥感器捕捉到的信息也因含水量的不同有着分明的差异，反映在照片上的影像色彩也不同，含水多的部位颜色深浓，含水少的部位颜色非常浅淡，明清北京城墙已经拆除了三十多年，但因坚实的城基含水量非常少，仍能清晰无误地在照片上反映出来，需要说明的是这个影像绝不是二环路的影像。大城西北缺角的秘密也能被彻底揭开，历史上西北角外侧有宽阔的水面或湿洼地，明初曾在正东西向修建过城墙，由于地基不牢，在屡修屡倒的情况下不得不改在湿地南侧斜向修筑。外城东南角歪斜也是同样的原因所致。除城墙基础外还可以看到一些重要的建筑物基础，有地面未被破坏过的古建筑，也有基础较深的新建筑。

我们在照片上不仅能看到现存的筒子河、六海水系、外城护城河、部分内城北护城河段、昆明湖、紫竹院湖、玉渊潭、莲花池、陶然亭湖等水面，还能看到被埋在地下几十年的前三门护城河、皇城东部南北河沿、长安街以南御河河段，当然通惠河、永定河、凉水河等较大河流更是一目了然。内城东西城的护城河因修建地铁地层破坏严重，已很难分辨清楚。金水河进西直门南水关的东西河段尚十分清晰，赵登禹路上的南北沟沿河段影像虽很模糊，但从西直门一直到进中南海的沿线仍可断断续续辨认得出来。金水河在进中南海之前分成两股支流，向东入中海一条大家比较熟悉，但沿西皇城外侧向北东折、经厂桥继续东流南入北海这条河道尚不为人知，在这张遥感地图上尚可分辨得出来。从遥感照片上还可以看到南海南端有一条向南流出的河道影像，这也是从未被发现过的河道遗迹。除此之外，位于城东北角的原苏联大使馆原先是一块湿洼地，在遥感地图上反映得十分清楚。宣武区的青年湖辽金时期是大内的皇宫御苑，时光虽已逾千年，但水面与古建筑基础仍了然于目。

三、关于三条少为人知的古河道的探索

1. 多种书中介绍说玉渊潭湖是自然形成的湖泊，主要积存附近泉水和天然雨水，但金代开挖金口河时，将人工河道接通了玉渊潭，使得玉渊潭有了充足的上水源，但湖中水满之后流向哪里呢？却少有详细论述，一说沿中都城北继续东流奔向通州，是谓闸河，这是金代的事。二说接通外城护城河，此为明代之后的事。如果设想古代从永定河引水东灌时，是全线平地挖掘一条新河道，还是尽量利用途中旧有河道呢？推想应该似乎后者为宜，如果此推论成立，那么从永定河接口处到明外城护城河西北处是否存在过一条旧水道呢？从玉渊潭流出的水是否只有金代接通中都北护城河直向东流，明代接通外城护城河这两种流向呢？从卫星遥感地图上观察，似乎还有第三种流径，那就是图中标注的 1 号线河段，大体从西便门向东南，经宣武公园东侧斜向东南，又经牛街和右安门大街东侧继续向南出城，接今凉水河。判断这条古河道可能存在的理由除遥感地图上有影像外，还有三点依据：其一，这一带地势西北高于东南，水势自然会向东南排泄，不可能像一些书中所绘笔直流向正东方向。其二，这条影像呈自然弯曲状，符合自然河道的特点。其三，根据孙秀萍老师的《北京城区

九门深处轶闻多

全新世纪埋藏河、湖、沟、坑的分布及演变》一文中勘测分析，在右安门内大街有历史上形成的沟和坑，与影像图相符。如果这条古河道存在，是什么水系？是永定河支流？是高粱河分支？尚有待深入研究。

2. 图中标注的 2 号线河段是今南北河沿及延长线部分，河道在正义路南口与明清内城南护城河接通，即被公认的通惠河城内河段，又称御河。但在卫星遥感地图上又显示出在北京饭店西北侧似乎又分出一条斜向东南的支线，即 3 号线河段，它大体经北京饭店西部斜向东南流，大约在大华路南口东折，以后的图像就模糊不清了。查《元史·郭守敬传》："自西水门入城，环汇于积水潭，复东折而南，出南水门合于旧运粮河。"南水门在哪里没有讲。《元一统志》进一步明确说："自西水门入城经积水潭为停渊，南出文明（门），东过通州至高丽庄入白河。"元《析津志》也说："东南出文明门。"文明门是大都城南城墙最东边一个城门，大约在今东单路口稍南位置，"出文明门"即应从文明门附近流出大都城，这就是 3 号线河段出大都城处。明永乐十七年（1419）将内城南城墙南移 2 里，由此可以推断，3 号线河段是元代的通惠河路线，这两条河段改动于何年何月史无记载。

3. 在北河沿北端（大约在东不压桥南部）还分出一条 4 号线河段，这条弯弯曲曲的河段在东不压桥南部斜穿北京中医院南部，继续向东南在什锦花园改向南流，又稍向西斜，在灯市口西端改向东流，至灯市口东端斜向东南，穿红星胡同、外交部街、西总部胡同、东单（建国门内大街），又经过今北京站向东南流接城外通惠河，这是一条影像清晰、上下连贯的重要河道图像，是从未被人发现过的河道。明代诗人曹代萧在描写皇城风景时有诗曰："皢 鶒烟光上苑通，紫泉缭绕御河东。梯航万里随风入，遥见云开五色中。"说明在御河东边可能还有一条水道。侯仁之先生在《关于古代北京的几个问题》中曾提到："根据高粱河水上下游流向来推测，其故道应该从今御河桥以东东单附近流过。"1973 年侯先生又在《北京旧城平面设计的改造》一文中绘出了这条古河道的走向图，基本与今天见到的卫星遥感地图上的 4 号线河段大体相符，他的判断是正确的，因当时他没有见到过卫星遥感图，所以不能详细说清具体流向路线，只得无奈地说道："高粱河下游的原始河道，从此就没入大都东部的坊市之内而湮废无闻了。"这是一条非常重要的古河道，如果确是高粱河下游河道的话，肯定是在元之前就存在了，那么我们有理由猜测，元代郭守敬勘测挖修通惠河路线时，为了省钱省力，是否考虑过走这条现成的旧河道，由于种种原因，后来改走3号线河道，明以后又改走2号线河道成为最后的定局。笔者曾就此请教过苏天钧先生、段天顺先生、蔡蕃先生，段先生还建议我对照十座闸坝位置看是否有冲突，我仔细研究对照了10座24个闸口位置，城内的水闸自什刹海东南的澄清闸向下就是文明闸，文明闸在文明门之西，无论是走2号线还是走3号线河段，都不与所有闸坝相矛盾，至于走4号线河段那只是一种不算离题的猜测罢了。无论如何，如果4号线古河道确实存在的话，北京中医院内、府学胡同坑、大佛寺坑、美术馆坑、隆福寺附近的孙家坑、沙滩、东单北大街沟、泡子河等也许是与这条古河道遗迹有关。另外像安定门大街至大佛寺向东转弯及一些古老街道与元大都街坊规划不协调的原因兴许也与古河道有关。

四、其他

1.在卫星遥感照片中反映出的极其丰富的信息中，有些是古代地层信息，有些是历代地层改变形成的影像，因此会有新老影像重叠在一起的现象。例如，南北河沿原先是通惠河道，后来改为下水干管，两者重叠在一起，很难分辨清楚，为此请教了市政专家孔庆普先生，他不仅向我指出了一些主要市政干线走向，而且告诉笔者，凡笔直的影像，除人工河道外，大都应是市政管线，只有自然弯曲的水道才有可能是古河道，研究时应该注意区别。规划专家朱祖希先生也向我提供了重要的历史线索。在研究1号线河道特别是4号线古河道时，发现都是在城市改造很小的老北京稠密居住区，故地层改变很小，这就为研究北京的古河道提供了极大方便。

2.在卫星遥感照片上发现的这些古河道，对北京的历史地理研究和北京的城市规划有非常重要的参考价值，笔者建议：（1）应该组织有关部门对有条件的地段立即进行地层挖掘勘测，进一步确定古河道的位置\范围\深度\地质情况。否则会随着城市改造的加剧，地层更加复杂。（2）组织有关专家翻阅历史文献和档案资料，哪怕是从只言片语中搜集文字证据。从几个方面确定古河道的存在及详细情况，不仅为子孙后代留下这些重要的历史资料，而且在未来的城市建设中也具有非常重要的现实意义。

3．在翻转绘制古河道线路图时，因手工技术有限，所绘出的河道线路可能略有出入，望专家予以纠正。

19．北京曾经是水乡

面对干旱缺雨的现实，称北京为水乡似乎难以让人相信，但历史上的北京确曾有过水乡美景，那湿漉漉、水淋淋、井满泉滢的水乡景色被许多古代诗人尽收诗中，明代大诗人袁中道在《德胜门净业寺看水》中描写道："南人得水便忘忧，两日三番水际游。花露沾水浓似雨，潭风着面冷如秋。拖莎带荇流何急，掷雁抛凫浪未休。天外画桥桥上柳，只疑身在望湖楼。"一个南方人把德胜门当成了江南西子湖畔的望湖楼，可见昔日德胜门水乡景色之美。

自古至今，世界上所有的都城都依水而建，凡经久不衰的城市都因水而兴，那些灭绝了的古城也大都因水而亡，北京建城3050年（至2004年），正式建都也有851年（至2004年），一些外国城市专家曾疑惑不解地问道："北京不靠大江大海，为什么会历千年不衰？"那是他们不了解北京的历史。解密了这个历史之谜，北京为什么称水乡会迎刃而解。

一、北京的湖光山色之始

168万平方公里的北京只占中国面积的1.7%，如此狭小的土地上同样要为地球分担育生命的重任，北京为此走过了极不平凡的艰难之路。

在洪荒混沌的远古年代，北京曾有过剧烈的地壳变动，在十二三亿年前，北京地区淹没在洪涛巨浪的海洋中，到了距今三四亿年前，海水逐渐退去，陆地开始显现，一亿多年后，海水再次浸没大陆，经过几次这样的反复，北京陆地上留下许多海洋生物，以后逐步适应了陆地环境，部分演变为陆地生物。大约在距今一亿五千万年时，北京地区又发生过一次剧烈的地壳运动——燕山运动，炽热的地下岩浆带着火光喷射而出，又一刹那间岩浆遍地，陆上生命体受到毁灭性打击，生物链几乎完全断裂。在距今六千多万年时，从西山前的黄庄、八宝山到顺义高丽营一线的东南部发生了明显的地面沉陷，形成了西北高、东南低的基本地形。西郊美丽的百花山、髻髻山、妙峰山、九龙山等就是这个时期形成的。经过几次强烈的地壳裂变，西、北、东北部出现了许多火山岩山体，东南部平原上出现了大小、宽窄不同的沟沟壑壑，经过多年的风化和雨水冲刷，较软的地面沟壑越来越深，这就是我们今天见到的大河，较硬地面受雨水冲刷较轻的就形成了小沟溪，有的地面成为深坑，这就是我们后来看见的湖泊。由于北京西北高、东南低的地形特点，所以北京的水系基本都是从西北流向东南。

经过多次地面变动，北京开始了一段相对平静期，在雨水和海水汇集的山前地区，大量海洋生物得到了空前滋生和繁衍，于是又开始了一轮由低级到高级生命的迅猛发展，生物链再次延长和丰满。晴日举目西望，巍巍太行余脉的西山如青龙横卧，"惟余莽莽"的北部峻岭是燕山山脉的军都山，那宽大的臂膀一直伸展到密云境内，这三面环抱的崇山峻岭把北京与塞外大漠分割成南北两个天地。背倚群山、面朝渤海湾的北京四季分明，雨水充沛，气候温和，山上葱茏翠绿，动物种群繁多，山下的河渠湖池里鱼虾畅游，在原始生态繁盛的龙骨山上诞生了我们的祖先——北京人。

二、北京的水系大观

由于北京特殊的历史地理条件，大自然给我们留下了旖旎风光的同时，也创造了极其丰富的水力资源和千姿百态的生态环境。

北京大大小小的河流有200多条，大的自然河道有四条：1.发源于内蒙和山西高原的母亲河——永定河。2.发源于河北涞源县的拒马河。3.发源于河北丰宁县的潮白河，是北京人的净水盆密云水库的主要供水源。4.发源于河北兴隆县的洵河。这些大河道上又连接着许多分支和较小沟渠。除上述自然河道外，还有许多人工河道，较大的有北运河、通惠河、金水河、高梁河、长河、永定河引水渠、京密引水渠等，有些河道本身就是在旧的天然河道上挖掘而成的。在城区的有辽南京、金中都、元大都、明清各代护城河，总长130多里。这些纵横弯曲交叉的大小沟渠河道，犹如一张大网把北京大地罩了起来，这沟沟相连、渠渠相通的大网勾勒出了水乡北京的基本框架。

在这个框架和网格中间，又有大大小小的许多湖泊、潭池和坑塘，城区

九门深处轶闻多

及近郊区的湖泊有六海、昆明湖、紫竹湖、圆明园福海、八一湖、玉渊潭、莲花池、陶然亭湖、龙潭湖、水碓湖、青年湖、柳荫湖、团结湖、红领巾湖、北四湖等。远郊也有许多湖泊，如平谷的金海湖、房山的青龙湖等。还有许多有名无名的坑沟池塘，有的坑塘早已消失，只留有地名，如金鱼池、苇子坑、大小川淀、毛家湾、薛家湾等。除此之外，还有郊区的密云、十三陵、怀柔、白河堡、官厅等85座水库。这些水库原先也都是天然积水塘。北京城乡到处都有清纯的涌泉和湿地，又有万千水井点缀其间。湖泊水库、湿地水井和坑塘像银镜又像颗颗明珠镶嵌在翠绿色网格中间。所有这些长短不同、形状各异的水面，组成了一幅水泠泠、湿漉漉的水乡北京的美丽画卷。

三、都城因水而建——都城因水而迁

我们的祖先北京猿人穴居在北京西部的龙骨山上，他们不仅以野果和蘑菇等素食为生，还用原始的武器捕食动物，后来发现山下的鱼虾也十分鲜美可口，白天就逐步走下山来采食更多的食物品种，后来就在山下搭些简单的穴棚结合的住处。在25000年前的旧石器时期，已经进化了的"北京人"开始大胆地来到今天的金街——王府井附近居住和生活，他们学会了用火烧煮食物，考古资料显示，王府井一带是河漫沼泽湿地，这里有原始的牛、斑鹿和鸵鸟等动物。当时及以后很长的历史时期，人类还没有固定的住所，更谈不上城镇建设。

公元前1000多年，周武王打败商朝，建立西周政权，将位于今房山、河北一带的地盘分封给他的同族召公奭，召公发现琉璃河一带山前是一片一望无际的平地，附近有河渠环绕，东有滔滔永定河水，北有淙泉汇集的圣水和乐水。这里水丰土膏，交通方便，在当时就是一块风水宝地，于是就定都在永定河与大石河之间的台地上，即今董家林村。当时人们对水只有顺从，毫无驯服的办法，大石河上游水丰时经常漫灌平原地区，干旱时颗粒不收，永定河又有飘忽不定的性格，时而温顺可爱，时而毫无顾忌地狂奔乱跑，所以人称无定河，它曾数次更改河道走向，就像一匹脱缰的野马狂妄无忌地东窜西挪，经常给人们带来许多水患和灾害，燕国都城肯定也受两条河流的夹击之苦。

永定河改道的若干年后，河道所经之地留下的唯一纪念就是植被良好的松软土地。先人们无意中发现河对面水丰草茂、土地肥沃，于是试探着从河道较窄处渡河探寻新的栖息地，今天的卢沟桥河段就是当年的最窄处，开始那里并没有桥梁，以筏代舟渡人来往两岸间，后来才修建了简单桥梁。东渡后的先民们在更加肥沃的土地上不仅获得黍禾大丰收，也找到了贸易的途径，人越来越多，日子越过越好，不知从何年何月起，燕国都城也迁到了河东这块丘上长满蓟草、四周碧水环绕、肥沃而且安全的土地上，即今天的广安门外附近，这是第一次北京都城的大迁移。

新城仍称蓟，这里河渠流缓，湖水清澈，泉源丰茂，植被良好，历经秦、汉、魏、晋、南北朝的历史变迁，至隋唐时期成为一座军事重镇。为了解决蓟城的运输和城市用水，早在汉代时，曹操部将刘靖就奉命在今石景山附近的永定河段修坝截水（戾陵堰），并挖掘运河（车箱渠），因当时技术条件低下，几年后因无法泄洪而失败。以后东北的契丹辽朝把北京做为陪都，继续兴修水利，大搞园林建设，女真人建立的金朝更是看好这块风景秀丽的风水宝地，干脆把首都从东北迁来燕都。辽金时期人口只有几十万，整个城市靠一个莲花池就足够用，北魏郦道元在《水经注》中把莲花池（时称西湖）描述为："绿水澄澹，川亭望远，亦为游瞩之圣所也。"可以想见，那时的莲花池不仅是城市的主要供水源，又是荷香飘溢、碧水澄澈的游览胜地。皇宫内的太液池（今广安门外青年湖）更是华美辉煌，元代大诗人廼贤在《西华潭》中描绘道："秋水清无底，凉风起绿波。锦帆非左梦，玉树忆清歌。帝子吹笙绝，渔郎把钓多。矶头浣纱女，犹恐是宫娥。"清澈透底的太液池水经护城河流向东南入海。

13世纪初，蒙古铁骑打破了中都城的平静，一通烧杀抢掠后，宫殿城池遭到无法挽回的毁坏，护城河里不仅有漂浮的尸体，也有横木、战车和垃圾杂物，水系遭到严重破坏，蒙古大军占领北京后，要想彻底恢复旧城风貌非常困难，这个旧都城一直被闲弃了多年。13世纪中期，成吉思汗的孙子忽必烈决定把政治中心迁到燕京，这时的燕京城不仅凋零破败，还经常遭受永定河的水患之灾，庞大的蒙古军事政治集团迁来北京，由于人口剧增，重中之重的大事就是必须解决大都城的供水问题，忽必烈在汉官刘秉忠的策划下，决定弃旧图新，抛弃莲花水系。忽必烈站在城北部一处四面环水、景色宜人的小山上远目眺望，西北部连绵的青山起伏不断，山下丝丝清泉汇成的宽大水脉蜿蜒曲折奔腾而来，回首东南，渤海湾上升起的道道霞光裹着温暖的湿气扑面吹来，他毅然决定就以这个小岛为中心重新修建一个大都城，围长六十里的城墙外挖掘深而宽的护城河，这个美如仙境的小岛就是今天的北海白塔山，这是北京城又一次战略性大转移，此为后话。

四、水乡美景揽胜

据专家考证，永定河曾四次更改河道，商代之前河水冲出三家店后，经八宝山向西北过昆明湖沿清河方向东流。春秋时期，主河道甩至今紫竹院方向，过今积水潭沿坝河方向东流走北运河出海。春秋至西汉期间，主河道从今积水潭改向南流，沿今六海一线南折东流，经龙潭湖、萧太后河、凉水河走北运河出海。直至清代河道才稳定在今天的位置上。

1. 翠竹环抱的紫竹院湖是母亲河留给我们的一处休闲胜地，轻盈逶迤的长河穿湖而过，碧波荡漾的湖面上船影婆娑，当年的慈禧老太后让人用红丝线编成的绳索拉着她游赏颐和园就是从这里经过的。东门外的白石桥一带风景秀丽、清雅宜人，文人墨客聚此吟赋，著名诗人焦景山曾盛赞道："凿断昆仑白玉根，暇观如雪冻犹存。摩挲体质微生润，雕琢功夫不见痕。碧水远连深洞府，红尘平没老乾坤。游鱼到此忽惊去，应畏珉鲸势欲吞。"从白石桥顺流而下是高粱桥，桥下水清见底，桥两岸绿树浓荫、古刹林立，每逢四月初八女人们就到桥北岸的娘娘庙上香求子。

2. 六海是永定河留给北京最好最深刻的纪念，所谓六海即指：西海（今积水潭）、后海、前海（什刹海）、北海、中海、南海。永定河南移后，在这条故道上留下一串串大小不等、深浅不一的积水坑塘，这条地段清雅幽静、花草树木繁茂，以后的辽、金两代在岸边修建亭堂和游钓设施，成为郊外的休闲娱乐之所。到了元代，为了解决大都城的供水，郭守敬把昌平的白浮泉及沿线诸泉水汇集后导向南流，经瓮山泊（昆明湖）走和义门（西直门）北水关入城，然后导入今积水潭又南流，经后海流至今什刹海东南部，从万宁桥（地安门桥）下东南流，经今南北河沿南流东折出城，这就是北京人的生命河——通惠河。通惠河不仅解决了大都城的供水问题，同时也把大批粮食物资从南方经这条水道运进大都，因此终点积水潭成为一处非常热闹的水运码头，出现"舳舻蔽水"的盛况。当时的西海水域宽广，今二环路南北两大片水域是连在一起的，码头岸边市井繁荣、殿堂楼阁林立。元代统治者为了保证皇宫里有清洁的水源供应，还专门修建了一条御用水道，把玉泉山的泉水从和义门南水关引入皇宫御苑，明令沿途不得洗濯和放牧牲畜，这条河道就是著名的金水河。元代在北海和中海岸边大兴土木，修建宫殿楼阁和亭堂廊榭，把这里划为太液池，今中海西岸的"中南海"就是当年的隆福宫和兴圣宫旧址。除通惠河外，元代为了解决排水和水上运输，还在文明门（崇文门）外挖掘了文明河，在崇仁门（东直门）外挖掘坝河，因此元代有三条河从北京城通往北运河。

到了明代，通惠河上游水源日渐枯竭，由于皇城东扩，城内河段运输中断，主要供水源依靠西山诸泉和西郊海淀一带的积水，后来把前海与北海连通，那时的六海仍水势旺盛，明永乐十二年（1414）挖掘了南海，后人所谓的中南海才正式连通。这时的外三海（西海、后海、前海）是平民百姓的乐园，水上的荷灯、游船漂荡自由，岸边弹唱吆喝声不断，那悠扬的乐声被透迤的涟波传得很远很远，那伴着水音的唱音令人陶醉。冬日里，一串串冰车载着一串串笑声飞速而过，那情那景让人难以忘怀。内三海是皇家太液池，高大红墙下辉煌的殿阁之间山石叠翠、飞瀑流萤，住在这里的主人换了一拨又一拨，湖水依然碧澈，树木花草依然青翠，望着那微波涟漪浮想联翩。

3. 京西地区不仅有青龙湖、斋堂水库等稍加雕琢的风景区，更有人称"燕京小三峡"的龙门涧，这里山水相间、景自天成，峡谷溪流时而急促、时而涓涓缓行，踏着崎岖的青石板路拐过一道弯儿，忽然一阵凉风和着清脆的震颤声迎面而来，猛抬头观看，那一线天的峭壁上飞下一道闪着亮光的瀑布，走进细瞧，绵软的水流竟把花岗石砸出一个"龙潭湖"，夏天这里清风徐徐，吸一口清新的凉气，沁人肺腑、神清气爽。

一亿五千万年前的造山运动，也为我们造就了一个美丽的十渡风景区，大量的火山岩浆冷却后形成了奇形怪状的岩石层，曲折婉转于两山深谷间的拒马河，跌跌撞撞地流淌在起伏不平的河床上，又盘旋迂回地奔出山外，每一个狭窄的河湾处就是一个民间渡口，渡口附近花红草绿、植被良好，淙淙作响的清澈河水伴着袅袅炊烟，这立体的画卷给游人平添无穷乐趣。从张坊的一渡朔流而上一直到十渡，每渡风光迥异，四季景色不同，是一处极佳的旅游胜地。

4. 明代以后，清代对北京的水系设施没做任何实质性改动，但在西郊园

九门深处轶闻多

林的建设上花了很大功夫，尤其对三山五园花费了无法计数的银两，形成了世所罕见、史无伦比的庞大园林建筑群，所谓三山即：香山、玉泉山和万寿山。五园为：香山的静宜园、玉泉山的静明园、万寿山的清漪园、畅春园和圆明园。这些园林都借水造景，尤其圆明园，大量仿造江南水乡的园林艺术，推土叠石成山，满园广植花草树木，把万泉河水引入院内，将各景点以水相连，水面或宽阔敞亮，或小巧纤细，清澈的湖水婉转盘绕于厅堂楼榭之后，从长春园东北部的七孔闸流出园外。距圆明园南侧很近的畅春园是在明代李园旧址上改建的，园中也是水流潺潺，花草树木繁茂。香山的静宜园则以优美的山势见长，山涧的泉水也为园子增添了无穷乐趣。玉泉山的静明园不仅有风景绝佳的玉泉塔影，更以甘甜的泉水闻名遐迩，"玉泉垂虹"和"玉泉趵突"成为历代文人的吟赋对象。乾隆皇帝曾专门称量品评了玉泉山的泉水，与天下名泉作比较后，把玉泉定为"天下第一泉"。万寿山的清漪园即后来的颐和园，不仅山旷水阔，还有辉煌的殿堂楼阁和亭台廊榭相衬映，整个园林稀密有致，水面占园林总面积的4/5，站在万寿山上环目眺望，给人以心旷神怡之感。

5.过去北京的地下水源也十分丰富，永定河多次改道形成的冲积扇，松软的土层下丝丝潜流不断，不仅有大量泉水涌冒，也有地上地下水系连通的大量湿地，从"海"和"淀"这两个亲水的字就可以判断出，海淀曾经是北京最大的湿地，明代古籍记载说："水所聚曰淀，高粱桥西北十里，平地有泉，滮洒四出，淙沽草木之间，潴为小溪，凡数十处。北谓北海淀，南谓南海淀。"今天的巴沟附近是南海淀，三角地以北是北海淀，两大片水汪汪的湿地上莲花盛开，水生动植物生长繁茂，说万泉河水来源于万眼涌泉绝无夸大之嫌。海淀一带依山近水，林木间水雾蒙蒙，稻田农舍水淋淋、湿漉漉。海淀良好的水资源条件，生长出白净如玉的皇宫专用御稻。除海淀外，北京还有许多大小湿地。《日下旧闻考》记载："近畿则有方淀、三角淀、大淀、小淀、清淀、洄淀、涝淀、护淀、畦淀、延芳淀、小兰淀、大兰淀、得胜淀、高粱淀、金盏淀、苇淀……凡九十九淀。"京东通州的延芳淀（张家湾之南）、京东南的南海子及京北的洼里地区和东北部的将台洼都是北京很大的湿地，延芳淀早在辽代时就有广袤百里的记载，其中最为辉煌露脸的是南海子湿地，这里地势低洼、泉源密布，是元明清三代皇家的狩猎休闲之地，清代在南海子修建行宫，皇帝经常在这里举行阅兵式。新中国成立后湿地陆续减少，北京龙潭湖、陶然亭湿地早已改建成公园，可喜的是有幸保留下来的顺义汉石桥湿地和延庆康庄的野鸭湖湿地引起各界重视，正在规划保护方案。

6.北京城里除了上述较大河湖外，还有许多很小的沟沟汊汊和坑塘池淀，如南城有名的金鱼池和龙须沟等。几乎每条胡同口都有敞开或盖着的排水沟，所谓的北新桥、大石桥其实就是胡同口的小渡桥。在今天地图上仍标有许多带井的地名，据古籍记载，晚清时期内城有井701眼，外城557眼，最为有名的是金街的王府井。过去北京的井水位很浅，有的井水与井口平齐，安定门外的满井"井口五尺，清泉突出，冬夏不竭。水常浮起，散漫四溢"。泉水四溢的满井招引文人墨客常聚此吟诗赋歌。石景山和德外等地也有这样的满井。这些井沿、塘边和桥头旁，是老北京们谈天说地的聚会场所，一大早他们就披雾蹚露地忙着自己的生计，晚上又聚会在这里说说唱唱，水边承载着他们的喜怒哀乐和悲欢离合，水与百姓有着不解之缘。

五、水是有生命的，水不仅承载着生命，还创造了令生命延续下去的秩序，创造了这个生机盎然的地球。

水是有灵性的，水无时无刻不在变换着它那阿娜多姿的形态，有了水城市就更加灵秀，有了水音乐会变得更加悠扬动听。

水的胸怀是博大的，水可以容纳宇宙间所有的有生命的和无生命的物质。水有保持纯洁和捍卫自由的绝对权利，水属于大自然，绝不仅仅属于人类，谁尊重水的运行规律，谁就会得到水的关爱，谁破坏和玷污了它，谁就会受到绝对的惩罚。

（原载《知识就是力量》2004年11期）

20.《历史探寻片——水乡北京》策划书

一、录制《水乡北京》的初衷

21世纪的北京城不仅是占世界1/5人口的中国首都，也是一个深具影响力的国际化大都市，以其悠久灿烂的文化光耀于地球之巅，以其飞速发展的现代化速度令世人瞩目，每年这里吸引着无数游人访问游览、洽谈交流。

但是，来访者一走下飞机悬梯就立即感觉到干燥不适，如果遇到风沙天，还会眉头皱起、双目紧锁，见到我们的河湖水景更会大惑不解："北京的水为什么这么浑？""中国为什么选北京做首都？"人们还问："北京历来就是一个干旱缺水的城市吗？""北京还能改观吗？""中国会迁都吗？"

其实不用客人们提问，社会和经济发展到今天，我们自己也感到了水对我们何止是简单的"重要"，简直是卡脖子似的致命一环，"我们的北京家园能否保得住"这听似玄虚的现实问题，已经摆在了高层领导和每个北京市民面前，决定北京前途命运和能否迁都的大权掌握在大家手里。

可喜的是中央和北京市领导已经清醒地认识到水对北京持续发展的重要性，一再叮嘱人们珍惜每一滴水，爱首都、爱北京就要爱惜这块古老土地上的山山水水，以胡锦涛为总书记的党中央在不久前召开的十六届六中全会上，以高屋建瓴的巍然之势倡导国人注重人与自然的和谐统一，以主人翁的姿态创建一个全方位的和谐社会。北京市的林业和水力、环保等部门几年来致力于修复河湖水系、养护山林、恢复生态平衡。2008年奥运口号是"绿色奥运、科技奥运、人文奥运"，为了让2008年北京奥运会有一片更蓝的天、一汪更清的水、满城沁人肺腑的清新空气，利用一切科技手段，实现绿色奥运，调动所有社会力量，通过北京的多姿多彩的人文历史，展示华夏五千年的辉煌历史和灿烂文化，为了实现这一目标，各级领导和几十万职工辛勤劳作在每一个岗位上。

但数百年的生态演化、近百年的社会变迁、数十年的人为破坏，使得北京生态欠账太多，何况尚有部分人仍处于混沌模糊状态，要想全面恢复北京"林麓苍莽、溪涧镂错、河渠纵横、井满泉盈"的景象任务相当艰巨，甚至不是一两代人可以完成的事。

作为责无旁贷的创编摄制组全体成员，虽然不能荷锄把镐上山栽树下河清淤，但我们有责任将当年那种仙境似的北京城介绍给大家，利用手中的先进"武器"尽量还原北京的水乡风貌，让北京人、让世界所有的朋友都了解北京的过去，喜欢北京的今天，憧憬北京美好的明天。

北京不是凡地俗城和浮华之都，是苍天赐予的山水俱佳的风水宝地，是紫气恒晟的帝王之都，千百年来，无数史学家对北京的朝代更迭、皇权变换、寺庙坟墓、宫殿城垣等进行了大量挖掘研究，著述了丰厚的理论文献，但支撑历代稳固皇权和人类兴存的生态环境及衍生出的水文化仍像没有掀开盖头的新娘，"新娘子"是否漂亮能干又招人喜欢？这些迷茫欲知的问题亟待有识之士为大家揭开。

我们摄制组同人没有一位自然和生态科学家，但有几十颗火热滚烫的心，之所以敢于承担如此重任，就因为我们背后有无数关心北京环境和文化的真正有识之士支持，有中国最权威的顾问组成员做坚强后盾，我们要用电视手法展示沧海桑田的变迁，回味那些离我们渐远的古都风情和水乡般的自然风光，呼唤湿地与城市文明的和谐和融合，挖掘北京环境文化的史实，探寻北京历史进程的真迹，从而寻出规律、找出环境恶化的原因。通过一代代人的努力，让古老但充满活力的北京仍将光照于世。

二、主题阐述

我们居住的北京——文化底蕴厚重的古都一直与水有着不解之缘，积水

九门深处轶闻多

潭展示过"舳舻蔽水"的壮丽景观,通惠河畔萦绕着纤夫牵挽的号声,高粱桥边回响着诗人骚客的吟哦,长河两岸留下了无数踏青者的萍踪履印,胡同深处时时传来"买甜水"的吆喝……水,哺育了世世代代的北京人,也形成了丰富多彩的水文化。拂去岁月的尘埃,一个酷似江南水乡的古都北京将随本片渐次呈现在观众的眼前,一段故去的美好情怀油然而生……

但是,面对在我们眼前迅速耸起的大量舶来品,我们是否应该思量一下在这耳目一新的新型城市的尘嚣中,我们是否还能得到自然赐予的财富的滋养,我们是否还能款款地说:这里是人类生存的好地方?

《水乡北京》是我们制作大型电视系列片《中国湿地》的第一部分,它将用电视手法为人们展示这里沧海桑田的变迁,从而深深地思考我们人类的辉煌、荣耀与短视和狭隘,反思过去,展望未来,激发人们心灵中那一丝柔软的怀旧情节,回归理性的自然生活。抓住2008奥运机遇,尽量恢复失去的水乡美景,让社会方方面面更加和谐,让北京人和全国人民更加安康幸福。

三、节目总时长、集数及暂定名

总时长:250分钟

分集:50分钟×5集

第一集:寻找北京人的家

第二集:北京城大迁移

第三集:都城紫气

第四集:梦幻水乡

第五集:最后的湿地

四、各集梗概

我们之所以把本片定名为《水乡北京》,是因为"出身""北京湾"的北京城过去的确多水,呈现出"湖渠纵横、井满泉盈"的水乡景象,著名京味作家舒乙先生说:"北京原本多水,称北京为水乡也很贴切。"诚然,这与真正江南意义上的水乡还有区别,把它看作是诗化了的误读也无妨。正如明代诗人文徵明在诗中写道的:"春湖落日水拖蓝,天影楼台上下涵。十里青山行画里,双飞百鸟似江南。"我们将分五个部分向观众介绍北京的水乡景象。

第一集:寻找北京人的家

北京是一个水源丰富、生态繁茂、人与自然和谐相处、极适合人类居住的大家庭,由于理想的水脉系统诞生了悠久的文脉大系,吸引着无数志士仁人涌进北京城。本片的第一个镜头是一个20岁的青年学子从熙熙攘攘的人群中走出前门火车站,他放下简单的行李,抬头望着那雄伟的正阳门城楼和哗哗流淌的护城河水惊呆了,啊!城墙如此高大,城市如此美丽。他就是中国工程院院士、九十多岁的历史地理学家侯仁之先生75年前第一次进京时的真实写照。今天我们再在繁忙的人群中问一句:"谁是北京人?"有人会自豪地告诉你:"我是北京人,因为我出生在北京,户口在北京。"如果再问"你们的老家在哪里",恐怕就会有五花八门的答案了,就是常以真正"老北京"自居的清廷满人的后裔,也不得不承认他们的老爷爷的家在黑水白山或茫茫大草原上,那么谁是真正的老北京人呢?这些老北京人的家又在哪里呢?

追问到真正老北京人的家,要追溯到五十多万年前的周口店。70多年前的一天,石破天惊的一次意外发现打破了周口店这个宁静的小山村,从裴文中先生在龙骨山的洞穴里发现了原始人的第一块头盖骨化石开始,这里就一直没有停止过对真正老北京人的老家的研究和探索。

镜头变换到五十万年前的北京地区,当时气候温暖潮湿,山上花果满布,水里鱼虾畅游,最老的北京人早期活动在西南郊的山山水水之间,他们白天采野果、捕鱼虾,晚上穴居在山洞里,经过长期的艰苦磨难,他们不仅学会了砍凿石器与豺狼虎豹斗争,而且不满足山上山下的简单生活,开始向山下扩展自己的活动范围。由于北京平原地区反复的河道泛滥冲击,陆地上的沟沟坎坎和漫滩地上动植物繁茂,呈现出生物进化的勃勃生机,已经进化了的北京人开始向这些地区转移,这时镜头前又闪现出一个叫岳升阳的年轻人,是他在金街王府井发现了走下山的"老北京人"的活动遗迹。

北京的原始土地是什么样子的呢?明代诗人刘溥在一首诗中作出了形象

九门深处轶闻多

描写："当时妖雾久消沉,空余易水东流海。海水变桑田,天地几翻覆。龙争虎斗且莫论,卷起飞尘纵双目。"我们的镜头随着主持人巧妙的解说又转换到海浪滔天的北京湾,12亿年至1.2亿年前,北京大地上经过几次海水和陆地的反复变换,又发生了一次强烈的造山运动,有了环绕北部的燕山山脉,北京的地形地貌及水系和气温特性基本定型。今天我们看到的山山水水和感觉到的冷暖干湿都是缘于那时的"天翻地覆"。数亿年前的情景不可再现,但主持人可以带领我们在柳荫公园见证产于房山10亿年前的海藻化石,在地质学家书房里看到在顺义打出的海相化石岩心,在王府井博物馆里见到新石器时期我们祖先留下的颗颗动物化石和复原出的当时生活场景。

第二集:北京城大迁移

画外音:当有人问到"北京建城多少年,北京建都多少年"时,你可能一下回答不出来,当问到"有几个北京城"时,也许你会更感到诧异,难道会有三个北京城?不错,作为城市的象征,的确曾有过三个北京城,看完下面的片子,以上问题就会全部明白。这就是大和谐中也隐藏着些许不和谐音符,这小小的不和谐便催生了三个北京城的故事。

山环水绕、动植物繁盛的一方水土,滋养了华北大平原北端的一方人。3000多年前,在这片山清水秀的土地上就发展成了"燕"和"蓟"两个部落国,经过无数次的激烈拼杀较量,最后燕胜蓟败,燕仍以蓟城为国都,这个日渐强大的燕国都城就位于北京西南43公里房山县城以南的琉璃河畔。这就是最老的第一个北京城。既然有"燕"、"蓟"之分,那么两"国"各自的势力范围在何处?原来的蓟都又在什么地方?这些都是待解的历史之谜。

主持人带领我们来到房山琉璃河畔董家林村的博物馆,车马坑、城垣、坟墓和大量商周文物都证明了这里就是古燕国都城所在地。放眼四野,这里是北京小平原与山岭地区的分界处,是太行山余脉东麓的南北交通干线,又是连接山区和平原的枢纽,两条河流在城前蜿蜒而过,显然这是一方水丰土肥的良田沃壤。但是上天并不都遂人意,水涝干旱是家常便饭,尤其那流无定向的永定河,时常以"暴力"给人们以威胁,经过战争和灾害洗礼的燕国统治者经过无数次的抗争和苦苦思索后,肯定想到了选新址另建家园。于是有人大着胆子从永定河东渡(今卢沟桥处),发现河东平阔松软的土地上生态更加繁茂，后来东移的人越来越多，大约在春秋时期不知何年何月便放弃了琉璃河附近的城堡，在今广安门之南一带修建新都城。此为第二个老北京城。

新建的都城仍称蓟，蓟城西部的西湖（今莲花池）供养了这个新都城，我们跟随主持人又来到了广安门附近的蓟城纪念碑和莲花池边，当年的西湖南北长三里，东西长二里，莲花池水来自西北的地下涌泉。蓟城北部的高粱河也是由西北部的泉水汇集而成，高粱河的部分泉源即来自今天的紫竹湖，高粱河水向东南流，在蓟城东南注入永定河。从另外的记载中我们还知道，后来在石景山附近的永定河段还挖掘了一条人工河道，由西向东注入高粱河。根据以上描述可以看出，位于古永定河冲积扇脊背一侧的蓟城地势较高，土质松软肥沃，地下清泉涌冒，地上河流环绕，是一个理想的建都地。

由于特殊的地理位置，这里不仅是隋唐时期的军事重镇，又是一处中转贸易中心。五代十国时期，北方草原上的契丹族领袖耶律阿保机统一了各部落，于916年建立了辽朝，936年，后唐节度使石敬瑭将燕云十六州捧给了契丹皇帝，其中包括水土肥美的燕都，蓟城是契丹人建立的陪都辽南京城所在地，此时的辽南京人口只有30万，凭借优越的自然条件和剽悍的骑兵队伍，辽朝敢于与强大的宋朝对垒作战，在高粱河战役中，宋、辽两军战士的鲜血染红了高粱河水，从此佘太君和萧太后的英名传遍了长城内外。1115年，东北的女真族领袖阿骨打举兵击辽，并在黑龙江省阿城建立了金朝，后来将国都从阿城迁到了燕京，并改称中都。

1211年蒙古大军攻城，1215年中都城陷落，长达四年的战火把中都城烧杀得不成样子，呈现在面前的是破败不堪的宫室御苑，护城河里漂浮的死尸、战车和横木，一个驰骋疆野多年的草原将军站在兔出狐没的废墟上放眼四望，忽必烈分析了旧中都城的地势和山水，整个城市仅靠一个莲花池供水是远远不能满足需要的，恢复这座旧城还不如新建一座更大的新城更合适，于是他在汉臣刘秉忠的谋划下，决心修建一座新的都城，刘秉忠把中都城四周的山山水水转遍后向忽必烈汇报，忽必烈对城东北部的琼华岛附近非常感兴趣，因为他早在40多年前攻打中都城时就曾住在琼华岛上的广寒宫里，又经过详尽的探察，最后决定以琼华岛为中心规划一个新都城。同时命郭守敬重新规划疏浚河湖水系，经过近十年施工，新的城池宫殿全部完工，以大元朝名义昭告天下，新都城称"大都"。这是北京城的第三次迁移。

第三集：都城紫气

忽必烈选定的北京第三座城池，不仅遵循都城必近水的建都原则，而且符合华夏传统文化观念，一个草原民族的宽广胸怀在选址建都的过程中体现得淋漓尽致。刘秉忠手指丽正门外一棵树画定中轴线起点，在北部又选定一个中心台，一条南北中轴线把大汗之城分成对称的东西两半，后来明朝将丽正门南移，嘉靖年间又修筑了帽形外城，从永定门到北城中心点的八公里长的中轴线至今未变。新的北京城气魄之大、规模之宏伟、设计之精巧都是举世无双的。让我们跟随卫星在空中俯瞰北京大地，永定河故道留下的六海就像一条巨龙匍匐在北京大地的中轴西侧，这条巨龙与紫禁城内住着的"真龙天子"相呼应。这时出现在我们面前的是连绵起伏的金黄色琉璃瓦海，镜头一转，又是微波粼粼的六海水道，风水先生所说的龙脉天寿山并没有延伸到北京城内，而汇天寿山之圣水的六海却紧傍中轴线上的"龙穴"南北穿城而过，所以六海水系是名副其实的龙脉。北京城的山脉、水脉决定了它的文脉，文脉即人脉，自古以来，北京即为人文荟萃之地。历史已经过去 700 多年，广寒宫里忽必烈为众臣赐酒的大玉瓮仍摆放在团城上，碧澄透迤的湖水仍滋润着旧日皇宫御苑里的千枝万物，时过人非，风景依旧。燕京八景中的"太液秋波"和"琼岛春荫"碑依然屹立在太液池边。

呈"山朝水拱"之势的第三个北京城起自大元朝，西北背靠群山，东南朝阳接海，从天子到百姓，每天都沐浴在紫气东来的祥光瑞气中。城内的布局是根据《周礼·考工记》"左祖右社，前朝后市"的原则设计的。恢宏无比的宫殿建筑位于中轴线的前部位置，这里是皇权的最高指挥机构，坐落于殿舍连延的紫禁城最高处的金銮宝殿里，一股王气、霸气油然而生。以琼华岛和周围水域为中心，将三组宫殿分布在太液池东西两岸，东岸是向全国发号施令的大内，在这三组建筑四周环建红门拦马墙。皇城内有金水河和御河两条水道流过，实际也形成了皇城的护城河水势。明朝进驻北京城后，由于多年的战争毁坏，人口有些减少，但元朝留下来的完整的供水排水设施基础尚存，大都城内外的河道湖泊水系仍是波光粼粼，尤其潮湿丰水的地质环境，给这个新王朝提供了良好的生存和发展空间，而绝不是"人烟稀少、飞沙走石"。明王朝将元朝城垣和大内进行大规模的改造，将宫城沿中轴线南移后，在新建的紫禁城外侧挖修宽大的护城河，挖掘了南海，又把水在西北部引入紫禁城内，不仅具有实用价值，也增加了紫禁城的灵秀之感。这时我们已经从紫禁城内走到了菖蒲河边，主持人又向我们讲起了牛郎桥和织女桥的故事。

历代封建统治者为了江山永固，在修筑高大城垣的同时，都要挖修又宽又深的护城河。在冷兵器时代，护城河成为北京的警卫河。辽南京城四围的护城河早已消失，留下了烂漫胡同和浸水河胡同、帘子胡同等遗迹，金代改造南京城时，将东、西、南三面扩展三里，又重新挖掘了护城河，同样也留下了斑斑遗迹。元代新建的大都城护城河更加深广，明朝保留了东西两护城河，重新挖掘了南北护城河，虽然地面上所剩甚少，但在卫星遥感图上仍可清晰地看到元明河道位置影像。站在尚存的护城河边，走在已经失去但仍存遗迹的大街小胡同里，再把皇城里的水系连到一起，一张网状水乡的图景仿佛历历在目。

北京有大小河道200多条，除较大的永定河、潮白河、拒马河、泃河四条自然水系外，还有许多古河道、人工河道和其他水利工程。对北京影响最大的当数永定河，是她的乳汁养育了千万北京儿女，成为北京的母亲河，即将召开的2008年奥运会主会场正位于北京的中轴线北延长线上，这块风水宝地上有古永定河沉积的湿漉漉的泥土，有先民们耕种的足迹和人文历史建筑遗迹，占尽了上风上水、地杰人灵的先机，让13亿人充满胜利的希望。北京的人工河道顶数通惠河功绩卓著，元明时期，它把大量粮食物资从南方运到京城，故有北京的"生命河"之称，直到今天，通惠河仍承担着排涝浇灌和美化首都的任务。我们永远不能忘记的一个人就是水利学家郭守敬，他熟悉天文地理，尤善水利，1251年被忽必烈召进京城，以他博深的学问得到忽必烈的重用，初见皇帝就提出六条治水建议，为了解决皇上日夜操念的京城供水问题，他跑遍了北京的山山水水，终于在1293年他62岁那年秋天，贯通了从昌平白浮泉至通州高丽庄全长160里140步的河道，呈现了大都城内"舳舻蔽水"的盛景。

历史上北京丰富的水源为北京留下了美丽的湖光山色，有许多水域成为皇家的御苑御河。今日宣武区的青年湖就是辽金时期的太液池，当年的同乐园（又称西华潭或鱼藻池）里有瑶池、蓬瀛、柳庄、杏村等著名风景区。

玉渊潭早在金代就已经成为皇家的游览胜地，皇帝也在这里修建了御园行宫；明万历皇帝为他的外祖父李伟在钓鱼台修建了别墅；清乾隆皇帝在这里为他的母亲专门举办过庙会。

今天的南苑地区在元明清时期也是皇家的御园别墅区。

位于皇城以里的内三海（北海、中海、南海）辽金时期就是皇家的旅游胜地，元明清时期变成了皇家御苑，太液池周围"紫霞拥宫阙，王气浮山川"（元·廼贤）。廼贤在另一首宫词中进一步描写道："广寒宫殿近瑶池，千树长杨绿影齐。报到夜来新雨过，御沟春水已平堤。"

美丽的西郊园林是清朝时陆续修建的皇家园林，著名的三山（香山、玉泉山、万寿山）五园（静宜园、静明园、清漪园、圆明园、畅春园）是中国园林建筑的顶峰之作。

除以上以湖泊为主的皇家御园外，还有几条水道也是主要为皇家服务的，主持人将带领我们欣赏那些宛如翠练的河渠水道。

第四集：梦幻水乡

外三海与内三海虽都是母亲河一母所生，但它们的命运却有着天壤之别，元代马祖常对此作出形象描写："御沟流水晓潺潺，直似长虹曲似环。流入宫墙才一尺，便分天上与人间。"内三海是皇家贵族的天堂，外三海是贱民百姓的乐园。我们的片子中将出现许许多多什刹海边既熟悉又陌生的镜头。

今天的陶然亭公园是凉水河故道，地下含水丰富，明清两代多有窑厂在此取土，逐步成为坑塘地，于是水塘中芦苇丛生，鱼蛙欢动，悠闲的大人们放竿垂钓，赤溜溜的孩子们则跳进水里捉蛙追鱼，出水后又举着树枝追捕蜻蜓，一不小心蹚翻老爷爷的棋桌，当然少不了一顿臭骂。

在北二环路德胜门西边，原先有一个与路南的积水潭相连的太平湖，明代诗人袁中道有诗曰："南人得水便忘忧，两日三番水际游。花露沾水浓似雨，潭风着面冷如秋。拖莎代苻流何急？挪雁抛凫浪未休。天外画桥桥上柳，只疑身在望湖楼。"静静的湖面上漂着浮萍及各种水生植物，鱼儿在水草下自由自在地游动，岸边健身的人们挥拳舞剑，一片宁静太平的乐园景象。著名京味作家老舍先生选择了这片水面与北京的乡亲们诀别。

历史上海淀地区是一片很大的沼泽湿地，"平地有泉，涎沵洒四出，淙汨草木之间，潴为小溪，凡数十里"。泉水浇灌出的御稻晶莹剔透，青灵灵的菜叶上露珠滴翠，听鸡鸣狗吠蛙叫，看屋顶袅袅炊烟，再吸一口清凉湿润的空气，一派梦幻水乡景色令人心旷神怡。

玉泉山有乾隆皇帝御定的"天下第一泉"，有矿物质含量丰富的小汤山温泉，有功绩非凡的白浮泉。据20世纪80年代不完全统计，京郊尚有1200多处泉眼，出水量每秒100升、总出水量2亿立方米的就有51处，有些泉眼成为当地百姓的主要饮水源。

欣赏完西山美景又来到别有洞天的胡同里，虽然都是平房旧院，但家家都吃的是自来水，一谈起水，老人们就会滔滔不绝。过去北京人主要以井水为生，清光绪年间内外城有1258口水井，虽然我们已经告别了水井，但关于甜水井、苦咸井及满井的有趣故事仍常被老北京们谈起，还有那些银镜般的坑洼塘池，也与老北京们的喜怒哀乐息息相关。每一个与水有关的地名背后，都有一串梦幻般的故事。那些远去的"伊甸园"一直成为老北京们津津乐道且说不完的恒久话题，人与自然的这种和谐相处，既是甜蜜的回忆，又是终生追求的目标。

第五集：最后的湿地

"湿地"是总片的主题，也是本部片子的核心内容，北京过去原本有大片小块湿地许许多多，湿地面积占总面积的15%，由于天然和人为原因，湿地面积只剩3%了，而且这3%仍在退减中，梁从诫先生说："须知历史上北京到处都是湿地，甚至要说今日北京近郊区过去就是一大片沼泽也不过分，因此宁肯称之为最后的湿地。"

通州张家湾之南的潞县地区原是辽金时期方圆百里的湿地，辽称延芳淀，萧太后常和汉官情夫韩德让到这里休闲打猎。元代曾称飞放泊，仍有相当水面，元末之后，由于永定河和潮白河泛滥淤积，水面逐步缩小，后来分割成四个面积不等的水泊。明永乐后，逐步移民于此垦荒植稻，逐步变成洼地粮田，清代经常水灾成患，至今仍是洼地。

今南苑地区古称南海子，古籍有"元明以来南海子，周环一百六十里"和"有泉七十二处"的记载，面积之广足可与延芳淀比拟，当年碧波浩渺的

九门深处轶闻多

水面上生灵频动，其景其色秀美无比。早在辽金时期这里就是皇家的游幸之所，元代时皇帝也经常到这里巡幸打猎，为了游乐方便，还修建了鹰房和晾鹰台。明朝修建行宫，清朝继续大兴土木，扩建宫室。1900年惨遭八国联军烧掠，"七七事变"时又遭日军狂轰滥炸，20世纪80年代时，南海子麋鹿苑尚有百亩水面，如今只剩十几亩可怜的水面了。

除上述海淀、南海子外，《日下旧闻考》还记载："近畿则有方淀、三角淀、大淀、小淀、清淀、泂淀、涝淀、护淀、畦淀、延芳淀、小兰淀、大兰淀、得胜淀、高粱淀、金盏淀、苇淀……凡九十九淀。"可见北京近郊湿地之多。可惜这些大大小小的湿地所剩无几了。

所剩无几的所谓湿地时干时淹，浅滩及淹没区仍呈现出丰富的生态多样性，近几年又恢复开辟了部分湿地，总共不超过2万公顷，这是十分珍贵的湿地和生态资源区。它们是顺义杨镇的汉石桥湿地，延庆妫河的金牛湖湿地，房山境内的拒马河湿地，怀柔境内的怀沙河湿地和怀九河湿地，延庆白河堡湿地。

北京湿地的缩减实际是水的大量迅速消失，其原因有二，一是大自然本身的运行规律所致，二是人类活动破坏了大自然的规律，加剧了灾害发生。据历史资料记载，北京地区自元代经明、清至现代，旱灾次数明显呈上升趋势，涝灾呈下降趋势，前期人类主动对自然的运行规律破坏有限，主要是大自然本身运行不规律所致，后期尤其清末之后，随着人口膨胀，人们向大自然不加节制地索取。短短的100年间所发生的大旱比过去的六七百年还要多，新中国成立以后的19世纪50年代高喊着"人定胜天"、"战天斗地"、"改造山河"、"人有多大胆，地有多大产"的口号向大自然进军，80年代又搞无序"发展"，继续摧残已经十分脆弱的生态系统，造成地上地下水源同时断缺，林草毁灭，水土流失，物种大量减少，在严重缺水的情况下仍发生大面积水体污染。

从过去人对自然有意和无意的干预中可以看出这样的规律："人对自然的依赖"—"人对自然的掠夺"—"自然对人的警示"—"人和自然的和谐"。

水是生命之源，水是城市赖以存在的基础，谁来拯救北京的水？谁来创造一个和谐的北京人的家园？答案有一个：只能依靠——你我他——我们大家。

在为北京失去大片湿地忧虑的同时，尽管晚了些，但我们毕竟还是看到觉醒了的人越来越多，近年来，北京利用一切可能条件，制定了湿地保护方案，千方百计挽留住岌岌可危的自然湿地，扩大人工湿地范围，积极治污，21世纪开始即率先将延庆妫水河流域5000亩农田退还为湿地，并规划出6片一级、6片二级、6片三级湿地保护范围，争取到2015年将目前仅存的5万亩湿地扩大到8万亩，尽管这个数字无法与历史上的湿地数量相比，但这让我们看到了希望。努力吧，期望我们的子孙比我们这一代更幸福。

五、摄制手段和技巧

作为《中国湿地》的开篇之作，我们花费近三年的时间精心准备《水乡北京》的各种材料，制定拍摄制作技巧的可行方案。我们力求向国际高水准科教节目看齐，不仅主题思想连贯一致，所述问题准确到位，画面精彩迷人，内容脱俗创新，还要用全新独特的视角去思考去描述北京曾经有过的水乡风情，从而激发起每一位观众的丰富想象力。

（一）大型历史探寻片之"探寻"的三大亮点

1. 遥远的年代，海浪滔天，经过漫长的地质变迁，大自然给北京留下了多少旖旎的湖光山色。又经过历代王朝的改造，北京的河湖变成今天的样子，这里有多少故事要讲。

本片将以国际湿地的视角记录北京湿地的变迁：那些曾像条条金丝银线般编制在北京大地上的百条河道，和像宝镜般的数不清的湖塘坑池。几千年的时光不过是划过宇宙长空的一瞬，但北京——这个永定河畔古老的都邑，穿过重重的历史雾霭，如今已经跻身现代国际大都市的行列。湿地怎样哺育了一代又一代的北京人？

2. 蛮荒的迷雾，重生的痛苦，交杂着渴望的喜悦，幽暗神秘的深林里流淌着清澈厌浅的溪水，潺潺弯弯地流向不知名的远方……文明的起源开始了。北京猿人，一个千古的谜团，70万年前他们是怎样生存在美丽而危险的北京湾，他们灭绝在山顶洞了吗？他们是怎样走出大山的呢？他们是北京平原上的第一批主人吗？他们和远古平原的湿地有着怎样亲密的联系？

九门深处轶闻多

3. 有一株植物，它的名字叫蓟草，长在今天的莲花池东北部一个小土丘上，于是一个小城诞生了，它叫蓟。这就是未来繁华北京城的初端。从此，北京就在政治文化上拥有着重要的地位。春秋战国燕国都城；辽金两代称南京、中都；元、明、清定都建制，新中国成立以来是全国政治文化中心，在我们的宪法中庄严地写着：中华人民共和国首都是北京。

这些厚重的历史给北京留下了世界上最大的古代宫殿群——故宫；世界八大奇观之一——万里长城；世界上最大的祭天神坛——天坛；世界最密集的皇家陵墓——明十三陵，还有世界上最广阔的皇家园林之一——颐和园。在历史上一切封建帝都的设计中，北京城称得上是一个空前的杰作。

然而这一切都离不开北京水乡般的自然环境：北京平原上的原始聚落群最早依莲花池（过去叫西湖）建筑蓟城，到了元朝，在北京城址的第三次重大转移中，城市规划继承儒家思想体现帝王之都的方正对称，并受到道家思想的影响，那就是"天人合一"，把湖泊河流纳入城市设计的中心，两者兼备的设计思想是在中国都城建设史上的第一次体现。这些宫殿建筑布局并不是仅仅占据了全城中央部位的机械而呆板的安排，而是采取了一种非凡的艺术手法，是严正雄伟的宫殿建筑和妩媚多姿的自然景物紧密结合，取得了一种天工与自然相互辉映的奇妙效果。北京城是湿地产生历史和文化的典型代表。艺术性再现远去的场景和逝去的人物：

场景一：想象一下远古北京人生活场景就会让我们激动不已：周口店水草丰美，环境秀丽。那里有森林、草原和相当宽阔的湖泊河流。山顶洞人狩猎、捕鱼、采集果实，他们不仅会使用、制作劳动工具，还懂得用或钻孔或染色的石珠、小砾石、动物牙齿、鱼骨等物品装饰自己以取悦异性，面对这些可以触摸的原始文化，我们不得不感到惊叹。

场景二：永定河—桑乾河河谷是一条天然走廊，在更新世时期，这里是动物迁徙的通道，也是人类移动的路线。"北京人"的后裔就是从这里走出山顶洞的吗？一支去了现在的山西许家窑，还有一支是不是就来到了当年叫西湖（现莲花池）的地方，成为了名副其实的北京人的祖先？

场景三：蓟城建筑在北京的小平原上，在古代这里有湖泊沼泽分布。在秦始皇兼并六国建立统一的封建国家后，蓟城就成为了东北方的重镇。这里常常是汉族与东北少数民族互通有无的贸易中心，也是国内有数的商业都市之一。隋炀帝和唐太宗都曾亲自领兵来到蓟城,还在北京城的历史上留下了一些痕迹,7世纪初,隋炀帝开运河,南起江都北到蓟城之东,这就是南北大运河的先声。

场景四:元代天文学和水利专家郭守敬踏遍北京小平原的山前地带,精密测量,寻求水源,解决了大都城用水的问题。后来,通州的粮船可直接驶入什刹海,积水潭里满是船舶。这就是忽必烈命名的通惠河。……

《水乡北京》就是一部历史画卷:湿地的故事,历史的故事,都城的故事。

(二)艺术性表现的多样化:

电视是立体的艺术,除画面是重要的表现形式外,我们将在本系列片中充分展示有北京地域特点的音乐、舞蹈、曲艺、皮影、京剧等多种艺术形式,还有老北京的人文特点:街市胡同里的吆喝声,关于北京的传说、民俗、文化等,一方面丰富《水乡北京》的内容,吸引更多收视群体的兴趣,另一方面形成对画面视觉和听觉的冲击,并由此对电视艺术特质实行有效的控制。

同时,我们将运用国际最前卫的创作方式和科技手段,充分展示消失的北京、消失的文化那无穷的令人心醉和心碎的永恒魅力。

(三)诚邀国家顶级最有影响的专家学者组成顾问团。

(四)诚邀国内著名电视(影)制作人参与制作。

(五)精心设计主持人的风格、服饰、时空转换的技巧、与三维动画的结合等技术问题。

六、进度计划和效益预测

1. 进度计划:

三月中旬交付策划书,争取早日立项拨付拍摄经费。资金到位后,1~2个月采访各领域专家学者、亲历者,调查北京现存和已经消失的水系。

3~5个月内写出5集电视脚本。并着手修改剧本、设计构图、灯光、拍摄地点、主持人造型、服装等工作。实际拍摄1年,后期制作6个月。

2. 效益预测:

(1)社会效益期望:争取将本片安排在最佳时间、最佳频道适时播放,

通过本片的播放，让广大观众了解什么是湿地、保护湿地的重要性、湿地与每个人是什么关系。通过富有说服力的画面和精彩的解说让大家进一步了解北京的历史轨迹，感触北京湿地文化的魅力，使之更加喜欢北京，爱护北京的山山水水和一草一木。同时，让各相关部门和人士增强历史责任感和使命感，为保护"北京家园"做出最大贡献。

（2）经济效益预测：根据本片的拍摄内容和实际工作量，如果拨付一千万元（人民币），通过严格控制和周密计划，估计完成全部任务后，资金会够用或微欠。我们争取把片子做成国内领先、国际平齐水准的作品，再经过二次开发，争取在国内市场有较强的竞争力，在国际市场上也能占有一席之地，所得收入能补充亏欠或略有盈余。

（此策划书内容由本人提供，与央视科教频道田喆共同策划，本文由田喆执笔）

七、附录

专家顾问团：（推荐可选）

曲格平：原人大环境资源委主任、原国家环保局局长

侯仁之：中科院院士、著名历史地理学专家

吴良镛：中国工程院院士、著名建筑学家

罗哲文：著名古建筑专家、中国文物学会会长

郑孝燮：著名城市规划专家

徐苹芳：原中国社科院考古所所长、著名考古学家

梁从诫：梁思成之子、历史学家、《自然之友》会长

舒　乙：老舍之子、著名京味作家

江泽慧：原中国林科院院长

王静霞：原中国城市规划设计研究院院长

柯焕章：北京城市规划设计院院长

俞孔坚：北大景观设计研究院院长

唐晓峰：北大环境学院教授

蔡蕃：中国水利史研究会理事

段天顺：北京水利史研究会会长
国内著名电影（视）制作人：
艺 术 总 监：田壮壮
编 导 总 监：许同均
摄影影像总监：张会军
服 装 总 监：刘元风
主 持 人：马羚

21. 菖蒲河边的故事

（一）

喜闻菖蒲河工程已经动工，这是京城百姓特别是南池子一带的居民盼望已久的好事，因为菖蒲河有他们听不够的故事。

位于南池子南端的皇城墙以里，过去曾有过一条东西流向的河道，这是从皇宫流出的御水河，又叫金水河。天安门前的外金水河与太和门前的内金水河在太庙（今劳动人民文化宫）东南角汇合后，沿皇城墙内侧东流，到了南河沿南口又与通惠河故道的水汇合经正义路向南出城。始凿于元代的这些河段明代前期仍是河道整齐、水流顺畅，到了清朝，因疏于修浚，河道逐渐被淤泥杂物填塞，河边杂草丛生，从内外金水河汇合后到通惠河故道汇合处这一段，河道里长满了香蒲，香蒲又叫菖蒲，也有人称蒲草或蒲苇。后来人们把长满菖蒲的河道叫成菖蒲河，民国期间直到新中国成立后仍称菖蒲河。

在南池子南口与菖蒲河交汇处曾有一座小桥，叫牛郎桥。每到夏天的夜晚，菖蒲河边的孩子们一边数着天上的星星，一边听老奶奶讲关于牛郎桥的故事。传说很早很早以前，河边有一个小伙子认识了一个美丽的姑娘，那姑娘住在西城南长街的金水河上的一座小桥边，河水从中南海中部流出，穿过南长街南口，在皇城里侧继续向东流，河水过了天安门前的金水桥很快就流到菖蒲河。封建社会没有出嫁的姑娘不能随意去见男人，姑娘想念小伙子时，就编织一只花环放在河里，河水很快就把带着姑娘思念的花环漂送到菖蒲河，小伙子收到姑娘的花环自然很高兴，但小伙子要回赠姑娘情物时却没有那么简单，因为河水永远不会倒流。

从南长街到南池子直线距离只有一公里有余，步行20分钟即可到达，但在封建社会里，天安门前是皇城禁地，没有特别允许，任何人都不得随意东西而行，天安门前的丁字形广场又称天街，犹如玉皇大帝脚下的天河，把北京城劈成东西两半。小伙子从菖蒲河要到西城去见美丽的情人，要么往北绕道地安门外西行，沿皇城外侧向南绕到南长安街南口，要么往南绕到前门外向西，然后从宣武门入城再拐到南长安街南口，无论怎么走，没有半天时间是见不到姑娘的。百姓们都说，每年七月初七，天上的喜鹊都为有情人搭桥铺路，地上的君王却永远不准打开这道大门，因此人们把南长安街南口这座桥叫作织女桥，期盼能有一天让有情人在天街相见倾诉衷肠。

清廷垮台之后，拆除了天安门前的长安左门和长安右门，20世纪50年代，扩建了天安门广场和长安街，天堑变通途，菖蒲河上的牛郎桥和南长街的织女桥真正实现了"三通"，两桥边的有情人随时可以相见相亲。

（二）

在南池子大街南口路西，自菖蒲河北岸往北一直到今文化宫东门，这一大片都是一个府邸的遗址，这个宫门里曾把一个皇帝软禁了七年，这里就是著名的小南宫，又称小南城。

故事还要从北京保卫战讲起。1449年（明正统十四年），蒙古草原上的瓦剌部族在首领也先的指挥下分四路向明王朝发动进攻，司礼太监王振居心叵测，极力鼓动英宗皇帝（朱祁镇）匆忙出兵应战，英宗听不进于谦的正确意见，在没有充分准备的情况下仓促出兵迎敌，为了防备万一，临出征前暂时把皇权交弟弟朱祁钰掌管。在对军事一窍不通的大宦官王振的瞎指挥下，明军连吃败仗，八月十三日，朱祁镇率队退至河北怀来的土木堡，此处地高缺水，战士们因无水干渴至极而发生混乱，瓦剌部趁机杀进明军宿营地，明军大乱，朱祁镇被俘，史称"土木堡之变"。

在国难当头的时刻，兵部尚书于谦一方面组织兵力极力保卫北京，一方面在失去帝王的情况下拥戴朱祁钰登基称帝，新皇帝就是历史上的明代宗，年号为景泰。

经过于谦等将领的奋力抗击，终于击退了北侵的瓦剌部队，明英宗朱祁镇也被放回，此时的朱祁钰刚刚做暖了奉天殿的龙椅，见哥哥回朝心中十分不悦，他假装热情地把哥哥安排在小南城里后，笑着对朱祁镇说："皇兄亲率出征，又受如此惊吓，请先在南宫休息几日，小弟如今既是皇上，哥哥当然就是太上皇，等小弟把眼下繁杂的朝政料理清楚，就把皇权交还哥哥。"说着就离开了小南城。

朱祁镇在华丽幽静的南宫里倒也清闲自在，但过了一个月也不见弟弟交回皇权，又过了几个月，仍不见弟弟朱祁钰的影子，这时他连出宫的机会也没有了，这才知道上了朱祁钰的当，就这样他在小南城整整被关了七年。

在被幽禁的日子里，后来他秘密串通了宫里的太监和旧部，1457 年（明景泰八年）宦官蒋安根据旧帝朱祁镇的授意，在一个深夜里用皇绫把朱祁钰勒死，并对外谎称皇帝暴病而亡。与此同时，按照既定方案，由徐有贞、石亨等人趁宫中大乱之际闯进长安门，指挥士兵用巨木撞开小南城的大门，放出了旧帝朱祁镇，朱祁镇迅速登上午门宣布复位，改年号为天顺元年，这就是历史上著名的"夺门之变"。

一场惊心动魄的宫廷斗争结束了，英宗朱祁镇对关了他七年的小南宫倍加珍惜，闲暇时经常到小南宫走走，向后妃讲述被关押的日日月月，后来英宗皇帝对小南宫进行大规模改建，增建了许多重要建筑，中路主殿为龙德殿，左右配殿为崇仁殿和广智殿，殿北有飞虹桥，桥两端有华丽的牌坊，桥下流水潺潺，院内遍植珍花异草，环境十分幽雅。清之后逐渐毁坏。今天的飞龙桥即由飞虹桥演变而来。

（2002 年 5 月 13 日投北京晚报未被刊用）

22. 水文化——无法割断的 DNA

应中国青年报之约

记者：桂 杰

嘉宾：冯品清：《大运河史话》的作者
　　　王同祯：北京文化学者、《水乡北京》的作者

大运河又称京杭运河，北起北京，南至杭州，全长 1747 公里，是与长城齐名的我国古代伟大工程。有人统计过，京杭大运河比沟通太平洋和大西洋的巴拿马运河长 21 倍，比连接地中海和红海的苏伊士运河长 10 倍。京杭大运河历经两千多年岁月所积累的历史文化底蕴，更令那两条运河望尘莫及。

近日，天津百花文艺出版社出版了《大运河史话》一书，对大运河的历史进行了探究，并对沿岸经济、文化、风俗等进行了多侧面、全景式的记录与描写。该书的作者民俗学者冯品清耗时 3 年，不辞辛劳，多次从北京源头出发，沿河南下进行实地考察，并多方搜集了大量有关文献资料，经过精心梳理和提炼，以通俗、洗练的文字编辑撰写成书，从文化学、社会学、经济学等多种角度"俯视"运河，并对大运河当前的现状和命运予以关注。

而日前由团结出版社出版的王同祯先生所著的《水乡北京》一书，也把目光同样集中到了"水文化"上，书中以大量的历史文献、图片和实地考察，证明了北京曾经是一个河湖纵横、清泉四溢、湿地遍布、鸟禽云集的水乡。

作者在书中感慨：曾几何时，滋润我们肌肤的北京上空的湿润空气飞跑了，那散落在北京大地上银镜般的坑塘湿地不见了，曾经给予我们清凉甘甜乳汁的母亲河——永定河十年九干旱，淙淙流淌的泉眼日渐枯竭……

通读两本书，它们共同的特点都是以水来追溯历史，都对河流的现实情况透出很强烈的忧患意识，在纵观历史的同时，感慨水文化的衰落以及这些河流今天的命运。

运河水不仅在中华大地上绵延流过，它同时也是历史的 DNA，延续在我们的血肉和生活中。

记者：从《大运河史话》中可以看出，大运河不仅是一条运输线，更是一条文化带和遗产长廊。而有调查显示，运河沿途的很多居民都对运河的历史并不了解，您认为我们今天认识运河文化最重要的意义在何处？

冯品清：大约 2500 年前，吴王夫差挖邗沟，开通了连接长江和淮河的运河，并修筑了邗城，运河及运河文化由此衍生。我们今天所说的大运河开掘于春秋时期，完成于隋代，繁荣于唐宋，取直于元代，疏通于明清。

可以说，一个民族悠久的文明是依靠一块块石头、一条条河流来具体承载的，而大运河就是中华民族文明史活生生的载体，运河水不仅在中华大地上绵延流过，它同时也是历史的 DNA，延续在我们的血肉和生活中。到现在我们依然可以清晰地看到，大运河串起了一系列明星般的古城：南北两端是北京和杭州；沿线是苏州、镇江、扬州、淮安、徐州、济宁、聊城、德州、临清、天津等。

人们没有带着文化的、历史的眼光看运河，河流传递给我们的大量信息和功能被忽视了。

记者：在很多地方，由于各类街巷商铺、特色民居、寺庙道观、教堂楼所、地方会馆、皇家园林、官商庭院、名人遗迹、菲律宾苏禄王墓等历史痕迹沉积在运河边，才造就了运河两岸独特的文化带。然而随着历史变迁，一些城市，如杭州，运河沿岸大部分建筑非拆即毁，很多具有历史价值的东西已经消失，还有些地段的运河成了排污河，污染严重，您对于运河文化的这种衰落如何看待？

冯品清：关于运河文化的衰落，我在书中也有所提及。从大运河全面开通之后，元、明、清三代每年差不多都有数百万吨漕粮源源不断地从江南运到北京。可以说，大运河是这三个朝代的重要生命线，没有它，这三个朝代就难以在北京维持对全国的封建统治。

而新中国成立后，特别是 20 世纪 70 年代，在河道的治理上只是突出了河流的排水功能，为了防患水灾对河流进行疏通。这种情况下，人们同样没有带着文化的、历史的眼光看运河，河流传递给我们的大量信息和功能被忽视，我们当时的视线过于狭隘。事实上，离我们生活很近的大运河带给我们最直接的影响就是亲水的习惯。在运河岸边长大的很多人都有过到河里游泳玩耍、捕鱼捉虾的美好记忆，但是现在，一些运河段干脆成了当地的排污河，破坏了生态，也把美好的亲水习惯破坏了。

运河岸边的有关文化遗迹，如民居、龙王庙、古船坞等，虽然够不上"文物"，但却是运河文化的直接表现。

记者： 在您几次南下考察寻访大运河的时候，也对大运河的现状有过很直观的感受，您的心情如何？您觉得运河文化怎样才能得到更好的保护？

冯品清： 我曾经欣喜地在山东济宁市和临清市见到这些地方都有运河博物馆，保存了很多有关运河历史的文化遗存，那些地方虽然经济并没有南方的一些码头发达，但对于文化很重视。

我在南方见到，从镇江到杭州段的江南运河800里，以及长江以北从扬州到徐州段的运河，依旧承载运输的任务，河里过往船只很多，人声嘈杂。然而就在天津西青区，为了拓宽街道曾经一度把穿街而过没有实际用途的运河填死，后来为了开发搞旅游、搞明清一条街，又花钱把运河重新开通，并延伸到海河。

如今，大运河文化遗产的整体保护还遥遥无期，沿岸古迹亟待摸底调查，对此，地方政府和有关部门还缺乏整体规划和协调组织。人们应该意识到，运河岸边的有关文化遗迹，如民居、龙王庙、苏禄王墓、古船坞等，都是运河文化的直接表现，而运河水里有的不只是淤泥，还有金子。

记者： "春湖落日水拖蓝，天影楼台上下涵。十里青山行画里，双飞百鸟似江南。思归忽动扁舟兴，顾影深怀短绶惭。不尽平生淹恋意，绿荫深处更停骖。"（见《天府广记》）这是500多年前明代著名画家兼诗人文徵明在北京生活时的一段真实感受。在哀叹运河已经不是从前的运河时，您的书《水乡北京》也让我们认识到，北京已经不是从前的北京。请问，您写这本书的出发点是什么？

王同祯： 对于人类来说，水是生命的源泉，水是人类文明的摇篮。追溯历史，我们可以看到，北京发达的水系一度在农业生产、交通运输、商业流通乃至政治、军事等方面发挥着举足轻重的作用，并且围绕着对水的开发、建设、利用、审美等活动，人们又创造出丰富多彩的"水文化"。多年来，水务部门为北京的防涝抗旱做出很大贡献,但是他们无暇顾及水文化的研究和挖掘,并且向外界和高层传递出了北京历来就缺水,我们这一代没办法解决水缺乏的根本问题,这样的信息就会严重影响高层的决策方向,我们不仅要大喊一声"NO!"还要告诉国人,北京古代水资源丰沛,曾呈现"河湖纵横、井满泉滢"的水乡景象,缺水是随着历史发展逐渐加剧的,特别是由人们对水的奢望和过度开采而逐年形成的,面对目前北京干旱缺水的现实,我在书中把北京称作"水乡",无疑是一种诗意的误读。如果能唤回人们对水乡的向往,为决策层提供科学真实的历史依据,总结历史经验教训,制定符合科学发展观的国家战略,促进国民对水的珍惜和保护,能为建设北京理想的人居环境起一点点作用的话,就达到了我的写作目的。

到处都是"为城市化妆"的景观大道,到处都弄"城市广场",这种不考虑资源条件的发展模式,早在100年前已有教训。

记者:《水乡北京》无疑赋予了人们对水的很多向往和渴望。的确,水,是城市的血脉,是城市的轮廓线条;城市无水便无魂,更无彩。北京,在水系方面,原本是有大手笔的,不论从审美,还是从生态的角度,都出类拔萃,如今,在城市治理上,若是想让北京恢复一些水乡的本来面目应该注意什么?

王同祯:近几年北京的城市面貌发生了很大变化,北京的湖泊河道里有了水,但不久就发现河湖里的水由清变浑,由绿变黄,由黄变黑,问其究竟,"上水源不足,不敢按时排放"。古语道,"流水不腐,户枢不蠹",不能流动的水岂有不腐之理。

北京许多河道、湖泊都要靠密云水库供水,可密云水库只有11亿立方米,1000多万人口又都等着喝这盆净水,而供人欣赏的水景又如此之多,这个矛盾如何解决?所以,我们首先要警惕"城市美化运动"。

到处都是"为城市化妆"的景观大道,到处都弄"城市广场",到处都搞"河道美化",到处都"为美化城市建公园"。这种不考虑资源条件,不顾及成本的发展模式,早在100年前的美国和其他国家已有教训。城市里要多种用水少的树木,不要到处都是硬邦邦的水泥块,要给大地多留一些喘气的自然绿地。

(2005年11月14日中国青年报)

23. 颐和园里的"水牢"之谜

  阔达200多公顷的昆明湖水面占据了颐和园五分之四的面积。美丽的西堤把山前湖面分割成了东西两个湖区，在西湖区有三个风景极为别致的景区，一个是西部的畅观堂，这里早已对外开放，另一个是南部小岛上漂亮的藻鉴堂（现为某机关疗养院），因为有一条小道把小岛与旅游区连接起来，所以也变得不那么神秘，唯一神秘莫测的是湖区北部的一座孤零零的小岛，岛上花草树木繁茂，春夏秋三季几千只野鸟藏匿嬉戏其间，也有人把这里叫"鸟岛"，因为离四岸较远，没有人能看得清岛上的秘密，所以"鸟岛"变成了一座神秘小岛。

  冬季，好奇的探秘者穿过冰面登上小岛，踏着干枯的荆棘迈过一道残破的土城，又从一道隙缝挤进土城里边，有人绘声绘色地讲解说："这水牢有两道牢墙，这土墙是用江米汤灌筑的，四周都是水，皇宫里犯重罪的人就是关在这水牢的。"听讲者望着那足有三层楼高却没有一扇窗户的土围子叹息道："皇上真够狠毒的，犯人吃喝怎么办？""用绳子把食物从牢顶系下来的呗。"这一问一答的消息传到岸边，上岛探访"水牢"的人越来越多起来。

  其实这里根本不是什么水牢，《光绪顺天府志》和《日下旧闻考》对此都有记载。岛上这组建筑有内外两层城围，外墙较矮，内城高耸，坚硬的土芯外砌有砖石，内围建有三层十字形楼阁，名治镜阁，内供无量寿佛。外城围"园城四门，南额曰'幽风图画'，北曰'蓬岛烟霞'，东曰'秀引湖水'，西曰'清含泉韵'"。内城"四门额曰'南华秋水'，曰'北苑春山'，曰'朝朗东瀛'，曰'爽凝西岭'"。三层楼阁下层额曰"仰观俯察"，中层额曰"得沧洲趣"，最上层额匾曰"治镜阁"。

  这组修建于乾隆年间的宏伟华丽的楼阁四面临波，岛上花草繁茂，是西湖区重要的景观建筑。咸丰十年（1860）被英法联军烧掠得不成样子。后来的慈禧太后仍想恢复当年清漪园的风采，可惜大清王朝的国力早已风光不再，只好拆围城上没有烧毁的砖瓦木石去修复万寿山上的宫室建筑，岛上只剩下光秃秃的土围墙和少量碎砖石，后来再也没有人光顾过这座孤岛，历经风雨侵蚀，土围子残破不堪，岛上杂草丛生，成为野生鸟群良好的栖息地，远远望去,犹如一座欧洲中世纪的旧城堡,以致被人误传为"水牢"。

这便是"水牢"的全部秘密。因为西湖区有座团城岛,所以西湖区又称团城湖,南水北调的中线工程终点就是这个团城湖。

(2004年2月4日)

24. 请你走一走西堤六桥

颐和园于1998年12月2日被联合国教科文组织遗产委员会正式列入世界文化遗产,这是北京的骄傲,也是中国的骄傲。正因为如此,每年、每月、每天逛颐和园的国内外游客成倍地增加,但到颐和园看什么?怎么逛才能更尽兴?这就不是每个游客都十分清楚的了。

对于初次逛颐和园的人,一般都是冲着仁寿殿、玉兰堂、长廊、排云殿、佛香阁、石舫、铜牛、谐趣园、大戏楼等名胜古迹而来的,因为这些地方的确建筑精美华丽,而且又有许多帝王皇后的奇闻逸事吸引着你,但对于第二次、第三次或多次到过颐和园的北京人来讲,那就大可不必再走那些老路线,如果你乐意听,我向你介绍一条新游线,那就是游西堤六桥。

颐和园总面积五千多亩,其中昆明湖等水面就占五分之四。为了躲避正门(东宫门)拥挤的人群,你可以直接从稍南新建宫门入园。一走进园门,一大片开阔水面立刻映入你的眼帘,使你顿感心旷神怡,一路劳顿和烦恼就会忘得一干二净。

由铜牛和十七孔桥沿湖岸向南走去,身边的湖水微波涟漪,远处的西山景色更是诱人,那如诗如画的感觉仿佛把你带入一个神话般的世界。到了昆明湖最南端,首先遇到的是一座高大的白色玉石拱桥,这是昆明湖南出口的绣漪桥,它不属于西堤六桥。从绣漪桥下来继续西行,湖岸上道路两侧的草坪翠如翡、平如毯,如果你是三四月来这里踏青,无论你是多么不爱花草的刚性男儿,西堤南端东侧的一片二月兰绝对会留住你的脚步,犹蓝犹紫——

九门深处轶闻多

就叫紫罗兰色吧——的小花铺满一大片，间或也有几枝黄色的苦菜花点缀其间，扑鼻的幽香让你不得不停住脚步打开相机留个影。

踏上西堤沿羊肠小道北行，第一座亭桥结合的桥是柳桥，五孔石桥上立着一座八柱、四角重檐的隽秀的亭子，桥南北两端的柳丝婀娜多姿、楚楚动人，柳桥在清朝时也叫界湖桥，是说它是湖与岸和东湖与西湖的分界处，光绪年间重修后，因此处绿柳成荫，便借用唐代诗人杜甫"柳桥晴有絮"诗句中的"柳桥"二字改名为柳桥。沿堤继续向北是金碧辉煌的景明楼，这里有近年新修复的一组楼阁建筑，楼阁周围地面平阔，四周的湖面有灰色的半身围墙，游人在这里或放逐孩童，或歇息补充饮食，有一种天外天、园中园的感觉。景明楼以北是六桥中较小的练桥，四柱、重檐攒尖顶的亭桥坐落在一座方形单孔石桥上，桥名取自南朝谢眺诗句"澄江静如练"中的练字。远望亭亭玉立，近看小巧玲珑。练桥再北边的镜桥也是一座方形单孔石桥，但它上边的亭子却是八柱、八角重檐攒尖顶，是六桥中最为华丽的一座桥。从镜桥再向北是一座三孔石桥，中间是较大的方孔，两侧是较小的圆形拱券，桥上的亭子呈长方形，八根亭柱分设东西两侧，柱子上是重檐庑殿顶，这座桥叫豳风桥，但它原先的名字叫桑苎桥，据说当年桥西有与农事有关的风景点，桥建成后，慈禧太后喜欢人前卖弄文骚，便随口命为桑苎桥，但她的丈夫咸丰皇帝的名字叫奕詝，与苎同音，詝音又容易听成"丧主"，专门咬文嚼字拍马屁的大臣就对慈禧说："这个苎字不好，它与先帝詝字同音，桑苎容易听成丧主，这不吉利。"一向说一不二的慈禧太后也不得不同意改名，所以后来就改名为"豳风桥"。站在豳风桥上向北望去，又一座青白色玉石高拱桥呈现在眼前，那就是著名的玉带桥，乾隆皇帝乘船去玉泉山就从这个桥下通过，桥体用汉白玉和青石砌筑而成，半圆的桥拱薄而轻窕，从昆明湖上远远望去，犹如一条皇朝御带漂浮在湖面上。桥南、北两侧各有一副楹联，南侧上联是："螺黛一痕平铺明月镜"，下联是"宏光百尺横映水晶帘"。北侧上联是"地到瀛洲星河天上近"，下联是"景分蓬岛宫阙水边多"。位于柳桥最北端的是一座平桥，三个方形孔，中间大两侧小，是六桥中唯一没有亭子的桥，叫界湖桥，是前后两湖的分界线。

从柳桥到界湖桥这条湖中细堤就是西堤，它是乾隆皇帝仿杭州西湖的苏堤铺筑的，无论你从哪个角度远望西堤，在山水相连处的亭桥楼阁都美如仙境，在舞蹈家眼里，桥从天上降，人在画中游。在画家眼里，那是一幅顶级美术大师的淡抹轻描的国画杰作，当你畅游其上，就会有分不清人间还是天上的飘逸感。无论是冬望西山雪，还是夏赏万寿景，这里都是一处绝好的休闲处，尤其到了春季，一路桃花一路香，当你与家人或挚友沐浴着和煦的春风在亭上小食时，两侧春水里成群的小鱼就会张着大嘴等待你的犒赏，西侧鸟岛上各种珍禽也会壮着胆子向你靠近。你信步西堤远眺西望，逶迤的青山如龙腾凤舞，香炉峰顶云轻雾淡，玉泉宝塔婷婷玉立。

这条线路不仅游客较稀、噪声小、空气新鲜，而且可以一睹百年古树风貌，望着风烛残年的老柳吐出的新枝芽，抚今追昔，诸多感慨、无限遐想，无论你身处何等境况，都会重新燃起心中热爱生活的明灯。

25. 金鱼池不是鱼藻池

天坛北门外的金鱼池是北京成功的危改小区，因为它彻底改变了旧日脏、乱、差的面貌。人们记忆犹新的是老舍笔下的龙须沟，这里称为金鱼池是明代之后的事，但有许多书籍把金鱼池与金代鱼藻池混为一谈，因此把金鱼池的历史提升了几百年。鱼藻池是金中都皇宫御苑里的一处风景名胜，其位置在宣武区的青年湖附近，那里当时是金中都皇城西部的西苑，《大金国志》和《金史》所称的瑶池即鱼藻池。而今天所称的金鱼池其地位于金中都东城外近郊，金代没有在这里修建过任何宫苑建筑。今天的金鱼池是元代文明河的流经地，是明代三里河的流经地，也是明清时期虎坊桥西边的下洼子和大、小川淀向东排水的流经地，总之，这里一直就是一片湿洼地，因此明代之后有人在这里饲养金鱼，清至民国期间仍有金鱼池。

元代的《析津志》只记有"西出玉华门曰同乐园，若瑶池、蓬瀛、柳庄"。这与《金史》记述相同，说的是金中都城内的事。明初1461年成书的《大明一统志》："鱼藻池在宣武门外西南燕京城内，金时所凿，池上旧有瑶

池殿。"也是说的金中都城内的事,根本没提东城外的"金鱼池"。显然,以上记载与金代记载相符,而且非常明确。当我们翻开明末1635年出版的《帝京景物略》,却说:"金故有鱼藻池,旧志云:池上有殿,榜以瑶池,今不可寻……南抵天坛,一望空阔。"很显然,刘侗、于奕正两位作者错把宣武区的鱼藻池与崇文区的金鱼池搅在一块了。清初的《天府广记》和乾隆三十九年出版的《日下旧闻考》及清末的《天咫偶闻》都延续了《帝京景物略》的错误记述。《日下旧闻考》参考《帝京景物略》记载:"鱼藻池在崇文门外西南,俗呼曰金鱼池……金故有鱼藻池,旧志云:池上有殿,榜以瑶池,殿之址今不可寻矣。"然而,1989年北京出版社出版的《北京名胜古迹词典》(北京文物局编)仍延续了这一历史错误,把崇文区的金鱼池说成了宣武区的鱼藻池。在东南角楼一个展览上把宣武区的鱼藻池加到崇文区的金鱼池的错误解说就不足为奇了。

这一历史性错误也提醒本人,以后读书一定要认真反复比较,弄明白了再讲话也不迟。

(原载《北京晚报》2006年4月3日)

26. 老地图上的水乡北京与漕运

庆幸女儿的好眼力,在元大都遗址公园边为我选择了一处安度晚年的"巢穴",7公里长的公园里春翠冬雪、夏绿秋黄的景色,吸引着无数游人前来观景游赏,有脸熟的近邻,也有陌生的远来客。

敲完最后一个字符,我急忙下楼混入遛弯儿的人群中,踏着落日的余晖,漫步在高高低低的城墙包包上,五彩的晚霞杂染了白色、黄色、粉红色的花丛,却抹不掉诱人的花香。伫立在高台基上的三个"人"似乎对眼前的景色不感兴趣,忽必烈(雕像)威严地背对着他的护城河,骑在高头大马上的马可·波罗像是要离开他已经陌生的大都城,郭守敬(雕像)若有所思地盘算着什么,是责问短短 700 年，淅淅沥沥的河水为什么变得如此浑浊又带有腥臭味，还是又为今天的北京城谋划新的水源？让人琢磨不透，令人平添许多遐想。

有位姑娘问我："大爷，这河水上水源在哪里？为什么水这么少？"我指了指公园西边那个路口说："那就是元大都北城墙上的安贞门，这条河就是城墙外边的护城河，元代时它的上水源在昌平的白浮泉，出水量很大的清泉不仅灌满了护城河，也为北京的漕运提供了充足的水源。现在的水为什么这么少，说起来话就长了。两年前我和朋友还专门到昌平寻找这眼功勋卓著的生命之泉，它已经被封闭在龙山下的一个机关培训中心院内，深秋季节，在一片树丛掩映的荒草中找到了这个宝贝，古泉眼上的水榭已非常陈旧，石栏杆下九个风蚀斑驳的汉白玉老龙头嘴里似乎有些潮气，旁边水塘里的水浑浊不清，显然龙已经老了，不能再为北京人提供清凉甘甜的泉水了，此情此景让我们这些耄耋之人顿生丝丝伤感。当年元代水利科学家郭守敬为了解决大都城的供水和漕运水源，历尽艰辛，踏遍西北郊的山山水水，当他找到那处突突涌冒的白浮泉时非常激动，他沿途又发现了水量较小的一亩泉、冷水泉等 11 处泉水，当他把这些泉水引到通州大运河时，已是 62 岁高龄的老人了。"

北京作为城市已经诞生了 3052 年，作为都城已有 1288 年的历史，作为首都已度过 853 个春夏秋冬（至 2007 年）。舒乙先生说："北京原本多水，称北京为'水乡'也很贴切。"北京的多水缘于它的出身——"北京湾"的久远历史。北京大地西北三面环山，东南是朝海接阳的沃野平原，称其为北京湾绝不仅仅因为它的形状像海湾，北京大地的确曾有过海水入浸，明代诗人刘溥在诗中描述道："当时妖物久消沉，空余易水东流海。海水变桑田，天地几翻覆。龙争虎斗且莫论，卷起飞尘纵双目。"这"海水变桑田，天地几翻覆"的推测和论述，几百年后被地质学家的考古钻探证明。在距今六千多万年时，沿今海淀黄庄、八宝山和顺义高丽营之南一线，又发生了一次严重的地面沉降，这样的地层变动不仅塑造了千变万化的地形地貌，也在地下隐藏下道道断痕，这种无规则带状地层断裂成为许多千古之谜的起因。由于北京特殊的地理环境，造就了丰富的水资源和秀美壮丽的山河。永定河、拒马河、潮白河、沟河四条自然水系穿山越野咆哮而来，沟通了北京 200 多条小河大渠和湖泊坑塘后又奔腾而去。沟满壕盈的河水

九门深处轶闻多

灌溉了北京的万顷良田，滋润了北京的万物生灵，养育了万千北京儿女。一代代君王在这里修筑高大城墙的同时，也挖掘了宽大的城壕，自有资料可查的辽代开始，至明清北京城止，被称为警卫河的护城河总长度达130多里，河渠纵横的北京大地上形成了一道道网格线，在这些水乡网格中，又有无数个银镜般的坑塘洼淀，与郊区大大小小的湿地和山泉组成了一个巨幅立体水景图，那鲜灵灵的稻禾瓜果和菜蔬点缀其间，不是仙境，胜似仙境。后来的辽代、金代及明清各代都把都城选在北京，就是因为北京有良好的水环境和优越的地理位置。

我登上景山的万春亭，当天上的云团掠过故宫的金色屋顶时，我的思绪又被带到那遥远的年代。契丹人的辽代大后方在今内蒙的东部一带，为了解决陪都燕京城的城市供应，每年将大量粮食物资从渤海湾水运到天津附近，然后走大运河运抵通州的张家湾码头，从通州到燕京城还有四十多里的路程，走车载人拉的旱路费时费力，效率非常低，辽圣宗时期，在萧太后指挥下挖掘了一条从张家湾到迎春门（约在今南横街东段附近）的人工运河，这是北京历史上漕运最早的记录。张家湾以南漷县一带是方圆百里的延芳淀，《辽史》记载："延芳淀方数百里，春时鹅鸯所聚，夏秋多菱芡。"为了考证延芳淀的位置，在一个秋色正浓的上午，我和老伴儿曾专程造访过张家湾旧址，方圆百里的延芳淀早已变成洼地农田，那萧太后运粮河里仍流淌着涓涓细流，古老的萧太后桥虽几经修葺，但那老迈龙钟的模样着实让人顿生敬畏之感。金代取代辽朝后，同样遇到粮食物资的运输问题，曾开金口河济漕，由于汹涌的永定河水无法掌控而失败。后来的金元时期，张家湾仍然是通州通往北京城的漕运码头，走大运河水道来的大批粮食物资上岸后，有的立即换船进城，有的暂时储存在通州各仓储货场，通州成为"水路要会"和"百货之所聚"，因此通州至今留有许多货栈遗迹，除粮仓和皇木厂外，还有盐场、木瓜场、竹木厂等，望着那南来北往的汽车和干枯的河道，我明白了这些货栈消失的原因。

蒙古人的大元朝人马比辽金时期要更多，除了支撑庞大的官僚机构外，每年还要支付巨额的战争开支，但靠北京地区根本无法提供这些物资供应，文献记载说是郭守敬为忽必烈解了难。郭守敬向皇帝提出六项治水建议，第一条就是修复中都城到通州的漕运河道，得到忽必烈的赏识和重用。我和老伴儿曾几次到积水潭边的郭守敬纪念馆参观考察。站在纪念馆门楼前的高台上放眼四望，一派繁忙的城市景象，我手指着南侧水面告诉老伴儿说："这里原先是元代的积水潭码头。"老伴儿笑道："有三条船就能实现'舳舻蔽水'了，忽必烈有什么惊奇的。"我也跟着笑起来，随后我说道："原先的积水潭可不是这么小。"我们转到西北侧接着说："西直门立交桥中心东侧就是积水潭西岸，北岸在地铁车辆段以北，东边和南边的水面也比现在大得多，这片水面与二环路北面的水面是连通的，到了明初水势仍很大，明清时期许多名人富户都在码头周围修建豪庭名园。"我最不愿意提起的就是北部水域的太平湖水面，"文革"之前，我几次到过这个以水为主题的休闲公园，1966年8月24日，深受北京人民爱戴的京味作家老舍先生，竟选择在老码头岸边与北京乡亲们诀别，每逢经过这里，我总觉得他没有走，仍在树下向我们讲述那没有讲完的北京故事。1966年之后，这里被填平修成地铁车辆段，积水潭只剩下二环路南侧那块小小的水面了。

据史料记载，元代全年征收1200多万石粮食，其中300多万石要调运大都城，还要采集巨石大木和各种建筑材料，征调丝绸、茶盐和各种日用品，要想完成这些艰巨的运输任务单靠陆路运输是不可能的。南方的粮食木材和丝绸等主要走大运河水道，货物运到通州后，只能陆路运进京，一年四季艰难的长途跋涉，累死的驴骡不计其数，极其低下的效率让忽必烈着了大急，还是派郭守敬解决这一难题。郭守敬爬山涉水考察，总结了元初重开金口河济漕失败的教训，分析了从通州到北京三条可能利用的路线，一条是继续利用萧太后运粮河水道，这时的皇城已经从南城迁移到了北部新城，这条路线显然不可取。第二条就是走中都城北部旧闸河河道，但永定河水仍不可控。第三条就是旧高粱河东段路线，据说金代就曾利用过这条水道漕运。根据当时的水源情况，郭守敬认为高粱河东北部的一条支流上承玉泉之水，中途又汇白莲潭水，如果把这些水灌入高粱河东段旧河道，就会重新打通这条漕运路线，郭守敬详细向皇帝陈述利弊，得到皇帝批准，至元十六年（1279）从光熙门到通州五十多里长的漕运河道重被疏浚通航，称为坝河。为了控制因地势高差形成的水流湍急，沿途修建了王村坝、郑村坝、常村坝、郭村坝、常庆坝、千斯坝等七座闸坝，形成阶梯水面分段行船，还安排了8377户维护和控闸夫户，950户船户，这些夫户不分冬夏

九门深处轶闻多

寒暑,整日劳作在坝河两岸,每天190多条大小船只来往于这条漕运河道上,几百号纤夫赤脚裸背地吼着高腔号子,其势颇为壮观。每年的运输量少时30万石,多则90万石,光靠水运仍不能满足需求,不得不又在岸边安排了390多辆大车帮助运输。后来凿开金水河,主要水量要保障皇宫御苑用水,流入坝河的水日渐减少,运输任务当然受到严重影响。尽管如此,这条漕运河道仍断断续续使用了近百年。

若论数漕运功劳,堪树头功的当数通惠河,故通惠河有北京的生命河之称。在十里长安街东段的建国路南,有一处古观象台遗址,它就是元大都城的东南拐角处,通惠河从它的南侧流出城。前几年我一得知在古观象台南侧发现了古城墙,就马上赶了过去,一是为了拍照留作资料,二是看能否找到通惠河出城的遗迹,很遗憾,一点蛛丝马迹都没有,当年通惠河上的船只就是从古观象台南侧向西,经今北京站和苏州胡同继续向西又向北,接通从积水潭流出的水道,明初改建大都城,将南城墙从长安街南侧南移到今天的东南角楼南侧,北京车站附近的那段旧河道就变成了一段"盲肠",后人称为泡子河。明清时期,这里成为一处著名风景点,贤达富户在那里修建亭堂楼阁,呈现"踏遍槐花黄满路"的休闲区。我沿残破古旧的明城墙南行,很快就到了巍峨的东南角楼下,我掏出北京市文物保护协会会员证,顺利登上角楼平台,城南一栋栋"水泥树林"誓与角楼比高低,把护城河挤成了小水沟,东边的通惠河主航道两岸绿树渐少,也处于被围困之势,放眼望去,缓缓的水面上有两只小船儿晃动着,我好奇地掏出望远镜一瞧,原来是打捞脏物的清洁船。怀着一种难以表达的感觉走下角楼,真不知应该感谢,还是嗔怨。大通桥头的两只镇水兽却比我沉稳老练,它们年年、月月、日日监守在通惠河岸边,神情不改、坐姿不变,700多年的血雨腥风和风云变幻已经见多不惊,一点点污染就更不值得大惊小怪了。

这条漕运河道在郭守敬主持下于至元二十九年(1292)春动工,次年秋天,上自白浮泉下至通州高丽庄入白河口的济运工程全线贯通,全长160里140步。琼浆玉液似的河水从瓮山泊南口流出,经长河引入今紫竹院湖继续东流,一部分水流入大都护城河,主要水量由西海(今积水潭)南折入城,晶莹清澈的山泉水经后海、前海沿萧墙东侧(今南北河沿)南流,在今长安街南侧汇入元代南护城河,然后经今东单、船板胡同、北京站出东城流向通州大运河方向。从通州上岸的货物非常顺畅地入大都城内的积水潭码头，皇城边上出现了"舳舻蔽水"的盛况，从上都归来的忽必烈，站在码头边上见到穿梭般的船队和繁忙的装卸货物的景象大悦，随之将这条漕运河道命名为通惠河。为了解决从大都城至通州一段地势高差较大水流湍急的难题，古代工程技术人员沿途修建了12处控水闸，为了绝对保险起见，每处都设双闸，这些闸依次是：紫竹院东西两端的广源闸、高粱桥两端的高粱闸、德胜门水关的朝宗闸、什刹海东岸的澄清闸、正义路附近的文明闸、东单船板胡同的魏村闸、东便门外的庆丰闸，沿途还有平津闸、普济闸、杨尹闸、通州闸、河门闸。如此浩大的水利工程，花费158万锭白银，用工258万个，不到两年时间就全线竣工，这在科技、经济发达的今天也是不可想象的惊天浩举。

明代改造北京城时，北京的水系也有很大变化，北护城河从大都城北侧移到今北二环路东西一线，南护城河从长安街南侧南移到前门外东西一线，嘉靖年间又增加了外护城河，通惠河入城由古观象台移到今东南角楼外侧。明朝最愚蠢的举动就是宣德七年扩建皇城时将东皇城墙东移，这样一来，出东不压桥南流的一段河道被围在皇城里侧，从通州来的船只再也无法进入积水潭码头了，从此北京城里断航。每逢走过皇城遗址公园西侧的南北河沿大街，我就对老伴儿叨叨半天，有时还拿出卫星遥感地图指给老伴儿说："你看，这条大河道变成小河沟，小河沟又变成下水道，最后被埋在地底下，但图上仍显示得清清楚楚，要是迷信的话，这可能是阴魂不散吧。"

大明王朝修建城垣宫殿需要从全国各地采集大量砖瓦木石及各种建筑材料，还要征调大批粮食及其他物资，主要运输路线还是走大运河水路，船只进不了城，只好在东便门外修建新码头货站，从通州运来的货物不得不卸在大通桥码头。明隆庆四年（1570）御史杨家相奉命修复朝阳门外旧河道，粮船可以直接驶进朝外东大桥。清康熙三十六年（1697）又疏浚东护城河，船只可以北进到东直门外。今天行进在东二环路上，一点漕运的影子都看不见了，因为早在20世纪70年代初，护城河就被埋在二环路下。但东直门和朝阳门内的禄米仓、新南仓、北新仓等古老建筑见证了这段漕运历史。有专家考证说：红楼梦里的林黛玉、邢岫烟从南方进京时就是走这条路水道，她们在大通桥码头登的岸。明清时期，城外的通惠河两岸仍是杨柳拥岸、风光旖

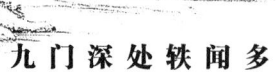

旎，清纯的河水里鱼虾畅游，水禽时飞时落，大通桥和庆丰闸（俗称二闸）之间非常热闹，东便门的蟠桃会人声鼎沸，北岸三忠祠里香烟缭绕，祠堂里供奉着诸葛亮、岳飞和文天祥三位忠臣。祠堂后身有濯缨亭，失意的文人墨客或被贬官员经常到这里吟诵屈原与渔夫的对话"沧浪之水清兮可以濯我缨，沧浪之水浊兮可以濯我足"、"世人皆浊何不淈起泥而扬其波"以发泄心中的郁闷与不平。

由于通惠河上水源的开辟，使得北京西郊水环境得以极大改善，缓解了因湿地消失造成的缺水状况，清代开辟的西郊园林受益更丰。古老的长河因水源充足也焕发生机，长河是清代帝后们前往颐和园的主要水上通道，初夏一到，慈禧太后就带着光绪皇帝到颐和园避暑并处理朝政，他们坐轿到西直门外的倚虹堂换乘船西行，船上笙箫齐鸣，两岸前簇后拥。春天高粱桥附近的踏青者络绎不绝，娘娘庙里求子少妇的供品摆满供桌，皇家贵戚和平民百姓各有各的欢乐。近年来的划船比赛也是在这条长河举行的。

清代后期漕运已渐渐稀少，太平天国时漕运中断，随着新的交通运输方式的出现，北京漕运已成历史，"水乡北京"变成干旱的都城，700年后的今天，如果忽必烈再回大都城，见高大的城墙变成了土包包，漂亮的公园护城河里流淌着淅淅沥沥的浑水浊汤，想必他和聪颖智慧的郭守敬也会皱起眉头。哀乎？乐乎？

（2007年3月13日北京青年报略有修改）

27.《龙脉水系篇》前言

北京非凡城俗地和浮华之都，是苍天赐予我们的风水宝地，是紫气恒晟的千年帝王之都，作为城市她已诞生了三千多年，作为都城已有一千多年的历史，作为首都也度过了八百多个春夏秋冬，北京被历代君王选为都城并千年不衰，令许多城市学家费解。我们从繁纷复杂的因由中登高远眺发现，在地标横轴和时光纵线的结合点上，有几个闪烁着历史光焰的古老都城分外夺目，古恒河边的新德里和尼罗河畔的开罗城、泰晤士河旁的伦敦及赛纳河岸边的巴黎城，屹立在东方地平线上的北京城与这些光鲜于世的历史名城一样，坚韧不拔地穿越时空尘埃，一直保持旺盛的生命力。维持城市生命活力唯一共同点就是它们都依水而建、傍水而生。因此水是万物生灵的源泉，是城市赖以存在和发展的根本条件和基础。

元《析津志》记载："山有形势，水有源泉，山则为根本，水则为血脉，自古建邦立国，先取地理之形势。"无疑古都的山水形胜组成了北京的龙脉水系，这山水形胜又源于大自然天翻地覆之造化。20多亿年前，古老的北京大地曾经历过地震、火山、海水浸泡等多种复杂的地层演变，在12亿~4亿年前，北京仍淹没在滔滔海湾中，经过几次沉没与浮出，直到两亿年前才稳定在今天这个样子，如此沧海桑田的巨变给北京留下了大量浅海生物化石，距今一亿五千万年时，古老的北京大地又发生过一次强烈的地壳变动，炽热的火山岩浆堆积成了燕山山脉，在距今六千多万年前，燕山南麓又发生过大面积地面断层和沉降，在二百万年前的漫长岁月中，大自然还给北京留下了许多冰川遗迹，经过大自然鬼斧神工的雕琢，形成了北京优美的山水胜景，条条河流似随风飘动的银带，坑塘湖泊和湿地犹如翠珠宝镜，丝线般的汩汩清泉浸润着青山沃土，为了改善人类生存环境，代代北京人在挖掘人工河渠和水库的同时，还修建了大量桥梁、闸坝、码头等水利设施，这溪涧镂错、河渠纵横、井满泉盈的水乡景象为我们绘制出一个湿漉漉、水泠泠的古都北京城。曾经丰富的水资源滋润了北京城的万物生灵，养育了一代代北京人。

在地层反复变动尤其燕山造山运动后，北京形成了西北高、东南低的基本地形，始自北部山区的沟壑大都婉转曲折地伸向东南方的渤海湾，北京城的祥风圣水同样由西北流向东南，在众多河渠沟壑中对北京影响最大的当数多次更改河道的永定河，近年来我们惊喜地从卫星照片中看到，春秋至西汉期间南北穿城而过的永定河故道（今六海），犹如一条巨龙从"真龙天子"穴居的紫禁城与"中南海"之间穿城而过，北京的大街小巷出现了许多带龙字的水系和地名，如龙须沟、龙头井、二龙路、青龙桥、飞龙桥、黑龙潭、龙潭湖、龙王庙、九龙山、九龙泉等，近年来商家又领先使用了"龙脉温泉"的名字，在奥运主会场规划设计中，龙形湖也出现在了大师的设计图上，各

九门深处轶闻多

式各样龙的造型出现在京城建筑和日常生活中，可以说"龙"与京城人的生活息息相关。

国人常以龙的传人为骄傲，到底什么是龙？百姓把身有鳞首有须，能兴云作雾而行踪不定的神异动物叫龙，古生物学家称有四肢有尾、身有鳞片的巨大爬虫为龙，也有堪舆学家称蜿蜒的山脉为龙，封建帝王称自己就是真龙天子。龙到底在哪里？有人说龙在天上，有人说龙王爷在水里，而百姓们又常见龙蹲坐在庙堂里，似乎龙无处不在，其实龙就在我们心里，龙是中华民族的图腾，龙是吉祥和幸福的象征。朝代可更迭，北京城却恒晟不灭，这亘古之谜不在山势，而在水脉，因为只有水系才可以为京城输送长生不老的"营养液"，故将龙脉理解为北京水脉或许更贴切。

京城的龙文化似春风又像雨露，沐浴着山川沃土，也滋润着新老北京人的心田。千古兴亡，万代流芳，犹如龙脉的水脉当然会滋育出一代代英才，人脉的传承带来文脉的延伸，北京城还能兴旺发达多少年，这要看龙的子孙们如何认识和对待养育北京人的——水。

本书的编著者力图用几幅图片保住北京的水系也许幼稚可笑，但我们尽力了。

提纲目录

1. 远古北京
2. 历史的记忆
3. 五大河流
4. 其他河流
5. 皇城御苑
6. 桥梁
7. 闸坝码头水门
8. 漕运
9. 河湖坑塘
10. 水库
11. 护城河
12. 湿地
13. 京郊胜景
14. 南水北调
15. 奥运与水
16. 井和泉

28. 龙脉吉辰好奥运（讲稿）

源于古希腊"奥林匹亚竞技"的奥运火炬早在1896年就已经点燃，被世人关注的奥运圣火走过了108年的风雨之路，四年后即2008年将在北京的奥运主会场第29次点燃。

按照中国的干支计时法，2008年是戊子年。干支是天干与地支的简称。天干用甲、乙、丙、丁、戊、己、庚、辛、壬、癸十个字区分不同时段，这十个字称为十天干。地支则用子、丑、寅、卯、辰、巳、午、未、申、酉、戌、亥十二个字区分不同时段，这十二个字称为十二地支。十天干和十二地支两个不同数量的时序并行排列，如甲子、乙丑、丙寅等，每隔六十年就会有一次重合，所以我国有六十甲子之称。戊居天干之中，子位地支之始，天视同阳，地视为阴，2008年的"戊"和"子"又都系阳，一般人们都以阳为正、阴为负，可认为阴阳之和，无疑"阴阳之和"是一个好兆头。2008年的2月8日又都是双数，中国人认为这也是个喜庆吉日。

在洪荒混沌的远古年代，北京地区曾发生过几次剧烈的地壳变动，在十二三亿年前，北京地区曾淹没在洪涛巨浪的海洋中，到了距今三四亿年前，海水开始退出北京地区，陆地才显现出来，以后又经过几次海水入侵陆地的反复，大约在距今两亿年时，北京大地才稳定在今天的状况。在距今一亿五千万年时，北京又发生过强烈的地壳变动——燕山造山运动，炽热的地下岩浆喷薄而出，冷却落地的岩浆形成高低不平的凹凸地面，在距今六千多万年时，沿今黄庄、八宝山至高丽营一线山南地区又发生了大面积地面沉降，这就奠定了北京西北高、东南低的基本地形地貌。西面是太行山余脉的西山，东北面是燕山山脉，正北面的军都山同属燕山脉系，这种三面环山、一面平原的地势是生态发展的伊甸园，也是北京人最始的发祥地。

在大自然鬼斧神工的雕琢下，北京的西北和东北面青屏环绕，面对渤海湾的东南部山湾里河渠纵横、溪流遍地，由于西北高、东南低的地形特点，水系基本走向也是从西北流向东南。北部的山口处连通着北京平原和塞外荒漠，所以冬季多刮西北风，这就形成了风从北方来、水向东南流的风水特点。

九门深处轶闻多

　　清晨，从东方升起的一缕缕霞光掠过稻田和楼宇，这祥光瑞气把北京大地映照得多姿多彩，东来的紫气预示着北京宝地将成为一座人才荟萃、万事兴顺的美丽城市。夏天从东南方来的湿热蒸汽在北部山前受阻而凝固，一遇山口冷风就形成降雨，所以历史上北京温暖潮湿，适于万物生长。西山和燕山又像伸展开的一双巨大臂膀，以极大热情欢迎世界各方涌来的宾朋挚友。

　　大自然在北京大地上刻画出许许多多河渠沟壑，对滋养一代代北京人堪称立头功的当数永定河，所以永定河被称为母亲河，它曾四次更改河道走向，据专家考证，发源于内蒙和山西的永定河从三家店出山后，商代之前经八宝山向西北过昆明湖沿今清河方向东流，最后走北运河出海。约在西周时期，主河道从八宝山甩至今紫竹院方向，过今积水潭沿坝河方向走北运河出海。春秋至西汉期间，河道从积水潭改向南流，经今后海、前海、北海、中南海穿城而过，经龙潭湖、萧太后河、凉水河归入北运河入海。直至清代之后，永定河才稳定在今天的位置。从高空俯瞰北京，春秋至西汉期间形成的六海水道犹如一条巨龙头南尾北匍匐在北京城中心地带，南海犹如龙头，天安门前的两条东西大道是长长的龙须，龙身就是中海、北海、前海和后海，长长的龙尾伸向北方。所以说，元代确定的中轴线就是北京的龙脉，就是北京的风水线，住在这条龙脉风水线的历代君王总是把自己说成是龙的化身，从服饰到宫殿都绘制着龙的形象。

　　奥运主会场位于朝阳区的洼里地区，洼里正好位于北京中轴线北端，这里北临清河，南仰"长安"（都城），左望燕山秀岭，右倚西山美景，再次审视这块居中位北的风水宝地，欣庆当年的决策者真可谓抽到了"上上签"。清河不仅是奥运主会场的水景屏幕，又曾是永定河故道，地处洼里龙脉上的奥运主会场一定会给2008年的奥运会带来佳讯和龙运。

　　古代的永定河从三家店下山后，夹裹着黄沙的洪涛急流漫无边际地在北京大地上任意流淌，商代之前的主河道曾沿今清河路径向东南奔腾而过，为这块土地上的百姓带来过风调雨顺的丰收之年，也为这里制造过水灾大患。几百年后，永定河这条巨龙在这里留下一堆堆沙滩和水塘坑池，便将龙身甩到坝河位置上继续东流。改道后的永定河故道仍有大量雨水和山泉水流过，当时人们没有治理大江大河的能力和经验，河水经常泛滥成灾，大水流经和浸润的地方，就成了洼地坑塘，洼里之名由此而来。在水洼边上的村子就叫成了洼边村。今天的北沙滩和过去的沟泥河、黄草湾、仰山村、鱼池村都与永定河故道有直接关系。主会场旁边的国家游泳中心建设在这块旺水之地上，无论哪国游泳运动员都会如鱼得水，取得前所未有的好成绩。

洼里地区原是一个盆状洼地，明清以来，洼里的水量逐步退减，陆续有人家迁入耕种，肥沃的土壤以潮湿的沙土为主。人们为了求得上天和龙的呵护，早在金章宗时就曾在仰山村修建过大定寺，明代在洼里南边修建了一座龙王庙，民国六年更名为龙王堂，二百多年来，这里一直香火不断，善男信女们扶老携幼虔诚地到庙里上供求神保佑，从此这里人户不断增加，后来分成了南北两个龙王堂村。因洼里这一带地势低洼、水旺土肥、气候温和，动植物种类繁多，被明清两代皇家选为游猎场和养殖场，不仅有猎狗，还养有老虎和豹子等珍贵动物，所以后来有了卧虎桥、狗房庙和豹房等地名。相传村里有座古庙，庙里供奉着一只石虎，百姓称为老虎庙，后来的老虎庙村即由此而来。除上述庙宇外，再往南的国家网球中心和国家曲棍球场附近，还有北顶娘娘庙和惠忠庵，北顶娘娘庙里供奉着东岳大帝的女儿碧霞元君，惠忠庵是佛教尼姑庵，庙虽早已无存，但百姓们仍念念不忘佛祖给他们带来的好运。网球中心附近还有明朝曹姓太监修建的慈救寺，慈救寺又称五圣庙，也有叫五圣庵的，所谓五圣，各个时期各个庙宇供奉的神像各有不同，一般选龙王、土地、药王、火神、财神五神仙，也有选山神、城隍、关帝、观音、井神供奉的，还有选马神、虫神、风神、雷神、青苗神的，也有庙宇根据当地百姓信仰和需要，任选五种神仙供奉的，总之他们都是希望在神灵保佑下四季平安、事事顺利，如果我们北京的2008年奥运会能事事顺利、各项成绩斐然，也许是先人们早就为我们许下的大愿显了灵。

中国的传统习惯以北为上，北倚巍巍青山、南朝沃野平原的北京城，当然地处上风上水的北部地区更是理想的风水宝地，不仅活人的阳宅愿意建在北部，就是死人的阴宅也都选在城北地区，明朝的16个皇帝中的13个皇帝都葬在城北部的天寿山，品级较小的官员和财富大家也都在城北选择墓地，清道光皇帝的四女儿寿安固伦公主就下葬在洼里村西南部。乾隆皇帝的九女儿和恪公主的陵寝选在洼里村西部的关西庄。清户部尚书海望及他的祖父母、父母的穴位都选在龙王堂附近，洼里村西南的沟泥河村还埋葬着一等信勇公富兴，礼部尚书图海的几代亲人都埋葬在关西庄，山东巡抚兆惠、一等男希

勒根等也都选陵在关西庄附近，如此众多的官员人等的墓葬集中在一个面积不大的洼里地区，说明这里确实是一个理想的风水宝地。

自民国至新中国成立初期，洼里经历多次行政变更，一直是村级建制，直到 1961 年成为乡级的人民公社，1983 年改名为洼里乡政府，辖区内发展成为 16 个自然村，6 个居民委员会，全乡面积 15 平方公里，人口达 18000 多。世世代代洼里人辛勤耕种在这块肥沃的土地上，男男女女日出而作，日落而归，生活日渐富裕，尤其近年来随着全国经济的大发展，农林工副业得到全面发展，新楼新居新气象日新月异，正当人们有滋有味地享受这梦寐以求的新生活时，突然宣布洼里地区被规划为 2008 年北京奥运会主会场，上自行政官员，下至普通百姓，没有一个人不为此欢欣鼓舞，他们要搬离祖祖辈辈生活和耕种过的这块热土，虽然有些留恋，但都选择了顾全大局——搬！他们唯一的要求就是希望师傅们晚动手几分钟，让他们在老屋前照最后一张"全家福"，作为永久的留念。

29.《龙脉吉辰好奥运》序

随着 2008 年的日益临近，人们热切地盼望着早日看到奥运场馆拔地而起，想了解它的建筑风格、人文蕴含、面积容量等一切有关问题。奥运场馆是奥运会和奥运精神的载体，她本身就凝聚着举办方对奥运文化的理解，以及和本土文化的融合。在这里更能深刻地反映人文奥运的内在品质是如何外化为建筑的外在形象的。

人们期盼奥运场馆要凝聚着中华文化的精粹！这一期盼是否能够实现，是否能够满足，是一个严肃的课题。

正当人们翘首以盼想观瞻奥运场馆的时候，《北京奥运场馆游记》即将出版，为我们了解奥运场馆及相关知识，提供了一本通俗生动的读物。从本书的目录就能够看出，这一本以中华传统文化为主导的介绍奥运场馆有关内容的书，对于那些想了解中华文化如何和奥运精神相结合的人们来说，便生发出了阅读的兴趣。

此书并没有像流水账一样先从周口店讲起，再讲历代王朝更替等，而是匠心别裁地讲了"三个北京城"的故事，即商周的燕蓟，辽金时代的南京和中都及元以后的北京城，这是清晰明了的表述。纵向说完又横向展开。作者在书中引进了两个外国人物，一个对中国文化将信将疑，一个喜欢北京、热爱中国文化，由他们看北京日新月异的变化，通过他们游览正在修建中的奥运场馆所在地，将在北京流行的佛、道、儒等多种宗教文化、民俗传统结合在一起，向人们陈述了奥运场馆所在地的来龙去脉和得名过程，特别是对庙宇、坛观的介绍，由民间传说到正史碑刻，妙趣横生地将读者带进五光十色的传统文化之中。然后，以北京的小吃、民俗、歇后语穿插其中时，使对中国文化怀有偏见的外国人终于不断"OK，OK"起来，使热爱中国文化的外国人从长城、故宫等表面宏丽的基础上而深入到文化的内部，让人能够深切感受到就像20世纪法国大科学家德日进及英国大历史学家汤因比预言的那样，东西方文化必将走向融合。

除了介绍位于中轴线上的主场馆所在地的人文和史地背景外，作者还逐一讲述了位于北京市其他地方的运动场馆，并把安排在上海、青岛、天津、秦皇岛、沈阳和香港的六个场馆做了简要介绍。

这本书最珍贵之处是作者亲自到现场进行了踏勘拍照，留下了珍贵的史料，这对未来的北京历史研究、资料保存都有着极高的价值。虽然官方、主办方也会留下相应的资料，但是这种不在计划之内的个人行为往往表现得更为真实，具有阶段性和典型性的意义。我国历代以私人笔记方式保存下来的许多珍贵史料，本书可以说继承了这个优秀传统，在很多方面还弥补了官方资料的不足，比如说，民间传说在官方资料中就没有，而本书则有重点地进行了采集。为此我们感谢作者的良苦用心和辛勤劳动。

目　录

一、北京在哪里
二、龙脉吉辰好奥运

九门深处轶闻多

1. 风水和龙脉
2. 龙王滋荫
3. 武圣驱邪
4. 先人铺路
5. 娘娘护驾
6. 佛祖庇佑
7. 药王伺候
8. 虎豹呈威
9. 玄武镇北
10. 后人顺天
11. 奥运主场馆巡礼

三、其他运动场馆

1. 工人体育场和工人体育馆（足球、拳击）
2. 地坛体育馆（拳击训练）
3. 首都体育馆（排球）
4. 理工大学体育馆（排球训练）
5. 北大体育馆（乒乓球）
6. 科大体育馆（柔道、跆拳道）
7. 北航体育馆（举重）
8. 农大体育馆（摔跤）
9. 北体体育馆（预备）
10. 北工大体育馆（羽毛球、艺术体操）
11. 丰台体育中心（垒球、棒球）
12. 五棵松体育中心（篮球、棒球）
13. 月坛体育馆（手球训练）
14. 老山自行车赛场（场地自行车、小轮车、山地车）
15. 北京射击场（飞碟、射击）
16. 顺义水上乐园（赛艇、皮划艇、激流皮划艇）
17. 朝阳公园沙滩排球赛场（沙滩排球）
18. 十三陵铁人三项赛场（游泳、自行车、跑步）

19. 城区公路自行车赛场

20. 北京市的功臣体育场馆

四、外省市赛场

1. 青岛帆船赛场（帆船）

2. 沈阳五里河体育场（足球预赛）

3. 秦皇岛体育场（足球预赛）

4. 天津体育场（足球预赛）

5. 上海体育场（足球预赛）

6. 香港赛马场（马术）

五、附录

30. "东便门角楼"叫法不妥

有关角楼两端明城墙修复的消息不断见诸报端和其他媒体，有的媒体把角楼称作"东便门角楼"，笔者认为此称不妥，近来有文物部门官员和专业刊物也把此角楼称为"东便门角楼"那就更加误导读者了。

众所周知，北京有内城和外城之别，但哪是内城？哪是外城？就不是每个人都能说得清的了。明代北京城是在元大都城旧址上改建而成的，明初只改建了东直门、朝阳门、安定门、德胜门、西直门、阜成门、宣武门、正阳门、崇文门四围一圈大城，这就是所谓的内城，内城的四角都修建了高大的角楼，现在唯存于北京站东侧的角楼就是内城的东南角楼，这也是它的正式名称。

明嘉靖年间，不断有大臣说北去的蒙古军队可能伺机南侵，北京将受到严重威胁，为了北京的安全起见，建议在大城之外利用原有的部分土城再修建一道外罗城，此议一直犹豫争论了多年未付诸行动。到了嘉靖三十一年（1552）大规模的改建工程才开始动工，工程从南城开始修筑，但开工后不

久，发现原预算严重不足，所以朝廷决定将南城墙修筑完之后，两端向北的城墙修筑到今东、西便门附近即向里抱接内城墙，因经费迟迟没有着落，这个半拉子工程再也没有动过工，这样就在内城南部留下了一个帽形半拉城，后人就管这个半拉城叫外城，为了方便外城的人出入，在外城与内城抱接的东西城墙上各开一个南北向小城门，分别叫东便门和西便门。另外在所谓的外城四角也各修建了一座较小的角楼，外城东北角楼就在东便门东侧，与内城东南角楼距离很近。

今天我们所说的明城墙是内城墙东南角楼的北侧和西侧部分，与外城毫不相干，东便门是外城的城门，东南角楼是外城的角楼，当然与东便门也没有任何关系，如果把两者混淆起来，就容易把人弄糊涂，历史是严肃的，文物称谓也应该是严谨的，不能混作一团，否则会贻误后代。

（2002年2月6日）

31. 与龙共舞

（为翠湖湿地公园的辛勤园丁而作）

龙是什么？龙是中华民族的图腾。龙在哪里？有人说龙在天上，有人说龙在水里，而龙又常蹲坐在庙堂里，其实龙就在我们心里。

物有物形，龙有龙脉，古时常将绵亘起伏的山脉比为"龙脉"，凡"龙脉"之地必为吉祥兴盛之地。北京是千古帝王之都，当为"龙脉"之地。在元代《析津志》中记载："山有形势，水有源泉。山则为根本，水则为血脉。"紫禁城里的皇帝把自己比作真龙天子，但北京没有一座山延伸到紫禁城，只有傍山而行的水却真真切切流向了紫禁城内，那么北京城真正的"龙脉"在哪里？

大自然天翻地覆之造化铸就了西部和北部巍巍群山的同时，也铺就了面海朝阳的南部平原，形成了西北高、东南低的基本地形，山水冲刷出了由西北而东南的沟沟壑壑，在众多沟渠河道中对北京影响最大、贡献最多的当数永定河，它像一条翻滚飞跃的巨龙，一路欢腾一路咆哮地斜向穿入北京大地，带着西部华夏民族的剽悍和倔强，将西北高原裹着黄沙的水输送到北京地区，又以博大的胸怀容纳了北京山区的溪流和清泉，然后无拘无束地在北京平原上奔淌着，河水解了北京大地的干渴，滋润了北京万顷林海和粮田，使这块古老的土地上生机勃勃、万物兴盛，这是北京成为千年古城的根本原因。

位于北京西北部的延庆除中部一小块盆地外，四周山峦起伏。昌平区的平地占总面积的三分之一。位于昌平南部的海淀山势较低，平地占全区总面积的四分之三，而且海拔高度大大低于上述两区县。这一明显的地位、地势特点，决定了海淀区成为西北部的百川之汇，也是形成整个北京城上风上水的必然通道。风水是什么？其实就是清风净水的优势组合，千百年来被"智者"和术士忽悠成了高深莫测所谓相学和风水学。所谓龙脉其实也没那么神秘，古人把蜿蜒曲折的山势比作龙，脉本指人体的血管，有山必有水相伴而行，这相符相随的山水即为"龙脉"。因明代十三位"真龙天子"长眠在"与天齐寿"的天寿山，所以明代文人将奔腾而来的昆仑山喻为中国"龙脉"，把飞舞延伸的天寿山比作北京的"龙脉"，这条飞舞的巨龙给北京带来福运，为我们平添了许许多多有趣的遐想。

在"龙脉"穿行的海淀区北部，也有一处龙蟠福地，这就是上庄水库及北侧的翠湖湿地。这里位于海淀平地与西北山地的边沿地带，平均海拔高度50米左右，翠湖湿地平均海拔高度只有40米，这低洼的地势即为形成湿地景观的重要因素。从西部、北部和西北部千沟百壑汇集的山水大都流经这里。

其中流无定向的古永定河曾经的故道形成了它的基础原因，从山西和内蒙汇集后呼啸而来的河水像一匹脱缰的野马，时而奔北、时而向东、时而向南，为北京平原解除干渴的同时，也为北京带来许多麻烦。商代之前永定河出西山后经八宝山流向西北，经昆明湖走清河、北运河入海；春秋至西汉期间，河水已经南移到积水潭、六海一线，在通州走北运河入海；清康熙年间永定河才稳定在今天这个样子。据近年有关部门发现但未曾发表过的资料分析证明，远远早于商代之前的两万五千年前左右，古永定河曾在门头沟区军庄经杨坨向北流向海淀区寨口，至今有寨口沟称呼，河水又经周家巷、上庄

九门深处轶闻多

往东流去,这条河道形态至今仍可辨认。热爱文物考古的张文大先生在京西考察高梁河水源时也发现了一条古河道,基本与上述永定河古河道同一路径,张先生撰文说:军庄有军庄沟,军庄沟在杨坨山麓向东,然后向东北越过老庙分水岭流向海淀的寨口沟,又经周家巷村北至高梁店进入高梁河主河道。张先生所言的高梁河古河道兴许就是今天的南沙河河道。那么上庄水库和翠湖湿地为永定河故道绝非妄言。

上庄水库及翠湖湿地一带之所以有非常丰富的地上及地下的水资源,主要是大自然的恩赐,也有人为因素影响,历史上曾有许多文人学士做过论述,由于千百年来大气环流及地面环境千变万化,使得水文环境也变化多端,丰水、枯水状态随之多变,形成了不同历史时期的不同水文态势,又由于人为因素影响,对这一带的水源状况及水系流向做出不同的描述,实不足愕然。除了上述永定河冲击的基础原因外,这里也是两条重要河道流经地,即南沙河和白浮堰。

关于南沙河源头,古人有不同的描述和结论,就以现状而论,南北两条干线支流都是历史的遗存。南线发源于门头沟和海淀交界的九龙山和附近山脉,雨泉水汇集到海淀境内的寨口沟,基本沿古永定河故道向东流去,因上庄地区地势低洼,形成今上庄水库一段宽阔的湖状河道。北支源于西山鳌鱼沟,鳌鱼为古代传说中龙头鱼身的水中动物,也可归属龙系,鳌鱼沟位于龙泉寺附近山沟里,清泉碧水沿后沙涧、刘庄向东流去,在常庄西部与南支汇合,汇合后的水经上庄继续东流入沙河水库,与北沙河汇合再向东成为温榆河上游水源。

南北流经上庄的第三条水系为元代的白浮堰,这是一条人工河道,为了解决大都的供水问题,郭守敬奉"真龙天子"之命把昌平神山九龙池的龙泉水引出,沿途汇集昌平海淀的十几处泉水南流,20世纪60年代苏天君先生对白浮堰进行考古测量,白浮堰经凉水河村南、埝头、横桥,与关沟、龙潭之水汇合,再向南流至土城村南,与西来的一亩泉水、马眼泉水、千蓼泉水汇合,再向南穿行双塔河、辛力屯、章村东,然后南流至上庄村西,沿皇后店、辛店、西北旺、青龙桥一线入瓮山泊,这是古代人与龙的互动共舞。

无论来自西南方的永定河水及来自九龙山的山雨水,还是来自西北方龙泉寺的山泉水,或是导自九龙池的清泉碧水,这些都是大自然恩赐给北京的生命之水，四条河道犹如飞舞的巨龙匍匐穿行于上庄地区，除元代时敢牵着龙鼻子与龙共舞，北京人基本仍被龙王爷牵着鼻子走，过着人赖于天的生活。新中国成立后的20世纪五六十年代，人们曾高喊过一句口号："天上没有玉帝，地下没有龙王，我就是玉帝，我就是龙王，喝令三山五岭，开道，我来了！"1960年，位于"龙脉"之地的海淀人带着一股豪气开始整理自己的家园，为了控制"龙脉"之水无节制地冲灌温榆河，同时给海淀留下一片碧水绿地，人们挥舞着笨拙甚至原始的工具将上庄一段宽阔的南沙河河段挖掘成一座水库，在水库下游修建19孔闸门，无疑给上庄一带带来用水的方便和无穷乐趣。但不知不觉的烦恼也悄然而至，由于农户迅速增加，地下地上水源污染日益加剧，生态环境遭到严重破坏，"龙王爷"还没有发怒，人们自己已逐渐感到生活质量日渐下降。可喜的是，与水有着亲缘关系的海淀人很快从混沌中清醒过来，认识到人与水的不可分割性，人与自然和谐的重要性，为了彻底改变"龙脉"之地的环境，特别是水环境，20世纪90年代中期海淀人就开始行动起来，他们要找回"龙脉"之地的清泉碧水，还原曾经的"林丰草茂、鸟飞鱼跃、碧水蓝天、空气清新"的伊甸园，他们跟随"龙脉"的律动调整自己的行动规范，经过数年努力，搬迁居民，清理环境，在上庄水库北侧规划了160公顷的湿地保护范围，其中水面就有90公顷，2003年一期工程完工后，就已具备对外开放的条件，但这些与龙共舞的人们在市区政府领导下，仍不断修补完善园区条件，扩大生态湿地保护范围，2005年被建设部批准为北京第一座国家级城市湿地公园，并命名为"北京市海淀区翠湖国家城市湿地公园"，二十几个平均年龄只有二十六七岁的年轻人，每天劳作在这块古老的"龙脉"福地上，他们尊崇自然、顺应"天意"，成为新一代与龙共舞的人，在龙津玉液的浸润下，这里万物生灵萌动，棵棵新枝青翠欲滴，一个鸟飞鱼跃的新伊甸园不久将奉献给全市人民。

（2013年10月12日北京晚报略有修改）

32. 北京最早开凿的人工运河为何以萧太后命名

在北京城东南的朝阳和通州区界内，有一条叫萧太后河的人工河道。开凿于辽代的萧太后河，比元代漕运的坝河早280多年，比元明清漕运的通惠河早300多年。我们今天看到的所谓萧太后河，已和原始的萧太后河无论长度、宽度、深度还是走向都有了很大变化。

这条漕运河道之所以以"萧太后"来命名，据传有两个说法。一是辽朝的圣宗之母萧氏（史称萧太后）当年率军征战北宋的时候，扎营在今天的北京，曾经一度缺水，差役寻水许久，终于找到了一条河流，萧太后喝后觉得水很甘甜，便问起水名，差役报这是条无名的河流，萧太后遂降旨以她的名号来命名。其实，这个说法只是传说。萧太后河名称的由来应该是第二种，即因为辽萧太后主持开挖而得名。

938年契丹政权将燕京升格为陪都南京，燕京无论军事位置还是经济文化都大大优于漠北草原，因此辽政权对能扼控南北部并可通往中原的咽喉要道十分重视。辽政权将大批军政部属迁往燕京，但小小的燕京地区不可能完全解决浩大的粮食、物资的供应，因此每年要从东北地区运送这浩大的粮食、物资和军需品到南京城，首先他们将物资海运到天津附近，但如何从陆路运进南京城内，在当时的技术和交通条件下成为辽政权亟须解决的大问题。969年景宗耶律贤继承帝位，生长在一个下层军官家里的女孩萧绰（乳名燕燕）有幸入宫为妃，凭借她的聪明干练很快晋升为正宫皇后。982年景宗驾崩，年幼的皇长子耶律隆绪只有11岁，时年30岁的睿智皇后责无旁贷地挑起领军治国的重担，史称承天皇太后。她凭借幼年随父亲在燕京的所学所见，积极倡导汉儒文化，学习中原种植技术和经济管理经验，她几乎每年都要到南京巡视或临庭召开朝务会议。因此解决南京的粮食物资供应难题就摆在她的面前，在汉人汉官的建议下，萧太后决定按照中原汉人治水办法开凿人工河道，虽然没有正史详细记载，但根据后来挖修水利时出土的古河道判断，它的东端应在通州的张家湾之东的潞河汇流处，向西经高力庄、台州、水牛坊、十里河、老君堂、龙潭湖继续西流，在今天的南横街东口附近接辽南京东护城河。因契丹人崇拜太阳，南京城及城内宫殿和主要街巷都以东为正向，东城垣上的迎春门为大城正门，相当于明清正阳门，这条运粮河就在迎春门南或北侧接护城河。它的上水源有两个，一个是来自西北的古高梁河水，另一个是来自西部古永定河水。据新中国成立后挖修水利工程时发现的旧河道测量，萧太后河床宽约31米，底宽约8米，全长计20多公里，河底都是用黄黏土铺垫，历经千年冲泡和地质变动，竟基本保持原基础质量，被后人称为"铜帮铁底运粮河"。据通州文物专家周良先生判断，这条河道大约开凿于辽统和二十三年（1005）至统和二十七年（1009）之间，此时正值"圣宗盛世"的中后期。统和二十三年萧燕燕52虚岁，也是她主宫权力的巅峰时期。

萧太后其人

萧太后名萧绰，乳名燕燕，953年生，969年16岁时入宫为妃，同年五月晋为睿智皇后。生有三子四女，长子耶律隆绪（圣宗皇帝），次子耶律隆庆，三子耶律隆佑。长女观音女，次女长寿女，三女延寿女，四女淑哥。982年景宗驾崩，983年封为皇太后。987年封承天皇太后，1009年去世，享年57虚岁。

萧太后死后与景宗合葬于乾陵（辽宁北镇巫闾山），主宫40年，14年皇后，26年太后。

（原载《北京晚报》2012年4月13日）

33. 浅说北京古桥的历史意义和文化价值

（为中国古桥研究会撰写的论文）

一

按照字典解释，桥"是架在水上或空中以便通行的建筑物或其一部分"。那么古桥自然就是古代架在水上或空中的建筑物了。历史上北京的桥梁绝大部分都是架设在水上的，桥与水犹如寺庙与宗教的不可分割性，寺因教而建，桥依水而立，桥与水关系之密切源于北京与水的历史渊源。

北京古称北京湾，是说北京陆地从汹涌的渤海湾跃水而出，明代诗人刘溥曾有诗曰："当时妖雾久消沉，空余易水东流海。海水变桑田，天地几翻覆。龙争虎斗且莫论，卷起飞尘纵双目。""海水变桑田"和"天地几翻覆"的艺术写真在几百年后的地质学家的考古钻探中得到验证。早在二十几亿年前，北京地区地震频发、火山多喷、岩浆溢流，是一块很不稳定的地层结构体，汹涌的渤海湾海水常常淹没古老的北京大陆，在距今三四亿年前，华北大陆曾浮出水面，到距今3.5亿~2.7亿年前，北京陆地又一次沉入水底，这种水陆交替的动荡持续了4000多万年，直到距今约两亿年时北京大地才稳定在今天这个状态。在约1.5亿年时，北京陆地又发生过一次强烈的地壳变动，即著名的燕山造山运动。这种陆海之间的反复变化，为北京留下了旖旎的山水风光的同时，不仅为北京铸就道道沟壑和高低不平的地形，也为北京刻画出河道沟渠的雏形。在距今6000多万年时，沿燕山之南又发生过一次严重的地面沉伏，西部高起，东南部沉降，这就造就了北京河道水系由西北向东南的基本流向。

作为城市，自商末周初的公元前1046年的古燕国算起，北京已有3056年的古龄了，因为北京的水环境十分优越，三千多年来，北京先民修建过无数大大小小的各种桥梁，北京究竟修建过多少桥梁已无从考证了。古代时由于技术条件限制，当然也没有现代桥梁那么大的体量和规模，建桥的材质和品种也没有现代建材那么丰富，但其历史意义和文化价值一点都不逊于今天的现代桥梁，千百年来它们仍闪烁着耀眼的光辉。在历史风云的涤荡下，古桥所存数量微乎其微，就是这所剩无几的古桥却让中外桥梁和历史学家们着迷，令国人倍感骄傲，引无数国内外游客纷至沓来，让艺术家们"疯"了似的一次次挥毫、泼墨、吟诵、拍摄。这就是北京古桥的魅力。

二

有三千多年建城史的北京，一代代勤劳智慧的北京人为了适应多水的自然环境，曾经修建过许许多多大大小小的桥梁，从这些桥梁中可以读出北京古城历史演变的轨迹，每一块砖石金木都见证了北京的风云变幻。

北京最古老的桥梁应该矗立在母亲河——永定河上。周口店的先祖们虽然最早来到这块古老的土地上，但那时的北京人还没有能力修建桥梁，只能择浅涉水或绕道而行。位于房山董家林村的商周古燕国是公认的最早的北京城，古城紧邻大石河（古称圣水），下游的琉璃河上应该架有渡河桥梁，可惜找不到任何遗迹和历史记载，今天见到的城南的琉璃河大桥是明代嘉靖年修建的，琉璃河是京城通往南方的交通要冲，在此之前肯定早有桥梁建筑，宋代诗人范成大有诗云："烟林葱茜带回塘，桥影惊人失睡乡。陡起寨帏揩病眼，琉璃河上看鸳鸯。"从诗文字中可以推测出，辽金时期这里已经有了桥梁，但很可能是一座木质桥梁。13世纪初，蒙古军队几次围攻大都城，金主命令拆毁所有护城河桥梁，据资料分析，琉璃河桥也不能幸免，金末元初遭到严重破坏，后来元代重修，元末时又毁于战乱。明中期社会相对稳定，嘉靖年划拨重金新建大桥，整个工程花了七年时间。当年修建大桥的历史记载很少，但残存在桥身上的部分刻记仍可辨认。

据资料记载，现存体量最大、历史最悠久的桥梁是永定河上的卢沟桥，古永定河流无定向，经常泛滥成灾，给蓟城和西山一带的人出行造成很大困难，渡河只能选择窄河道处靠渡筏过河，传说有一个姓田的船工为了发财，将客人渡到河中心把客人杀死，抢人钱财，从此之后他经常闹邪病而久治不愈，后来他为了赎罪，自己花钱修了一座简易渡桥，这大概就是最初的卢沟桥。随着渡客的增加，桥两端的生意日益红火，逐渐发展成为一座小镇，后

九门深处铁闻多

来的宛平城就是在这个基础上发展起来的。今天我们见到的卢沟桥基本为金大定二十九年（1189）的构型，初建时称广利桥，之后元明清多次修缮改建，基本无大变。这座历史悠久的大桥之所以蜚声中外，不仅因为它的外表辉煌华丽，更是因为在这座桥上发生过一次震惊中外的"卢沟桥事变"，野蛮的日本帝国主义侵略者为了制造侵华借口，假称丢失了一个日本兵，1937年7月7日深夜以寻找士兵为由向我宛平城和守城部队开炮，我英勇的29路军官兵奋起予以还击，从此拉开了长达8年的抗日战争，大桥目睹了帝国主义的野蛮行径和卑鄙阴谋，也见证了不怕牺牲的我军将士的神勇风采，日本帝国主义炮击宛平城的弹坑至今仍留在古老的城墙上。

北京作为首都呈现于历史舞台上起自850年前的金代，之后的元、明、清一直延续至今，因为首都的安全决定着国家的命运，首都不仅是国家的政治中心，又是经济中心和指挥中心，所以对首都的防卫、供给和交通保障是历代统治者的头等使命，过去的经济手段、交通设施和防守能力都比较落后，因此对重要关口的遏控显得十分重要。卢沟桥是南方各省进京必由之路和重要军事门户。与卢沟桥合称为"拱卫京师三大桥"的另外两座桥梁是京北的朝宗桥和京东的永通桥（八里桥）。朝宗桥坐落于昌平境内北沙河上，是明代朱门子孙前往天寿山谒拜陵墓的必经之路，也是北控居庸关、东扼古北口的重要关口。通州是历代为京城供应粮食物资的极其重要的交通要冲，又是清廷前往马兰峪（东陵）谒拜的经由之路，位于通州城西通惠河上的永通桥是明清两代的生命线，也是防守京城的桥头堡。晚清时朝廷愈加腐败无能，1860年9月，英法联军进占天津后继续入侵北京，朝廷不得不派兵抵抗，由于指挥官曾格林沁和胜保贪生怕死逃离战场，清军大败。1900年英勇的义和团将士为了抵御外敌，又一次在八里桥畔与八国联军展开浴血奋战，虽然未能最终取胜，但华夏儿女奋勇杀敌、不怕牺牲的英雄气概让帝国主义闻风丧胆，桥头的狮子目睹了惨烈的战争场面，桥下的血水映照了他们的威武形象，因此这座英雄的桥梁也蜚声中外、威名千古。

位于东南部的历史名桥马驹桥修建于明天顺七年（1463），马驹里（今马驹桥镇）一带明朝时是皇家养马场，英宗皇帝南出狩猎也经常跨过大桥到此巡幸，这里又是商贾云集之地，它与西南部的琉璃河桥并称为京畿南部两大门户。它们与"拱卫京师三大桥"（卢沟桥、朝宗桥、八里桥）构成了明清两代的警卫圈、经济命脉和交通要冲，500多年间，它们为各代统治集团"尽忠"效力，记载了中国的朝代更迭和风云变幻，也记录下了从桥上走过的官宦、商贾、将帅和武侠们的众生相。

除了这几座大型桥梁外，北京还有许多小型古桥分布在大街小巷的沟渠和河道上，它们也都见证了北京历史变迁的点点滴滴，西直门外的高粱桥和通州张家湾的萧太后桥，今天现存的桥梁是明清时期改建的，它们都是由辽代其至更早年代的木桥改建的。著名的天桥是架设在一条排水沟上的小桥，因位于皇宫的天子脚下，是皇帝前往天坛祭拜的必经之路，所以有"举世闻名"的非凡身份。又如御河桥、金水桥、牛郎桥、织女桥等都近在皇城根下，几乎是皇家的专用桥梁。而北新桥、东不压桥、板桥、虎坊桥、大（小）石桥、银锭桥、甘水桥等则与百姓生活息息相关，记录下百姓辛苦生活的点点滴滴，桥上桥下凝聚了百姓的痛苦和欢乐。

护城河是守卫京城的最后一道防线，辽、金、元、明、清五朝高大的城墙下都挖有宽大的护城河，为了方便出入大城，每一座城门下都修建有护城河吊桥，初期都是木质结构，明代之后大都改为石桥，城门下的这些桥梁的历史故事更是惊心动魄、丰富多彩。城墙和吊桥没能阻挡住明军的进攻，元顺帝至正二十八年（1368）七月二十八日从健德门桥上逃出京城，同样，高大的城墙和吊桥也没能挽救明统治者的命运，1644年三月十八日，农民领袖李自成的几十万大军从昌平直奔北京城下，把各城门围堵得严严实实，桥上桥下人吼马嘶，彰仪门首先被攻下，随之阜成门、西直门、德胜门的吊桥被放下，大军像潮水般涌到皇城下，惊慌失措的崇祯皇帝选择了一棵古槐了却一生。

历史犹如装上轮子的地球，每天随着日出日落滚滚向前，没有任何人能阻挡它前进的步伐。自契丹人936年从石敬瑭手中接过燕京城至1911年清廷彻底退出历史舞台的975年间，北京城经历过女真、蒙古、汉人、后金五个封建王朝的统治，其中以汉人朱氏王朝（明）统治时间最长（276年），为了维持各个朝代的"长治久安"，巩固疆土和发展经济是每个统治者的必修课，而桥梁就是军防和经济必不可缺的基本设施。自辽至民国的近千年间，肯定修建过大量桥梁，能流传至20世纪的却寥寥可数，在军事和经济上发挥过重要作用的只有高粱桥、萧太后桥、卢沟桥、朝宗桥、安济桥、琉璃河桥、马驹桥、永通桥、大通桥、护城河桥等，这几十座古桥绝大部分都是明

九门深处轶闻多

代修建的，16座城门桥中的9座内城城门桥都是正统年修建的，7座外城城门桥都是嘉靖年间修建的。在上述9座内城桥梁中，除高粱桥和萧太后桥的初建年代不十分确切外，其中朝宗桥、安济桥、八里桥、马驹桥、大通桥5座著名桥梁都是明英宗时期修建的。按以上初步统计：明英宗朱祁镇修建了14座桥梁，嘉靖皇帝朱厚熜修建了外城7座桥梁和琉璃河桥共计8座桥梁，这在北京和中国历史上是修建桥梁最多的两个皇帝，无疑在客观上对巩固华夏疆土和促进当时的经济发展做出了杰出的贡献。

但这两个皇帝身后留下的口碑并不太好，嘉靖皇帝一向以暴政、荒诞、迷信闻名于世，他的前任明武宗朱厚照无子，一个藩王的儿子朱厚熜接了班，嘉靖皇帝在位45年，内忧外患不断，他不得不花费大量精力处理这些事，后人评述他：集权专政、怠政养奸、宠信术士、谋害忠良，中后期经济凋敝，百姓穷困，但他在位时修建的这些桥梁和城防工程却少有人提起。明英宗朱祁镇更是一个故事多多的皇帝，他的父亲是宣宗皇帝，母亲却是一个宫女，但名不正言不顺的血统并没有影响他接替皇位，7周岁就登基做了皇帝，即大名鼎鼎的明英宗皇帝，这位命运多舛的年轻皇帝经历过"土木堡之变"，因轻信坏人吃了败仗，做了七八年俘虏，英宗皇帝被放回后，代理皇帝他的弟弟朱祁钰却不想交回皇权，经历过惊心动魄的"夺门之变"，虽然夺回了皇位，但在他心灵上留下的创伤却是深久的。朱祁镇、朱祁钰兄弟俩前后执政28年，朱祁镇夺回皇权之后，在延续上代经济政策的基础上有些小修小改，使得社会经济较前有所发展。英宗皇帝实际执政20年，却修建了如此多的重要桥梁，不仅推动了当时的经济发展，也为后代打下了发展经济、巩固朝防的坚实基础，这些桥梁经过明后期、清代、民国一直到今天，都在为国防和经济建设"尽忠"出力，当我们驱车经过这些古老的桥梁时，不能不感谢修建和维护大桥的决策者和领导人。

有明一代276年产生过16个皇帝，驻守北京的有14位，有多少皇帝修建过这么多能流传至今的大桥？政治家和史学家们过去较多评述他们如何夺政、失权，文学家和文艺家们更关心后宫的奇闻逸事，对他们流传百世的桥梁"遗作"却很少提起，这是历史研究的缺失和不公，所以如何全面公正客观地评价一代君王成为史学家的一个新课题。

三

北京古桥不仅具有不可替代的使用功能，而且它的文化价值独具特色，艺术魅力源远流长，在人文技巧和自然风貌的结合上达到完美统一，是"天人合一"的典范之作。

早期的桥梁大都是木桥，巧妙的木结构是中国建筑文化的瑰宝，但不耐腐蚀是它的严重缺陷，金元之后逐渐改为石桥，石材坚实而易雕琢的特性为石作匠师和雕刻艺术家们提供了广阔天地，在现存石桥中，以建于金代的卢沟桥最为雄伟壮观，桥全长266.5米，桥宽9.3米，桥下11个不等跨的圆形拱券，为了适应永定河暴雨激流对桥墩的猛烈冲击，两孔之间设计为5米长尖端包铁的分水器，无论是载重还是体量和设计之精巧，在我国古代桥梁史上都是屈指可数的经典之作，然而真正让人铭刻在心的却是雕刻在桥栏望柱上栩栩如生的石狮子，因数量众多、分布巧妙，故在民间留有"卢沟桥的狮子数不清"的谚语，其实狮子数量是数得清的，总共485只形态各异、大小不等的狮子。琉璃河大桥总体设计古朴大方，结构严密，气势磅礴，各部位雕刻简洁明快，仅在西侧栏杆南数第34个望柱上刻有"石匠三千"的字样，却没有留下一个雕刻艺术家的真名实姓。八里桥、朝宗桥、安济桥上的镇水兽威猛神勇，万宁桥（后门桥）上的分水兽和吸水兽活灵活现。

皇宫御苑里的石桥婀娜多姿，刀工娴熟、图案精美，天安门前的7座汉白玉外金水桥，每桥3孔，皇帝行走的中间一桥体量最大，全长42米，宽8.55米，拱券跨径5.5米，两侧的王公桥和品级桥依次递减，最外侧的公生桥最小，因为明清时太庙和社稷坛冲长安街并不开门，因此这两座桥仅为样桥。中间的御路桥望柱上的雕龙和祥云极其精致，两侧的桥望柱雕简单的荷花柱头，从中可以看出封建等级之森严。在太和殿前的内金水桥只有5座，桥下都是单孔拱券，中间的御路桥望柱雕刻蟠龙，两侧的宾桥雕荷花柱头，两桥之间的河岸有玉石栏杆，所有雕饰图案精美、刀工精细，这里集中了古代顶级石刻艺术家的高超技艺和艺术创造力。在皇城内的故宫、太庙、社稷坛、西苑（中南海）、小南宫、北海，不管有没有河道通过，也都修建有许多雕饰精美的石桥，这些都是它们身份的象征，有些仅为装饰用，有些跨在庭院人工沟渠上，当然也有为交通专门修建的较大桥梁，位于北海和中海之

九门深处轶闻多

间的金鳌玉𬜯桥（今北海大桥）主桥全长117.58米，宽9.48米，桥下9孔，只有中间一孔通水，左右两侧有皇帝书写的楹联，南侧上联："玉宇琼楼天上下"，下联："力壶员峤水中央"，横额为："银潢作界"。北侧上联："绣縠纹开环月珥"，下联："锦澜漪皱焕霞标"，横额为："紫海洄澜"。东西两端各有一座木结构牌坊，西牌坊书写"金鳌"，东牌坊书写"玉𬜯"，故称"金鳌玉𬜯桥"。琼岛南侧的堆云积翠桥体量稍小，北桥头牌坊书写"堆云"，南端牌坊书写："积翠"，故名。走出北桥头是永安寺，门口有一对面向寺门的石狮子，显得极为怪异，所以民间留有"永安寺的狮子头朝里"的谚语，其实这不是庙前狮子，而是一对桥头狮。

西郊的"三山五园"是明、清两代的大型皇家园林，三山指万寿山、香山和玉泉山，五园为：圆明园、清漪园（颐和园）、静明园（玉泉山）、静宜园（香山）、畅春园。这些园林不管有没有河湖，都修建有许多大大小小的桥梁，香山脚下溪水淙淙，小桥掩映在松间石壁旁，点缀着万顷山林分外妖娆。玉泉湖水塔影婆娑，桥姿婀娜。圆明五园湖渠纵横，小桥连串，或大或小，时曲时拱。畅春园也是平地造园，沟渠蜿蜒，小桥玲珑，殿前石桥规整、雕琢精细。静明园和静宜园依山借景，圆明园和畅春园平地造园，这些园内的桥梁一般体量稍小，布局均匀、精巧玲珑，略显人工造园痕迹，而清漪园的磅礴气势更显皇家气派，整个园林面积近5000亩，规划布局疏密有致，远观景自天成，近瞧山水相宜，水面占园林总面积的五分之四，万寿山四周湖水环绕，这就为造桥艺术家提供了广阔天地，造桥大师们在园内修造了数十座大小不同、形状各异的桥梁，后山脚下的苏州街三孔石桥桥面微微起拱，桥上是从后宫门入园的必经之路，桥下是游赏苏州街的一叶叶扁舟，一幅立体活动的画卷镶嵌在青山与古建筑之间，让寂静的后山增添了不少灵动气息。沿四大部洲拾级而上，掠过佛香阁向南眺望，一片宽阔明亮的湖水呈现眼前，泛着银花的千顷昆明湖水面顿觉豁然开朗，令人心旷神怡，如果没有任何点缀，那宽阔的山水之间会有空旷单薄之感，但古代园林艺术家早已为我们想到了这一点，不但湖中心布置了绿树掩映的蓬莱岛，而且在昆明湖中部偏西的黄金分割线上仿杭州西湖苏堤铺设了一条西堤，由南向北修造了6座漂亮的渡桥和景明楼，六桥分别是柳桥、练桥、镜桥、玉带桥、豳风桥、界湖桥，六桥中数淡灰色的玉带桥最为抢眼，青白石砌筑的桥身拱高而薄宛如一条御带漂浮在湖面上，弧形线条十分流畅，南北两侧都有楹联。除玉带桥和界湖桥外，其余四桥都是亭桥结合型，桥上皆为重檐顶桥亭，桥孔或方或圆，有的亭亭玉立似秀女，有的沉稳大气像英男，有的舒展挺拔透豪情，有的朴实无华显干练，六桥中只有高耸的玉带桥可以通行皇帝龙舟，其余五桥只可通行小船。西堤和六桥像一条镶嵌着宝石的华丽项链，把昆明湖装扮得秀丽斑斓。无论白雪皑皑的冬日，还是桃红柳绿的春夏季，总有恋景的游人从桥上漫步走过，远远望去，好似人在画中游，桥在水上漂，看着那诗情画意的美景，令人感叹古代造园修桥艺术家的杰出创造和匠心独具的高超技艺。连接蓬莱岛和八方亭的十七孔桥与铜牛组成一组独立的景区，150米长的大桥是园内体量和跨度最大的桥梁，桥身舒展大方，从长廊向南望去，犹如一道长虹横卧在湖面上，桥栏上雕刻544个形态各异的石狮子，比卢沟桥的狮子还要多几十只，是昆明湖东区的上佳之作。湖区东南部有一座汉白玉砌筑的高拱石桥，形态秀美俊俏，故称绣漪桥，是清漪园和昆明湖的收园之作，湖水从桥下涓涓流向长河，这里是清代帝后乘船经长河进入园区的第一桥，站在桥拱南侧北望，万寿山和佛香阁尽收拱券之内，秀丽的景色引无数文人墨客为之讴歌作画。清漪园这些亮丽辉煌的桥梁与"三山五园"其他艺术杰作为古老的北京城增辉添色，也为后人留下无比珍贵的文化和文物遗产。

　　与上述那些规模宏大的桥梁和镶着高贵花环的皇家园林的桥梁相比，城内外的胡同坊间还有许许多多身价低微的小桥，它们与百姓黎民关系更为密切，它们见证了平民百姓生活的苦乐酸甜，记录下老北京们的笑颜和悲歌，这些桥大都身体娇小，没有炫目的精雕细刻，而名声却长久流传于世。

　　东直门内有个地名叫北新桥，绝大部分老北京人都没见过这座桥，据笔者多次寻访得知，这座桥位于原十字路口南侧路西，元代时大都城内都是明沟加盖排水，排水沟就在大街西侧胡同口，为了胡同居民出行方便，每隔一段距离设一座小桥，新中国成立前这座桥已经被拆除，但却演绎出"黑龙翻身"的动人故事传说，在十字路口东北角原先有座供奉岳飞的精忠庙，院内有一口井，井下与大海泉眼相通，泉眼处有一条镇水龙，龙身翻动时泉水突突外涌，如果不加整治，整个北京城就会被淹泡，于是皇家派人把一个大铁球用铁链系入井里，压住这条作乱的黑龙，黑龙无奈地问："何时才能让我翻翻身呀？"井上的人回答："等对面那座桥变旧了你就可以彻底翻身了。"为了全城百姓不被

九门深处轶闻多

水淹，就把那座桥改名叫北新桥，从此黑龙再也没有翻过身。西直门外有座高粱桥，民间传说过去北京是大海，皇家改造北京城时需要治理水患，龙王爷生气了，他和龙王奶奶偷偷把北京的甜水和苦水分别装在两个水篓向西奔去，有个勇士高亮奉命追赶，在西山追上龙王爷龙王奶奶，用刀猛力扎向甜水篓，结果甜水洒满西山，人们为了纪念这位勇士，就在西直门外修建一座小桥命名为高亮桥，后来逐步演称为高粱桥。东城区南河沿南口有座牛郎桥，西城区南长街南口有座织女桥，传说东城的牛郎每年七月初七要和织女在天河相会，但天安门前是不准普通人随意通过的，他们只好绕道地安门外或前门外见上一面。朝阳门内西段，路南过去有座万历桥，路北有座康熙桥，虽然桥早已拆毁不见，但老北京们茶余饭后还常常聊起与明万历皇帝和清康熙皇帝有关的这两座小桥，故事委婉动听、引人入胜。东华门外十字路口处过去有座跨在御河上的小桥，是明清时期皇考中榜进入皇宫的必经之路，为了提醒这些新贵不忘浩荡皇恩，就把这座桥起名叫皇恩桥。踏进皇宫能终身不败的官员少之又少，稍有不慎就会引来杀身之祸，犯了死罪的官员要"推出午门斩首"，但这些死囚不能直接从午门下通过，解差带着他们经过午门西侧的断虹桥出西华门绕道皇宫外，再从阙右门进入午门前，在经过断虹桥之前有酒有肉，可以慢慢行走，但过了断虹桥就失去一切自由，所以宫人们把断虹桥称作"断魂桥"。像这样的有关桥的故事还有许多，这些民间故事未必都能经得住考证，但这些传说和故事已经深深扎根在胡同坊间的百姓心中，成为北京地方文化不可缺少的组成部分。

　　因为桥在北京的城防交通、景观风貌和市民生活中占有极其重要的地位，所以历代文人墨客以大量笔墨描绘歌颂这些古代桥梁，几乎所有有水的绘画都把桥放在显眼位置，诗人以饱满的热情描写北京古桥的风貌、讴歌古桥的丰功伟绩。元代诗人李元道在《燕中怀古》中感叹道："说似卢沟桥畔柳，安排青眼送将归。"明代诗人邹缉有诗曰："河桥残月晓苍苍，照见卢沟野水黄。树人平郊分淡霭，天空断岸隐微光。北趋禁阙神京近，南去征车客路长。多少行人此来往，马蹄踏尽五更霜。"清乾隆皇帝也是一位颇有造诣的大诗人，他曾多次到风光旖旎的城防重地卢沟桥视察赏景，曾于乾隆九年、十五年、十八年、二十年、二十三年、二十八年、三十一年、三十二年留作《过卢沟桥诗》，有的诗刻录在《卢沟晓月》碑上，成为"燕京八景"不朽的诗文力作，为丰富帝都文化做出极大贡献。明代有赞颂皇城边金水桥的诗：

"金水河头白玉桥,上公宝带侍中貂。逡巡小立瞻龙气,左顺门高御幄飘。"(明·陆深)也有描绘乡野无名断桥的佳句:"缺岸危桥断复行,野人相见不通名。辘辘声里田田水,杨柳枝头树树莺。看竹东林无旧主,买山南国有新盟。不知城外春多少,芳草晴烟已满城。"(明·李东阳)传说在万宁桥(地安门桥)下埋藏着一只石鼠,在正阳门桥下埋藏着一匹石马,这条子午线就是北京中轴线的标志,这似真似假的故事一直为北京人津津乐道。正阳门外的天桥本是一座很小的桥,因其正临帝都之门,不仅聚集了各种社会名流,也成了下九流文化的兴发地,这里五行八作齐聚、儒雅粗俗共融,琴书杂剧、歌舞曲艺和茶楼酒肆吸引着各色人等前往,成为京城传播市井文化的特殊阵地。后来天桥文化逐渐消失,但北京人怀念京味文化的心并没有泯灭,几十年后京味歌曲《北京的桥》又一次点燃了新老北京人热爱北京文化的极大兴致,说北京、唱北京的乡土文艺题材呈现蓬勃发展之势。

四

北京水多桥也多,古桥是文物,古桥也是文化。皇天后土的特殊地位为北京招募了前所未有的建筑艺术家和造桥匠师,他们的艺术杰作为谱写北京历史篇章奠基的同时,也向世界展示了博大精深的中华文化,在世所罕见的物质文明背后,隐喻着丰富多彩的精神文明,桥文化凝聚着水文化、建筑技术、美术创造、雕塑技艺等诸多领域人类智慧,千百年来,这些智慧之光一直照耀中华大地,一代代灿烂文化的传承者向祖先们交出了一份份才智高远的答卷,向祖国和人民奉献出了一座座高质量的水陆桥梁和园林艺术杰作,我们应当向修建古桥的决策者和领导者抱有怀念之情,向古桥的规划师和建筑师致以崇敬之情,向维护修复古桥的文物守护人员和工程技术人员致谢,向所有传承中华灿烂文明的大师们致以崇高敬礼。

(2013 年 5 月 13 日)

参考文献:
[1] 王同祯:《北京的桥》,北京:北京燕山出版社
[2] 梁欣立:《北京古桥》,北京:北京图书馆出版社
[3] 侯仁之:《北京城市历史地理》,北京:北京燕山出版社
[4] 刘敦桢:《中国古代建筑史》,北京:中国建筑工业出版社

九门深处轶闻多

34. 宛平城和抗日战争纪念馆

卢沟桥畔有一个不寻常的城外之城,那就是著名的京畿重镇宛平城。

900多年前的辽圣宗时,把辽南京改叫燕京,并将唐幽都府改称析津府,下属的蓟北县改称析津县,幽都县改叫宛平县,"燕宛,宛然以平之意",析津和宛平两个县分管东西二城,从此宛平之称便载入北京史册。金代又把析津县改为大兴县,经元、明、清三代,虽城址有些变动,但大兴、宛平二县制未变,而且都是同城而治。

明末崇祯十一年(1638),农民起义的烈火越烧越旺,无能之帝朱由检慌了手脚,为了防御起义军危及北京城,急忙下令在卢沟桥东岸修建一座军事城堡,定名为拱北城,派重兵把守。1644年2月,以李自成为首的起义军从陕北长驱直捣北京城,很快明朝灭亡。清代拱北城又改称拱极城,城垣建筑无异于北京大城,高大、雄伟、坚固,只比北京大城体量和规制小一些。

明、清宛平城县署原在城内的地安门西大街丰储坊旌勇里。辛亥革命后,县衙移到拱极城,此后宛平城的名字逐渐代表了拱极城的名字。1937年"七七事变"爆发,抗日战争的炮火把宛平城的名声传到全世界,从此古老的宛平城成为闻名遐迩的钢铁之城。

1985年,中央决定建立中国人民抗日战争纪念馆,馆址就设在宛平城内的旧县署位置。1987年"七七事变"50周年时,纪念馆落成开放。

纪念馆占地2万多平方米,正面外形仿古典牌楼,深灰色的筒瓦屋顶,与东西两座城楼相呼应,和整个宛平城的风貌相和谐。序厅内悬挂着八个方形古钟,记录着中华民族的悠久历史,又似中国人民抵御外侵的警钟长鸣。展厅顺序陈列着"九一八事变"、"七七事变"、"武汉沦陷"、"战略相持"、"战略进攻"、"日寇投降",直至1972年中日两国邦交正常化历史事件的文物和图片。画厅里还利用绘画、实物和模型、电影的巧妙结合,配以电光、音响、特技等现代手段,立体感、真实感的特殊效果,使观众似乎又回到了50年前战火纷飞的年代。城内城外的枪炮声,卢沟桥头的激战拼杀,抗日英雄威武不屈的高大形象,军民欢庆胜利的场面,历历在目,感人肺腑。

(原载《北京郊外导游》)

35. 北京寺庙文化(讲座)

目 录

1. 概述
2. 京城寺庙知多少
3. 汉传和藏传寺庙
4. 北京寺庙的年代分布
5. 寺庙是什么

一、概述

宇宙之"神"的纤指向地球北半部轻轻一点,一块山水相间的宝地从古渤海湾嘭然而出。生命的种子披着雨露、迎着骄阳灵鲜而动,万千生灵从此光鲜问世,也分不清植物和动物哪个最先占领这块领地,它们在阳光雨露的滋润下,以强盛的蓬勃之势回馈宇宙之"神"的再造之恩,这就是北京古陆地的诞生之始。

经过亿万年大自然的洗礼,北京大地呈现出美丽壮观的地形地貌,在青山绿水和广袤的平原上,娇艳的花丛碧叶喷芳吐绿,各种娇小的菌落虫鸟争相而动,我们的祖先——北京人就诞生在这万物生灵萌动的温暖潮湿的土地上。自从有了人类,这块古老的土地上便勃机蓬发、日新月异,呈现出生态

九门深处轶闻多

繁茂、万物和谐的景象。但大自然并不总是那么温顺可爱,狂风暴雨、山崩地裂的打击不时考验着这里的草木鱼虫和最初的先民,反复发作的雷电风雨和地动山摇让人臆想出一个威猛神灵的存在,由恐吓、信服到崇礼膜拜,又经过一些"先知先觉"的术士们的渲染和"智者"的编造加工,一套神鬼理论流传问世,迎合了人们避灾求安的心理,伴随种种迷信和似是而非理论学说的发展,宗教信仰应运而生,随着人类的进步和建筑业的发展,被崇拜的偶像从山洞土窑中被请进了与人类居室同等的建筑物中,这就是最初的寺庙建筑。

北京不是凡城俗地和浮华之都,是苍天赐予的风水宝地,是紫气恒晟的千年帝王之都,因此也是宗教活动和宗教建筑极其丰富的历史名城,北京已有三千多年的灿烂史,历代统治者为了江山永固,充分利用了已经深入人心的宗教学说。东汉时佛教传入北京,与土生土长的道教互存共容,寺院道观遍布城乡大地。世界上所有的主要宗教活动和团体北京几乎都有,早在唐代时,西方洋教就拍打中国大门,元代时宗教政策非常开放,基督教进入大都后,与当地宗教和早期进入的伊斯兰等宗教和睦共处,明朝时仍呈现繁盛景象,寺庙建筑丰富多彩,寺庙规模更加雄伟庞大,寺庙数量达到历史最高峰,寺庙与皇家关系之密切是任何一个城市无法比拟的,所以北京不仅是政治和文化中心,也是宗教之都。

二、京城寺庙知多少

日常生活中及各种媒体上经常会有人问道:北京有多少寺庙?也有热情的作者会作出精确的解答,其实这所有的答案都是不准确的。因为问题的提出概念是含混不清的,首先,你指的"北京"是仅指城内还是包含郊区?如果是指城内,是明清时期的大城内还是现在的城区概念?其次,你所称的寺庙问的是寺还是庙?因为寺和庙是有区别的。再次,你是问现在北京有多少寺庙还是问历史上有多少寺庙?如果是问历史上曾有过的寺或庙,是哪一个朝代或哪一个历史阶段?本书的回答是:即使明确了以上所有提问还是得不出"北京到底有多少寺庙"的正确答案,因为任何物体和事物都会经历由"兴始"到"衰亡"的历史过程,随着历史风云的变幻,一切人间事物都会随之变化,寺和庙是人工建筑,几乎每天都有新的宗教建筑诞生,同样由于人为和自然的原因，几乎每天都有寺和庙垮塌或彻底消亡，历史上不可能有这种瞬间的记录，就是科技发达的今天，也不会有人做出这样精确的统计。如果有人问到：北京现存多少寺庙？这也是一个难以回答的问题，是指有宗教活动的还是凡有建筑存在的？是指完整存在的还是包括局部存在或仅存遗迹的？是指独立保护的还是包括改作他用的？北京的宗教建筑有着千差万别的现状特征，所以这是一个没有答案的考题。

虽然准确回答这一简单问题十分困难，但历史上也曾有不少有志之士做过大量统计，为我们了解北京寺庙的数量提供了宝贵的线索和捷径。元末文人熊梦祥编写的大型志书《析津志》曾将元大都及以前的寺观、祠堂、庙宇等做过统计，可惜原著早已湮入历史尘埃而无从查找，今天我们见到的《析津志辑佚》，是20世纪30年代的有识之士从浩繁的史书中节录而成，书中所列寺庙类建筑不过200多座。在这之前的辽金史志中的寺庙数量也不会超过这一规模。明代的《帝京景物略》，清代的《日下旧闻考》、《天府广记》、《宸垣识略》都对京城的寺观庙宇进行过统计叙述，尤其晚清的进士陈宗蕃，1910年他从日本留学回国后，对北京的历史沿革、坛庙寺观、胡同街巷等城市地理等进行了大量研究考证，于民国期间出版的《燕都丛考》对寺庙、坛观及其他宗教建筑的地理位置和规模及民众习俗等进行了大量考证记载，可惜他的研究范围仅限于内外四城，大城之外的郊区毫无涉及。

北平史学研究会的许道龄于民国二十五年出版的《北平庙宇通检》是清之后的一本权威著作，分别对内城、外城和东南郊、西北郊的庙宇坛观进行了详尽的统计整理，根据《北平庙宇通检》的统计，北京内城有庙宇303座，外城258座，东南郊33座，西北郊348座，总计942座。之前晚报曾有文章评论说这只是北京寺庙数量的一半，做个简单的计算，北京寺庙应有一千多座。

1937年日伪时期，由周肇祥主编的《北京地方维持会第五组报告》文件中，佛教寺庙509所，道教寺庙93所，天主教堂94所，耶稣教会63所，回教团体33所，其他宗教团体6所，合计798所，显然没有超过942座的数量。

根据1997年北京市档案馆整理的《北京寺庙历史资料》记载，1928年北平市政府登记的寺庙总数为1631座，1936年北平市政府登记的寺庙为1213座，1947年北平市政府登记的寺庙为727座，这逐渐递减的数量，如

九门深处轶闻多

果没有人为工作方面的疏忽，说明寺庙建筑自然毁坏严重，短短二十年时间寺庙数量就如此锐减，也从另一个侧面反映了这个时期不稳定的社会状况。

　　1949年新中国成立后，社会形态发生了天翻地覆的巨大变化，广大劳动人民急于政治和经济的翻身，尚处在经济恢复时期的北京无暇顾及这些本该重视的文化和文物事业，再加上认识偏差，使得寺庙数量越发减少，几乎没有人认真对北京曾经有过及现存的寺庙进行清理登记。20世纪90年代，北京市社科院组织编写的《今日北京》下卷对北京城区及四郊的坛庙寺观进行了调查梳理，合计270座，佛教、道教、伊斯兰教、东正教、天主教、基督教、儒教等建筑皆尽囊括其中，这是当代最权威的统计数字。

　　在多年的学习和研究中发现，北京的宗教活动和宗教建筑用"浩如烟海"形容绝非过分，一山十数寺、一条胡同三五个庙的情况比比皆是，北京到底有多少座寺庙类建筑？是每一个北京市民常提及的话题，为了满足大家这个不高的要求，本人决心花几年工夫、翻百本书籍资料、跑遍十八区县，一定要弄清楚这个准确数字，昭告我的市民朋友。在数年的阅读和考察实践中，没有找到这个准确数字，却找到了一个犹如非要计算无解题目的可笑之人，这个人就是我自己。北京建城三千多年，建都八百多年，宗教活动自始至今就伴随有宗教建筑出现，当然这些建筑走过了由简单到复杂的数千年旅程。在风雨雷电的冲击和人为作用下，一些寺庙被毁坏，另一批建筑又矗立起来，这是一个流水似的历史过程，不可能有一个真正准确的数字。郊区农村每村起码有一座庙，有的大村有两三座庙，根据20世纪90年代初的统计，北京有6309个自然村，这是一个大大缩水的数字，如果按每村一座庙计算，郊区农村就有6300多座庙，若连同市区和山野庙宇一起计算，保守的估计北京应该有近8000座庙宇。经过几年的文献摘录整理，梳理出了4315座宗教建筑的历史记录，这只能算是我的一份学习笔记，绝不是人们想得到的那个理想答案，仅此而已。

三、汉传与藏传寺庙

　　源于古印度的佛教于公元六七世纪向东北方逐步蔓延传播，进而从西南边陲渗入中国内陆，传入中国的佛教基本分为两大派，即南传佛教和北传佛教，南传佛教传播地区较小，仅在云南部分地区有些影响，北传佛教因所路经地区不同，所融合不同地区的文化因素也有所区别，因而北传佛教又分为汉传佛教和藏传佛教。两种不同教派具有许多相同特点和不同特点，两者同属大乘教，都承认四法印，皈依三宝，四众弟子都按律受戒等，所不同之处例如汉传佛教是大乘显教派，藏传佛教为显教菩萨乘与密教金刚乘合二为一，两教派由于所处的历史文化背景、自然环境、信众生活条件和习俗不同，因此形成了不同的日常规范、佛教造型、信仰习俗等。藏传佛教明显特征为大小乘兼学，显宗密宗双修，并吸纳笨教某些特点，其仪规复杂、神像繁多，传承方式既有师徒方式，又有家族方式，最为明显的是有活佛转世和政教合一的制度，这是汉传佛教所不具有的特点。藏传佛教的寺院与汉传佛教的寺院规模都是大小不等，僧众数量多少不等，藏传佛教的寺院一般由经堂、神殿、辩经林苑、印经院、活佛拉章、僧舍、仓库、执事办公室、客房等组成，其殿堂房舍建筑因所处地区不同，建筑风格也有所不同，在保持藏区建筑特点的同时，也极大融合了汉族地区的建筑特色。

北京位于中原地区的北部边陲，最初佛教传入速度和修建佛寺的数量，都不及中原地区和长安一带。据有史可查的记载，佛教在东汉时期不仅传入北京地区，而且修建了一些寺庙，因为这些寺庙经过历史风雨的涤荡，也大都几经改头换面或荡然无存，文献记载又极其简单，已经很难分辨得清哪些是汉传哪些是藏传。

因为北京位居汉地北部边缘，历史上一直是汉传佛教占统治地位，无论从建筑外形、寺庙布局还是寺庙活动都带有明显的汉人汉地风格，其殿舍结构和外饰特点也都承袭了中国古代建筑的风韵。随着蒙古大军铁蹄的迅速南越，蒙古人很快接触到西南藏区的藏传佛教，至元定宗贵由时，藏传佛教中的部分教派开始靠拢蒙古势力，忽必烈定都北京，也把藏传佛教带入北京，之后的元代各帝为了笼络藏区军民，都极力推崇藏传佛教，为了方便藏僧的佛事活动，藏僧来到大都后立即修建藏寺、藏塔，至元九年（1272）修建的大圣寿万安寺（阜成门内白塔寺）、元成宗修建的大天寿万宁寺（今鼓楼附近）及许多的藏式白塔都是在这种政治背景下修建的。大都城内修建帝师塔、藏式佛塔，皇城内外的大小寺院都举办藏僧佛事活动，京城藏僧数量迅速扩大，其风之盛已与汉传佛教不相上下，藏传佛教开始改变北京的佛教领地的

九门深处轶闻多

数量结构。随着元末政治衰败，喇嘛势力也失去往日辉煌，明成祖定都北京后，希望重兴各种宗教活动，派使臣入藏联络高僧来京，对来京的藏僧不仅给予很高的宗教礼遇，把藏僧安排在条件较好的寺庙里，极大地方便他们的佛事活动，永乐十一年（1413）板的达喇嘛向皇帝进献五座金佛像，永乐皇帝不仅昭封为大国师，还下诏专为他在西直门外高梁河北岸修建真觉寺（五塔寺），后来为了减轻朝廷财政负担，明英宗时不得不将大批藏僧迁回藏乡，后来又有皇帝也曾兴发过藏佛，明朝期间藏僧和汉僧基本上各领半边天下。

藏传佛教的真正兴旺发达乃属清代，这些金人后裔们除了信奉原始的萨满教外，就是大力弘扬藏传佛教。清初修建了永安寺、普胜寺、察罕喇嘛庙、慈度寺等，黄寺大街东端原有一座普静禅林，为了迎接藏僧来京，顺治八年（1651）将其重新修葺，殿顶改为最高级的黄琉璃瓦，故名黄寺，第二年藏传佛教领袖五世达赖喇嘛来京朝见，就安排在这座新建成的喇嘛庙里，随之又拨专款在西侧又修建了一座喇嘛庙，为达赖喇嘛专用，这东西近邻的两座藏佛寺院后来称为东、西黄寺。南海子（南苑）的德寿寺、永慕寺，皇城东侧的玛哈噶喇庙、嵩祝寺、智珠寺、法渊寺，皇城西侧的福佑寺，西郊的实胜寺、召庙，还有长泰寺、圣化寺、宏仁寺、圆通寺、福寿寺等都是清代修建的。京城最为著名的藏传佛寺当数内城东北部的雍和宫，这里原本是雍正皇帝即位前的贝勒府，后改为雍亲王府，雍正即位后三年又改为雍和宫。雍正皇帝去世后，乾隆九年（1744）正式改为喇嘛庙，按规格王府殿顶只能覆绿琉璃瓦，因为这里是雍正皇帝曾居住过的地方，在雍正去世后仅半个月就全部改覆黄琉璃瓦，这里不仅仅是一座喇嘛庙，它还管理着华北和内蒙一带的喇嘛教寺院，有权向那里派遣住持喇嘛，黄琉璃瓦既体现了它的皇族历史，也显示了它作为全国喇嘛教事物管理中心的尊贵地位。这座庙宇当初总占地66400平方米，建筑规模宏大，从整体建筑布局上看，将皇家王府、汉人寺庙建筑、藏式风格融合为一体，成为一处极具特色的宗教建筑群，现存建筑由东、中、西三部分组成，主体建筑为南向布局，南北中轴线依次排列着牌楼、昭泰门、雍和门、四体御碑亭、雍和宫（大雄宝殿）、永佑殿、法轮殿、万福阁等建筑，东西两侧有讲经殿、密宗殿、数学殿、药石殿、戒坛楼、班禅楼、永康阁、延绥阁等配殿。乾隆皇帝为了拉拢蒙藏地区上层组织，在许多建筑体的设计上尽量采取汉藏结合的做法，例如，喇嘛们举行法事活动的大经堂，在中国传统的歇山顶上设计了五个中间高、四角低的阁楼式天窗，每个阁楼上都有一个镏金藏式喇嘛小塔，殿内正中供奉着喇嘛黄教领袖宗喀巴镏金铜像。最为显眼的是中轴线南部的御碑亭里刻写着《喇嘛说》全文，用满、汉、蒙、藏四种文字书写，这充分显示出清代皇帝对藏传佛教的高度重视。

历史上的北京为地道的汉人集聚地，虽然因地缘关系和政治原因多次进入了一些少数民族，但汉文化始终占据主导地位。汉代佛教传入北京，除部分藏传佛教外，应该说大部分为汉传佛教，所谓汉传，是指以汉语方式讲解和传播佛法的教派，它基本上没有改变原始印度佛教的内容，总的理论基础和修持方法与世界传统佛教思想是一致的。也有一部分根据汉地生活习惯、地域特征不同等原因，对原始佛教部分戒律进行了修改，还有就是由于翻译和传播者的水平原因，使得同一佛教内容做出不同解释，产生了不应有的教义歧化。自元至清的六百多年间，北京的宗教社会教发生了重大变化，佛教寺庙种类和数量也发生了很多改型和演进，尤其到了清代，汉传佛教在藏传佛教的挤压下勉强维系，一般情况下，大型寺庙因多多少少与皇家有着千丝万缕的联系，又由于汉传和藏传本来就没有很大矛盾和区别，较多保持了汉传佛教特点，一些小型尤其是民间寺庙，由于条件和水平限制，寺庙性质变得五花八门，不仅发生了汉化，有的都分不清到底属于道教还是佛教，所以要想搞清北京有多少藏传多少汉传是根本不可能的事情。北京现存的较著名寺庙中，中国佛学院所在地的法源寺、中国佛教协会所在地的广济寺、北京佛教协会所在地的广化寺、佛教音乐诞生地的智化寺等都基本保持了汉传佛教的传统，寺内殿宇及配套都保持中国传统建筑特色，为我们留下了珍贵的佛教文化遗产。

四、北京寺庙的历史年代分布

北京建城三千多年，建都八百多年，北京的原始宗教要比建城时间早得多，北京的人文宗教虽然没有三千多年，但比建都时间要早很多年。北京始自东汉的修庙造神运动，一千多年以来始终没有间断过，直到21世纪的今天仍有人借保护文物之风不遗余力地修假庙、造假神，当然其目的比历史上的修庙造神更具赤裸裸的功利性。

  过去曾有许多书籍和文章，认为北京最早的寺庙是修建于晋代的潭柘寺。其实早在它一百多年前的东汉时期北京就已经有了寺庙，例如，密云云峰山上的超胜庵，就是初建于东汉时期的一座佛教寺庙，庙里除供佛外，还供奉着关帝，平谷丫髻山上的砺堂寺（又名宝泉寺或云泉寺）也是初建于汉代，平谷渔子山的轩辕庙，据专家考证，始建年代不会晚于汉代，怀柔喇叭沟门乡北辛店有座佛道儒共存的昙云寺是东汉时期修建的，昌平城西南的香水寺也是汉代修建的，另有资料介绍，海淀西北部的法云寺也是初建于汉代，以上列举的北京几座初建于汉代的寺庙，有的明确记载为东汉时期，有的没有明确记载，我们只能笼统叙述为汉代。这些寺庙有的已荡然无存，有的仅存遗迹。在北京周边地区也有一些初建于汉代的庙宇，距北京较近的易县蟠道寺和蓟县的香林寺都是汉代修建的，这些古老寺庙的存在，起码使北京的寺庙历史又上推了百多年。

  据统计到的4000多座"寺庙"中，建庙最多的历史时期是明代，内外城及四郊共有1045座，这些寺庙修建于明代的各个历史时期，数量尤以明中期为甚。按照寺庙数量排序，其次为清代908座，元代177座，辽金117座，隋唐为78座，民国时期40座，汉代6座，魏晋时期4座，后梁和北齐各1座。按历史纵轴排列，北京修建寺庙的数量呈一个立着的枣核形，明代是枣核的最大直径处，向上向下的直径渐小。从以上排序数据可以看出，北京的宗教旺盛期为辽、金至清代这九百多年间。从这里我们可以看出，这与北京都城的政治地位有直接的关系。由契丹人建立的辽政权，主要控制着白沟河以北的地区，他们把北京作为陪都只经营了一百多年，女真人建立的中都城也只有几十年，他们初入中原，对汉人汉地习俗了解不够，丰盛的物资、优美的自然环境深深吸引着他们，希望永远也不离开这方宝地，亟须一剂掌控汉人汉地的灵丹妙药，这就是利用宗教麻醉人民群众，于是大力鼓励修寺建庙，所以寺庙数量比国力和文化发达的隋唐时期还要多。

  蒙古人用武力占领燕京城后，遇到同样的问题，这个时期不仅道教佛教盛行，外域的基督教、伊斯兰教和东北的萨满教也都纷纷表示要在大都城建庙宇，但忽必烈眼中，佛教作用最大，于是出资鼓励兴建佛教寺院，道教、儒教和其他洋教虽不阻挡，但与佛教相比数量上有较大差距，所以在元代修建的177座庙宇中佛教所占比重较大。

明代是统治北京的唯一一个汉人封建王朝，不仅时间最长，达276年，而且这个时期文化最繁荣、经济最发达，朱氏王朝比以前几个来自草原的民族更懂得汉人，以汉制汉，百灵百验，在封建王朝的宣传鼓动下，官家、民间都修建寺庙，这个历史时期修建的寺庙达到1045座。在官方修建的庙宇中，佛教数量较大，但这个时期民间合村及行业或家族修建的庙宇数量大增，民间庙宇的特点是基本不太注重何种教派，哪路神仙与人们的生产生活有帮助，就修建什么庙宇，供奉什么神，所以民间庙宇以道教为主，致使道教庙宇总数量略高于佛教庙宇。

中前期的清王朝虽然国力仍很强盛，无奈封建王朝的命运快要走到了终点，无情的历史像一把锋利的镰刀，再旺盛的庄稼、再长的地垄，终有一天要被镰刀割倒放平，到了清晚期，朝政腐败，外敌赤裸裸入侵的同时，大量基督洋教堂在京城矗立起来，在我们统计到的71座基督、天主和东正教堂或教会中，不清楚年代的有45座，清楚年代的有26座，其中清楚年代的26座教堂中清代20座，占清楚年代的80%，明代修建的3座，民国期间修建的只有海淀泄水湖一座基督教堂。清末国力衰败，民怨四起，腐朽的封建统治者已经自身难保，北京城就像乱了营的蜂箱，清王朝虽然统治北京也长达二百多年，但后期已经无力关注宗教这支软武器了，清代修建的"寺庙"只有908座。

封建皇帝倒台退位后，各种政治和军事势力竞相登台亮相，企图瓜分中国政权，这个时期西方的科学思想也进入了中国，反帝反封建的浪潮一浪高过一浪，旧势力没有精力关心什么宗教，新的科学思想反对迷信和唯心主义，宗教势力成了荒草田里的几棵霜打的稼秧，民国期间只修建40座寺庙，旧有的寺庙也因无人修葺而逐渐荒圮，这个时期是北京有史以来修建寺庙最少的阶段。

北京的清真寺与其他宗教有着明显的区别，教徒成分单纯，人数稳定，与官家牵扯较少，相对社会矛盾也少，民国时立法承认并保护伊斯兰教，封建时代不被重视的伊斯兰教团体取得了应有的社会地位，使北京的伊斯兰教会逐步发展成为全国的伊斯兰教中心。这个时期北京新建的教堂有鼓楼清真寺、天桥清真寺、米市胡同清真寺等。最为特殊的贡献就是始建了清真女寺，这不仅为女性伊斯兰教徒进出教堂提供了方便，也是女性地位提高的显著象征。

五、寺庙是什么

寺庙是寺和庙的组合概念，寺和庙同根非同源。寺庙是有形建筑体，寺庙是人为修建之宗教活动场所。

宗教是一种意识形态，当然也是人类文化的一部分，是社会万象中的一支耀眼的花朵，它和任何一种文化现象一样，都是客观世界在主观世界中的一次"再版"，只是每次再版由于时间不同，或者因民族不同、地域差异而显现出不同的影像，尽管是扭曲或颠倒了的影像，它也是一种事物的两种"版本"不同而已。

信仰是主观世界里极其重要的部分，如果人们失去了信仰就失去了灵魂，就会混同于猪狗牛羊，社会就不会有发展和进步。信仰是什么？是灵魂深处那挥之不去的追求和精神依靠，客观世界里有许多人类未知的万象万物，而在主观世界里又一时找不到答案，于是最原始的宗教信仰应运而生，它可以安抚人们的灵魂，给人们信心和继续生活下去的力量，它可以使得周围世界和谐安宁，当然除了宗教信仰外，后来又出现了许许多多科学或似是而非的信仰和理论。宗教的推崇者们为了让人们永远相信那个摸不着的"神"的存在，于是就修建了各式各样的宗教建筑，寺庙里的神可以游走于阴阳两界间，将天、地、人串通为一体。寺庙就是天地两界的分界线，是天上的神在人间的宿营地，是人与神的联谊站，在这里神可以了解人间万象，人的灵魂可以得到升华，可以求得精神抚慰和心灵的安宁。

宗教与寺庙在形态上是完全不同的两件事物，宗教是无形的抽象概念，而寺庙是有形的具体建筑物，两者都有一个共同的主宰对象，这个主宰对象就是客观世界里的人。人既是信仰和意识的宣扬者和践行者，又是宗教建筑的修建者和信奉者。人与神只差"鬼门关"一步之遥，生者为人，死后为神。活人修建寺庙、制造神鬼，死后变成神鬼藏在寺庙里愚弄活人，这种轮回战术催生了生生不息的宗教文化。当然也有"活神仙"的个例。无论是"活神仙"，还是"死神仙"，他们在人间都享有一份"家产"，这份产业就是我们统称的寺庙建筑。无论这些宗教建筑规模多大、构造形式如何、供奉什么神灵、管辖部门有何不同，它们都是宗教信仰的承载体和外在表现形式。

寺庙的主人名义为各种"神仙"，进庙的人都要磕头膜拜、焚香纳贡，但神仙是收不到任何礼品的，所以寺庙的真正主人是活着的人。

大众常见主人之一为寺庙里的僧人、道士、神职人员等日常管理者，他们是寺庙的日常维护管理者，又是宗教精神的直接传播者，他们的部分生活及管理费用即取自这些香火费。第二种主人是和尚道士等的上级管理单位，他们代表政府行使对宗教场所的管理处置权和宗教事物的管辖权。第三种主人是大众难以知晓和见面的股份投资人，他们不懂也不关心何为道教、佛教，也不想明白天主教和基督教有什么区别，只关心游客的数量和门票的多少，这些人与博大精深的宗教精神毫不沾边，他们像幽灵似的神出鬼没，像神仙般不劳而获。还有一种神秘"主人"就是那些超级香客，他们中有大腹便便、腰满肠肥的"上等人"，他们一掷千金，在庙里刻碑流芳，他们调动和尚道士为他们全家的功名利禄康寿做道场佛事、为他们祈祷。另有一种"主人"因为拿了黑钱或做了恶事，企图恳请神灵为他们消灾赎罪。前不久媒体报道，有一位高贪不断有黑钱进账，每进一笔黑钱就在家向金佛爷谢恩一次，这些披着革命干部外衣的佛门贼臣逆子真的信佛吗？

在向庙里扔钱的香客中，人数最多、累计金额最多的是那些善良的平民百姓，他们中不乏低薪甚至吃低保者，有的不远千万里携老牵幼向神灵效忠，那些泥胎木雕能保佑他们吗？连他们自己也不清楚。还有一些单纯可怜的年轻学子，把考学、前途的宝也押在这些泥塑雕像上。真正出于为了保护文物、弘扬传统文化，资助宗教事业的人恐怕微之又微、少之又少，可怜天下穷人心，可怕愚昧加无知！宗教信仰有个人自由，我们的宣传机构和能写出几篇文章的智者，应多多宣传科学人生观，千万不要成为金钱的买办和吹鼓手，忽悠欺骗善良的人们。

那么是不是不要向寺庙送钱呢？否也。寺庙是极其宝贵的文物，它承载着悠悠五千年灿烂文化，寺庙建筑有辉煌的人类智慧结晶，体现了中华文明的博大精深，在走向现代化的征途上尤其需要大力继承这一笔历史遗产，宏扬传统民族文化，认清中华文明之根、之魂，大力保护所剩无几的珍贵宗教建筑，让历史为现代和未来服务、导航，动员所有社会力量出谋划策、捐资出力，在正确的舆论指导下，取得保护文物和思想建设的双胜利。

九门深处轶闻多

36. 古刹普会寺

有三千多年历史的古都北京，为我们留下了大量文物古迹，历经沧桑，有的幸存，有的尚存残迹，有的则荡然无存空留其名，笔者工作地点普惠寺村就属于寺亡名存的典型。关于寺庙的历史，百姓众说不一。1987年春天，我利用工作方便条件，经认真搜寻，不仅发现了唐、辽及明、清各代的残瓦旧砖、柱础、吻兽等，而且在149号村民家门楼下发现了半截石碑，仅能看清的几个字说明它就是普惠寺历史的真凭实据。据市文物局傅公钺同志亲临现场查看，断定是明碑，立即通知五塔寺文管所赴现场联系挖掘保管事宜。1988年终于从地下挖出了这块记录普会寺历史的明代石碑，随之送往五塔寺石刻艺术博物馆保存。

普惠寺原名普会寺，位于玉渊潭西南侧，始建年代暂无据可考。该寺地点古为玉河乡池水村管辖。唐幽州、辽南京、金中都府址在今广安门之南一带，封建统治者西北出游，经常驻足这里。据史书记载，在池水村辽建驻跸寺，金建观音寺，明建静义安、普济寺、三官庙、广济庵等。玉渊潭之西有金口河故道（今永定河引水渠旧址），河南岸有普会寺，《宸垣识略》记载称"辽之驻跸寺也"，可见历史之久远。

《日下旧闻考》和《京畿金石考》均记载有"辽驻跸寺沙门奉航幢记"的内容，又据《宸垣识略》记载，"殿前石幢一，书大佛尊胜陀罗尼经，后题大朝岁次己西"，"殿后一辽时松及松下石幢，镌沙门奉航塔"。奉航和尚俗姓李，涿州新城县渠村人士，辽乾统八年（1108）迁化于这个驻跸寺，帝子善坚将其葬于祖师坟侧，并刻石幢以永为纪念。有文字可考的记载已有900多年，如果此寺为辽初所建，至今已逾千年，故称古刹毫不过分。至于辽代之前是否建寺，未见文字记载，尚难断言。

到了明代，封建君主仍十分重视宗教活动。据出土的嘉靖三十六年重修普会寺碑文记载，明初宣德年，曾彻底修建过此寺，历时两载，并立碑撰文，表彰御用太监蔡秀恭和御马监太监杨世安及本院住持法玉和尚等捐资葺寺的功绩。

根据赵其昌先生考证，玉河乡府址在京西城子，池水村在今羊坊店稍北一带。碑文称西村公（蔡秀恭）献香炉等供器，这个西村应是今蔡公庄旧址，当地百姓为了纪念蔡秀恭的功绩，把西村改称蔡公庄，即今蔡公庄。

关于普会寺的建制规模，碑文做了较为详细的记述：进山门后是三楹天王殿，再后是三楹主殿即大雄宝殿，重檐斗角，朱门石栏，佛像金碧霞彩，丹青曜日，伽蓝殿、祖师殿各三楹，后院有禅房六楹，方丈住室五楹，除此之外还有二十多楹僧舍及门房等，独有看家楼是一座少见的建筑，可能在后院角落，是保卫寺院的建筑，寺院石围墙一百多丈，折合公制为300多米。

至于寺院的具体坐落位置及朝向等，因未做考古挖掘，只能根据史料和地面遗迹做如下分析判断：（1）明碑出土的位置是在149号住户门前，东西面向，碑文一面朝东。（2）近日出土的殿前石幢在碑东七八米处。（3）碑西稍偏南40多米处，有古银杏树两棵，南北株距10米（两棵偏斜十几度）。（4）村民回忆，新中国成立前在银杏树东稍偏南20多米处，有一座菩萨像，一人多高，坐南向北，显然是配殿小佛像。（5）据当地老人反映，在南边一棵银杏树以东约10米处，新中国成立前曾立有一座八角形石幢，可能就是前边提到的那个辽奉航石幢。（6）131号住户介绍，他们家北屋在清末时建于山门外。根据以上零散记述，我们把一百余丈的院围墙暂定为南北长92米，东西长105米，按以上六点特征套画一下，然后把各殿室画在院内，则明碑和石幢在大殿前左前方，辽幢在大殿后，幢后是银杏树，小佛像在右配殿，这个寺院肯定是坐西朝东，山门向东开，符合辽代习俗。虽经元明清各代多次修葺，并未作大改动。

《日下旧闻考》记载，清代时此寺已荒废，僧人无力重建，只略加修葺以栖身，殿前石幢和重修记碑皆置寺门外。村民反映，清末已无僧人，庙产归于其他寺庙代管，民国期间住在永定门外一个俗姓孙的和尚每年来此收租，此人新中国成立后在天桥地区行医。

关于普惠寺村的形成。尚无可靠资料佐证，但可以肯定地讲，明代时绝无村落，只有清代和民国初才有少数人家迁入耕作。有一户孙姓人家，民国后期门牌号是"河北宛平普惠寺××号"，估计是日伪时期错把"会"字写成"惠"字，讹传至今，成为普惠寺村。

（1992年《燕都》5期）

37. 我为古刹普会寺撰写碑文

1987年我被派到海淀区普惠寺开发一个老旧小区，在拆迁过程中，发现这个村子来历不浅，经过认真细致的寻找，发现了大量文物古迹，最后在小区中心绿地上矗立起这座《古刹普会寺·址碑记》，我撰写了碑文，请北影一级美术师张先得先生设计图形，又请石刻艺术博物馆研究员韩锐先生以篆体书写，由北京市房管局雕塑艺术厂雕刻定型。

普会寺蹟址碑记

京都三千余年，城垣屡迁，辽金大内在今广安门之南。城西北有玉河乡池水村，水丰林密，景色绝佳，辽僧于此建寺。辽以东为尊，故此寺东向，松下有幢，镌《沙门奉航塔记》，辽帝常出巡驻跸于此，故此寺称驻跸寺。金代开金口河，修钓鱼台，遂为风景胜地。十三世纪初，蒙古人入燕，已酉（一二四九年）断事官元奴又于殿前立石幢，刻陀罗尼经，朝贵名士常会此。

辽至明五百年间，燕京烽烟叠起，山河几易，然此寺香火旺盛，明代已更名普会寺，嘉靖三十六年，御用监太监蔡秀恭、住持法玉等捐资重修，碑文称此地泉源经带，山脉环峙，土膏丰腴，川原平廓，草木茂密，苍翠交阴，殿宇重檐斗角，朱门石栏，法像金碧霞彩，丹青耀日。山门、天王、大雄、伽篮、祖师各殿齐备，禅房、方丈院俱全，寺石围墙百丈余，为该寺极盛时期。明末兵连祸结，香火稀少，至清代，日渐荒圮，清末已无僧人。

辛亥后始有民户迁入耕作，日伪时错为普惠寺，讹传至今。新中国成立后村落渐大，房舍连延，古寺空留其名，旧日风貌不可寻矣。

一九八六年，北京市郊区旅游实业开发公司开发普会旧址，历经五载，建成住宅楼六万余平方米，民士居住条件豁然改观，施工出土石刻数件，金末元初石刻经幢附立于此，明《古刹普会寺重修记》碑移存五塔寺。

普会古刹逾千载，寺亡名存，仅留石刻及银杏树两株耳，抚今追昔，感慨系之。北京市旅游建设开发公司和北京市旅游建筑公司诸热心保护文物古迹之士，公议建碑，以昭告后人。

公元一九九四年九月三十日立。

撰文：王同祯　设计：张先得　书丹：韩锐　雕刻：北京市雕塑艺术厂

38.《契丹女雄萧太后》简介

首页开篇时——

萧韩天降赐

扶主难分序

楚汉皆故土

何须分雄雌

——谨以此书献给一直支持我创作的爱妻

大唐王朝的金銮宝殿垮塌之后，中国历史上出现了长达半个世纪的五代十国混乱时期，在四方割据、南北称王的乱世中，公元907年，位于我国东北的契丹英雄耶律阿保机统一了氏族八部，于916年立国称帝。自大辽成立那天起，契丹内部为了争夺权力一直处于刀光剑影中，皇族与后族之间，皇族与皇族之间，后族与后族之间，常以刀枪血肉见高低，正当太祖创立的基业处于危机的时候，969年耶律贤继承皇位，史称辽景宗，生在一个下级军官家庭里的萧燕燕有幸入宫为妃，在这位贵妃娘娘的扶持下，景宗的皇位日渐巩固，萧燕燕很快被扶为皇后。982年辽景宗驾崩，萧皇后的长子耶律隆绪继位时只有11岁，这时的萧太后（燕燕）面临着内争权势、外有大患的危机时刻，一个30岁的女人承担了难以想象的重担和困难，她凭借幼年随父亲在南京（今北京）的所见所学，积极倡导儒汉文化，大胆起用汉人官员，外对强敌斗智斗勇，内治保守分裂绝不手软，为了巩固国家政权，不惜牺牲亲情，连从小疼她爱她的两个姐姐也不例外。萧太后以她的睿智和胆识削平了朝廷内部的一个个山头，对外与宋王朝展开无数次的大小战役，历史上有

九门深处轶闻多

名的高粱河战役就是在她的英明指挥下取得辉煌胜利的。1004年逼迫宋真宗赵恒在黄河岸边的澶州（今河南濮阳）签下了澶渊之盟，宋朝不仅要向契丹人赔白银和丝绢，大宋皇帝还要称萧燕燕为婶母。民间文化中关于杨家将与契丹辽朝的战争即指这段历史。这位镇国太后绝不同于我国历史上有名的武则天和慈禧太后，她不仅是一个开明的政治家，也是一位果敢睿智的军事家，是我国历史上少有的一位全才女性。作为女性她感情细腻真挚，对丈夫、子女关怀有加。萧燕燕少女时在南京（今北京）认识了汉官的儿子韩德让，并初结爱蒂，在辽景宗去世后，萧燕燕与韩德让旧情重温，两人经常在延芳淀（今通州附近）过着半明半暗的夫妻生活，书中有具体的描写。

本书的新特之处，一改传统著作中站在汉人立场叙述历史的不当写法，在一定程度上是站在少数民族立场上把汉人宋朝作为背景描写人物、叙述历史，让读者对历史有一个客观认识，对历史人物有一个全新的感受，这无疑将对促进民族团结和和谐社会产生深远积极的影响。

本书前半部分用了适当篇幅叙述辽与契丹的来历及辽前期的传位之争，中间大部分篇幅描写萧燕燕从一个少女到皇后、太后的经历，为了让读者对辽的消亡有一个整体概念，最后又简单介绍了萧太后的子孙后代的情况。书中所述内容符合史实，大的事件和主要人物绝无杜撰，全书文字30万字，附有几十幅插图，尽量朝知识性与可读性并存的方向努力，由于作者水平所限，书中难免出现错误或不当叙述，希望知识广博的编辑和读者予以斧正。

本书目录

一、引子

二、耶律氏和述律氏

三、传位之争

四、从萧燕燕到睿智皇后

五、从萧皇后到承天皇太后

六、尾声：萧太后的子孙们

七、后记

不可不读的导言

大唐王朝的金銮宝殿垮塌之后，中国历史上出现了长达半个世纪的五代十国混乱时期，在四方割据、南北称王的乱世中，公元907年，位于我国东北的契丹英雄耶律阿保机统一了氏族八部，于916年立国称帝。自太祖耶律阿保机建立契丹国至1125年金兵俘获天祚皇帝耶律延禧辽灭亡，二百零九年间，包括最后那个短命的替死鬼耶律淳在内，共有10个皇帝执掌辽政权。在这二百年间，终辽一代，共产生过12个皇后，4个皇太后。12个皇后中除太祖妻子淳钦皇后为述律氏外，其余11个皇后都是萧氏。在4个皇太后中，除太祖的妻子应天皇太后外，其余三个皇太后都是萧氏，即俗称的"萧太后"。这在中国历史上为"绝无仅有"。在3个萧太后中仪天皇太后和宗天皇太后政治生命都非常短暂，只有承天皇太后活了57岁，为两代皇帝主宫40年（皇后14年，太后26年），书就了"圣宗盛世"的光辉一页。这位皇太后就是本书主人——大辽承天皇太后萧燕燕。

在阅读本书之前，您可能会有以下六大疑团：一、耶律氏和述律氏是什么关系？二、萧氏家族和以上两大家族又是什么关系？三、为什么辽代后族绝大多数都姓萧？四、本书主人公萧太后是怎样一个人？五、萧太后与杨家将之战（宋辽之战）谁是赢家？六、萧太后的子孙们后果如何？

为了解开这六大疑团，请跟随我回到千年前的北国战场，听我讲述这段曲折迷人的故事。

引子

在一千多年前的一个五月里，草原上晴空万里，千顷碧野上绿波荡漾，袭人的花香随风飘散，袭醉了牧民，也陶染了大城里的官宦人家。

这天早上，东方刚露出鱼肚白，南汉城一座灰砖青瓦的大门内外就清扫得干干净净，这是两院枢密使韩德让的府邸，下人们早就被告知枢密使大人天一亮就要出门，所以天还没亮大门里外就点亮了灯笼，随着一声"吱呀"的开门响，一个半汉半契丹打扮的将军在几个卫士的护卫下跨出大门，他左手一把鞍，右腿利索地腾空一骗，臀部稳稳地落座在马鞍上，接着右手抓住

九门深处轶闻多

缰绳一抖,那枣红马飞也似的向北门方向奔去,"嗒、嗒、嗒"的马蹄声伴着一溜儿尘烟由近而远。

辽上京城呈日字形建筑,北部是皇城,也是契丹族官员的居住地,南部是汉人汉官的居住地,两城之间的隔城中部有一座城门名大顺门,是连接两城的主要通道。

由南城飞马而来的一主二仆通过大顺门时,没有经过任何例行查验就直奔后宫而去。到了后宫正门,不等卫士搀扶,这位将军便飞身下马,那飒利的动作似乎是一位翩翩少年回到自己阔别的家门,当他转过身来时,才发现是一位五十开外的长者,那气宇轩昂的眉宇间透着正然虎气,炯炯有神的双目飘闪着礼、智、信三字,虽然是一员汉官,但从嘴上留着的双鬓胡知道,他已经完全融入了契丹社会,而且是一个充满自信的高级官员。

不等叫门,那后宫大门就很快开启,门卫笑着说:"枢密使大人快请吧,太后等您半天了。"

两个随行的卫士留在门外,这位枢密使大人径直向太后宫殿走去,还是不等叫门,殿门自动开启,枢密使刚一抬头,从殿门里走出一位清秀端庄的女子,看年纪有四十岁左右,一身素衣打扮,那充满睿智的两眼直盯盯地瞧着枢密使,但没有说话,显然是等来客先讲话,枢密使一点儿都没有生客的拘束,笑着向女主人说:"燕燕,你等急了吧?"

女主人回头瞧了瞧殿里说:"韩大人,让你赶早了。"

这位韩大人忘记了周围的人,自觉话不适宜,就赶紧改口说:"请太后原谅,微臣昨夜批完前线送来的急报后,又贪看了两个时辰的大书,所以起晚了点儿,让您久等了。"

"来晚了就认罚吧,进来先把这碗剩汤给我打扫了,咱们再来定罪。"女主人燕燕假带嗔怪道。

枢密使大人进到内寝不客气地端起奶茶就喝,奶茶不凉不热正可口,韩大人一饮而尽,喝完就说:"太后,微臣还愿意受罚一次,因为我还没吃早饭。"

女主人憋不住地笑道:"德让,你好赖皮,我让你起早来喝奶茶的吗?对啦,你说我们到哪里去?"

枢密使说:"如今虽说天下太平,走到哪里都是晴朗的天,但昨夜收到的奏报说，退回黄河岸边的宋兵对我大辽不服气，仍想与我大辽再决雌雄，东边的女真与夷邦高丽勾结过密，女真可能要借高丽兵力犯我边境，小小女真虽说以卵试石，但南北夹攻之险不得不防，我看近期不宜远行。真寂寺的修建已经全部竣工，佛像雕刻极精，神态栩栩如生，听说山顶的仙桃石近日半夜会发射红中透粉的光焰，再过几天就是你的寿诞，何不去那里借借佛光一饱眼福呢，让在下也沾沾寿桃的仙气，沾沾太后的福气。"

"好，好，更衣！"太后高兴地说。

几个侍女利索地替太后换上了一套轻捷的便装，又给她披上内红外黄的斗篷，太后又在铜镜前照了照，理了理鬓发说："出发！"

很快一行百多人的队伍离宫苑，穿汉城，南出顺阳门，迎着朝阳踏上了游幸的行程。

因为真寂寺离上京城只有60多里，所以太后并不太着急赶路，出城刚一个时辰，太后一松缰绳，那"雪花白"就放慢了蹄步。在和煦的阳光映照下，太后的脸上绽放着笑容蜜意，一阵晨风吹来，使这一对并骑者的笑声更加爽朗清脆，跟在后边的小皇上耶律隆绪就像一个特殊的伴臣，他似乎很情愿这样的地位，也跟着咯咯地笑起来，因为他很长时间没有随母亲出游了。

因为主子高兴，后边的御卫和支使们也显得格外轻松，除了车辇御驾的吱扭声和"嗒嗒"的马蹄声，还有他们低声的玩笑和喊喊喳喳的说话声，显然，这是一次愉快的旅行。

说说笑笑间已经进入了山路，山虽然不高，但十分峻美，蓝天白云下碧毯铺满山坡。太后一抬头，只见前方三山鼎立，其中一个山头上三点支撑着一块圆石，犹如一只刚出壳的雏鸡傲立峰顶，它的旁边又有一块形如探海金龟的巨石，太后不由得一提马缰，"雪花白"领先飞向那奇峰仙境，枢密使和小皇上紧随其后，护驾的队伍也飞奔紧跟，小路旁的各色花枝一阵紧急摇曳，草地上留下一行深深的印迹。

当走近真寂寺门时，那山顶的小鸡却突然变成了一个巨大的仙桃，太后不理会大家的劝阻，顾不上参拜佛像，却着急地爬山想去看一看山顶到底是小鸡还是仙桃，护卫们只好前后左右地簇拥着她向上攀登。（续接正文）

后 记

　　敲完最后一个字符，已是春日午夜时分，桌上柔煦的灯光，妻子轻轻的鼾声，一片安宁祥和的气息充满小小陋室，此时我已无法入睡，双眸盯着妻子白皙的面庞，脑海中一会儿是金戈铁马的战争场面，一会儿又呈现出萧燕燕和韩德让并驾齐驱在绿色草原上的优美画卷。眼前的妻子没有萧太后的文才武略，却有一颗水晶般纯洁的心，她不能执掌军国大事，但把一个小家管得井井有条，她以经典的楷模影响着我们的"小棉袄"们，要求她们出门做事兢兢业业，处处诚善待人，回家学习爸爸做事情的执着和毅力。我哪有那么好，不过是妻子对我的鞭策而已。如果有一天"小棉袄"们小有成就，那都是妻子的卓越功勋。本人不能挣钱又无大才，却养成爱做"文字游戏"的"陋习"，妻子却说这是创作，因此凡买电脑、数码相机之类的大件都予以恩准，有时未报先购也从无嗔怨，为了我的"创作"，她利用曾经有过的管理图书特权为我寻找资料提供极大方便，到萧太后老家辽上京考察她亲自陪伴，我有什么理由不尽快把《萧太后》写出来呢，紧打快敲，也还是用了两年半时间才敲完，我得不到"军功章"，她也不可能享受到那一半荣誉，得到的只是头上的根根银丝。我别无回报，仅能以书首那首小诗和这本习作献给一直支持我"创作"的爱妻。妻子说："我虽然有满族血统，但没有萧燕燕那本事，你是山东汉子，却没有韩德让那机遇，萧燕燕与韩德让相爱终生，却难成真正夫妻，他们没有的我们都得到了，知足！萧何和韩信虽各为其主，但楚汉终归一统，今生能得到你，值了。"

　　在这本习作"攒制"过程中，曾得到内蒙巴林左旗博物馆金永田馆长、民族大学李桂芝教授的谆谆教诲，我的同事刘云耀先生对本书内容和文字提出重要修改意见，利用本书面世之机，向以上及没有提到名字的专家和朋友一并致以诚挚谢意。

39. 契丹萧太后与北京

一、辽代"国际"环境

1. 五代十国：盛唐时期，国土疆域西至阿富汗、咸海，东含朝鲜，南达越南，北到贝加尔湖，长达近三百年强盛风光。公元907年大唐灭亡，后梁建立。之后半个世纪里，后唐、后晋、后汉、后周相继建立，史称五代。同时南方又有前蜀、吴、闽、吴越、楚、南汉、南平、后蜀、南唐和北方的北汉共十个王朝，史称十国。历史上将907—960年这一段大分裂时期叫五代十国。

2. 关于"燕云十六州"：后唐河东节度使石敬瑭为了做儿皇帝，938年十一月将幽（今北京西南）、涿（今河北涿州）、蓟（今天津蓟县）、檀（今密云）、顺（今顺义）、瀛（今河北河间）、莫（今河北任丘）、蔚（今河北蔚县）、朔（今山西朔县）、云（今山西大同）、应（今山西应县）、儒（今延庆）、新（今河北涿鹿）、妫（今河北怀来）、武（今河北宣化）、寰（今山西朔县东北）共十六州送予辽主耶律德光（辽太祖耶律阿保机的次子），认11岁的德光为"父皇帝"，从此奠定了辽在北京地区的坚实基础。

3. 契丹和辽：大唐王朝经过289年的集权统一之后，由于经济政治等原因，李唐大厦终于垮塌，中国这块土地上群雄突起、各自为政，经历了半个世纪的大动荡、大分化、大改组，出现了北方有五代，南方有十国的混乱局面。就在这五十年动荡风雨中，生活在辽河和滦河地区的契丹部落日渐强盛。907年，契丹贵族耶律阿保机征服了东北地区的突厥、党项及吐谷浑等外部势力，916年统一了契丹八部，在临潢府即今内蒙赤峰（曾称昭乌达盟）巴林左旗自立为帝，自称契丹国，史称辽太祖。947年契丹贵族将契丹国改称辽，983年辽圣宗又改为契丹国，1066年辽兴宗复称辽。辽建立五京制，上京临潢府（赤峰巴林左旗），南京析津府（今北京市），东京辽阳府（今辽阳市），西京大同府（今大同市），中京大定府（今宁城之西）。辽帝"四时捺钵"，

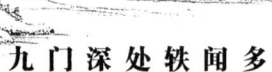

南京成为冬季捺钵的常驻地。辽辖五京、六府、156 州、209 县、52 部族、60 个属国。疆界东至渤海湾、西至金山、南至今拒马河、北至今克鲁伦河，幅员万里。宋辽基本以白沟河（拒马河）为界。

4. 契丹八部：大贺氏联盟八个分部是：达稽部、汔便部、独活部、芬问部、突便部、芮奚部、坠斤部、伏部部。遥辇氏联盟仍设八个分部：迭剌部、乙室部、楮特部、乌隗部、突吕不部、涅剌部、品部、突举部。

5. 青牛白马故事：北部的潢河（今西拉木伦河）有少女骑青牛由西向东，南部土河（今老哈河）有小伙叫奇首骑白马由西南向东北，在木叶山南侧相汇处结拜夫妻生八子，后又分八部，后人将皇族耶律氏祖先追崇为土河骑白马的翩翩少年，将后族述律氏追崇为潢河上骑青牛的少女。传说而已。

6. 北宋：959 年，后周皇帝柴荣去世，七岁的儿子柴宗训即位，时任宋州归德军节度使为赵匡胤，赵匡胤为了夺取政权，于 960 年正月谎称契丹来犯，在陈桥发动兵变，轻而易举夺取七岁小皇帝的权力，登上皇帝宝座，因赵在宋州做过节度使，将后周改为宋朝，建都汴京，史称北宋（960—1127）。

7. 宋、辽、金关系：1118 年宋和金订"海上盟约"，密谋共同攻辽，以长城为界，议定攻下后长城之北归金，之南归宋。1122—1123 年金兵攻占燕云地区，此时宋军要求将南京（今北京）交给宋，1123 年十一月金将一个废城交还宋朝，北京称燕山府。1125 年十一月十九日金军又攻燕山府，十二月十日北京又归属金朝，北京归属宋只有两年时间，所以北京没有宋代遗迹。

二、辽代宫廷和帝后简况

1. 自太祖耶律阿保机 916 年建立契丹国至 1125 年金兵俘获天祚皇帝耶律延禧辽灭亡，二百零九年间，包括最后那个短命的替死鬼耶律淳在内，共有 10 个皇帝执掌辽政权。

2. 各代顺序：

916—927（11 年）太祖：耶律阿保机（后：淳钦皇后述律氏）

927—947（20 年）太宗：耶律德光（后：靖安皇后萧氏）

947—951（4 年）世宗：耶律阮（后：怀节皇后萧氏 / 妃甄氏）

951—969（18 年）穆宗：耶律璟（后：皇后萧氏）

969—983（14年）景宗：耶律贤（后：睿智皇后萧氏）

983—1031（48年）圣宗：耶律隆绪（后：仁德皇后/钦哀皇后萧氏）

1031—1055（24年）兴宗：耶律宗真（后：仁懿皇后萧氏/贵妃萧氏）

1055—1101（46年）道宗：耶律洪基（后：宣懿皇后萧氏/妃萧氏）

1101—1125（24年）天祚皇帝：耶律延禧（后：皇后萧氏/德妃萧氏/文妃萧氏/元妃萧氏）

1122—天祚逃夹山，耶律淳为天锡皇帝，数月即死（妃：萧氏）。其中：景宗皇后睿智皇后即本文所述之萧太后，本名萧绰，乳名燕燕。其子耶律隆绪12岁为帝，萧燕燕（睿智皇后）晋太后执掌军国大事，直到1009年逝世。

3. 辽宫几个特点：

南北两院制（北院契丹官员，南院汉官）、主要建筑东向（汉左为上）。

五京制：起初契丹部落过着游牧生活，只在这一带置东西南北四楼议事，没有固定都城。耶律阿保机建立契丹政权初，只在临潢建立宫室，并无五京建制，太宗时于938年确定临潢府为上京。在取得燕云十六州后在幽州地方设南京。太宗时928年在辽阳设东京。圣宗时1007年在宁城设中京。1044年兴宗时在大同设西京。

四时捺钵：是一个游动的辽政治集团的转移，这个庞大的行宫游动到哪里，政治活动就迁移到哪里。捺钵的主要活动是钓鱼和捕鹅，正月上旬启程，三月上旬到目的地凿冰钓鱼，冰雪融化后，鹅雁北归，放鹰鹘捕捉天鹅。四月中旬，行宫集团进山避暑，可以举行第一次全朝重大会议活动（与我们的两会时间相同）。七月中旬进山射虎打鹿休闲，然后开始转入秋捺钵，天冷后到冬捺钵地避寒，并举行第二次南北面臣僚重大议政全会，决定许多重大事项，辽初冬捺钵地多在东北上京附近，圣宗南移到燕京一带，所以实际上许多重大事项是在南京决定发出的。春捺钵多在河北鸳鸯泊（张北），夏季又回到大兴安岭东南余脉。

三、关于萧氏家族

1. 两大集团：从以上所列皇后两大系列可以看出，皇族都姓耶律，后族都姓萧，这在中国历史上是罕见的。耶律和萧氏两大氏族形成于唐初的大贺氏和

九门深处轶闻多

孙氏两大集团，大贺氏形成八部联盟，赐姓李。孙氏集团都姓孙。两大集团通婚，结为利益集团。在契丹少数民族语言中，"孙"即"审密"。经过历史演变，李姓大贺氏联盟日渐削弱，后被唐政权收编，立遥辇氏为可汗，于是大贺联盟改变为遥辇氏八部集团，成为指挥契丹部落的主要军事力量。与此同时，还有一个由拔里和乙室已部落组成的审密二部集团，他们分别控制着我国北部和东北部地区，两个集团互为通婚。这就是皇族和后族两大集团的基础。

在遥辇氏集团内，因耶律氏逐渐强盛而取代了遥辇氏成为统治集团首领，而耶律氏的祖先发祥地是"世里"，后来汉人翻译成了"耶律"而被历史接受并延续。

早在隋唐时，在蒙古和苏联中部地区还有一个古老的回鹘部落，与以上部落并存，后来回鹘部落不敌其他部落而西迁至新疆和哈萨克斯坦一带，留在东北地区的回鹘后裔被契丹遥辇氏吸纳并通婚，成为具有回鹘血统的契丹人，这部分人与上述的审密二部（即二审密）并列，他们有一个共同的姓——萧。"萧"字与起初的"孙"字及"审密"是不同时期的不同翻译而已，不是三种姓。耶律阿保机妻子述律平的母亲是契丹人，父亲就是回鹘人。审密部、述律部和回鹘部都姓萧，萧姓是部落共姓，与汉族的萧姓概念不同。

2. 萧绰家族：

萧绰（燕燕）父亲：萧思温。萧思温的父亲：忽没里（萧绰爷爷）。忽没里：萧敌鲁族弟。萧敌鲁母亲：阿保机姑姑。萧敌鲁姐姐：阿保机妻子——淳钦皇后述律平。即萧绰爷爷与阿保机妻子述律平是同辈姐弟关系。换句话说，就是萧绰是开国皇帝耶律阿保机皇后娘家的侄孙女，淳钦皇后述律平是萧绰的老姑奶奶，萧绰是后族述律家族的嫡系传人。辽史记载：述律先祖是回鹘人，所以萧绰一家也是回鹘族后裔。

萧思温：太宗时曾任管理边疆奚部的秃里太尉、平时生活不拘小节，常不修边幅，被同僚讥笑不是将帅之才。幸运的是太宗的长女（燕国公主）要寻亲，淳钦皇后做主将自己孙女许配了娘家族侄萧思温，萧思温娶了这位公主后地位突然提高，朝中倍受重视，曾任管理战马的群牧都林牙（相当于今总装备部）和北院枢密使（相当于宰相）等职，也曾任过南京留守官。970年随景宗皇帝巡猎云州（大同）途中被害身亡。

萧绰母亲：太宗长女吕不古，虽贵为公主，但为人厚道，待人谦和，凡事都与丈夫商量处理。生有三女，萧燕燕为小女儿。

四、萧太后简历

萧绰953年生，969年耶律贤继承皇位为辽景宗，16岁的萧绰入宫为妃，同年五月晋为皇后——睿智皇后。生有三子四女，长子耶律隆绪（圣宗皇帝），次子耶律隆庆，三子耶律隆佑。长女观音女，次女长寿女，三女延寿女，四女淑哥。982年景宗驾崩，983年封为皇太后。987年封承天皇太后，1009年去世，享年57虚岁。死后与景宗合葬于乾陵（辽宁北镇巫闾山）主宫40年，14年皇后，26年太后。

景宗在位14年（969—983）。圣宗在位48年（983—1031）。

五、萧太后与北京

1.萧燕燕幼年时代：家庭环境优越，喜读书，自幼聪颖，她与两个姐姐一起打扫卫生，燕燕扫得最干净，父亲预言燕燕必能成器，果然16岁就入宫为妃，萧思温成为国丈爷，让这个家庭一跃而成为最高的皇亲国戚。生于契丹贵族家庭的萧燕燕较早接受契丹和汉文化，文才武功明显优于同龄女孩。据辽史记载，958年燕燕5岁时，萧思温就已在南京任留守官，可能此时萧燕燕母女已经随父到了燕京城，无疑这对她学习汉族文化礼仪打下了良好基础。

2.萧燕燕和韩德让：处于辽政权政治旋涡中的萧思温虽生活邋遢，但对政治并不糊涂，他充分发挥自己优势，对女儿们的婚事早有安排。长女萧胡辇嫁给耶律德光（太祖二子）一系的太平王罨撒葛（太宗次子），次女嫁给李胡（太祖三子）一系的赵王喜隐，两个女儿出嫁之后，萧老爹又将第三个女儿萧绰许配给耶律倍（太祖长子）一系的世宗之子耶律贤。

萧思温的如意算盘打得叮当响，这样的话，不管是哪一系的人马做了皇帝，他都会有一个女儿能坐上皇后宝座，他都是逃不掉的国丈大人。只可惜，老爹算盘打得响，女儿却不这么想，小女儿萧绰早就喜欢上了一个汉族男子韩德让。

韩德让祖籍是河北玉田人，他祖父韩知古6岁时在太祖攻打蓟州时被俘

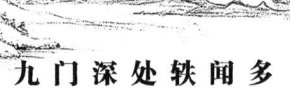

获入辽，后来因为才华过人，受耶律阿保机和皇后述律平的重用，曾总知汉儿司26事，又制定契丹国仪，成为开国功臣之一，在辽一直做到中书令的高官。韩德让的父亲韩匡嗣生在辽国，擅长医道，深受皇后喜欢，可以直入长乐宫。穆宗时封看守太祖庙的详稳（将军），后来景宗时受到重用，提升为上京留守官，后又封燕王回到家乡做了南京留守，他娶的也是后族萧氏中人，而韩德让是韩匡嗣的第四个儿子。

不过奇怪的是，韩德让足足比萧绰大了12岁，这一年萧绰14岁，韩德让26岁。韩德让，举止温文尔雅，身上融合了契丹人与汉人的优点：饱读诗书的气质，没有契丹男儿的粗野；数一数二的骑射之术，又使他没有汉家男儿的文弱；斯文淡定的举止中，却又有一种隐隐的威慑之力。可以想象，情窦初开的小姑娘萧绰，爱上文武双全、知识渊博、才华过人的成熟男子，更多的是一种景仰。从这点分析，可以看出萧绰的心理年龄比实际年龄成熟，而且喜欢强者。韩德让会爱上萧绰更不是一件难事。他虽然醉心功业、眼高于顶，这些年来寻寻觅觅没有找到心人上，但是以萧绰那样充满活力的青春，那样眩目的美丽，那样霸道的主动告白，一个男人怎么能够抵御这样的爱情呢！韩德让也是血肉之躯，青春男子，两人私定终身，家里人并不知晓。（韩德让生于941年，死于1011年，享年71岁，死后葬太后与景宗墓穴旁，妻李氏无子，收魏王贴不的儿子耶鲁为嗣。）

3. 辽宋在北京附近的几次战役：北京长城是农耕文化和草原文化分界线，是战斗的桥头堡、战争的前沿阵地，历来是北漠和草原少数民族与中原汉人必争之地。宋辽之间双方争夺的主要目标就是南京城及周边地区，因为这里进可控中原，退能坚守漠北，战争让辽景宗和辽圣宗两代皇帝终生与血与火结缘，南京是宋军的最主要进攻目标，是辽军的最主要防守据点和向宋军进攻的根据地，这期间因景宗体虚性弱，圣宗年少无力，所以主要重担自然落在了萧燕燕肩上。这场漫长的战争打了20多年，比我们的抗日战争和解放战争还要长得多，主要战役有高粱河之役、白马岭之役、满城之役、雁门关之役、歧沟关之役等，具体战斗无数次，离北京最近的当数高粱河之战，就在北京西郊打的，其次就是北京南大门涿州打的歧沟关之战。

（1）高粱河大战：公元979年，萧燕燕入宫为后已10年，景宗皇帝耶律贤时年32岁,虽正值血气方刚的年龄,主政也有10年经历,但他从小身体瘦弱,性格文弱,39岁的父皇(穆宗)英年突然遇害而逝(969),让这位大辽皇帝处世不果,主政刚性不足、柔性有余,许多军政大事不能不依靠能干的睿智皇后。979年,宋军灭掉北汉后仍念念不忘落入契丹手中的燕云地区,宋太宗不顾多数大臣反对,亲自率军执意向南京进军,此时的辽军因信息失灵,当辽景宗和睿智皇后得到报告时,宋军几十万大军已经完成了对燕京的包围,总指挥部就设在城南宝光寺,第一个回合因两军数量相差过大,辽军溃不成军,5000多人被生擒,接着又发生了守城大将的投降事件,这时辽景宗慌不做主,军事指挥权自然落到了皇后萧燕燕肩上,尽管有南京留守韩德让的鼎力支持,战争的阴云仍如黑云压顶之势,正当危机关头,耶律休哥和耶律斜轸率五院六院精锐援军赶到了南京,左右夹击,两军展开生死血战,血水染红了高梁河,宋军死伤不计其数,此时宋军内部又发生了哗变,宋太宗抵挡不住辽军的冲杀,只好向南撤退,到了涿州,一个马失前蹄,太宗跌落下来,他不敢再骑马,让卫兵找了一头驴,化装后乘驴车逃掉,捡了一条性命。

(关于高梁河——有《魏土地记》引俗语"清泉无上源,高梁无下尾"之说。也有侯仁之先生:"高梁河下游的原始河道从此就没入大都东部的坊市之内而湮废无闻了。"近来也有认为高梁河在西直门外和崇文门附近的网言,实不足为凭。专家受专业限制,对历史问题研究也受到影响。随着科技进展,许多历史上搞不清楚的问题找到了答案,根据卫星照片显示,结合当时的地理交通情况和军事行动可能,对峙的地点可能在北京西郊一带,绝不是网上的西直门外的概念。

(2)歧沟关之战:宋军收复燕云地区的愿望一直没有实现,高梁河一战吃了大亏,太宗为此一直闷闷不乐,休整准备了几年,认为时机已经成熟,于986年再次亲自率军北伐(史称雍熙北伐),这次做了精心战役部署,几十万大军分东西中三路进发,明确规定了各路军的行动计划。西路军由潘仁美任主帅、杨继业为副帅,主要任务是扰乱辽军后方,中路军由田重进率领,为主攻部队,东路军由曹彬为主帅,宋太宗嘱咐他们一定要"持重缓行",迷惑辽军,配合中路军攻城,但曹彬(正定人)勇猛有余,智谋不足,为了抢功,抢先接近南京城,正好中了萧燕燕的口袋阵,结果十几万宋军白白被辽军吃掉,杨继业父子由于潘仁美奸计,在这次北伐中

九门深处轶闻多

壮烈牺牲。

（3）澶渊之盟：北伐战争的结果虽然以萧燕燕保住南京城、宋军损兵折将告一段落，但在这之后的十几年间，大大小小的战役一直没有停止过，大部分斗争焦点仍然是对燕京的争夺与占领，998年，宋太宗驾崩，宋真宗赵恒即位，作为皇太后的萧燕燕开始主动大举攻宋，1004年辽军一直把宋军追到黄河边，被逼无奈，宋真宗在澶州（今河南濮阳）签下了屈辱的城下之盟——历史上有名的"澶渊之盟"，盟约规定：（一）宋辽继续维持现有边界。（二）辽宋为兄弟之国，年幼的辽圣宗与30多岁的真宗赵恒以兄弟相称，宋真宗称萧太后为婶母。（三）宋朝每年向辽纳贡20万匹绸缎，10万两白银。（四）宋辽双方边民人等不得越界，不得修葺任何建筑、挖掘河道。如有逃亡越界，双方予以遣返。

4.萧太后在北京的活动遗迹：辽代留给北京的纪念物很多，众多的庙宇、望京馆、张坊古镇、张家湾码头、延芳淀、萧太后运粮河、萧太后桥，还有诸如北海的萧太后梳妆台、萧太后点将台（通州张家湾镇牌楼营村东南有块"将台地"，其地至今仍高出周围地面，传萧太后马步兵点将台为兵马演习之地），牌楼村即萧太后行宫的牌楼所在地等传说。

（1）通州张家湾与辽代关系极为密切，辽代长期与宋朝战争，战争物资仅靠燕京一城无法解决，每年需要从上京运送大量物资到燕京，部分从陆路运输，部分要从海上走水路运输，从渤海湾运来的物资经运河送到张家湾码头后，部分陆路运送到南京城，部分需要成本较低的水路运输，萧太后运粮河应运而生，这是北京历史上有记录最早的漕运河道，周良先生在《铜帮铁底运粮河析》一文中做了深入研究，河西起燕京城迎春门外（南横街东段）大小川淀及平渊里一带，经陶然湖、龙潭湖、十里河、水牛坊、马家湾、台湖、高力庄等处，东至通州萧太后养马圈，在张家湾城东入潞河（今北运河故道），全长50多华里，河床宽31米，底均宽8米，因萧太后临朝主政时决策并主持开凿。故名。

（2）辽史地理志："辽每季春。弋猎于延芳淀。延芳淀方数百里，春时鹅鹜所聚，夏秋多菱芡。国主春猎，卫士皆衣墨绿，各持连锤、鹰食、刺鹅锥，列水次，相去五七步。上风击鼓，惊鹅稍离水面。国主亲放海东青鹘擒之。鹅坠，恐鹘力不胜，在猎者以佩锥刺鹅，急取其脑饲鹘。得头鹅者，例如赏银绢。"萧太后常与小皇上到这里游春娱乐,陪同她的还有一个重要伙伴就是情夫韩德让,两人有时共眠一帐,过着半明半暗的夫妻生活,因此也得罪了她的亲姐姐。

萧燕燕大姐:萧和辇早年嫁给齐王耶律罨撒葛,972年齐王病逝,萧和辇独居京城十几年烦闷,她武艺高强,求官衔、要做事,萧燕燕认为大姐虽然有能力,但女性不宜出面做官,辇很有意见,你我同为女流,你主政多年可以,为什么我就不行,在她的再三要求下,燕燕让她领守一方疆土,但她正值虎狼之年,如何守得住空房,于是发生了与部下通奸的事,消息传到京城,皇后燕燕非常生气,决心要治姐姐罪,萧和辇被关了监牢,但她不服,她反问萧燕燕:"你也是女人,你和韩德让能公开出入帐篷,做那些不明不白的事,我为什么不行?"萧燕燕心里想:我与韩德让那是为了巩固皇权,大局所需,你纯粹是为了个人欢乐,怎能和我相比。但她无法说出口,虽是亲姐妹,为了大局,这样的人不能留,思来想去还是派人秘密下毒将大姐毒死。

二姐最后出嫁,燕燕为了笼络不听使唤的叔辈宋王耶律喜隐,做主将二姐许配喜隐,隐并不听从她们姐妹意见,仍图谋造反,于是关系非常紧张,二姐并不喜欢这位王爷,非常生气这门亲事,982年隐被燕燕关了牢狱,唯一的儿子要劫狱救父,也被处死。二姐图谋毒死燕燕,被下人告发,二姐也被关牢,燕设毒宴,二姐知道后,毫不犹豫地饮毒而亡。

关于韩德让:一个汉人受到契丹统治集团的重视,不仅因为他和萧燕燕的特殊关系,而且因为他确实有文武双才。979年任南京留守官,981年又任南院枢密使,988年时,契丹下级官员胡里室不小心冲撞了韩德让的马使韩掉落马,萧燕燕气怒之下将胡里室杀掉,同年九月,作为皇太后竟钻进了韩德让的帐篷,由此可见关系非同一般。到了999年又让韩德让同时兼任北院枢密使,能够同时兼任两院枢密使,这是连契丹人也从未有过的极特殊待遇,到了1002年,萧太后为韩德让改名为韩德昌,1010年让汉人韩德让彻底改姓耶律,名耶律隆运。萧太后之所以如此重用韩德让,一方面是个人感情起作用,但更重要的是萧太后为了巩固大辽集团的统治地位,排除一切非议和干扰所做出的果断决定。

除此之外,还有三处与辽代有关的景点:

（3）张坊古镇：宋真宗时期修筑的地下战道，四周青砖砌筑，地下青砖墁地，深在地下4米处，宽可并排站立两三个人，地道高2~3米，两侧有藏兵室，室内有土炕、透气孔和排水设施，目前发现的战道长1500多米。

（4）古北口杨继业祠堂，是辽代为宋将杨继业修建的。修建时间有人说圣宗时期，有人说道宗时期，但都没有确切证据。

（5）望儿山佘太君庙。大都来自传说，修建时间更无法确定。

萧太后（萧绰）像

六、结束语

萧燕燕是一个贤明的政治家，她高瞻远瞩、通观全局，为两代皇帝出谋划策40年（景宗14年，圣宗26六年），为了巩固大辽政权大义灭亲、鞠躬尽瘁。

萧燕燕是一个杰出的军事指挥家，她从小习功练武，主政后光与宋朝就打了20多年的仗，在无数次战斗和战役中，熟谙兵法、不畏强敌，充分显示出卓越的战争指挥才能。这是武则天和慈禧太后无法比拟的。

萧燕燕是一个伟大的改革家，她知人善任，敢于打破契丹和汉人界限，充分发挥各级各类人员的作用。虽出身草原，但更重视农业发展，开垦荒闲土地，保护商旅，改革整顿税赋，减轻各族人民负担。出现了辽代历史上圣宗盛世大好局面。她的儿子圣宗执掌辽政权48年，是辽代执政时间最长的皇帝。

萧燕燕是一个优秀的文化使者,她通晓契丹和汉文,敢于打破民族界限,积极推行文件双语制,让中原地区了解契丹大字和小字的使用范围,鼓励契丹官员学习汉文汉语,促进了民族团结和融合。

萧燕燕是北京作为都城的巩固者和保卫者,她以政治家的气度和睿智看待燕京城的历史地位,她以卓越的军事指挥才能打败了宋军的一次次进攻,巩固了燕京城作为都城的历史地位,为后来向首都过渡奠定了基础。如果宋朝继续占领北京,北京的首都地位就很难说了,当时宋都在汴梁,他们着眼点在中原地区,而不是长城下的燕京地区。

萧燕燕是一个普通女性和母亲,她有着一般女性所具有的全部感情和性格,景宗时她一边为丈夫分担国忧,在家作为贤妻良母相夫教子,她的三子四女孝敬父母、忠于大辽朝廷,没有出现一个犯上作乱背叛国家和朝廷的逆臣乱贼。

这就是我所了解的萧太后。

40. 我和公主坟

我是汉人穷小子出身,西郊公主坟里埋的是清嘉庆皇帝的两位高贵的公主,论亲缘根本扯不上边。之前关于公主坟有许多传说轶闻,但多为讹传臆造。1987年,我们单位搬到公主坟北侧的普惠寺村办公,可以凭借地理优势揭开公主坟的全部秘密,所以我为此感到非常兴奋,但20多年下来,不仅没有搞清公主坟的全部秘密,却留给我许多牵挂和纠结。

在开发改造旧村落的同时,我整明白了普会寺的确切历史,并在小区立碑撰文示众,这当然是件令我兴奋的事。让我更加兴奋的事情是我在工作中还结识了公主坟守陵人的后代,也认识了村里新中国成立前到过公主坟陵园的几位老人,通过他们零碎但真实的叙述,我对公主坟产生了极大兴趣。他

九门深处轶闻多

们告诉我，陵园里有两个大坟，究竟是哪两位公主却说不清楚。研究清坟的专家冯其利先生建议我直接访问公主的后人林勤先生。

1988年3月31日上午，我怀着兴奋的心情走进雍和宫第一代管委会主任林勤先生简陋的卧室，时年73岁的林勤先生精神矍铄、谈吐文雅，他告诉我："我是蒙族人，原姓博尔济吉特，名林勤多尔吉，当地派出所说我是苏联人，也有人说我不是少数民族，为了方便曾改名宝广志，后来又改名为宝林勤。雍和宫的同事都称我林勤，之后林勤便成了我的正式名字。西郊公主坟陵园里东侧地铁口那座坟是我五代高祖的陵墓，我这位祖奶奶是嘉庆皇帝的四女儿，封庄静固伦公主，18岁下嫁给我祖爷博尔济吉特氏玛尼巴达喇，1811年五月病故，享年28岁。因公主地位高贵，死后不能埋葬在婆家，也不能入皇陵，只能单独下葬，于是埋葬于早她两个月故去的姐姐庄敬和硕公主陵墓旁，就是今天的新兴桥位置的公主坟。日伪时期陵墓曾被汉奸殷汝耕部下盗挖，我曾前往处理后事。"

林勤先生的父亲叫棍布扎布，是成吉思汗的32代孙，承袭贝子衔，住在蒋养房胡同的原公主府，人称棍贝子府，今天的积水潭医院即公主府和贝子府旧址。

林勤先生是十弟兄中的老九，早年毕业于日本早稻田大学。林勤是四公主的五代孙，他有两个儿子，长子沿用汉姓林，名玉麒，次子玉麟。为了进一步解开公主坟的全部秘密，在林勤先生1994年79岁逝世后，我先后两次找到在电车公司退休的六代孙林玉麒先生核实情况，也曾见过四公主的七代孙林宝明，八代孙林霖以优异成绩毕业于重点中学171中，后考入北京工商大学，他应该是成吉思汗的36代嫡孙。四公主数十位后人中，没有一人继承林勤先生的宗教或民族研究事业，只有七代孙媳和一位七代孙女在雍和宫从事的行政管理工作算是靠一点边，所以我一直为此感到惋惜。

在地铁西北角出口处埋葬的是三公主庄敬和硕公主，为了搞清三公主后人的情况，我的老永久牌"坐骑"曾不止一次陪同我在昏暗灯光下转遍地安门一带胡同坊间，找过居委会，到过派出所，请教过幼年住在地安门东大街的张先得先生，不忍心地打扰过晚年住在三公主后人宅邸的朱家潜先生，希望从他们那里找到三公主后人的下落，但线索极其有限，又因三公主一系后人淡出社会，关于三公主的情况一直是研究工作的难点，90岁以上的老人恐大都不在人世，50岁以下的人除专门研究者外对历史了解甚少，也很难说得清楚，因此寻找70岁左右的铁鸽子成为当务之急。

三公主的丈夫叫博尔吉济特氏索特纳木多布济，他们的府邸在安定门内炒豆胡同，结婚多年两人无后，道光皇帝时期，在族中选嗣，见科尔沁四等台吉毕启之子僧格林沁仪表非常，随即收为养子立为嗣，道光五年（1824）僧格林沁袭封为科尔沁札萨克多罗郡王，咸丰五年（1855）升为博多勒噶台亲王，同治四年（1865）战死于山东曹州吴家店，为了表彰其忠勇，慈禧太后准予（在原宽街小学处）修建专祠，名显忠祠。据史籍记载，僧格林沁的儿子伯彦讷谟诂和孙子阿穆尔灵圭都续承王爵，仍住在炒豆胡同，1930年前后阿穆尔灵圭亡故。据朱家溍先生介绍，至民国时期，僧王一系逐渐败落，位于炒豆胡同与板厂胡同之间的一大片房产已变卖所剩无几，朱先生家里也买了部分房屋，临终前朱先生仍住在这里。林勤先生曾告诉过我，新中国成立初期三公主的后人还与他有些来往，后来失去联系。张先得先生家也曾租住过僧王后人的房子，有个叫吉勒泰的房主可能是三公主的五代孙，他的儿子叫铁鸽子，应该是三公主的六代孙，如果健在的话，可能也有70岁左右，林勤先生说，新中国成立后这个人仍在，"文革"后不知去向，这样只有铁鸽子是承接三公主一系后代的最直接证明人。

二十几年后，我亦坠入"稀、朽"之年，为了写作而患眼疾，体力精力也远不如从前，再深追已失去回天之力，但放下不管又于心不忍，我被"纠结和遗憾"缠绕着，真希望有人能帮帮我。

41. 公主后人今何在

北京为六朝古都，先后有许多皇帝、皇后住在这里，他们的女儿贵为公主，其数量要比皇帝多得多，所以北京有许多公主坟，但要论名气，复兴门

九门深处轶闻多

外的公主坟当数首位。在城乡贸易中心门前的树林里，过去曾有两座很大的宝顶，它就是今天公主坟地名的原始根源。这两个坟里埋葬着清嘉庆皇帝的两位公主。按照清代官制规定，皇后娘娘生的女儿可以封为固伦公主，贵妃生的女儿封为和硕公主，亲王及以下官员生的女儿不能封公主，只能称为格格，亲王的女儿称和硕格格，郡王、贝勒之女称多罗格格，贝子之女称固山格格。按照这个说法，民间所说公主坟里埋葬着清初孔有德之女孔四贞的说法显然不合规制，也有说埋葬的是乾隆皇帝收养的一个汉族义女，也纯属讹传，尤其近年《还珠格格》的上映，对误导历史造成的恶劣影响更让人不可容忍。

《清史稿》早有记载，清嘉庆皇帝的三公主和四公主于嘉庆十六年（1811）三月和五月先后病亡，死后临时安葬在暂安处王佐村，阜成门外的公主坟修建好之后，迁回到这里正式安葬。按照封建时代等级制度，皇帝的女儿贵为公主，死后不能埋在地位低下的婆家，但也不能埋在娘家，只能单独埋葬，所以北京有许多的公主坟地名。

三公主的陵寝位于地铁公主坟站西北角出口附近。三公主为皇贵妃刘氏所生，生于乾隆四十六年（1781）十二月，后封为庄敬和硕公主，嘉庆六年（1801）十一月下嫁给博尔济吉特氏索特纳木多布济，索特纳木多布济是科尔沁郡王齐默特多尔济之孙，他承袭了郡王的爵位，与庄敬和硕公主结婚后，官任御前大臣，顾命大臣，授紫缰，后又晋为亲王。但他们结婚后没有生育，他们的府邸在宽街路西炒豆胡同，至道光皇帝时，要在族内选嗣续后，见科尔沁四等台吉毕启之子僧格林沁仪表非常，于是立为嗣。嘉庆十六年（1811）三月三日公主病亡。道光五年（1825）僧格林沁袭承科尔沁札萨克多罗郡王，咸丰五年（1855）又晋封为博多勒噶台亲王，同治四年（1865）在山东曹州吴家店战死。后人称炒豆胡同这座王府为僧王府。僧格林沁死后，他的儿子伯彦纳谟诂承袭王爵，伯彦纳谟诂死后，僧格林沁的孙子阿穆尔灵圭袭承王爵，仍住在僧王府，阿穆尔灵圭死于1930年前后。随着清王朝的垮台，僧王府日渐衰败，为了维持王府后代的生计，民国期间他的后人开始变卖房产，朱家溍先生家里还买了部分房屋，至民国后期，炒豆胡同的王府房屋已经所剩无几。20世纪40年代，有个叫吉勒泰的人，应该是三公主的五代孙即阿穆尔灵圭之子，靠炒豆胡同与地安门东大街之间的房产维持生计，张先得先生家里还在那里租住过几年，张先生记得吉勒泰有个儿子小名叫铁鸽子，他应该是三公主的六代孙，如果他们还健在的话，吉勒泰应该是90多岁了，他的儿子铁鸽子70岁左右，雍和宫前管委会主任林勤先生说，"文革"前他们之间还有些来往，后来失去联系，不知所踪。我曾几次游访过炒豆胡同、板厂胡同和地安门大街一带的耄耋老人，也造访过居委会和派出所，希望得到关于三公主后人的消息，但终无所获。

在地铁东北角出口处至今有几棵白皮松，白皮松南侧即地铁出口位置，正是嘉庆皇帝四公主的陵寝，公主坟一带的老人都见过那座高大的宝顶。四公主为孝淑睿皇后的亲生女，生于乾隆四十九年（1784），按照清制封为庄静固伦公主，嘉庆七年（1802）下嫁给博尔济吉特氏玛尼巴达喇，玛尼巴达喇袭承内蒙古吐穆特郡王，道光十一年（1831）晋为贝勒，死后只身埋在东北，四公主于嘉庆十六年（1811）五月病故，仅比三公主多活两个月，死后也葬于阜成门外三公主陵寝旁。

四公主的府邸在西城区蒋养房胡同（今新街口东街）路北，新中国成立后扩建积水潭医院时，府邸大部分建筑被拆除，最后只留下一个花园部分的亭子和一条干枯的小河道。因资料记载很少，四公主的儿子和孙子无法确定，公主的四代孙棍布札布袭承贝子衔，他仍住在公主府里，所以后来人们把这座府邸叫棍贝子府，民国时期的门牌号是豆腐巷6号。棍布札布有10个儿子，因年代久远，大部分人名失去记载，据九爷林勤先生回忆，四爷早年出家，俗名已无人记得，五爷叫沁布多尔吉，八爷叫宝广义，十爷叫宝广信。十个儿子中数九爷宝广志最长寿，九爷生于1815年，1994年逝世时79岁，宝广志是他的汉姓，"宝"姓新中国成立后由"博尔济吉特"转化而来，蒙古名字叫林勤多尔济，曾就读于西单的国立蒙藏学校，1941—1944年在日本早稻田大学学习政治经济学，新中国成立初，曾任雍和宫第一届管委会主任，后来人们省去了"多尔吉"三个字，直接称他"林勤"先生，也有时称他"宝林勤"，更多的人习惯称他为"林勤"，久而久之，"林勤"就成了他的正式名字，林勤先生说："算起来我应该是成吉思汗的三十三代孙了，是四公主的五代孙。"

林勤先生有两个儿子，大儿子以父亲的"林"字为姓，叫林玉麒，次子又改回"宝"姓,叫宝玉麟。长子林玉麒原在电车二厂工作,2006年病故,享年62岁,儿子林宝明正值英壮之年,在一家网站工作,夫人崔霞与她的大姑姐林宝珠都在林勤先生曾经工作过的雍和宫工作,他们的儿子林霖毕业于171中学,后来在北京工商大学毕业后又到英国留学。

林勤的次子宝玉麟及夫人南君之都在山西榆次从事医学工作,他们有两子一女,女儿宝岚原来与母亲在同一家医院当小儿科医生,后来移居国外,宝玉麟的儿子宝楠和宝森都在榆次工作,他们各生有一女,分别是13岁的宝尔真和5岁的宝其格格,最小的两位"小公主"算起来她们应该是四公主的八代孙。

嘉庆皇帝的两位公主亡故二百年后,她们的子孙虽历经时代变迁的风雨,但他们没有成为时代的累赘和弃儿,这些"遗老遗少"除少数遭遇政治跌宕外,大都积极向上,各有不同的专项技能,为不断进步着的国家和社会贡献力量。

关于这两位公主的其他后人,最近又获新的信息,生活在北京和廊坊的几位宝姓人士,他们也是从棍贝子府走出来的四公主后人,有待进一步研究落实。另外在辽宁黑城子也发现了成吉思汗的20代孙的文物资料,据当年林勤先生介绍,他们的老家就在黑城子,他的五哥(沁布多尔吉)就是黑城子老家的掌门人,"文革"初期,林勤和她的夫人也曾去过黑城子暂避,日伪时期,公主坟遭日伪盗挖,林勤随家人专门从黑城子回京处理过后事。

42. 铁鸽子你在哪里

请不要怪罪我这样称呼你,我确实不知道您的大名和尊号,因为有件事和您关系十分密切,只能这样与您联系。

胡同里昏暗的灯光已经亮起,我与我的老"坐骑"(28永久牌自行车)还盘绕在胡同里追寻点滴信息和线索,希望弄清楚西郊公主坟真正的主人到底是谁,他们的后代在哪里,因为有些不负责的人为了经济利益随意编造历史，根据道听途说编织出长长的电视剧（如《还珠格格》），随后有人在公主坟附近为公主立像，说得驴唇不对马嘴，这是对历史的背叛，是对你们后人的极其不尊重。

根据《清史稿》记载，嘉庆皇帝有九个女儿，其中1、2、6、8四个女儿未加封，三女儿封为庄敬和硕公主，四女儿封为庄静固伦公主，五女儿封为慧安和硕公主，九女儿封为慧愍固伦公主。按照清朝礼制，只有皇后之女封为固伦公主，满语中的"固伦"为"天下"和"国"之意。嫔妃所生之女封为和硕，满语中"和硕"为"一方"之意。从封号可见地位和等级的区别。三公主为和裕皇贵妃刘氏所生，生于乾隆四十六年（1781）十二月，嘉庆六年（1801）十一月下嫁于索特纳木多布济，死于嘉庆十六年（1811）三月，享年31虚岁。四公主为孝淑睿皇后生，生于乾隆四十九年（1784）九月，嘉庆七年（1802）十一月下嫁玛尼巴达喇，嘉庆十六年（1811）五月死亡，只活了28虚岁。从这份履历表上可以看出，她们姐妹两人年龄相差三岁，同一年死亡，三公主比四公主早死两个月。都埋在同一坟茔地。按照清朝礼俗，具有高贵身份的公主，死后不能埋在地位低的婆家，嫁出去的姑娘也不能埋在皇陵，只能单独埋葬，所以北京有很多公主坟。

我访问了公主坟附近的百姓得知，原来的坟茔里有两个大坟，地铁西北角出口处是三公主坟，地铁东北角出口处是四公主的坟。日伪时期，公主坟遭到汉奸殷如耕部队的挖掘，大部分文物遭抢。20世纪80年代，我有幸找到雍和宫第一任管委会主任林勤先生，他告诉我，他是四公主的五代孙，并详细介绍了他们家族和公主坟遭毁的情况，根据各方面情况综合整理，我对公主坟有了比较清楚的了解。

四公主的丈夫是博尔吉济特氏玛尼巴达喇，承袭吐默特贝子，曾任前锋统领、都统和御前大臣，后来加封王衔，道光十一年（1831）加封为贝勒，道光十二年（1832）亡故。玛尼巴达喇的四代孙就是林勤先生的父亲棍布扎布，袭承贝勒衔，住在西城蒋养房胡同，那座公主府当时也称棍贝子府。林勤先生按满族称呼为博尔吉济特氏林勤多尔济，是四公主的五代孙，是成吉思汗的33代孙，在弟兄中排行老九，生于1915年，曾就读于西单的北京国立蒙藏学校，1941—1944年到日本早稻田大学学习政治经济学。清廷垮台后，博尔吉济特姓逐渐演化为汉字的"宝"字，林勤的早期名字叫宝广志，新中

九门深处铁闻多

国成立后安排在雍和宫做管委会主任,名字叫宝林勤,同事们习惯地称呼他林勤先生,从此"林勤"作为正式名字载入档案,并被广泛认可。林勤兄弟十人,他排行第九,人称九爷。于1994年病故,享年79岁。(他的同辈其他亲眷恕略)。林勤先生有两个儿子,老大承袭了汉字林姓,叫林玉麒,原在北京电车公司工作,病故于2006年5月。他的弟弟又恢复父亲原姓,叫宝玉麟,一直在山西工作,也已退休。林玉麒的儿子叫林宝明,是四公主的七代孙,正值英壮之年,在北京某单位工作,八代孙林霖原毕业于北京171中学,现就读于北京工商大学,目前是四公主的最后传人。林勤先生的孙媳和孙女继承爷爷遗志,仍服务于雍和宫管理处。

关于四公主及其后人的情况应该说比较清楚了,但三公主一系的情况因后人失传,一直是研究工作的难点,90岁以上的老人恐大都不在人世,50岁以下的人除专门研究者外对历史了解甚少,也很难说得清楚,因此寻找70岁左右的铁鸽子成为当务之急。

三公主的丈夫叫博尔吉济特氏索特纳木多布济,他们的府邸在安定门内(宽街路口北)炒豆胡同,结婚多年两人无后,道光皇帝时期,要在族中选嗣续后,见科尔沁四等台吉毕启之子僧格林沁仪表非常,随即收为养子立为嗣,道光五年(1824)僧格林沁袭封为科尔沁札萨克多罗郡王,咸丰五年(1855)升为博多勒噶台亲王,同治四年(1865)战死于山东曹州吴家店,为了表彰其忠勇,慈禧太后准予(在原宽街小学处)修建专祠,祠堂名显忠祠。据史籍记载,僧格林沁的儿子伯彦衲谟诂和孙子阿穆尔灵圭都续承王爵,仍住在炒豆胡同,1930年前后阿穆尔灵圭亡故。据朱家溍先生介绍,至民国时期,僧王一系逐渐败落,位于炒豆胡同与板厂胡同之间的一大片房产已变卖所剩无几,朱先生家里也买了部分房屋,临终前朱先生仍住在这里。林勤先生曾告诉过我,新中国成立初期三公主的后人还与他有些来往,后来失去联系。张先得先生家也曾租住过僧王后人的房子,有个叫吉勒泰的房主可能是三公主的五代孙,他的儿子叫铁鸽子,应该是三公主的六代孙,如果健在的话,可能不到70岁,林勤先生说,新中国成立后这个人尚在,"文革"后不知去向。我曾到派出所和街道了解过,但一点线索都没有。这样只有铁鸽子是承接三公主一系后代的最直接证明人,但是铁鸽子您在哪里?如哪位贵人有点滴线索,请在博客评论里告知本人,我在这里向您鞠躬致谢。

二、社会与观察

九门深处轶闻多

1. 对振兴德州经济的点滴思考和建议

德州地处华北平原近海的交通要道上,土地平阔,百姓勤劳朴实,有着厚重的历史文化积淀。半个多世纪来,在全市(地区)百姓和历代市(地区)领导的努力下,发生了翻天覆地的变化,部分百姓接近小康水平,这是可喜的变化。但横比不如某些条件差的地区发展快,竖比距党和人民对我们的希望和要求还有相当大的差距,这不是一代领导人的责任,是种种复杂原因积累形成的。此为不着边际的盲目议论。

"谁不夸俺家乡好",谁不希望家乡经济发展快。盲目夸大成绩自满不好,看不到自身优势而畏难更不好。但如何发展本地经济,如何快速科学发展本地经济,这却是篇大文章,有人作得好,有人作得不太好。作为德州人,当然希望家乡经济发展越快越好。退休前无暇顾及职业外的事情,退休后到家乡走马观花转过两次,前几天再次下马观花,发现德州经济发展潜力很大,德州干部群众决心很大,有这两个"很大",事情就会好办得多。这对振兴德州经济绝不是官腔和政治口号,而是实实在在的坚实基础。本人不是政府官员,也不是经济学家,仅凭一片热情提几点建议供父母官们参考:

一、抓住难得的大好时机,在全市上下鼓励多办实事,废除一切清规戒律,少搞违背民心党意的花架子,多做些实事,暖暖老百姓没冷透的心,从根本上扭转党风不正、民风衰败的社会风气,让大家相信共产党和人民政府是可以带领他们走向富裕道路的,大家都要保持一股为民出力、为社会做贡献的强烈责任意识,把马列主义、毛泽东思想找回来,大家拧成一股劲,彻底把德州经济搞上去。这些话虽然听起来有点空,但却是搞好经济的基础和根本。

二、认清自己的优势,决不随风跟风。从德州开发区的发展变化,看出领导们振兴德州经济的决心和气度非常大,同时也不难看出,此事背后的政治和经济成本也非常大,这个架势和全国各地的形势差不多,大家都摊平土地,做好市政设施,伸开两支臂膀,张着两只手迎接凤凰来,当然最好是洋凤凰。但殊不知土凤凰和洋凤凰的钱也是辛辛苦苦一分一分积攒起来的,看不准绝不会落架的，各地到处都是大片开发待建的土地，一寸土地一寸金，大片土地摆在那里，时间越长，经济和政治成本就越上涨，尽快把这些土地利用起来成为当政者的头等大事。人家为什么把钱扔在你这块土地上，就是因为你有与众不同的独特优势，肯定会给投资者以优厚的回报。

德州优势在哪里？不单是咱有大片土地、较好交通和水电条件，还有深厚的历史文化沉淀，早在春秋战国时期，先人们就已经耕耘在这块古老的土地上，汉唐时期已经具备了非常先进的文化和技术优势。四千多年来，世世代代的德州人创造了无比灿烂的人类文明和先进的技术文化，只有悠久的历史才能产生灿烂的文化，灿烂的文化可以熏育出优秀的人才，优秀和智慧的人才能创造出无比丰硕的物质成果，一个具有悠久历史文化的民族一定会具备人类的至上文明和崇高道德，只有文明至上的民族才具备诚信可靠的崇高品德，至少欧洲人是这样看问题的。

四千多年来，德州的先人们创造了许多精神文明和物质文明，虽然留存下来的已经微乎其微，但还有三件宝贝仍在旮旯里闪闪发光，恕我直言，对一个儒学至上的孔孟之乡把宝贝当成垃圾实在有些惋惜。这三件宝贝就是运河、扒鸡、苏禄王。

1. 大运河是中国甚至世界的人类物质遗产，具有极高的历史和文化价值，就像长城虽然长达万里，但不是每个省都能沾得上边的，历代德州人为之倾注了数不清的辛劳和希望，德州人的喜怒哀乐和悲欢离合紧紧与大运河捆在一起，目前的惨状实在令人心碎，当然这不是我们一省一市能解决得了的难题，但我们能否像对待东部开发那样把周围美化起来呢？比如，修一个历史文化公园，部分河段注入清水，做一些古老运河的展览和介绍，让到德州来的客人从古老的运河文化领略德州的古老文明。东部那些开发平地和文化广场随便哪一个城市都可以做得到，唯独古运河只有少数省市才可以沾得上这个"便宜"。北京的元大都城垣遗址公园的成功范例完全可以借鉴。

2. 苏禄王是我国明朝永乐年间接待的重要外国元首，恰逢苏禄王病逝德州，让德州蜚声海内外，当时的德州也得到朝廷的特别重视，因此德州受益匪浅。日月的利剑穿透了580多年的历史画卷，苏禄王的遗骸仍静静躺在德州这块古老的土地上，使德州更具有历史的沉重感和神秘感，这本是德州得天独厚的人文优势，少年时见过的高大"土堆"旁已经修起了门楼和殿室，

九门深处轶闻多

足见领导已经看到了它的历史价值。近日回家见到的情景却让人乐不起来，周围的环境实在不配"全国重点文物单位"的称号，再恕直言，德州没有看到它的真正历史价值，也没有看到历史文化与现实经济利益内在的必然联系，因此缺乏统一的规划，可能把如此重要的历史文化遗产仅仅当成必须按领导指示加以保护的工作，如果规划德州时把保护历史文化遗产当成促进经济发展的重要事项对待，绝不会出现如此狼狈的状况。最近中央一直强调，要把文化看成一门产业，把这种新型产业与经济建设结合起来，正确对待文化事业，不仅是历史责任，同时又有现实的经济利益，许多国内外先例已经证明了这个道理。本人长期寄居北京，对北京保护古城方面走过的弯路体会颇深。

3. 我与许多外地客人谈起德州时，他们津津乐道的是德州扒鸡味道如何如何，而对产扒鸡的德州却知之甚少，甚至连德州在哪个省都不清楚，这是何等遗憾！说明我们的城市品牌意识太差。最近央视"魅力城市"栏目做得很好，一个城市的魅力就是那个城市的标牌和灵魂，每一个城市都有自己的魅力所在，关键是能否看得清、抓得住，全国已经承认了德州扒鸡，为什么不把德州打造成一个"鸡城"呢？搞一个鸡博物馆，鸡的养殖生产基地，以鸡为原料的各种产品、附属品、世界上各种观赏鸡及奇闻轶事等，可做的文章很多很多，要搞得全、多、奇、新，声势一定要大，以有组织地"抓鸡"为主，同时鼓励各县民间也要"抓鸡"，让人们一看到鸡就马上想到"鸡城德州"，到那时我们的日子就好过了。在大力抓鸡的一开始，一定要万分注意质量和名声，借鉴温州教训。总之要在鸡上做大做足文章，不要与人家山水大市和经济大省大市比那些短处，要充分展示自己的长处。

一个有千年历史的古城德州失去了太多本不该失去的东西，这是历史的教训，运河、扒鸡、苏禄王，都是德州宝贵的历史文化遗产，应该十分珍惜它，让古老的历史文化再放灿烂光辉，不仅是历史的责任，也是现实经济发展的必须，一定要清醒地认识到这一点。

三、对外开放，吸引外来资金，这是国人当前普遍的心态，每年搞一个引资恰谈会这很好，请进来是一条腿，还必须有另一条腿——走出去，要把自己的牌子打出去，让人家认识自己，推介自己的办法很多。最近比利时王子率百人团要到中国访问，访问城市除上海、北京外，竟然还有蚌埠，有个团员朋友连蚌埠在哪里都不知道，据说是人家自己推介出去的，德州与蚌埠相比，优越条件更多，但人家没听说过德州不敢来，为什么我们不能把自己推介给世界呢？推介的办法也很多，如主要负责人率团召开各种名目的宣传或洽谈会、搞展览会、展销会，充分利用媒体效应宣传自己等。美国各种经济活动非常活跃，但对中国的政治歧视颇多。亚洲国家投资能力有限，对中国有过分的了解，往往让中国吃亏的机会较多。资本主义的诞生地欧洲经济已经老化，投资渠道有限，经济增长率很低，但有识之士不满于如此迟缓的经济状况，极力想走出窘境，希望对外投资，欧洲人十分规矩和传统，他们不太了解的地方绝不敢轻易投资。在德州的招商引资文件上，只有对引资人的奖励，没有对投资人的优惠条件，全国有类似德州土地市政条件的很多，人家为什么选择德州？必须有优惠条件吸引客商。个人点对点式的介绍引资路子非常有限，小女有幸被邀参与比利时访华代表团，春节后还要到布鲁斯尔参加研讨会，可以借机传递些资料，但毕竟不是主要任务，专门讲德州的机会很有限，最好是兵团式的主动出击，主动出去宣传推介自己，一定要以有信任度的官方部门出面组织，最好是国家级的，如商会、贸促会等部门，在出行前要做好调查研究，北京就有专门给企业或地区包装的公关公司，他们非常熟悉各国情况。

四、在改造和规划城市时，注意整体效果。现在的状况实在令人遗憾，希望尽快补上这一课。

五、德州和聊城地位相同，同为古城，聊城地理位置稍逊德州，过去聊城不如德州名气大，但近几年大有超越之势，一是出了个孔繁森，二是文物保护搞得好，三是注意对外宣传。德州为什么不吸取人家的经验呢？我建议德州主动出面搞一个旅游经贸圈，把德州、乐陵、吴桥、聊城联合起来，加大对外宣传力度，让外面的人认识德州、认识鲁西北，像陵县的颜真卿、神头的东方朔都是极好的历史文化旅游项目。如果德州主动出面联系以上地区搞个研讨会，他们肯定会积极响应。

以上缪言纯属一己之见，如有丝毫可取之处，就算尽到一份德州人的心意。直率之言亦请原谅。

（2004年11月22日）

2. 赤峰印象

——旅游散记

"天苍苍，野茫茫，风吹草低见牛羊。"少年时期的塞外风光印象强烈地吸引着我，总想到那里一饱眼福，但几十年过去了，由于这样那样的事物缠绕，一直未能成愿。

去年从岗位上退下来，总算可以还自己这个愿望了。由于对历史的偏好，我们决定走东线，到辽上京去看看，当然第一站就是赤峰市。

8月中旬，我和夫人登上北行的夜车，一方面为能还这个愿而高兴，另一方面也暗自盘算着，到塞外准备要吃哪些苦，如何应付一些难堪的局面，能不能回得来。凑巧对面坐着赤峰市一个医院的院长，内蒙人的豪爽和热情很快让我们谈得非常投机，我转弯抹角把一些顾虑谈给他听，这位院长非常坦诚地讲了赤峰的优势，也讲了赤峰的劣势和不足，我听得最清楚的是"赤峰地区社会基本稳定，民风非常淳朴。待人诚恳热情，如果回来车票有困难，我帮你解决"这几句话。

经过一整夜的颠簸，清晨7点多我们怀着兴奋和迟疑的心情总算踏上了内蒙的土地，登记入住、吃早点、问路线，一切顺畅，这使我略感轻松，我对老伴儿说："但愿我们这趟能天天顺畅、日日轻松。"老伴儿知道我此行的目的，她打趣地说："但愿萧老太后保佑我们一路平安。"

晚饭后，我们沐浴着清凉的空气去逛街，道路宽阔，绿化整齐，中速行驶的车辆从不停堵，街上的行人，或匆匆或悠闲，衣着打扮与北京人无大区别，两旁漂亮但并不高大的楼房向路的远方排列并伸展着，几台塔吊仍在蓝天下悠然地晃动着，说明这是一座正在发展着的城市。

当我们信步来到一个宽大门前时，三五成群的人们正鱼贯而入，我好奇地向里张望，见院落深处的大楼门两侧挂着两块招牌，右边那块牌上写着蒙文我们看不懂，左边牌上的汉字我们看得清清楚楚，是"赤峰市人民政府"，大院对面是市人大和市政协办公大楼，这里分明是赤峰市的最高权力机关所在地，怎么有几百号人在院子里按反方向有秩序地游转，一高一矮两座楼前台阶上坐满了人，但没有任何高声喧哗和剧烈行动，我们带着首都人特有的政治警觉性使劲向里搜寻着，希望能看出个名堂来，是静坐？是按指定地点游行？"不入虎穴，焉得虎子"，我决定大着胆子闯进去一看究竟，不料被谨慎的夫人制止住了，我不死心，就小心翼翼蹭到一个老人旁边问道："这都是哪里人？"老人平静地说："都是赤峰市的人。"我又问："他们到市政府干什么？"老人看出我们是好奇的外地人，就微笑着回答道："附近老百姓晚饭后来休闲乘凉，你看，这里草青树绿，道路宽敞，多好的纳凉场所啊！"听了老人的解释，我差点惊讶地喊出声来，为了保住首都人的面子，我硬是装腔作势地"哦，哦，好"地简单而机械地胡乱答对着，内心里却为我这个自以为见多识广的首都人的短见无知而感到好笑和羞愧。

既然是公众休闲纳凉的场所，我当然也不会白虚惊一场，也随之汇入"游行"的行列中，我仔细端详着这些"游行者"，大约蒙汉人各占半数，汉人兄弟的脸上也洋溢着刚毅和彪悍，蒙族姐妹的眼神里也闪着睿智的目光，他们和谐地行进在椭圆形的庭院道路上。一万平方米的休闲广场上，没有任何遮拦的绿毯似的草地里，除了偶尔有几只爱犬越线外，没有任何大人孩子随便踏进草地，负责看守大门的人只是提醒人们把自行车推进车棚，没有任何的指手画脚。中心广场上，有的练剑，有的打拳，人们悠闲自得，需要方便时，可以自由出入政府大门，我望着人民政府大牌子上的"人民"二字，思忖了好久，我还是不放心地问一位干部模样的人："咱们赤峰有没有下岗的？"他说："有，但大部分得到妥善安置，咱们赤峰人淳厚。"从他的回答中我体味到了人民和政府的鱼水关系。我对老伴儿说："难怪在赤峰很难听到马路上警车的鸣叫声。"

第二天，我们乘空调大巴去辽上京所在地——巴林左旗（林东镇），这一带是半农半牧区，沿途农作物果实累累，草场茂密，山坡上绿草如毯，各色小花随风摇曳，蓝天白云下间或有雪白的羊群在草地上蠕动，但羊群数量很少，这里远不像我们想象中的遍地是骆驼和牛羊、到处都是狂奔的马群，我憋不住地问邻座的同行客，他指着用铁丝网分割成的一片片草地告诉我："为了首都不受沙尘暴袭击，为了固沙和水土保持，这里严格限制放羊数量，这些铁丝网围成的草地叫草库伦，秋后各家把成熟肥壮的草打回家喂养圈里的牛羊，所以你们见不到电影里的景象。"我这次是真诚地连连点头"哦，

九门深处轶闻多

哦"着。

汽车路过一座渡河桥时，我问邻座这是什么河？当得知脚下就是西拉木伦河时，我激动了，极力探着身子向车下望去，缓缓的河水由西北向东南流去。因为我知道，在辽代时这条河叫潢河，一天，从上游过来一位骑着白马的英俊少年，在我的脚下向下游方向奔去，到了大兴附近与土河（今老哈河）汇合处，遇到了从土河上游骑着青牛过来的一个漂亮少女，两个人情投意合，很快结为夫妻，婚后生下八个儿子，后来发展为八个部落，从此也就诞生了契丹人和大辽国，统治我国北方地区二百多年，因此也在我国历史上写下重重一笔。多么神奇而有趣的一段历史啊！怎能不让我高兴和激动呢？

在左旗博物馆金馆长的热情接待和引导下，我站在上京高高的城垣遗址上远眺雄浑壮观的上京城，皇城和汉城总围长长32里，仅比明清北京城短8里，但它却比明清北京城早了四百八十多年。经过金元明清历代战乱和破坏，上京城地面上仅留有残缺的土城和一尊掉了脑袋的高大石像，如仔细辨认，还可以看出一些宫殿高高的台基。新中国成立后，在老一代文物专家的极力维护下，上京遗址躲过了种种人为劫难，城内高低不同的草地上基本保持了原貌，除了一条公路外，皇城内没有任何现代建筑物，在这块宝地的地表下，留存着辽金元明清各代的丰富文物，我们徒步穿行在上京城内，随意低一下头，就可以捡到一千年前的砖瓦、建筑饰品和各种大小形状的佛头残片，这里真正的遍地是宝，难怪国家把这里定为国家级重点文物保护单位，因此我深深感谢这里的文物专家，是他们用自己的心血和孜孜以求的精神保护了这块宝地不被现代人破坏。

距上京26公里的祖州城是大辽开国皇帝耶律阿保机兴发的地方，这里三面环山，太阳升起的东南方是辽阔的大草原，笔直的草原之路一直伸向连接苍穹的远方，我站在石房子旁边的城垣上向南望去，那棵棵随风摇曳的小草似乎都变成了百万骑兵，在契丹勇猛而卓识的领袖阿保机的指挥下，风驰电掣般地杀向中原，他的儿孙们也毫不逊色，辽圣宗在母亲萧太后的指挥下一直打到黄河岸边，号称地广兵精的北宋皇帝真宗也不得不与这些不屑一顾的"胡蛮"签下屈辱的澶渊之盟。阿保机死后，与他的夫人述律平都葬在祖州附近，胆气浩勇的契丹人凿山为墓穴，陵墓之高大为我国历史之最，之前的盛唐和后来的明清各帝，他们的陵墓都无法比拟。

埋葬辽朝另外五个皇帝的庆陵和怀陵在巴林右旗的大山里，据说规模也相当宏伟，因为交通不便，此次未能前往，据文物部门的同志介绍，这些陵墓曾打开过，后来又都封堵上了，受经济条件限制，管理很难到位。一位住在陵墓附近的出租车司机告诉我："墓穴现在还开着呢，进出随便没人管。"果真如此的话，那是天大的遗憾。中京的保护也不尽人意，据说也是因为经济的原因。

赤峰市境内不仅有丰富的文物蕴藏，而且有集沙漠、湖泊、奇山、绿洲于一体的极其特殊的景观勃隆克，还有克旗的冰石和达里湖等风景区，如果能趁开发大西北的东风，借北京与内蒙对口支援的绝好时机，搞好规划，多印一些宣传书籍和小册子，充分利用先进的媒体手段，把大家吸引过来，让游人一到赤峰就能买到各式各样的旅游图、导游图，能方便地坐上去往各旅游景点的交通工具，几年后，赤峰的旅游收入就会急剧上升，全区的经济就会有一个较大发展。

（2001年8月28日投赤峰日报）

3. 听出租车司机聊家里的事情

正月初六，我和老伴儿又一次没费事顺利登上出租车，这位四十多岁的司机师傅也很热情，一阵寒暄之后，他见我们是六七十岁的乘客，便主动谈论起他家里的烦恼，他父亲70多岁，仍在窦店一家私企上班，常年不回顺义老家，69岁的老母亲就在房山陪伴着，照顾老伴儿的生活起居，春节也没有回家。司机师傅说："过年了，我动员老三他们一块去看看老爹老妈，我自己有车也不费事，可人家谁也不愿意去。这是感情换来的结果，我们哥儿三个，老太太谁的孩子也没给看过，孩子们对她当然没感情，这也是很自然的。真是的！"起初听师傅讲我还有意无意高高兴兴捧几句哏儿，可是越听越觉得不是滋味，师傅说的的确是实情，孙子辈不懂事，不管你是谁，谁对我好我就跟谁亲,这是常见的现象。可儿子们也怪老母亲不照顾自己、不关心自己,就过年也不去看望老爹老妈一趟。我笑不起来了,尽管我已是耄耋之年,我还是叫了一声"老弟"说:"这话你可别在你孩子面前讲(你如此对待你的父母,你将来也会尝到同样后果)。"我低头思忖着,我们当过儿女,今天既当爹妈又当姥姥姥爷,知道这中间有说不清的家常理,可闭上眼睛一想,老人把儿女拉扯大,送他们上学,帮他们安排工作,给他们置办房产家业,帮他们成家立业,当儿女长大成人后,自己鬓发全白、皱纹爬满脸颊,来不及喘口气又要伺候他们的下一代,这就是天伦之乐,我乐意。但不是所有人都是一种生活模式,比如这一家,老爹拼死拼活挣钱,没几年两眼一闭,攒下多少钱不都是儿女的吗?但人家不这么想。老爹七十几岁漂泊在外,你们不主动关心照顾,老妈去照顾一下有什么不应该吗?父母为你们操劳一辈子,也该歇歇脚喘口气了。这样的家务矛盾在农村很常见,有的闹到公安局和法院,上了电视台,这就是我们的传统文化吗?

4. 听出租车司机讲那过去的事情

周六下午,我和老伴儿顺利上了出租车,司机师傅是和气善谈的中年人,坐稳后我随意问道:"你过去做什么工作?"师傅一听问他过去的事情,就打开了话匣子,他告诉说:"开出租已经十几年了,过去曾在京东一家橡胶厂开车,90年代初,林业局扩大林场面积时,把橡胶厂划在征地范围内,征地拆迁人员到厂里了解情况时,发现退休工人数量特别多,害怕补偿太多,于是有些犹豫。厂领导立即安慰说:不要担心,我们厂工作性质特殊,一般都超不过六十岁就走。那位领导发现征地拆迁人员仍犹豫不定,就进一步补充道:别看厂里还有不少人,那些人都是头头脑脑,他们一时半会儿走不了,我们另有安排,不会让他们去种树。您说污染多厉害,腐败多严重!"下车后我一直哑摸他讲的故事,听话茬儿不像侃大山,让我的心情久久不能平静。

5. 给晚报提点意见

总编、编辑、记者朋友们：

晚报是我们最钟爱的京报，在百姓心中她是小报中的大姐大，有大报无可企及的优势，其影响力远大于某些大报和"厚报"，她的内容贴近百姓，紧随时代脉搏，因此我们就对她格外看重，因为爱之切，所以会产生不许她有任何小小差错的过高要求。

北京是座超大型国际大都市，它的一言一行对外影响极大，台湾、港澳、东南亚甚至欧美地区熟悉北京历史的人太多了，北京历史的长短不能任意拉长或缩水，称谓一定要准确、恰如其分，否则就会造成不必要的误会，甚至会给别有用心的人以把柄。

去年3月26日26版有篇记者报道，说宣武区有三千五百多年的历史了。今年3月15日头版一篇记者报道又说东便门角楼东侧是一千五百年前的古漕运粮道，曾有几次报道把东南角楼说成东便门角楼……笔者都及时发文希望予以更正，但每次都是石沉大海杳无音讯，你们的稿子太多，我并不计较。

有一点我是要说的，报纸接触的专业很多，别说是记者，就是某一领域的专家，也不可能事事门儿清，我在《老北京城》一书后语中曾说过：北京城里的专家比一个县城的人都多。事关重大的报道，何不请教各方面的专家呢？

你们的时间有限，我不能把话说得太长，仅将过去寄去的稿子随信寄上供参考。

（2002年3月17日）

6. 学会逆向思维

  目前"教育孩子"成为所有家长极其困惑的问题，谁不希望自己的孩子成才，哪个家长又不为孩子前进路上的障碍烦恼。为了不使自己的孩子成为社会的"等外品"，真是各尽所能、倾其所有，尽管"各村有各村高招"，但都斗不过那些为"发孩子财"发力的损官和戴着儒雅高帽的奸商，之所以出现如此悲哀的局面，固然与"人多事少"的国情有关，但"蒙昧简单"的思维方式也是成就这些人发财梦不可缺少的社会基础，这些可怜人明知是忽悠他们，也"甘心情愿"为他们捧场，跟着他们的指挥棒转，呈现出千军万马奔高分、奔名校、奔名师（补习）的壮烈场面。其实各级骗子的招数并不神秘也不高明，就是把一道道闸门筑高砌严，让你们垫起脚、登上梯子也够不着，于是你们心发慌、手心凉，正在大家心急火燎的时候，卖盾的人摇身一变，从兜里掏出万能的矛，家长们对这些左手卖盾、右手卖矛的家伙毫无办法，为了孩子前途，只好乖乖就范。

  愚人之见，越是成为潮流的事情，越要保持清醒头脑，学会逆向思维、立体思维，多问几个为什么，分析事情的起因，展望未来走势，预见未来的结果。抛弃孔见，纵观全局，不要盲目跟风追潮，也许你会找到清除心魔的突破口。

  现在的形势是万马齐喑奔名校、投名师、考高分，不惜一切代价参加各种补习班，拎着猪头到处找庙门的家长大有人在，造成这种现象的原因是有人"设了局"，在他们碗里下了"迷魂药"，把简单的事情复杂化，家长们为了孩子就是陷阱也得跳，试问为了孩子什么前途呢？说穿了就是四个字："地位和财富"，浓缩成两个字就是"名"和"利"，这是许多人躲之不及的两个字，要达到这个极终目的一定要走人家设定的这唯一的路子吗？愚人之见——未必！考上名校一定成才吗？一定有好的社会地位和丰厚的财富吗？名校未必出高才，高分未必成就大事业，中央级大人物哪个是领袖学院学统帅专业的？商界有社会地位又有财富的著名人物：地产大亨任志强，插队、当兵，最大军衔排长，退伍后从商。潘石屹毕业于廊坊的石油管道学院大专班。王石部队转业后,在兰州铁道学院学的给排水专业。刚刚从铁道部部长位子上被拉下马的刘志军,养路工出身,之前没有进过正规大学门,后来一步一步登上部长宝座。这样的例子不胜枚举。也许您会说,这少数几个特殊人没有代表性,请注意,他们都不是神童,原先也都是极为普通成员中的一个普通人,也没有什么了不起的背景,他们竟能成为一个"不普通"的人,我们从这些人身上找到些什么秘密呢?首先他们都不是高分名校生,人生道路和事业征程上同样有坎坷和荆棘,他们基本上没有沾上父辈太多的光,他们有的是头脑清楚、意志坚韧、会抓机遇、善于学习,据说任志强一天能读六万字的书,如果具备了这些特点何愁做不成事业呢,有了成功的事业又何愁达不到人生目标呢。所以费那么大劲钻门子送礼甚至牺牲孩子的健康和快乐上各种补习班,还不如从小把孩子基础打好,什么是孩子必须具备的基础呢,首先一个大前提就是要有一个健康的身体,健康的心理,然后是树立一个健康的人生目标,脑子里多装些辩证法,遇事头脑灵活不发呆,培养一个坚韧不拔的性格是一把成功的利剑。大江大河由涓涓细流汇集而成,大海再大,也都是由一滴滴水珠组成的,一个成功的人士是由无数个正确因素决定的,细节决定最后的成败,不能藐视小事小情。我观察了许多家庭矛盾和人生成败的经验教训,曾制定了一条"家规",从第一个外孙女开始,(1)摔倒不扶,让她自己爬起来;(2)逢年过节可以收小礼物,不收现金和压岁钱;(3)任何人不许叫她宝宝或宝贝,直呼其名。有些亲属配合,有些则不配合,弄得我好无奈。有人认为培养孩子不在这一点小事上,请问哪件大事不是由点点滴滴小事合成的?如果所有单独小事都忽视掉,怎么能成就整体一件大事呢!近三十年来,西风劲吹,有人接受西方价值观念,把所有事情都按金钱划分处理,有的家庭为了让孩子知道家长挣钱不容易,把孩子的家务劳动货币化,干多少活发多少钱,我的认识与其相反,孩子是家庭一员,承担一定家务劳动应当应分,孝敬父母就要分担父母的家务劳动,大胆地在外挣钱,大方地在里边花钱,决不能事事都与父母斤斤计较。我有个女儿大学毕业了,自己抽屉的钱老数不清,还得求助老妈帮忙数钱,给父母花钱从没犹豫计算过,对金钱概念太淡薄,但她在外边工作却十分敬业,经过多年打拼,每年都有满意的收入。

在一些人受西方文化影响的同时,另一部分人则不加选择地继承所谓的传统文化,传统与历史是近亲,历史上曾经有过的东西未必都是好东西,如

九门深处轶闻多

果不加分析和选择地一昧全部继承下来,那我们这一代不成了一个历史的垃圾箱了吗?近三十年来,复古风一年强过一年,为了狭隘的经济利益,到处建假庙、造假神成风,一些党员、高官、高学历者不问上供何神,进庙烧香、见泥胎就磕头作揖,就连国人一直引为自豪的饮食文化,也只讲色、香、味、形俱佳,就是不讲科学健康,误导几代人成为"三高"人群,影视剧和作品中的豪饮和狂吸害了几代青年人,民俗是一种社会现象,不都是值得效仿和推广的科学文化,有些民俗值得继承和推广,有些民俗是愚昧和迷信,我们不能被媒体忽悠、被社会风迷惑,人云亦云,跟风追潮,凡事要多动动脑筋,多问几个为什么,不怕人家说你怪,历史上、国内外的鬼才多是怪才。

回头再说孩子的前途,如果按眼前架势发展下去,将来的孩子肯定是高分低能,大约有1%的孩子会绕道国外来逃避这场残酷的竞争,有1%的孩子凭借老子地位和关系能混进一个好单位,绝大部分孩子都会一起涌向那梦想而拥挤的高台阶,大家都不会有好的结局,经过这些年的实践教训,一些有良心的主政和教育家已经认识到了问题的严重性,国家肯定会采取有效措施,一步步解决目前的困局,随着人口的减少,国力的增强,扩大受教育范围,强校兼并弱校,通过税收等强制政策,缩减行业收入差距,城里的孩子上大学肯定不会成为问题,当然校际之间还会有差别,但经过这些年的国内外实践经验,绝大部分单位一定会重新认识什么是人才,会重视有应变能力、有发展潜力、有创新精神的人才并委以重任。上大学只能是最基础的一步台阶,只要接受过高等教育,任何人都有机会重创事业和人生之路,那时就要看谁有扎实的基础、灵活的头脑、坚韧的毅力,具备了这些条件的人,他(她)一定会创造出不平凡的业绩。反之,那些戴着啤酒瓶底眼镜、佝偻着脊背、吃不得一点苦、思路简单僵硬、只会考试不会解决实际问题、不能应对复杂的人际关系的人,即使考上好大学、进入好的工作单位,不久也会被淘汰。

读者如果觉得我的话有七分道理,建议您变简单的线性思维为立体思维,逆向而动,不妨试一试,小学的孩子十五年后、中学的孩子十年后,一定会让你孩子有一个满意的结局。今后求学的路子有多种,即使考不上大学,工作一段时间后再学习,也会取得事半功倍的奇效。我的大女儿初入学门时正是我人生路上最低潮阶段,因此没有太多精力细心照顾她,初中毕业只差几分就可以上一个较好的高中,结果被一所四年制中专录取,我很快从噩梦中醒来，不能上高中不等于永远不能成才，孩子也争气，中专毕业后，一天也没有犹豫，白天上班挣钱贴补家用，夜晚上成人夜校，经过四年严寒酷暑，终于学完两个大专全部课程，后来又取得了会计师和注册税务师的资格，成为单位骨干力量，在一度"减员增效"的闹剧时期，领导不仅不让她下岗，反而给她加薪长级。我的侄女高中毕业后，好大学考不上，赖大学不愿上，在人生道路重大决策之机，她选择了走成人教育的路子，上了一所法学成教学院，经过四五年的拼搏，终于取得了国家承认的学历，又经过几年坚持和磨炼，取得了执业律师资格，那些高分名校的毕业生找不到工作的不在少数。在我身边这三个孩子身上有一个共同点，就是"坚持"两个字。他们不一定会成为王石那样的人尖子，但会成为国家的有用人才，自己和他们的家庭会衣食无忧，我们做父母和家长的还企盼什么呢。

7. 怎么看待朋友

古代时"朋是朋、友是友"，它们本不是一个概念。最初的甲骨文"朋"字为两只穿在一起的贝，表示很贴近。友是两只同时伸出的手，表示动作很统一。后来发展为"同门为朋，志同道合为友"。所以"朋友"黄金万两难得，知心一个难求。

随着社会的进展，朋友的概念也不断增添许多新的内容，或被贴上某些政治标签。单从"友"字的外形看，似乎是在一个棚舍下多了一个"又"字，意为又来了一个人，穷途末路上大家彼此在简陋的棚舍下躲避雨雪或暂避风寒，这样的情景如今也并非罕见。在艰难的环境中大家彼此关心、互相照应，没有官场和商场上的虚伪做作，兴许会成为知心密友，也说不定会遇到永世情人。在战场上、地震棚里、逃难路上、艰苦的旅途中、共同奋斗的事业中，结交下的知心朋友远比买卖场上、牌桌上、酒桌上、费尽心机的办公室里结交的朋友要牢靠托底得多。文人雅士"淡如水"的君子之交也许更简单些，他们纯粹因学识或某种艺术欣赏产生的共同点而结交,他们之间没有烦人的为名利勾心斗角。

绝大部分朋友是在某件事或某个时间段相识、相交而逐步发展为朋友的,世上没有绝对全面的、永远高度一致的朋友,每个人都来自不同家庭或部门单位,每个人有着不同的社会经历,每个人经受着不同的教育,经历过不同的历史阶段,因此从这个意义上讲,朋友也是有一定时空界限的,朋友只能是某一时间段和因某件或某些事物取得共同认识而感情相通结交的朋友,当然这和"虚情假意"、"为利忘义"甚至"过河拆桥"式的结交绝对不同。无论何时、何地、何种背景下结交的朋友,只要真正交过心的人,都是可靠的,都是真正的朋友,都是值得永远珍重的。

人的一生结交过许多类型的朋友,"玩友"、"学友"、"战友"、"农友"、"工友"、"文友"、"舞友"、"驴友"、"球友"、"车友"、"酒友"、"牌友",等等。每个人在一生中要经历各种风浪、顺境及种种生活境遇,这些事都深深影响着自己,有些如生离死别、严峻考验、贵人相救、遭受迫害、重返阳光、幸福生活等会深深印记在脑海里一辈子也不会抹去,凡给自己或家庭带来好处的事件大脑中就会发出幸福、感激的强烈信号,这些信息和感受很容易传递给自己的近亲属,有的要传递几代人。例如,一个人在旧社会饱受压榨剥削,地无一垄,房无片瓦,无论怎么艰苦奋斗也永无翻身之日,因为他没有最根本的生产资料和生产手段,但是新中国成立前夕的土改突然改变了全家人的命运,这样的命运改变怎么能不感谢带给他幸福的人呢?反之,封建制度下的土地高度集中制度,催生了部分土地垄断者,人们称他为地主,这些人的土地、家财被平分,他们的家属无论如何也不会满意,对新政权充满怨恨;城市贫民劳无业、家无财,生活极其贫困,新政权没收了官僚资本,赎收了部分资本家的企业店铺,工人有了工作,家庭有了稳定收入,他们当然拥护新政府。也还有部分人并不是官僚和资本家,只是为了混口饭吃在旧政府当过差,疾风暴雨式的政权交替时也多多少少受到牵连。新政权的受益者朋友一方要耐心等待受冲击一方朋友的"冰释前嫌",理解他们的处境和常情之理,受冲击一方的朋友也要理解受益一方朋友的切身体会,既然曾在某时、某地、某些事件上检验和确认了朋友的良好品德,并真诚地交过心,那么朋友的处境就是自己的处境,朋友的心愿就是自己的心愿，不应该离心离德，翻旧账，轻易甩掉用心换来的真朋挚友。这些原则同样适用于新中国成立后的历次政治运动和社会风浪中的朋友们。无论是怎样的社会变革，总有人得利，有人背兴，得利者呼喊："好得很！"失利者则说："糟得很！"当然要看得利者是多数还是少数。文革及其他运动中父子不认、兄弟相残、夫妻反目的惨痛教训应该永远打上休止符。对于那些善于钻营取巧、狗苟蝇营、暗地出卖朋友的小人要格外警惕，对那些酒肉朋友也要区别对待，对那些一时糊涂结识的狐朋狗友要及时巧妙地处理干净。

（2013年10月20日）

8. 昨夜的梦

晚上夫人为我烧好泡脚水，我自然心生愉快，上床很快就进入梦乡，昨夜的梦比洗脚水更让人愉快。与退休前的同事来到郊外不知名的地方，从小旅馆出来，面前的三座小山上挤满了大学生和年轻人，他们胸前都佩戴着金光闪闪的毛主席纪念章，连平房顶都站满了人，大家都欢呼雀跃，我和我的同事都惊呆了，几十年后还有那么多人惦念毛主席他老人家，百姓心中那杆称称出了他在中国老百姓心中的分量。早上醒来，我想起12月26这个不平凡的日子，起床后第一件事就是把珍藏的纪念章全都摆放在茶几上，并给小孙子讲毛爷爷的故事。

（2011年12月25日）

9. 可以把土地还给农民吗

近日看到一篇文章说：有位专家先生提出要想让农民富，必须把土地还给农民，"还"的意思就是让农民对土地有永远的所有权，可以子子孙孙继承下去。本人也是农村出身，对土地有着深深的感情，但离开农村半个多世纪了，对农村情况了解甚少，想问问农村的朋友们，这位专家的意见可行吗？之后我再发表本人愚见。

网友评论：这个"还"字玄妙啊，要"还"的到底是什么？对于从不曾能真正拥有的土地，"还"字又何来？在只图眼前极尽功利的社会发展面前，"还"到手的谁能保障？农民致富的根基在于健康公平的社会资源分配，社会资源分配的严重不对等，才是农不强民不富的主要成因。愚以为，要"还"先把"政"和"法"分开，首先把"法""还"给人民。

网友评论：说得好啊，新中国成立前和土改后农民的确真正有过属于自己的一小块土地，但没几年，有的人又穷得把土地卖掉成为赤贫，有钱的人购买囤积农民唯一赖以生存的土地，这是今天的青年未曾见过、想过的社会现实，是法不正啊！

10. 你了解这些数字的含义吗

三皇五帝——三皇有多种说法：1. 天皇、地皇、人皇；2. 伏羲、神农、共工；3. 天皇、地皇、秦皇；4. 伏羲、女娲、神农；5. 伏羲、燧人、神农；6. 伏羲、祝融、神农。五帝也有三种说法：1. 黄帝、颛顼（zhuānxū）、帝喾（kù）、唐尧、虞舜；2. 少皞（伏羲）、炎帝（神农）、黄帝、太皞、颛顼；3. 少皞（hào）、颛顼、高辛、唐尧、虞舜。

三教九流——三教指道教、佛教和儒教。九流为：道家、儒家、阴阳家、法家、名家、墨家、纵横家、杂家、农家。上九流指：帝王、圣贤、隐士、童仙、文人、武士、农人、工人、商人。中九流指：举子、郎中、术士、书生、丹青、琴棋、佛僧、道士、尼姑。下九流指：师爷、衙役、走卒、称手、媒婆、巫婆、窃贼、强盗、娼妓。下九流也还有其他许多说法，例如：戏子、吹鼓手、马戏班、耍大把式、耍小把式、剃头匠、鸦片商、盗贼、妓女。

三生有幸——三生为前生、今生、来生。

三纲五常——三纲为父为子纲、君为臣纲、夫为妻纲。五常为仁、义、礼、智、信。

三亲六故——三亲为宗亲、外亲、妻亲。六故为父、母、岳父、岳母、自己、妻子方面的熟旧。

三界——佛教三界指欲界、色界、无色界。民间将天上、人间和地狱称为天界、人界、地界。

四六不通——古代将不懂《四书》、《六经》的人称为四六不通。《四书》指《大学》、《中庸》、《论语》、《孟子》。《六经》指《诗经》、《尚书》、《礼记》、《周易》、《乐经》、《春秋》。

五谷丰登——五谷指稻、黍（小米）、稷（高粱）、麦、菽（豆）。

五脏六腑——五脏为脾、肺、肝、肾、心。六腑为胃、大肠、小肠、三焦、膀胱、胆。

五行八作——是工商业习惯统称。一般商业称为行，传统的五行指钱行、粮行、丝行、布行、杂货行。一般工业或手工业称为作，称作的行当很多，各地也有不同分类，如江南的周村传统的八作为铜作、木作、丝作、浆作、腿带作、首饰作、毡帽作、剪锁作。

五行八卦——五行为金、木、水、火、土。八卦为乾（天）、坤（地）、震（雷）、巽（风）、坎（水）、离（火）、艮（山）、兑（沼泽）。

六神无主——六神指心、肝、肺、肾、脾、胆。为道教概念。

六亲不认——六亲指父、母、兄、弟、妻、子。

七窍生烟——七窍为双耳、双眼、双目和嘴。

七情六欲——儒家指喜、怒、哀、惧、爱、恶、欲为七情。佛家认为眼、耳、鼻、舌、身、意可以产生六尘：色、声、香、味、触、法，故有七情六

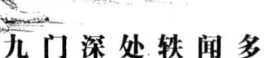

欲之说。

八旗子弟——满清八旗为正红、正黄、正蓝、正白、镶红、镶黄、镶蓝、镶白八旗。

八股文——明清文场旧制，每篇文章必须由破题、承题、起讲、入手、起股、中股、后股、束股八部分组成。

八仙过海——八仙为汉钟离、张果老、韩湘子、铁拐李、吕洞宾、曹国舅、蓝采和、何仙姑。

八国联军——清光绪二十六年（1900），英、法、美、日、德、奥、意、俄八国军队联合侵华。

八戒——佛家八条戒律。一戒杀生，二戒偷盗，三戒淫乱，四戒妄语，五戒嗜酒，六戒香华，七戒坐卧高床，八戒非时食。

九霄云外——中国传统说天有九霄：神霄、青霄、碧霄、丹霄、景霄、玉霄、振霄、紫霄、太霄。

九族——高祖、曾祖、祖父、父亲、自己、儿子、孙子、曾孙、玄孙。

龙生九子——古有"龙生九子各不同"的说法，九子为：囚牛（qiúniú）、睚眦（yázì）、嘲讽（cháofēng）、蒲牢（púláo）、狻猊（suānní）、霸下（bāxià）、狴犴（bì'àn）、赑屃（bìxì）、螭吻（chīwěn）。

十恶不赦——十恶指谋反、谋大逆、谋叛、谋恶逆、不道、大不敬、不孝、不睦、不义、内乱。

十八罗汉——降龙罗汉、坐鹿罗汉、举钵罗汉、过江罗汉、伏虎罗汉、静坐罗汉、长眉罗汉、布袋罗汉、看门罗汉、探手罗汉、沉思罗汉、骑象罗汉、欢喜罗汉、笑狮罗汉、开心罗汉、托塔罗汉、芭蕉罗汉、挖耳罗汉。

11. 弄不明白的中国电影

我和家人很长时间没有看电影了，身边许多朋友也如此。但这并不影响艺术家们关上门自娱自乐。因为人家有"票房"做后盾，媒体也常帮他们忽悠。真搞不明白，难道有票房就有真理吗？就是路子正确吗？为什么不公布几个亿的收入成本和利润如何呢，好像也应该调查一下影院有多少牢骚不满的，如果电影业还承认《延安文艺座谈会上的讲话》有效的话，更应该统计一下进影院的人属于社会的主体成员的工农兵占几成。我没有成见吧？这个要求不高也合理吧？

12. 从母亲的平均生日谈孝道

讲孝，先听我"忽悠"一个小故事：某省某县有个能干的母亲，一连串生了八个儿女，如今都已长大成人，四个出省，三个在县城，一个留在农村老家，由于母亲的严格要求和有效教诲，多数混得不错，对母亲感情也很深。眼看就要麦收了，在县城工作的老三看见院子里的红杏张开了笑脸，突然觉得母亲的生日快到了，可是怎么也想不起母亲到底是哪天生日，反正是杏子红了的时候，就赶忙联系其他七个弟兄姐妹，务必回家给母亲过个80大寿，很快姐妹弟兄八人回到那座他们熟悉又陌生的老屋，商量如何给母亲过生日的事，可是母亲的生日确切的日期没有一个人记得清楚，又不敢直接问母亲，老大说阴历五月中，老二说五月底，老六说阳历六月初，呛呛了半个小时也没有结果，老八说："干脆每人说一个数，取8个数的平均值就是母亲的生日。"哥哥姐姐们扑哧一笑，谁也没有再说话。其实坐在外间准备包饺子的母亲，把里屋的这一切听得真真的，等里屋失去笑声后，老人家掀开门帘笑着说："孩子，你们都有事业有家有孩子，记不住没关系，我同意老八的主意，就取个平均数吧，老大阴历三月十一，老二六月二十四，老三正月初八，老四七月初九，老五五月二十五，生老六时兴阳历了，是阳历八月二十一……"老人家连想都不想，一连气把八个子女的生日背完，又笑着说："每生下一个就像死而复生一次，八儿，你算吧，取个均数，那一天就是你妈的生日。"八

九门深处轶闻多

个儿女都楞住了，男人们对生孩子没有亲身体会，两个女儿架不住了，一边流着眼泪，一边把母亲紧紧搂在怀里，她们再也找不到母亲那带着奶香、温柔又有弹性的感觉，那瘦小躯体里包裹着的是松软无力的骨头架儿。

孝道是中国传统文化的重要组成部分，在华夏文明的初期阶段就有了孝的行为和观念，随着历史的发展，孝的内容和形式不断丰富，到了春秋时期，在尊老敬祖、尊师忠君等方面形成了完整的思想体系和行为规范，以后被历代统治者和百姓吸纳接受，逐渐形成了独特而不同于其他民族的中华文明和传统文化。这些传统孝道思想的许多积极意义一直支撑着华夏社会的健康发展和民族延续，就是在中华文化与西方进步思想结合后的21世纪，在我们的许多政治理念和大政方针上也处处体现了孝的积极引导取向，这是中华文明的精髓和永远的恒定的精神武器，万万不可随意否定和丢弃。但仔细探究历史上的孝道行为观念，确实也有许多糟粕掺杂其中，孝的真谛被历代文人和士大夫揉捏得变了形，使得纯真的孝道带有明显的封建色彩和愚民性、保守性，在人与人之间产生了不平等的人为阶梯，让孝的本意变了味儿。在历史的进程中，理所当然地受到科学思想的有力冲击，首先对封建糟粕发起攻击的是20世纪初的五四反帝反封建运动，继之而来的是20世纪中期的人民革命高潮，在这些运动的强力打击下，不分青红皂白地把本是民族传统中的优秀思想予以否定，老年人受到冷落，正常的领导关系变得紧张起来，其实受害最深的还是涉世不深的年轻人。

在当今现实生活中，部分家庭关系比较紧张，农村应该是传统思想保存较多的地区，孝道应该不是问题，但近三十年来"父慈子孝"也成了大力推崇的课题，小不养老、老无依靠，为了一己私利兄弟姐妹反目成仇的现象屡有发生。住在同一城市里的同胞兄弟来往甚少，年轻时怪老人疼爱不够，小两口变着法儿挖老子的养老金。中年人全心全力娇爱自己的孩子，为了自己的亲生宝贝，从不计较花钱多少，名牌、时尚有求必应，有时间看电影、K歌、打高尔夫，却找不出时间看望老父老母，自己的孩子几月几日几点几分甚至几秒落地记得清清楚楚，老父、老母的生日却记不住或被忽略掉。自己有了孙子，下噴怪儿女不孝顺，同时心里捉摸着自己老父或老母重病缠身，活着也是受罪，不如死了大家都解脱，因此形成了重小不孝老的社会现象。如此说来，以上现象有其规律性和普遍性，不是年轻人一拨人的问题，这种循环往复的家庭关系决不是正常的家庭伦理所容许的。解释起来也很难用简单几句话说得清，这是中华文明打了折扣，是传统文化出了纰漏，是伦理观念发生了变异，这时我想起了《红灯记》中鸠山的一句名言："人不为己，天诛地灭！"我中华民族应该是豁达无私、仁爱亲善的优秀人类种群，尊老敬老的模范事例也有不少，但人们尤其老年人还是对此念念不忘，担忧不养老不敬老有越滑越远之势，事情怎么会变得如此严重呢？简单分析起来有如下几种原因。

一、受历史大潮的影响，遇到了矫枉过正的逆风船，分不清青红皂白，把宝贝当成垃圾丢掉了。

二、受到或左或右思想的影响，在我们的宣传工作中，过早、过分强调没有能力实现的社会保障，使老年人被轮空。

三、由于社会自然发展，家庭单位变小，计划生育简单化，大家庭没有了，老年人被边缘化，又由于社会生产方式的转变，人的就业方式离乡又离土，老年人与后代人距离较远，造成了感情疏淡，尽孝成本加大。

四、由于执行开放政策，西方文化像潮水般大量涌入，为了眼前的经济利益，中国人基本不设过滤闸门，使得涉世较浅的年轻一代由羡慕西方经济繁荣到盲目崇拜西方的一切，将西方的道德伦理、家庭关系生搬到中国来，活着的目的就是为钱、为享受，以自己为圆心，圆周最多扩大到老婆孩子，父母就成了天外星体，兄弟姐妹顶多是近地彗星，其他人就更是天外来客了。

有孝心的朋友不必担心被冤枉，本文所指当然是部分而非全体。

五、家庭教育的缺失或变形，国有国格，家有家风，作为各级家长如果头脑不清醒，受社会错误舆论误导较深，对孩子不能进行正确教育引导，处处事事斤斤计较，有意无意培养了孩子的个人主义，甚至助长孩子向长辈争钱争利，更有甚者教唆孩子辱骂其他长辈，在这样的家庭环境中成长起来的孩子一定不会有孝心，责任者定当自食恶果。

有没有拯救孝道的办法？有！但冰冻三尺非一日之寒，等待贤君良主不如从自己做起。青年人多想一想自己是怎么来到这个世界上的，中年人要想将来享受自己子女的孝顺，自己首先要孝顺自己的父母，俗语说得好"父孝子随"，父母是孩子最好的老师。老年人如果认为自己的子女不孝顺，就得静思自己年轻时是否孝顺自己的父母，如果您是孝子，就得捉摸自己的教子方略是否有不当之处。

——遵乔乔姥姥所嘱而作，欢迎讨论。

13. 谁是"老北京"

也许老外对"老"字只做一般性理解和运用，而国人不同，尤其那些资历较深、能耐较大，或年高的长者，常把"老"字挂在嘴边："老年间如何如何"、"老人讲话年轻人少插嘴"、"有老子那会儿你还……"，稍不高兴就把"老子"挂在嘴上，不高兴时就"老东西"或"老家伙"往外摔，东北人形容这个事儿重要就说"老好了、老远了"，连比自己小的人也称为"老妹儿"，有些自以为强盛的北京人也常说"老姥"，在外地人面前就说"我们北京人如何如何"，在来北京工作的同事面前或在北京待时间较短的人跟前，就用"我们老北京人怎样怎样"。

我写过一本书《老北京城》，我研究过老北京的城墙城门，琢磨过老北京的水、老北京的桥、老北京的庙，却从未认真研究过老北京的人，我闯北京已经六十多年了，膝下有了第三代，还是弄不明白，究竟谁是真正的"老北京人"。

过去定籍贯时要上查三代，不过有些人并不认可这种说法，他们只承认满清的后人或满清那会儿住在北京的人才是真正的"老北京"。要这么论，你们的老家应该在东北，只有明代时住在北京城的汉人才是老北京人，如果再追究下去，恐怕要追到周口店的猿人了。

说了半天，争论谁是"老北京"有什么意义呢，你心不平也好，不服气也好，有能耐的"外地人"住在北京最好地段、最好的楼房里，就是你老爷爷的爷爷那会儿就已经来到北京，没有能耐也得搬到远郊区去。所以坐而论老，不如自己长点本事。当下提笼架鸟的不多了，搓麻成了疯，养猫遛狗成了正常家务，您哪还有时间来陪陪孩子。住好房子的不都是贪官污吏，许多人都是靠知识、靠技术住进了宽敞的楼房,开上了漂亮的汽车。我有个从河南来的同楼邻居,靠在新发地批发蔬菜挣了钱,不仅全家住上新楼,孩子进了老外孩子上学的学校。咱们有些"老北京"看不起外地人干的那些活,宁肯吃低保也决不与那些外地人为伍。

我真心希望"老北京"们放下架子,踏踏实实做点实事,有了经济基础,就能与新老北京人共享北京城的古老文明和不断创新带来的幸福时光。

14. "同志"为何物

晚饭后到楼下去遛弯儿,单元门口有个小卖部,有位老兄隔篱在喊:"同志,买烟!"小卖部里没人答应,他又连喊几声"同志——同志",仍然没人搭理他。我告诉他:"你喊老板!"果然奏效,刚喊一声"老板——"屋里快步走出一位二十来岁的少妇,笑盈盈连声回道:"哎哎哎,来了、来了,要什么牌子的?"不知情的人还以为这女人挑理,为什么不叫我老板,其实冤枉她啦,这是一位非常老实热情的女子,几年前与丈夫一起从内蒙老家到北京做小买卖,可能读书也不多,她从未听有人叫她同志,各种媒体上不是"先生"就是"小姐","同志"一词已经扔进垃圾箱了,如果你在马路上问路或在商店买东西叫"同志",准会招来稀罕的几秒钟斜视。似乎人们已经忘记了"同志"为何物。稀哉!怪哉!悲哉!

15. 关于左和右的疑问

左和右算个问题吗？两岁的孩子都知道什么是左和右，能有什么问题可询，其实不然，不信我提几个问题您帮助解答解答：（共 12 个问题）

1. 中国人讲究男左女右，你面对公厕时，男厕所应该在您的左手边，还是在您的右手边？

2. 中国人讲究礼仪，家里来了尊贵的客人，您把客人让到上房（北房）八仙桌的东边还是西边椅子上落座呢？

3. 中国人讲究尊老，北房一般有堂屋和东西卧室，老人住东侧还是西侧卧室？

4. 人为什么在左侧推自行车、上下自行车？

5. 赶大马车的把式为什么在左边赶车？

6. 内陆的汽车为什么把方向盘设计在左侧？

7. 为什么大多数人用右手写字、拿筷子、握工具？

8. 戏剧舞台上为什么面对观众的左侧是"出将"，面对观众的右侧是"入相"？

9. 为什么把保守的称右派或右倾，把革命的、激进的叫左派？

10. 历史上为什么有左丞相右丞相、左将军右将军之分？

11. 中国军人或其他人为什么用右手敬礼？

12. 为什么喊队或提到左和右的问题时大都先说左后说右？比如，"左右对齐"、"左右不分"。

（有兴趣时把答案写在本文评论里。谢谢！）

16. 要学会分清左右

"左"和"右"字在词典上有多种解释,日常生活中多指方位,如"左边"、"右边","左手"和"右手"等,这连稍稍懂事的孩子都不成问题。中国古礼以左为上,封建时代讲男尊女卑,所以男人被排在左侧,女人排在右位,中国人习惯地说男左女右,照结婚照一般不成问题,因为有摄影师把关。修建厕所也是分男左女右的,颐和园和景山公园都是符合传统规范,站在厕所入口面向外,左手边是男厕,右手边即为女厕。上惯了这两个公园的厕所,到了其他地方,有些老年人和内急的游客如厕就常犯经验主义的错误闹出虚惊和笑话。

在日常生活中,需要分清左右的事情很多,我没有进过火车和飞机的驾驶室,不知道驾驶员是靠左还是靠右,但中国大陆的汽车驾驶员绝对是安排在左位的,这也是习惯使然,如果分等级的话,右边副驾驶座肯定是警卫,后排左边是首长,后排右边应该是秘书。马车驾驶员也是在左边,连骑自行车也是从左边上下车。我们吃饭时,左手端碗,右手拿筷子,显然筷子和饭碗比较,碗比筷子重要,因为碗里是主食,筷子夹的是副食,在过去物质匮乏的环境条件下,主食绝对比副食重要。我们写字时,左手扶纸,右手拿笔写字,写好字的纸是主要成品,右手只是帮助完成这项工作。做工时左手拿物件,那是主要成品,右手握工具只是加工,这都显现出左和右的重要程度不同,由于长期的习惯动作,右手锻炼得比左手更灵活。从生理学角度讲,尽管心脏和大脑的左右两部分功能有所不同,但它们并不能决定左右两侧的社会分工,人们活动的左右区别都是习惯形成,而这些习惯皆缘于社会观念。《史记·汉文帝纪》中有"左贤右戚"的记载,古代以左为上,常将客人让位于左,以示尊重。

在整座城市的规划布局上,也是根据人们对自然现象的认识和理解,太阳对人类十分重要,又是从东方起,所以凡南向的城市日坛都设在左侧的东方,月坛设在右侧的西边。在皇城的布局上更是左右分明,明清两代,皇城的布局为左祖右社,左边是祖庙,右边是社稷坛。故宫分中、东、西三路,带左字的门如大成左门、后左门、中左门、左掖门、阙左门等都在中路以东,凡带右字的门都在中路以西。中国历史上各代对左、右的概念和表述会有所不同，起码在明清时期对左和右的区别和使用是非常清楚的，按照习俗观念，男性的退位皇帝、未成年皇子和家庙大都布置在左位，即东路。女性的皇后、嫔妃和佛教建筑大都布置在右位，即西路。长安街上过去在文化宫南门前有长安左门，中山公园南门前有长安右门，这本是常识性的问题，但在"皇城艺术博物馆"开馆初期，却把长安左门和长安右门照片标反了，经笔者指出得以纠正，说明发生左和右的错误并非少见。

笔者滔滔不绝地讲述左和右的区别，并非强调坚持传统文化中的糟粕，而是希望人们尊重历史习惯，捍卫中华文化中的精华，就像人们已经认可习惯了的"心想"，没有必要非要改成"脑想"。凡遇到客人到来，最好还是让客人就坐于左位。奥运会一步步向我们走来，有条件的就应把厕所的"男左女右"纠正过来，让北京所有的厕所都统一起来，人站在建筑物门口向外看，靠左手的是左，靠右手的就是右，而不是人们面对着建筑物分左右，只要稍稍重视其实并不难，关键是提高管理者的传统文化水平。

（2007年寄给北京晚报未被刊用）

17. 我认识的一位好编导

央视科教频道好记者好编导田喆从雪域高原回京几个月了，还没见过一面，不免心生不安。我与她认识缘于我的一本小书《水乡北京》，她打算将其做成一部电视专题片，由于种种原因事未遂愿，但她炽热的事业心却久久不能从脑海中熄灭。去年她按上级安排并背负着父亲的夙愿登上西藏高原，我在她的博客里写下了几句留言，今将其公诸网友，算是对她的再次祝福吧。

田喆：我没见过格桑花，但听说过她喜欢阳光，有坚韧挺拔的性格，她热爱生活、孜孜不倦，她美丽而不娇艳，从你犀利笔尖流淌出的激情文字可以看出，从内地培养出的格桑花一样会映红雪域高原，祝福我心目中的格桑花能很快适应高原的一切。我们盼望你顺利归来，事事如意。那里是宗教的

天堂,是所有信教和不信教生众向往的地方,以我刚刚脱稿的《寺庙北京》一书的第一章送你登程(附件)。王同祯

几个月后,她发给我许多在西藏高原拍的质量很高的照片,并附以精彩的文字点化,是她心灵深处的艺术呼唤,是对老父亲的交代和汇报,是对朋友承诺的兑现。

18. 归来吧,香港

奉沈副书记嘱托所写歌词

逶逶香江水,
依依南国情,
娘唤儿啊!
儿难应。
漫漫一百五十年,
羞辱难耐愤难平。
啊,我的香港,
回来吧,回来吧!
母亲的尊严,
祖国的完整,
天公将熨平这历史的伤痕。
煦煦春风吹,
浓浓血水情,
中华强盛,
儿壮志。
一九九七七月一,
港土内陆齐欢腾,

啊！祖国，

我归来了，我归来了！

母亲的眼泪，

祖国的骄傲，

历史将记下这辉煌的篇章。

(1997年5月)

19. 春天想水

圆明园里青青的草芽拱出地面，翠嫩的小苞苞爬上树尖尖，一场关于水的激烈论战正等待公正的裁决。专家说为了保护水，公园管理者也说为了保护水，水为什么如此惹人关注？水到底是什么？水绝不仅是氧原子和氢原子的简单组合。水是生命之源。

诞生于四十六亿年前的地球水不仅自身有生命力，同时又是生命的载体，人的最初状态——受精卵，含有99％的水，幼体出生后水仍高达90％，长到成年水缩减为70％，如果身体内的水低于50％，生命很快就会结束。故有"水是生命的原动力水是生命之母"之说。《水知道答案》一书的作者江本胜博士说："水是创造生命之源，没有水物质和物质之间无法融合，也无法循环再生，水还创造了空气，创造了令生命延续下去的秩序，创造了这个生机盎然的绿色地球。"

水是有灵性的。一个城镇有了充足的水，就会有灵秀之感，就有了灵性。水无时无刻不在变化她阿娜多姿的形态，尤以冬天的结晶水最为绚丽多彩，这些结晶水可以根据环境和人们的态度和感情发生种种神奇变幻。大自然中的水在毫无约束的循环往复中吸收宇宙间的信息，又毫无保留地传达给人类，它可以传达五彩斑斓的光的信息，可以传播悠扬悦耳动听的音乐，也可以传达纷杂烦乱甚至狂暴的噪声。水不仅让人们品尝鲜美可口的食物，又可以神奇地变化食物的味道。

　　水是城市（尤其是都城）赖以存在的基础。古人即有"凡立国都非于大山之下，必于广川之上"的理论，凡著名国都，远者伦敦之于泰晤士河，巴黎之于塞纳河，近者南京之于长江，西安之于渭河，北京之于永定河。古希腊之于爱琴海、古印度之于恒河、古埃及之于尼罗河，无不与水有着密不可分的联系，北京曾是水乡之都，历史上曾两次因水迁址，北京会不会第三次迁址，这要看人们对水的态度。

　　水的胸怀是博大的。大自然中的纯净水有无限宽广的胸怀，它可以容纳宇宙间任何有生命和无生命物质，千万种不同元素、不同物质都可以在水中找到，水从不对想加入它的怀抱的任何元素、物质、信息说不。从宇宙飞来的大小不等的冰块在飞行中先是变成云，而后变成水洒向山川大地，最后奔流入海。水在如此波澜壮阔的长途旅行中，洗刷了空气和山峦大地，容纳了无数种物质，扮演了从苍穹到山川到大海输送生命能量、平衡生态的角色，当然也把人们不需要甚至有害物质带到我们面前，这完全符合任何事物具有两重性的特点。

　　水有保持纯洁和捍卫自由的绝对权利。水属于大自然，绝不仅仅属于人类，更不是有钱人和有权人手中的玩物，水是有感情的，谁尊重它谁就会成为水的朋友，谁就会得到水的关爱；谁玷污了它，谁破坏了水的行动自由，谁就会受到绝对的惩罚，无数惨痛教训证明了这一点。

　　水是文物，在一定意义上水也是文化。水先于人类来到这个世界上，一经与人类交手，便成为最知己的朋友，经过蹉跎岁月磨砺，人在水中找到了灵性，水溶融了人类智慧和文化，因此在一定意义上水是文物，也是文化。水为人类创造了物质文明的同时，也创造了精神文明，亿万年来，人类首先接触的是水，这些特殊文物承载着历史，见证了人与水的密不可分性，记录着人们的悲欢离合和喜怒哀乐，今古无数文人曾多角度多方位地讴歌水，生物和生态学家为捍卫水的自由和纯洁曾做出过极大贡献，水利和交通方面的科学家也为水付出过无数精力。

　　我们这一代绝不是历史上的匆匆过客，是负责任的文明的传承人，我们该为水做些什么呢？

（2005年4月24日北京晚报）

20. 染指甲有害健康

时下修染指甲成为一种时尚，不仅年轻女孩子喜欢，也有四十多岁的孩子妈纷纷走进美甲店，我无权评论女士们该不该花这笔钱，也没有资格评价染了指甲美不美，仅就染指甲带来的健康问题向女性朋友们提个醒。

经常染指甲的手指出现的指甲变形、干裂和指甲脱离还是小问题，这仅只是外观好看不好看的问题，只要停止使用各种涂抹剂就会逐步还原手指的本来面目。

涂抹指甲对身体的严重损害就不是大家都清楚的了。我们身体的任何一部分，都需要"呼吸"，指甲也不例外，如果指甲常年被一些化学物质覆盖，不仅得不到"呼吸"，而且那些化学覆盖物还会渗透进人的身体内部组织。常用的指甲油中含有邻苯二甲酸酯和肽酸酯，这里的"酯"与常见的脂肪那个"脂"性质完全不同。酯是由酸和醇经过化学反应得到的一种新的化合物，有的是无机酸化合物，有的是有机酸化合物，酯的比重小于1，不溶于水，而溶于有机溶剂，常用的溶剂就有甲醛等，稍有化学知识的人都知道，苯是对人身体极其有害的化学物质，甲醛常用来浸泡死人或动物遗体，是一种很好的防腐剂，但用在活人身上显然有害无益。据《当代健康报》报道，经常使用这些化学物，邻苯二甲酸酯则通过呼吸系统和皮肤进入人体内部，会增加患乳腺癌的概率，如果女性想要宝宝，那起码停止半年使用染指剂后再怀孕，否则将带来麻烦。过多使用染指剂，肽酸酯会通过皮肤、呼吸道和消化道进入人体内部，积蓄在脂肪组织，如果积蓄越来越多，会危害肝脏、肾脏、心血管及生殖系统，怀孕时易导致胎儿生殖器官畸形，甚至流产。这是女性朋友们值得十分注意的大问题。

我搞过二十年的化工，深知其害无穷，如果我的提醒有点参考价值，请向你的朋友们宣传宣传，如果觉得多余，那就权当茶余饭后一乐。

三、感悟生活

九门深处轶闻多

1. 我和我老伴儿

恋爱需要冲动，婚姻需要慎重，爱情学会经营，生活必定丰盈。恋爱就是寻找感觉，没有冲动就会失去战机，如果过多考虑对方地位、财产、家庭，你就可能拖成一个老处女或"钉子户"。到了谈婚论嫁的地步必须慎重加冷静，与人家结合不是临时搭伙，要有一辈子同甘苦的思想准备，不要急于洞房花烛夜，这要有一个稍微长点的互相了解适应的过程。一旦结合，就得学会经营两个人的爱情，不会打理就可能亏损，经过这些必不可少的程序，你的生活就会丰富多彩，自己幸福，家庭温馨。

遗憾的是，我和老伴儿的恋爱、结婚所有过程就只有一个多月，是典型的"不合格产品"。从夫人的邰姓就知道她是具有满族血统的后裔，这是她母亲的姓，为什么姓母亲姓咱们以后聊。夫人的母亲的姥爷是正黄旗人士，原来在宫里是吃俸禄的主，不知因为哪件宫廷内乱全家被逐出宫，回到东北老家重新过起平民生活。我出身贫寒，山东老家是地道的贫苦农村，父亲脑子活，后来带我们兄妹六个混成德州市民身份，但我的出身籍贯仍是农村老家。在那个"轰轰烈烈"的年代，我有幸参加一个老干部的历史问题专案组，组长是组织科长，还有一位党员干部，我是团员身份的群众代表。1966年下半年，院里掌握档案的人捅出一个爆炸性新闻，说刘某某（院党委委员、办公室主任）是假党员、土匪头子、奸淫妇女、无恶不作，等等。我们三人跑遍几个省市，调查了许许多多当事人，结果没有一个人提供上述恶证，后来我们召开了当地七八个年纪较大的贫下中农座谈会，结果仍无此恶状，我当时力挺实事求是，没有就是没有，在征得领导同意后，把座谈会内容用大字报上了墙，这下可开了锅，群众反响极大，需要说明的是我从没给这位1940年入党的老干部说过一句话，更谈不上什么私交。后来案子已基本清楚，这位老同志就几次问我有什么困难，有无女朋友，在那种双方势不两立的局面下，我非常警惕这类不该发生的故事出现，坚决拒绝了他的好意，从不敢单独与他接触，更不敢"索贿"。1968年这位老干部和其他老干部一起得到"解放"，他的夫人是北京儿童医院人事科长，也是一位老干部，她几次找到我要为我介绍对象，说实话，几年的"轰轰烈烈"确实耽误了我的"大事"，已经29岁的大小伙子还没有着落，家里人也很着急，我动了心，在一个周末晚上我和她在老干部家见了面，双方没有恶感，一直从东四走到和平里，这算是最长的一次接触交谈，算是一次重要的恋爱过程吧。那时候我担任一个研究室的副连长，负责业务，还经常倒班，没有太多的时间体味恋爱的幸福。大约过了一个月，她被列入"六二六"下放名单，赶快结婚吧，否则还不知道出什么岔子，我们的婚前恋爱到此结束。结婚那天同事们送的礼物除了几件餐具，就是毛主席像和带有主席语录的笔记本之类。把单身宿舍的两张单人床一并就成了新房，白天做试验，晚上就举办婚礼，军管会的人也到场"祝贺"，唱了几个革命歌曲和样板戏，我们的正连长带头高喊："翻身不忘共产党，幸福不忘毛主席！"后来听同事说："军管会的人参加了婚礼，没有什么问题，还是挺革命化的。"就这么简单，一位具有皇家血统的"公主"成了一个穷小子的终身伴侣。婚后回了趟老家，到农村看望爷爷奶奶，德州的父母为了表示一下，送给她一件为我前一个对象准备的上衣，全部过程到此结束。除了家里给她的那一件为别人准备的上衣外，我没有送她一件衣物，倒是她给我买了一身灰色卡基布干部服，至今我没搞清傻丫头爱上我哪一点。

  婚后的1970年她很快到房山南窖大山里夫给贫下中农治病，几个月后肚子大起来，只好回家休息，10月份行动已经有些不便了，军管会不知听了什么汇报，说我是516嫌疑分子，把我关进学习班，不仅让岳母到学习班规劝我投降交代，还企图让已怀身孕的她向我提出离婚，死心眼的她认为离了婚肚子里的孩子到哪里找爸爸，坚决不听从他们的阴谋诡计，一直到生下孩子快满月时才让我回家照顾母女俩。后来她还得回到山里去执行"六二六指示"，大女儿只好送回德州父母家代养。我一个人倒有些清闲，学会了糊袼褙纳鞋底、一剪子铰裤衩，给她翻新棉袄，买劈柴做马扎和小饭桌，打沙发，做写字台。她休假回来时，我们漫步在和平街马路西的林间小道上谈心、讨论问题，不时地打趣开开玩笑，走到没人处，还偷做点小动作。后来有了第二个孩子，孩子三姨夫说又是一个丫头片子，没办法，手艺不高啊，认了。在家赖了两年，还得去良乡上班，这时老大到了上学的年龄，从德州回到北京，我一个人倒班做实验，回家照顾一个小学、一个托儿所的孩子，她只好每周回家两次帮帮我，真刀真枪地过日子，就没有那么浪漫了，有时累了她

也发发牢骚，我装聋作哑，再说的话我就反击了："怪不得我进步那么快，就因为有人经常帮助我，我得谢谢。"她扑哧一笑就"化干戈为玉帛"了。

　　就这么稀里糊涂过了三十九年，旧日的苦苦乐乐好像被风吹走了，挂在走廊里的几件旧物有时提醒我们不要忘记过去，南面墙上一张1950年的北京地图象征着曾经的两个天下，北面墙外上一个镜框里是带有林副主席题写主席语录的结婚证，这是我们合法的"营业执照"，里边一幅是傻傻的两个丫头片子儿时的旧照，走廊顶端墙上是外孙女和外孙在"大森林"的新照。

　　快四十年了，我和老伴儿没闹过矛盾，也没有什么绯闻，连像样的吵架都没发生过，太平淡了，太不浪漫了，甚至有些"后悔"。

（2009年）

2. 奶奶的纺车

　　仲秋时节，我终于再次回到阔别半个多世纪的老家，天还是那个天，地还是那片地，儿时的家庭成员大都换成了新面孔，原来的老屋不见了，眼前变得有些模糊，丝丝伤感油然而生，满院子金灿灿的玉米，满屋子雪白的棉花，满圈肥壮的牛羊，是我小时想也不敢想的情景，但我还是兴奋不起来，我有些茫然了，我各个屋子乱转起来，突然屋子角落有件熟悉的老物件让我眼前一亮，堂弟告诉我："这是奶奶留下的遗物。"已经当了爷爷的七十岁的我还是忍不住兴奋起来，泪花立马涌出眼眶，拂掉灰尘，仔细端详起来，除了那个摇车的小扭全是旧部件，我马上打开相机，一定要把这件宝贝收藏在我的相册里，于是堂弟很快把那件比我还年长的纺线车搬到屋外亮堂处，镜头"啪啪"一阵爽快响动，纺线车进了我的相机，我才轻轻吐出一口气。

　　奶奶是离我们村五里远的后李村人，娘家姓郭，不到二十岁就嫁给了爷爷，那时家里穷得叮当响，爷爷的哥哥不过日子，不是赌博就是喝酒，赌输了敢把家里唯一一只四条腿的活物（小毛驴）押给人家，日子实在过不下去，爷爷奶奶只好分家单过，本来就穷的家就更穷，爷爷是个没有太大能耐的丈夫，奶奶火爆脾气里透着一股不服输的男子汉气质，赌着气要把日子过好。在那个人吃人的旧社会谈何容易。爷爷拼死拼活侍弄那二亩薄沙地，奶奶只要手头没有急活就摇那架纺车，后来爸爸和叔叔都结婚成家，我是家里头一个第三代，也是最早听到奶奶纺车声的人，妈妈和婶子都不怎么会纺织，全家六七口人的穿盖都落在奶奶一人身上，奶奶无论赶集、回娘家还是到地里挖野菜，都把我带在身边，晚上她坐在蒲团上双腿一盘就摇起纺车，让我坐在她身边玩耍，长年累月地摇纺练就了奶奶过硬的技术，只要把棉条缠绕到顶杆（线轴）上，基本不用眼睛瞧着，所以根本不用点灯费油，借着星光就可以纺出粗细均匀的棉线，她一边纺线一边向我讲述嫦娥为什么要奔月、穷人为什么要受穷，我一边玩耍一边有心无意地听着她不紧不慢的絮叨，玩累了就躺在她身边，那温暖柔软的腰肌和稍显肥厚的臀部让我备感舒适安全，那枯燥无味的嗡嗡纺车声很快把我送到梦乡，一觉醒来撒尿时，奶奶仍在不停地摇着她的纺车，一捆布吉（棉条）用完还不到启明星西斜。就是这样摇啊、纺呀地不停地转动着，摇扭变得光溜、瘦小，顶杆越来越短小，线带断了无数条，随着家里人口的增加，奶奶那架纺线车仍不能满足需要，穷日子一点都不见好转，直到 1948 年土改，穷苦日子才基本结束。

如今再也用不着那玩意了，孩子们也是第一次见纺线车，就是这样一架小小的纺线车让我浮想联翩，奶奶早已故去，我能为她老人家做些什么呢，想了几个礼拜也还是茫然无措，是不是把那件纺车收藏起来，但路途遥远怎么运到北京来呢？还是茫然……

3. 我为岳母百年诞辰写祭文

慈母邰秀兰，1909 年农历十月十八日（今年为 12 月 4 日），出生在吉林省珲春县一个正黄旗满族之家，外祖父邰庚庆早年任海参崴海关关长，家

九门深处轶闻多

有兄弟姐妹数人,家境尚属宽裕,母亲排行老大,继承了父母聪颖能干的基因,幼年就承担协助父母持家、带领弟妹的重担。母亲没有进过正规学堂,旧社会的女孩子终要出嫁远离父母,为了出嫁后能与家有个联系,父亲破例请了私教,在家教母亲学了一点"二十四孝"等传统文化知识,基本不会写字,认字寥寥。朝代更迭、世事巨变的动荡年代,让一个未读诗书但却聪颖的姑娘变得更加成熟干练,成为持家理事的重要成员。

爷爷郭振邦为河北宁晋人,早年在东北偶识外祖父邰庚庆,二老谈得投缘,外祖父就把长女秀兰许配给了祖父的独生子郭兴汉。天有不测风云,未等母亲出嫁,外祖父就因病逝世,全家生活一落千丈,为了圆外祖父遗愿,爷爷和外祖母决定仍结百年之好。父亲乘坐马车颠簸了四天把二十岁的母亲接到郭家,完成了由姑娘到媳妇的人生转变,接踵而来的就是生育子女、孝敬公婆、善待姑姐妹和干不完的家务事,由于母亲早年受到良好家庭熏陶和繁重家务及社会动荡的磨练,熟稔轻驭妇道、妻道、母道之任,成为上下无可挑剔的成熟女性。

东北沦陷后,外祖父死于日寇枪下,内忧外患的东三省极不稳定,为了求得安生,1936年后母亲随全家从吉林逃回关内,在没有皇上的皇城边又连续生下了三、四、五三个女儿,直到在钱粮胡同又生下盼望已久的儿子才完成全部生育任务。在此期间,母亲承担了全部家务重担,上奉只会读诗练功的婆婆,下哺几个年幼儿女,左陪上班的丈夫,右顾读书的姑妹,全身心地扑在家务上仍难称众人心,自二十岁离家后,从未见过家人面,自己不会写字,发封家信都很困难,有委屈只能往肚子里吞咽。

母亲日想夜盼的六个儿女陆续长大成人后,又遇到新一轮巨大社会变革,父亲被搅进无情的社会动荡的旋涡里,母亲再次经受冷若冰霜的严厉考验,她独自拉扯几个刚刚涉事的儿女举步为艰,既守妇道,又讲人道,那时最大的人道就是把尚未独立的儿女养活、养大、培育成材,高瞻远瞩的母亲为了儿女终身长远利益,吞咽下人世间最苦的果子,毅然做出了"无情"的决定——离婚。一个没有任何收入的女人,为了维持全家最基本的吃饭穿衣和子女上学问题,起五更、睡半夜,给人缝补浆洗,积极参加街道服务,靠点滴微薄收入维持全家生计,母亲以难以想象的坚韧毅力硬是挺了过来。以后她的子女陆续走上工作岗位,有的步入军营,有的入了党,他们不辱母望,在各自岗位上承担着国家重要任务。

由于心力、体力长期透支而积劳成疾，在儿女们各自成家立业尚待回报母亲恩德时，她老人家病情加重，于1994年2月16日被可恶的癌症夺走了生命，结束了本不该终结的85载生命旅程，这是全家的重大损失和巨大悲痛。

如今她的子女们也已陆续步入老年，儿孙们秉承母亲艰苦奋斗、勤俭持家、尊老爱国、敬业上进的家风和遗训，事业有成，家庭和睦幸福。在享受幸福生活的同时，我们永志不忘母亲的生养之恩和谆谆教诲之德。母亲极其平凡的一生，是伟大无私的一生，是值得儿孙永远效仿的一生，她没有给我们留下寸土片瓦，但却为我们留下无尽的精神财富，她吃苦在前享受在后的伟大操行和聪颖睿智的品格让儿孙们受用终生。

安息吧，尊敬的母亲！我们永远铭记您的恩德，为我们鼓劲吧，敬爱的妈妈！子子孙孙会永远做您希望看到的那种真正的人。

网友评论：

看了你写的文章令人感动！相信远在天堂的亲人定能感受到你对她的思念之情和敬孝之意。亲人恩情比天高，比海深，我们穷尽毕生也难以报答。对亲人的不幸离去，我们往往是这样无奈，这样无助！发现一个为天国的亲人建立纪念馆的网站。特意向博友推荐这个纪念网站"祭奠网" http://jidian.zupulu.com（族谱录祭奠网：是国内最知名的专业纪念网，也是首个可高仿真互动祭拜的纪念网）。为天国的亲人建立永久的网上纪念馆，让亲人的音容笑貌永远保存在互联网上，供后辈怀念缅怀她，你可以为在天堂的亲人建立一个永久的纪念馆，无论你在哪里，只要有电脑有网络的地方，当想起她的时候，就上去献上一束康乃馨，给她说说心里话；在她生日的时候，就上去发一个生日蛋糕，送上祝福。让爱温暖整个天堂。

4. 我想谁

买菜回来腰有些不舒服，平躺在床上休息一会儿，这点难得的工夫不能浪费掉，我打开itunesse，戴上耳塞，一首委婉深情的《雁南飞》乐曲一下子让我平静下来，那幽婉的旋律、深情的思念，又勾起我心中层层波浪。由春到秋，又从秋到春，由离别到相见，那是怎样的心情。听了一遍又一遍，我深深为之打动，不知是那幽婉动听乐曲，还是那深情思念战友的歌词，我陶醉了，两行热泪由两颊流到耳根，我没有擦它，趁家里没人，痛痛快快舒心一把吧。同志想念战友，挚友思念亲人，情切切、意绵绵。

我想念谁呢？一下子我也理不清楚，疼我爱我、受苦受难的爷爷奶奶早已故去，对我寄托诸多希望、勤劳一生的父母也已入土为安，步入稀朽之年的我已经在首都不错的楼宇里安度晚年，想想一块从土窝窝里爬出的旧友哪个能比得上我呢？但人老了就是这么贱骨头，故去的人还没有恋够，就又思虑活着的儿孙们，其实他们混得都挺不错，可是在我心中他们仍然是长不大的孩童，大女儿从小在爷爷奶奶身边长大，我们对她的疼爱太少太少，到了上学的年龄回到我们身边，正赶上我人生最低谷，不顺心就拿孩子出气，还动手打了她，她心里憎恨爸爸吗？虽说帮她找了份不错的工作，但一个上学的孩子也把她忙得不亦乐乎："地铁不会出事吧？孩子上学吃得合适吗？"可惜我一点也帮不上忙，一连串的忧虑萦绕心头。二女儿整天忙于事业，她的时间自己却不能自由支配，各省市飞奔着给人家讲课、联系业务，有时嗓子讲哑了也还得忍疼坚持，爱人远在外地，一个人生活肯定经常凑和，坐飞机就像乘公交车，有个万一怎么办？小外孙马上要上小学了，到现在还没有个眉目……老伴儿在家行五，从父母身上没有得到太多的母体营养，生性善良温顺，凡事都顺着我，身体状况欠佳……

猛抬头，墙上的挂钟已经过了十一点，我还得给小外孙女做美食，还得给外出的人们准备午餐，带着泪痕奔向厨房，似乎刚才什么也没发生过。

这就是我。

5. 清明寄语

《写给另一个世界里亲人的信》

清明将至，远在大洋彼岸的小青思念姥姥，觉得自己中文不太好，托我代写一篇祭文，我理解她的心情，就代她写了一篇短文发给她修改，内容如下：

敬爱的姥姥：

今天是您离开我们二十年的祭日（1994年2月6日），远在异国他乡的外孙女小青我托舅舅舅妈、姨和姨夫们向您表达我的思念之情。

四十七年前一只小羊羔呱呱坠地，父母由于工作原因，把刚刚2岁的我送到北京小胡同里，一只待哺的小羊羔虽然闻不到熟悉的奶香，但您那温润的肌肤却让我心神宁静，躺在您柔软的怀抱里犹入伊甸园。在那不太富裕的年月里，您想尽一切办法让我吃好睡好，哪怕是一顿素白菜帮馅的饺子，你舍不得自己先尝一口，总是第一个喂到我的嘴里，白天给我扇扇子，夜晚给我轰蚊子，冬天给我系围脖，夏天给我除痱子，一辆小竹车就是我的坐骑，您推着我游遍东煤厂那些小胡同和后海沿岸，在我小小脑海里，您就是亲妈，您就是比亲妈还亲的亲娘。在我还懵懵懂懂时，您为我上了人生第一课：为人要诚恳正直，在家孝顺长辈，有好东西让着大家吃，在外不能欺负小朋友，凡事要讲理……9岁那年，我在北京正好赶上唐山大地震，为了不让我受伤，您无论躲到四姨家还是五姨家，都把我紧紧带在身边，地震那天夜里，是您不顾个人安危，挟着我从四楼冲到楼下，我紧紧依偎在您的怀里瑟瑟发抖……到了上学的年龄，我依依不舍地离开了您，再后来，学业、工作、成家、生孩子一长串的任务让我很难见到您，但无论到何时、走到何地，你那清秀白净的脸庞永远铭刻在我脑海里，您那和蔼亲切的话语、聪颖睿智的目光让我永世难忘，您那勤俭持家、克己为人的高尚情操是我一生的必修课，住在大洋彼岸的楼房里，我耳边仍常响起小竹车的吱扭声，西方洋餐再丰盛，也难以让我忘怀调上香油醋的北京咸菜那美味……

安息吧亲爱的姥姥，舅舅舅妈、姨和姨夫们就是我的榜样，我们永远铭

九门深处轶闻多

记您的谆谆教诲,秉承您立下的家规、家风,做一个上孝顺父母、下呵护子女、勤俭持家的好外孙女,把您的遗志传承下去,您和姥爷在那边静候我们的佳音吧。

小青、家汉并嫦嫦为您致敬祝福,跪拜请安

几天后,突然又收到她自己写给姥姥的信,说无论如何这封信要自己写,我看了的确比我写得好,内容如下:

敬爱的姥姥:

有二十年没和您说话了。不过我和哥哥,还有我们的孩子们,在家庭聚会时总会提到您,尤其是我们两个小时候的笑话,每次我们都笑翻了天,那个记忆太美好了,三十多年前的北京衬托在您的身影下,在我们的记忆中太美了!当年我妈妈来到美国,我的女儿看到自己的姥姥,70多岁的人了,一下把腿搬上头顶,一下又作出优美的舞姿,无论什么场合都气定神闲,她向我惊呼:"我的姥姥太厉害了!"然后她又天真而好奇地问我:"您的姥姥什么样?她会什么?"这是一个多么温暖的问题,我把她抱在怀里,我太愿意回答这个问题了。我的姥姥,没有上过学校,不认识字,不懂得舞蹈,不懂得音乐,她要是唱歌的话,能把一个快乐的孩子给唱哭了。可她在我的心里就是一个杰出的女性,善良、包容、忍让、担当、无私和为别人着想。我的姥姥没有什么学问,可她实在是太会做饭了,饺子、包子、手擀的面条、松软的刚出锅的窝头、素馅的炸丸子、茄子泥、酸白菜、炖猪肉、每次都把你舅舅吃撑了的炸酱面、打卤面、每天晚上睡觉时,床脚的炉子都闷着烤白薯……女儿听到这里已经受不了了:"Oh Mom, this is not fair, I want to have your LaoLao!(妈妈,这太不公平了,我想要你的姥姥!)"

当我把这话告诉我妈时,她笑得眼泪都出来了。印象中姥姥最不喜欢的人是:"虚头八脑","又奸又滑","猴精"。您总是叫我们本分厚道,诚恳待人。这些我和哥哥记在心里了,就连我们的孩子们,也都承传了您的教诲,他们都不会令您丢脸。

姥姥,记得我最后一次在四姨家见到您时,您问我人活着到底为了什么?人活着有意义吗?我当时无法回答,也无法面对这个问题。直至今日,我非常感激您当年问我的这些话,它在我心里思考了很久,沉淀了很久,直到最后帮我续上了佛缘。请让我代表我和哥哥在此感激您的养育之恩,同时佛法的点悟也让我看到您的归宿，这令我内心无比感恩，也备感平安。

小青

敬上　2014年3月27日于温哥华

扫墓的第二天，我把祭扫全部过程和几张相片发给他们，内容如下：

小青、家汉：

4月5日是中华民族传统的清明节，是祭奠故去先人的重要节日，因为舅舅舅妈下周要轮值孝敬伺候85岁的老妈妈一周，所以祭奠先人活动提前在28号举行。

昨晚6岁的天羽刚刚背诵过"好雨知时节，当春乃发生，随风潜入夜，润物细无声"的诗文，这天夜里真的雨随风至，早晨打开窗户，一股沁人肺腑的温湿空气告诉我们，老天爷要"显灵"了，虽说是笑谈，但的确让我们"谈霾色变"的精神放松了不少。汽车开出半个小时后，前挡风玻璃上的细雨渐渐消失，但天色仍是灰蒙蒙、雾茫茫，又过了20分钟，望龙山就在眼前，粉色的桃花、白色的杏花花瓣上湿漉漉的雨滴在春风摇曳下滚到地上、渗入地下，地上的二月兰争宠似的映入我们的眼帘，天色明显放晴，我们的心情更加豁亮起来。我和五姨、天羽、舅妈坐在舅舅开的车上首先到达约会地点，不一会儿四姨、四姨夫也按时到达，我们拎着祭祀礼品缓步向山坡攀登，在墓地办事处办完十年的管理费即刻快速向上奔去，因为我们的亲人正在那里等着我们，刚刚找到丙区第三排入口，天色大变，一束明亮的光线照射进绿树丛中，我们抬头仰望上空，啊！天晴了，天亮了，我的心里就像装进了火红的太阳，一股暖流流遍全身，一阵清风吹来让我神清气爽。先人们不喜欢我们垂头丧气，不愿意看到我们哭丧的脸，我们尽量打起精神、露出笑容，好好陪亲爹亲妈说说离别情，唠唠家常话。大家动手把点心、水果、白酒、花环等祭品摆在爹妈墓碑前，我们六个六七十岁的儿女一字排开，向爸爸妈妈三鞠躬后，五姨从包里取出远从加拿大发来的一封沉甸甸的充满深情厚意的信宣读，四姨告诉两位先人说："爸、妈，你们最疼爱的外孙女小青给你们来信了，你们好好听听，他们一天也没有忘记你们。"读着读着，大家脸上装出的笑容渐渐消失，读到那些细微的记忆处，开始有人偷偷擦眼睛，读到深情处，五姨的声音哽咽了，似乎姥姥正凝神静听，她的音容笑貌又出现在我们的面前，这时大家都憋不住了，抽泣声、哽咽声打断了朗读，回头看

看我们聘来的"摄影师"周天羽,镜头已经下垂,眼泪哗哗流满脸颊,最精彩的镜头也没有记录下来,这是不能重复的镜头,多么动情的一幕,是千金万银也买不来的人间亲情真意。

祭奠完毕,大家象征性地尝了尝那些祭品,把剩下的祭品重新摆放好,依依不舍地向山下走去,我们一路走、一路回忆着爸妈活着时的各种生活细节,重新找回那些远去了的温情暖意。愿在那个世界里的亲人自我保佑平安,烦了与左邻右舍聊聊天,想我们了托个梦给我们,再见吧,爸、妈。

这些照片大部分都是周天羽(六岁四个月)帮着拍的,还有一张五姨1996年给大家拍的旧照一并发去,都在附件里。有机会发给你妈妈哥哥看看。

五姨(夫)

6. 清明祭爷爷

老伴儿69岁,眼看就要步入"古来稀"的队伍,所以对老年间的事情回忆越来越多,快到清明节,在提前为父母双亲祭扫之后,又想起未曾见面的爷爷,据说尸首埋在东北,早就找不到他的墓冢了,曾托友人搜寻过,但终无所获,所以无法前往祭奠,但小时从长辈人那里听到有关爷爷的故事一直难以释怀,3月28日下午在日记中表达了对他的深深祭奠之情,我看了之后为之深深打动,在征得她的同意后决定发表在我的博客上,以飨读者。

2014年3月28日(六)晴

听爸妈和姑姑他们讲,我爷爷是一个大英雄,是一个抗击日寇的铁汉子,爷爷叫郭振邦,原籍河北宁晋,早年练就一身硬武功,为人正直,疾恶如仇。听妈妈姑姑她们讲,那时二姐(今79岁)尚小,爷爷、奶奶、爸爸、妈妈、大姑、二姑、大姐、二姐他们住在吉林,爷爷平时经常带一些人练武术,给抗联送物资，在当地威望比较高，日本鬼子想让他出面当维持会长，爷爷坚决不干。有一天爷爷又带领他们的人马到山上准备为抗联送物资，结果被叛徒告密，日本人把他们围了起来，爷爷他们个个武艺高强，认为可以"刀枪不入"，准备与小鬼子对决，小鬼子知道凭武功打不过这些中国人，就开枪射击，子弹穿过爷爷的耳朵，他随即倒在血泊中。日本人扬言："不听大日本的话就是这样的下场！"并不准收尸。爷爷手下的人敢怒不敢言，到了深夜和乡亲们一起偷偷把爷爷尸体运回来，之后葬在今铁岭北的八虎山上，前几年曾托朋友到山上搜寻过，没有找到任何痕迹，所以至今我们也不知道爷爷到底长眠在什么地方，没法去祭奠这位英勇抗日的爷爷。据说当天就有人把这个消息告诉了我爸爸，并说日本人可能要抓我们全家，于是全家老小连夜坐马车、乘火车逃到了北京，我们全家从此在北京落下了脚，之后仍有爷爷的部下给家里送东西送钱。

听妈妈说，以后每到清明节，家里就在爷爷照片下摆上供品，为他祈祷，每逢春节，都为爷爷祝福，妈妈拿出爷爷用过的碗筷摆在堂屋，一直摆到正月十五。光阴如箭，岁月飞逝，爷爷的第五个孙女也已近七十，可恨的小日本鬼子，从小我就对他们没有好印象，今天他们又想霸占我们的钓鱼岛，说句俗话——没门儿！中国有多少家庭被他们烧杀糟蹋过呀，不能忘记过去，不能忘记这段耻辱的历史！

又是一个清明节，我要把这一切告诉我的孩子们。

7. 爸妈说了些啥

受夫人委托，把二十几年前一桩旧事写成一篇小文，作为对两位老人的深切缅怀。

1991年暑假，在铁岭三姐家，爸爸和妈妈相隔26年后又一次重逢，当着我们晚辈的面却没有太多的话语，因为妈妈的到来事先没有通知爸爸，他

九门深处轶闻多

显得有些兴奋和惊喜，妈妈满脸的庄重和宁静，几句寒暄话算是个见面交代，爸爸见妈妈那表情没敢多言语，我们互相递了个眼色把话题转向其他方面。吃过晚饭后，我们借故去外甥家过夜，把空间和时间留给了两位老人。相隔二十六年重逢的老爸老妈这天晚上肯定说了不止一车的话，1994年老妈去世五年后，1999年9月老爸也离开了我们，二老他们那天晚上到底说了些啥，至今仍留给我们许多猜想和牵挂。

爷爷郭振邦祖籍河北宁晋城南三十五里朱家庄，因家境贫困，到北京一家馒头房学徒，因受不了老板虐待企图喝鸦片自杀，得救后私闯关东，在法库和奶奶结婚后以开垦荒地为生，有时也给穷人看看小病贴补些家用。1911年出生的爸爸自幼跟随祖父在关外长大，爸爸上过几年私塾，虽然学历不高，但能写得一手好字，1928年，爸爸在奉天北大营陆军模范队受训，后在吉林陆军粮秣厂文秘股工作过。"9·18事变"后离职。因爷爷积极抗日被叛徒出卖，小日本不仅枪杀了爷爷，还要抄杀全家，1935年全家逃回北京，次年爸爸在北平公安局汽车队干稽查，以后又陆陆续续干过伪河北省政府教育厅办事员、民政局七区办事员等差事，没有参加过一天国民党组织，直到1948年被免职回家。

妈妈邰秀兰是满族人，生于1909年十月十八，原籍吉林珲春，属正黄旗，她的父亲曾任海参崴海关关长，家境比较宽裕，儿时生活优裕，曾跟随当关长的父亲出席过有老毛子参加的宴会，所以懂得些外场礼仪，比同龄的孩子显得聪颖睿智。她是家里的长女，家里的大事小情她替父母承担不少，因此学会了持家理财和带弟妹的基本技能，做事成熟干练，懂得礼仪和人情世故，是家里不可或缺的主要成员。她当关长的爸爸邰庚庆和我的爷爷比较熟悉，两个老人聊天时都谈到了儿女的婚事，越谈越投机，姥爷就做主把长女邰秀兰许给了爷爷的独子郭兴汉，1929年20岁的妈妈乘坐大车嫁到吉林市的郭家为媳，当时有爷爷在，他老人家亲自选的儿媳家里人谁都不敢慢待，虽说妈妈比爸爸大2岁，但婚后两人关系很好，在吉林生下大姐和二姐。

爷爷被小日本杀害后，全家逃到北平，这个大家庭里有婆婆、大姑子、小姑子和丈夫，全都没有工作，妈妈是媳妇，当然要承担全部家务，给他们做饭、洗衣、倒屎倒尿，全家人从冬到夏的衣裳全由妈妈一人裁剪缝制，上看婆婆的脸，下遂小姑子的意，妈妈有苦难言，丈夫是个孝子，凡事都听信奶奶一人之言，无论妈妈心里多么憋屈，也还要强装笑脸面对全家的吃喝拉撒等全部家务。自从离开珲春老家，直到去世也没回过娘家，自己不会写字，连封信也没写过，想给家里亲人说的话也只好憋在肚子里。这还不是艰难生活的全部。

  1948年爸爸失了业，全家生活很困难，爸爸找到普济佛协会理事长姜明，希望他帮助找份工作，在佛协混了一段时间，生活困境暂时得以缓解。后来姜明介绍爸爸参加了李济琛领导的中国民主促进会。当时解放军正准备进城，民主促进会反对蒋介石的独裁专政，愿意帮助解放军解放北平，他们开过几次秘密会议，根据民主促进会常委会决定，要成立一支民众别动队，直接协助解放军进城，分发了些枪支，规定了识别标志和秘密口令。爸爸3月8号到北长街参加会议时，突然宣布被捕，但罪状不清楚，在草岚子看守所押了3个多月后，11月末又被押解到炮局清河训练大队改造。1950年春又转到清河农场劳动改造。1951年镇反时被戴上镣铐险些被处决，直到1954年8月才正式宣布判刑七年，剥夺政治权利两年，罪名仍是糊里糊涂。1957年刑满后被安排在新都砖厂工作，1958年恢复政治权利，同年5月又被遣送到吉林当农民，1959年回北京分配在团河农场和化工厂工作，1961年又被送到黑龙江兴凯湖农场，1967年转调到绥棱农场，1976年3月23日绥棱县革委会宣布摘掉不知什么时候戴上的反革命分子帽子，1980年退休时只有三年工龄，到了1981年8月，绥棱县公安局发布文件宣布纠正关于郭兴汉反革命分子的错误决定，工龄改为二十三年，成为一名正式退休工人。逮捕时罪名糊里糊涂，1957年宣布刑满但并没有释放，从1957年到1981年这二十四年几次被强行转来转去，这笔糊涂年代的糊涂官司，是一般人无法忍受的，爸爸几次申诉，但无人接案无人给予任何交代……因为时间太长，当事人大都不在人世，就这样拖延着、煎熬着。

  全家人从东北逃回北京后，没有正式居所，经常搬家换房，曾住过老舍笔下的小羊圈胡同，住过地安门两侧门楼、金家大院、钱粮胡同等处，在北京妈妈又生下三姐、四姐、我和弟弟，家里生活困难，就把三姐和四姐送到洋人开办的仁慈堂做童工，受尽了洋人的折磨。后来妈妈带着我们与奶奶分开居住，解放前后爸爸那份不稳定的工作薪金很少，他又是一个大孝子，妈妈从爸爸那里得到的生活来源少得可怜，为了养活一大堆儿女，妈妈给人家

九门深处轶闻多

缝补浆洗，为了多挣点钱，妈妈每天连拆带洗带做11床被子，那不是一般女人受得了的罪。自从爸爸被捕，全部生活重担都落在妈妈一副肩膀上，大姐二姐长大后，相继参加了人民解放军，成为一户光荣军属，妈妈为那份荣誉和特殊待遇感到非常高兴，因此对新政府、街道和派出所十分尊重，积极参加街道上的社会工作。新中国成立后，三姐、四姐、我和弟弟都先后入学，因为是军属又是困难户，不仅减免学杂费，有时还给我们发放衣物，妈妈打心眼里感谢党和政府的关怀。爸爸当时觉得受到冤枉心生怨气，对妈妈紧紧依靠政府有些不理解，因此刑满后工作期间，很少给家里钱，妈妈也全都忍下来了，为了能平静那颗不平静的心，妈妈这些年来吃了一口袋的索密痛，深更半夜经常因噩梦惊醒。说话就到了1965年，我从宣武护校毕业分配到医院工作，四姐也参加了工作，妈的心里那份满足感一语难表，但她和爸爸那个家庭官司如何了结也让她十分烦恼，多年来千难万险她一个弱女子挺过来了，她和那个名义上的丈夫认识上产生了很大分歧，孩子们一天天长大，在那个政治高于一切的年代，也让孩子们背上历史反革命家属的包袱吗？于是她决定提出与爸爸离婚，也许这还能改变孩子们的前途和命运，就这样妈妈最后见了爸爸一面，以后再也没有来往。一年后的6月份，轰轰烈烈的文化大革命开始，我们就像进入了安全岛，丝毫没有受到任何冲击，一位亲戚对母亲的评价：英明不伟大。这是他一人的看法，我不置可否，以后的事实我们确实感到受益于母亲这一重要决定，我们姐弟六人五个入了党，弟弟还当上了一个公司的党委书记。

二十六年后的1991年，铁岭的外甥到北京出差办事，那时爸爸早已被姐夫接到铁岭度晚年。此时的妈妈由乳腺癌转移为骨癌，全靠止疼药维持生活，外甥提出让妈妈到铁岭见见爸爸，我们不敢直接向妈妈表明真实意图，转弯抹角征求妈妈意见，妈妈嘴上说不去，可能也想见见几十年未见面的他，又不想去服这个软，后经大家反复劝说，妈妈说："去，你三姐那么好的房子我为什么不能住。"就是不提见爸爸的事。这是一个双赢的结局，我们终算没白费嘴舌。一路上我们捉摸着：妈妈见了爸爸是抱怨？是数说二十几年的艰辛？还是重温旧情？那天夜里他们二老到底说了些啥，至今仍是个谜。

2014年7月2日

8. "话聊"儿时北京生活

早就和姐弟们约好，今天到景山公园赏芍药花。一踏进124无轨车门，满眼都是"白发苍苍"，北京确实进入了老年社会，在老北京们心目中，景山、北海依旧是我们的"天堂"，树荫下有儿时玩耍的脚印，湖边有三五好友嬉戏的影子，在那里还能找回些旧时老北京的留恋，那里有我们的青春，有我们的成长……

66岁的斌小弟两口子最先来到公园等候，我和老伴随后也按时赶到，73岁的四姐和78岁的姐夫因为堵车耽误了一会儿，谁都没有怨言，自清明扫墓后离别已俩月有余，姊妹相见分外高兴。说是赏花，实际上是"话聊"，一聊起来有说不完的话语，说起小时的事情，不管有病的、没病的浑身上下没有一点难受的感觉。大家重又想起在爸爸妈妈和奶奶身边的日子，只在大人们话语中出现过的爷爷、姥姥、姥爷的身影也似乎活了起来。感谢爷爷奶奶和爸爸妈妈把我们带到这个五彩缤纷的世界上，让我们品尝到世上的酸甜苦辣咸各种生活的味道。

活下来的姐妹兄弟六个，老大老二老三都生活在外地，留在北京的只有四、五、六三个，旧社会家里穷，从没有过自己的房子，都是租房住，因此经常搬家挪户，我们姐弟几个分别出生在不同的地方，大姐二姐出生在关外，三姐出生在东城什么胡同记不清了，我和四姐出生在后海金家大院，斌弟出生在东城钱粮胡同。我们家住过老舍笔下的小羊圈胡同，住过景山后街，住过地安门东侧城门楼，住过故宫后身三座门，新中国成立后住进北海后门的东煤厂胡同，"文革"后期又搬到安外三道桥，我们家什么样的房都住过，就是从没住过向阳的正房，老天爷似乎有点不公。

快到中午了，我们六个老馋猫从白米斜街拐到后海东沿，穿过义溜胡同直奔鼓楼前的望德楼，每人一碗泡馍下肚还不过瘾，每家又带上几个老北京烧饼，准备晚上继续咂摸那抹不掉的老北京滋味。"老牛最熟黄昏路，何不趁时暖斜阳。"

——抄自老伴 2014 年 5 月 9 号日记

9. 我的婚礼

今天是一月份的最后一天。傍晚，落日的余辉横扫在电线杆和干枯的树枝上，我和老伴儿提着一兜冒着热气的包子急急往回赶，因为家里还有五六张嘴正等着我们两只老鸟打回的食儿填腹。

四十二年前的这个时候，我下了班也是这样匆匆往回赶，那一天是我和小郤举行婚礼的隆重日子，所谓的新房就是一间集体宿舍，把同屋的同志往外一赶，两张单人床一并，就成了洞房唯一的新家具，我从实验室出来，还是那件旧棉袄，媳妇让姐姐们稍稍捯饬一下，比我要显得漂亮多了。约莫7点多钟，军管会两位同志穿着整齐的军装走进新房，连长（相当于研究室主任）宣布婚礼开始，先背诵主席语录，后唱革命歌曲，在连长的带动下，大家高喊："翻身不忘共产党，幸福不忘毛主席！"记得机修车间刘师傅还唱了京剧《沙家浜》选段，军管会的同志也讲了话，不外乎注意加强政治学习、勤俭持家之类的嘱咐。参加婚礼的人不多，当然都是同观点的"战友"，一边热热闹闹开些很正经的玩笑，一边还嘀咕着不能让对立面挑出毛病，因为我那时的身份是二室副连长。一个多钟头后，婚礼到了尾声，参加婚礼的人渐渐散去，我着急地拉上窗帘、锁好门，开始了我们的新婚之夜。

说来像是笑话，但这是真实的一段生活经历。

10. 新婚致辞

在这金秋的十月，我们迎来国庆和中秋两个大吉大利的佳节，王昊和周翼在这个好日子里举行新婚庆典，真是喜上加喜！今天有这么多亲友和领导前来祝贺他们的新婚之喜，除了本地的亲友外，有从北京来的，有从上海和深圳来的，还有从千里之外的广西南宁和四川成都来的贵宾，我们周、王两家感到十分高兴，在这里，我代表双方家长向你们表示衷心感谢！

值此大喜临门的日子，我们全家把小女王昊送到这风景秀丽、人文荟萃的江边小城，我们为王昊找到满意的伴侣和婆家感到欣慰。今天把小女送来了，希望你们接纳她，希望亲友们喜欢她。我在送走了一个女儿的同时，也得到了一个好儿子，所以我并不吃亏。

女儿生活在北方，从小不是读书就是学习，社会阅历很浅，在与你们相处的日子，如有礼数不到、言语不周时，请你们原谅她，并帮助她。

这里我对女儿、女婿也讲几句话，你们还很年轻，路子还很长，今后你们的任务是学习学习再学习，努力努力再努力，在生活上要互敬互爱，尊敬双方父母，尊敬教育培养你们的师长和亲友。今后如有机会出国学习，我们也会支持你们，但是希望你们学成后及时回来报效祖国，即使由于各种原因不能马上回来，也希望你们不要忘了你们是中国人，你们是江阴人，如果你们同意，就请在这个庄重的日子当众承诺，向亲友们深深鞠一躬。

国庆和中秋重叠在一天，十九年才有一次，但在场的亲友们再在这里重逢，恐怕九十年也很难，所以请大家珍惜这个良辰吉日，吃好、喝好、尽兴如意。

2001 年 10 月 1 日 17 点　江阴扬子大酒店

11. 我的世界观

人间社会由客观和主观两个世界组成，每个人都游弋于这两个有形和无形世界之间，而且要受这两个世界的支配和影响。五彩缤纷的客观世界里的万物生灵都离不开阳光、空气和水这三大基本要素，阳光和空气是人们无法选择和很难掌控的，只有水和人是可以互动和相互影响的，水是万物生灵的根本源泉，有了水才会有动植物和人类，才会有后来的建筑和衣食，没有了水就不会有灵动鲜活的生命,所以说水是客观世界唯一人类可部分掌控的要素,北京城傍水而建、依水而生,每一个北京人都无时无刻不能离开水。

而支撑主观世界存在和发展的是信仰,如果人们失去了信仰就等于失去了灵魂,就会混同于猪狗牛羊,社会就不会有发展和进步。信仰是什么?是灵魂深处那挥之不去的追求和精神依靠,客观世界里有许多人类未知的万象万物,而在主观世界里又一时找不到答案,于是最原始的宗教信仰应运而生,它可以安抚人们的心灵,给人们信心和继续生活下去的力量,它可以使得周围世界和谐安宁,当然除了宗教信仰外后来又出现了许许多多科学或似是而非的信仰和理论。宗教的推崇者们为了让人们永远相信那个摸不着的"神"的存在,于是就修建了各式各样的宗教建筑,寺和庙(广义)是宗教信仰的外在形态和承载体。寺庙里的神可以游走于阴阳两界间,将天地人串通为一体。寺庙就是天地两界的分界线,是天上的神在人间的宿营地,是人与神的联谊站,在这里神可以了解人间万象,人的灵魂可以得到升华,可以求得精神抚慰和心灵的安宁。所以我们抓住了水就抓住了客观世界的根本,抓住了寺庙并了解其本质,就找到了寻找主观世界源头的捷径。我们有了这两件法宝就会明了如何应对人世间的万象万物。这就是我的世界观。

12. 听爷爷讲家史

我们的老祖宗并不在张有道村,听老辈人讲,不知哪一辈的祖爷爷从旧德平县城南的洼尔王家村迁来的。

在老王家家谱上有王大本、王大力、王大有、王大富几个人名。

王大本一支是东院王世禄那边的分支,因老辈人关系不甚密切,来往较少,所以情况了解得不多。

另外一支是王坤、王乾亲弟兄两个,他们是王大本的叔叔或大爷。

先说王坤,他的儿子叫王大力,王大力的儿子是王贵,王贵的儿子是王连富，王连富没有儿子，他的叔伯弟兄王大有给他从洼尔王家抱来一个养子，大名叫王世领，王世领生的儿子叫王同升，王同升娶滋镇小街的媳妇，生了三个儿子，依次叫王长清、王长荣、王长亭。

再说王乾，王乾有两个儿子，一个王大有，另一个叫王大富。王大有只身一人没有结过婚，因家境贫寒，他提着篮子拿着笛子远出家门，一直没有回家，不知是什么时候别人把他的尸体弄回来的，埋在村西南地里，那颗长着榆树的坟头就是王大有的坟。

王大富有个儿子叫王俊，小名叫许子，他就是我的父亲，父亲先后娶过三个媳妇，第一个是王许氏，是北杨家后身小刘庄人，第二个媳妇是南乔庄的王郎氏，第三个媳妇是杨升洪家的杨氏，这就是我的亲生母亲。

听老人讲，爷爷王大富和奶奶任氏日子过得相当艰难，经常受到乡邻欺辱，爷爷死后，奶奶日子更加难熬，实在过不下去了，就领着我父亲王俊回到滋镇街娘家度日，父亲在街上帮助他舅舅卖烧饼，有一天在集上见到他大爷王大有，就从钱柜子抓了几个零钱给他大爷，不料让他舅舅看见了，舅舅很不高兴，舅舅对其姐姐说："老王家人向着老王家人，早晚也是回张有道村，不如早些……"奶奶只好又领着我父亲回到张有道村。母亲生下两男两女，过夫人都迷信，为了让我们哥俩能长命，就给我们哥俩起了个很难听的名字，哥哥叫赖子，我叫窝子，说也奇怪又凑巧，我和哥哥在那个艰苦年月都活下来了，长大后才给哥哥起名叫王连元，我叫王连等。

我出生在1895年，那时正是中国最后一个封建王朝垮台的前夕，清光绪皇帝无能，八国联军打进中国，他们在中国土地上烧杀抢掠，无恶不作。清政府惧怕人家的洋枪洋炮，为了苟且偷生一时，便丧权辱国地在人家拟定的赔款割地的协议上签字盖章。在这国即破、家将亡的时候，各地驻军和地方政府也趁机搜刮民脂民膏，由于土地高度集中，穷苦百姓们失去了赖以生存的土地，他们过着流离失所、家破人亡的日子。

我家祖祖辈辈就生活在这样艰难的岁月中。我的父亲王俊经不住贫穷和疾病的折磨，刚过而立之年就英年早逝，这可苦了我的母亲王杨氏，她老人家上有年迈的老婆婆，下有没成年的两儿两女，家里只有六间破土房，二亩二分薄沙地，没有一头牲口，没有一件大农具，一个裹着小脚的家庭妇女，靠这点家业无论如何也养活不了全家六口人，穷苦百姓唯一的本事就是节省，

九门深处轶闻多

首先就是管住自己的嘴，积攒了几年才又租了二亩二分地，总算没有饿死全家老小。

在旧社会，一个没有丈夫的寡妇，有钱的人不仅瞧不起，还变着法儿地欺负你。那几间破土坯房，夏不挡雨，冬不御寒，寒冬腊月天，风卷着雪花钻进破房里打旋，我奶奶缩卷在炕头上，我和哥哥姐姐冻得只好搓着手脚满屋子乱转。我和哥哥光着脚赤着背跟母亲从春忙到秋，打下的粮食还是难以糊口，母亲受不了人家的欺负，奶奶去世后就带着我们姐弟几个回到杨升红的娘家勉强度日，我姥姥家也是穷苦人家，一下子添了几张嘴，日子也非常艰难，亲生骨肉也没办法，只好饥一顿饱一顿地凑合活着。

几年后，母亲见自己的四个孩子日渐长大成人，在我虚岁十五那年，又回到张有道村。开头虽仍衣不遮体、食不果腹，我们兄弟姐妹四人总算能帮助母亲干许多活了，外人看见两个大小伙子出入王家门，也不敢轻易找母亲的麻烦了，尽管日子过得还很艰难，但总算可以填饱肚子了，全家人没黑夜没白天地春忙种、夏忙管、秋忙收，总算见到香喷喷的粮食了，但母亲还是不让我们放开肚子吃饭，因为我和哥哥都已年近二十岁，无论如何也要给我们哥俩娶上媳妇，穷人的办法就是从嘴里抠出钱来，春天掺野菜树叶，冬闲多喝稀汤粥，东盼春来秋盼年，指望着我和哥哥长大娶妻生子，把差点灭门的王家给撑起来。我和哥哥活了下来，但两个姐姐却过早踏上了黄泉路，我奶奶五十一岁也离开了人间。

记得我十四五岁时，凡到麦秋季就顾不上自己家里的庄稼，到人市卖短工，春天帮人家打墙，冬天到油坊抡大锤榨油，就是这样卖死卖活地干，家里仍难以糊口，我哥哥王连元被迫下了关东，全家生活靠年迈的母亲和不到二十岁的我支撑着，无论我如何拼命苦干，日子还是很艰难，遇有灾害年景，连口粮也收不上来，有时不得不向人家借点粮食度日，日积月累就欠人家三百吊制钱，当时的月息是二分二，借钱容易还钱难，再难也得借了还，还了借，因为我已经到了成家的年龄，如果谁家儿子找不到媳妇，那是抬不起头来丢人的事。

经过几年拼命苦干和省吃俭用，家里略有些积蓄，多次托人说媒介绍，总算与后李家郭长春的女儿定下一门亲事，二十二岁那年，我与王郭氏结了婚，二十四岁时与哥哥分家单过，除了分得二亩二分沙地外，还分得一百五十吊的外债。欠人家的钱还不上，人家逢年过节就来催债，一时还不上，就堵住门口大骂，语言之难听、气势之逼人，让人上吊的心都有，不管怎么说，欠债还钱天经地义，我只好勒勒裤腰带躲到一边哭去，时间越长，连本带利滚得越多，全家再怎么勒裤腰带，也还是还不上这笔阎王债，直到1940年闹减租减息时才与财主算清这笔阎王债。

我二十四岁时(1919)有了大儿子王世杰，小名叫瓦子，三十一岁时(1926)又有了二小子瓮子，大名叫王世英，以后又有了一个女儿叫喜子，多一个孩子多一张嘴，没有大农具和牲口，也养不起猪，那两亩多薄沙地打的粮食很难养活全家五口人，出外打短工没有把握，有时有活，有时没活，实在不行，我就到李家塔子村内姐夫李洪章家里扛长活，一干就是两年。因为离家太远照顾不了家，便到邻近村李青云家给地主侯登榜扛长活，老伴儿扭着一双小脚，领着几个孩子在家忙活那两亩地，两村距离只有半里地，不仅村挨着村，地也连着地，我不忍心看着老伴儿受那个大累，上午干完地主地里的活，中午不休息，顾不上大汗淋漓，想抢一抢自己地里的活，后来让地主家知道了，他们说："你干自己家里的活，就别吃我家的饭！"我哪敢回自己家呀，嘴里应着："不敢啦。"就饿着肚子赶紧跑到地主地里干活，为了不让全家人饿死，我仍不断地偷偷饿着肚子干自己地里的活，这样日复一日、年复一年地忍饥受累苦熬，就得了痨病，直到晚年也没有完全治好。

王家几辈子也没有一个念书识字的，没有文化不仅发不了财，受了欺负连个说理的地方都找不着，更别说打官司了，我一咬牙让八岁的大儿子王世杰进了学堂，儿子当然高兴，每天背着书包高高兴兴上学下学，他不仅聪明而且好学，学习成绩很好，但两年后不太贵的学费把他挡在了校门外，家里连吃饭都很紧张，哪里交得起学费啊，只好让他退学，他哭着闹着怎么也不想离开学堂，我生气地说："你上学就别回家吃饭，去捡粪拔草就管饭吃，你自己选吧！"大儿子没办法，只好又背起粪筐回家干活，每逢路过学堂门口，就趴在窗户听老师讲课，手里拿着草棍在地上学着写、学着画，好赖总算认识了不少字，没当上睁眼瞎。

这期间，我为了弄几个买油盐的零花钱，有时也做点小买卖，天下的穷人太多了，每天挑两筐青菜也赚不了几个钱，有一次挑了一筐青菜到离家十五里远的神头去卖，穷人买不起，富人吃菜不给够了钱，中午连午饭也吃

九门深处轶闻多

不上，天快黑了还没卖完，摸着黑回到家，一算账，一天只赚了一文钱。

那年头，穷人没有赚钱的门路，一年到头全家人的吃喝开销都要从那两亩沙地往外抠，那时做梦也想着买田置地，每逢过年时，亲戚给孩子几个零钱，这钱属于孩子的时间只有半天多，到了晚上全部收获都要"归公"，孩子当然很不高兴，但说攒钱要买地时，他们虽不情愿但也全部交了"公"，全家人一口口地省，一分一分地攒，两年后买了一亩多当契地，多了一亩地，日子就稍微松快了些。

日子有了点改善，人家才敢上门提亲，1937年大儿子王世杰十九岁时，经媒人介绍，北边任集张家张清连的十七岁大女儿黑子许配给了大儿子。1944年，十八岁的二儿子王世英也娶了邓集乡孙家的英子做媳妇。1940年农历六月二十四，大儿子屋里添了一个大小子，全家人自然非常高兴，为了让下一代能高升发达，给孙子起了个名字叫升腾，1946年上学时才有了大名叫王同祯。1950年农历六月二十二，二儿子屋里也生了一个胖小子，为了王家升腾得稳稳当当，就给他起名叫保住，后来的大名叫王同福。三年后的1953年农历四月二十六，大儿媳妇又生了个男孩，老伴给他起名叫大战，1953年农历五月初四，二儿媳妇也生了个男孩，给他起名叫常赢，上学时起名叫王同祥。好了，"升腾—保住—大战—常赢"，四个孙子四个响堂堂的名字，再也不用担心养不活他们，也不用起那些难听的赖名字，有四个顶门立户的大孙子，再也不用担心别人瞧不起了，从起名可以看出，全家人对他们寄托着多大希望啊。

大儿子新中国成立后在县邮电局工作，借住在刘俊杰家里，刘家有个孩子叫庆子，他有点大舌头，管大战叫大蛋，经常惹得全院人哈哈大笑，刘俊杰就说："现在都解放了，别大战啦，就叫胜利吧。"从此老大的二儿子就改名叫胜利，上学后取名叫王同禄，唯一可惜的是起名时没有按"福禄祯祥"的顺序排下来，有点错序。

1940年有了两房媳妇和一个大孙子后，虽说家里有了不少生气，因地少底子薄，经不起任何一点灾害风险，那年正是日本鬼子的"三光"政策闹得最厉害的时候，老百姓三天两头躲鬼子，一年到头辛苦打下的粮食，要交给国民党政府，又要应付小日本，还要偷偷送给八路军，所剩口粮就很少了。1943年闹大旱灾，天上一滴雨都挤不出来，庄稼叶子像烤焦了的干柴，眼看就要绝收,全家人怎么活呀,我见人家都出去逃荒要饭,就想让大儿子也带着老婆孩子出去讨饭找个活路,大儿子怕人家笑话,怎么也迈不开那条腿,我和老伴儿一气之下背上打磨的家伙,挎上要饭筐子,再拿条打狗棍出了家门,出门向北一边讨饭一边赶路,几天后到了河北静海北大洼一带,我每天给人家打磨,老伴儿给人家纺线,好赖能混上口饭吃,有时找不到雇主,就向人家讨口残汤剩粥。因惦记着家里挨饿的大孙子,每天总想多走些路,多揽点活,攒点粮食给大孙子带回去。有一天我为了多赶点路,和几个男的走急了点,忘了裹着小脚走在后边的老伴儿,她扭着小脚无论如何也追不上我们,天都大黑了,还是看不见我们的身影,实在跑不动了就坐在一个坟地里大哭起来,当时越哭越伤心,觉得没有活路,就想吊死在那棵大松树上,幸亏穷人们听到了老伴儿凄惨的哭声,帮助她找到了我,要不是那些好心的人搭救,今天谁也见不到谁了。

我和老伴儿在外边过着颠沛流离的生活,心里惦记着家里的儿子媳妇,尤其不放心我那大孙子,我们省吃俭用,好不容易攒下几斤净棒子面,托张凤楼捎回家给大孙子蒸净棒子面窝窝头吃,自从捎棒子面的人一走,我们就数着天想象着大孙子吃上净棒子面窝头的高兴劲儿,后来回家一问,家里人根本就没见到棒子面,听说还没捎到家就在半路被张凤楼给吃了,我老伴儿立马急了眼,就骂着要找张凤楼算账,我说:"都是让穷逼的,他吃了就吃了吧,再找也没用了。"好说歹说才平息了这场"大战"。

我唯一的喜子女儿也是那年连病带饿送的命。

我和老伴儿逃荒在外,儿子媳妇拉扯着不懂事的孩子也不容易,因为营养不良,大孙子干长个细脖子,饿得又黑又瘦,四岁那年,他饿得实在没办法,就拿着一个破洋瓷碗到村西头夹道向人家讨饭吃,好心的大娘婶子一会儿就装满了一洋瓷碗,他高高兴兴地端回家,哪是什么饭呀,都是攥不成团的谷糠和野菜饽饽。

旧社会,人之所以穷,就是因为没有土地,大量土地都掌握在少数地主手里,几千年来皇上就是最大的地主,历代反动政府都为这些有钱人撑腰做主,广大穷苦人无论怎样卖苦力气干活,也还是食不饱肚、衣不遮体,我朝思暮想连做梦都想得到土地,因为土地是农民的命根子,再说我两个儿子、两房媳妇,往后他们都要生几个孙子,这几亩薄地无论如何也不够分,做家

九门深处轶闻多

长的谁不想为儿女多攒下点家业呢，那时候我不明白怎么才能得到土地，只知道拼命卖苦力干，拼命地省钱，哪怕三顿饭凑成一顿饭吃，也要攒钱买地，为了买地，我卖过菜，打过短工，扛过长活，炸过馃子，卖过馒头烧饼，经过几年的艰苦奋斗，终于攒下几个钱，买了村西南杨家的一亩当契地，虽说心里感觉好了些，但随着人口不断增加，仍感人多地少，日子过得还是很紧绷。1942年农历腊月初三，大儿子屋里又添了个闺女，按她姥姥家姓起名叫张妮，后来上学时起大名叫王同珍，大媳妇屋里还生过一个孙子叫得胜，不到两岁就病死了。这时全家有八口人了，日本鬼子投降后的第三年，1947年农历五月十九，大儿子屋里又添了一个丫头，因那天正下雨，小名就叫雨妮，所有的孩子都上过学，只有她没有进过一天正规学堂，所以直到新中国成立后六几年才由大孙子王同祯给她起大名叫王丽萍。

还是这几亩薄地，养活这么一大家子人是何等困难，实在没办法，老大和二儿子与人家合伙到外乡炸果子卖，我和老伴儿在家领着两个媳妇和几个孩子忙活那几亩地，无论如何苦干，打下的粮食也还是吃不到年底，到了春天，有点净粮食给孩子们吃，我和老伴儿、两个媳妇一春天吃四口袋糠（约合200斤），人瘦得皮包骨头，那年头地主家里拿豆饼、豆腐渣和花生饼甚至好粮食喂猪，我们过年也吃不上这些好东西，野菜、树皮、树叶、地瓜秧、玉米芯是我们的家常饭，有糠吃就算不错的了，现在的年轻人有点事就叫苦，他们哪知道什么叫苦啊，真是躺在蜜罐里不知道甜。

1942年大儿子王世杰秘密加入了共产党组织，1944年，共产党正式宣布在解放区全面实行土地改革，连做梦都想土地的我们，全家举双手拥护共产党的英明决策，大儿子成了土改工作队的积极分子，在已经公开了的党支部领导下，积极开展斗地主、分田地的土地革命斗争，工作队把全村的人详细排了队，按人均地亩和雇工剥削情况，确定了雇农、贫农、中农、富农、地主、恶霸地主，凡富农以上的人家，除留够他们全家人的基本生活所需外，富裕的土地和浮财一律没收归公，全部财产估价做账，然后按不同的贫困程度把钱数分下去，穷人可以按自己分得的钱数去领自己需要的东西。

1947年的一天，全村在地主窦光明的院子里（后来改为小学）召开批斗地主大会，凡穷苦的人有仇的报仇、有冤的伸冤，受过压榨和欺辱的穷苦人哭喊着向地主进行说理斗争："打倒地主老财！坚决把土改斗争进行到底！"穷苦人从心底里喊着："救星共产党万岁！"会后贫雇农挑选自己所需的农具和生活用品，我们家定为贫农，除分得三亩地外，还和张凤楼家合分了一辆大车，还有各式大小农具及许多生活用品，家里家外彻底变了样，几辈子的穷苦和冤枉气一扫而光，全家人那个高兴劲儿真难以用言语表达。

共产党解救了我们，我们打心眼里听毛主席的话，愿意跟着共产党走，党让我们干什么就干什么，站在自己的土地上，浑身有使不完的劲儿，我们全家憋足了劲儿要大干一场，政治上翻身做了主人，经济上也要来个大翻身，让全家真正过上幸福生活。

日本强盗被赶出中国后，国民党反动派要独吞胜利果实，国共两党又开始了新的国内战争，1947年共产党号召有志青年参加解放军，到前线消灭国民党反动派，我们家是共产党八路军从水深火热中解救出来的，肯定响应党的号召，按家庭人口情况，两个儿子要有一人去当兵，我让他们两人商量，老大是共产党员，毅然提出让弟弟在家种地管家，他积极报名参了军，但刚到部队就得了传染性很强的疥疮，大儿子被留在后方国营酒厂边养病边工作，他的组织关系交给了县政治委员万政委，两年后病情大有好转，再去县委找万政委报到，但万政委已经南下过长江去了前线，没办法，只好又回到村里向支部汇报，因为没有正式组织关系介绍信，就暂时耽搁下来了，过着非正式的组织生活，时间越长人员变化越大，因此脱离了党的队伍，在家种了些日子地，后来经老党员张登富介绍参加了邮电局的工作。在邮电局工作期间，曾几次向党委汇报脱党的情况，希望恢复组织关系，但因种种原因，始终没有如愿，他心里一直结着这个疙瘩。

新中国成立后，大儿子一人在外边工作，二儿子和我在家操持着地里的庄稼，不遇大灾年，日子还算过得去，但比解放前强多了。

1950年农历正月十九，大儿媳妇又生了第三个闺女，因为生在正月，所以起名叫正妮，后来大孙子给她起名叫王丽梅，这时全家已经十三口人了，四个孙子三个孙女，指望他们快快长大成人，让别人也看看我们王家灭不了门、绝不了户啦，谁还敢动我们一手指头。老辈人吃够了没人的苦，这下可兴旺起来了，看着一大家子人，打心眼里就高兴，所以我老伴儿对两个儿子和媳妇说："过日子过什么，过的就是人，只要我活着一天，就不许你们分家，你们外边的也好，家里的也好，共同承担这个家业，有好日子大家共同

九门深处轶闻多

享受，有口粥大家匀着喝。"儿子和儿媳都一一表示同意。

话虽这么说，要养活这十几口人可并非易事，他们都长着大嘴要吃要喝，一个个到了上学的年龄都要花钱上学，老大在外边工作，开头是供给制，后来改成工资制也挣不了几个钱，家里老二和我侍弄那几亩地也很辛苦，我的年龄越来越大，还经常犯老毛病（痨病），日子过得并不松快。

有了地，有了人，心里感觉比解放前强百倍，但生活中的问题也很实际，人不少但能干活的人却不多，在当时，几乎没有什么水利设施，全是靠天吃饭，家里牲口农具也不全，到了春种、麦收、大秋时节就忙不过来，一遇水涝虫灾就抓瞎，因此常有力不从心之感。正在为难之际，党中央和人民政府看透了老百姓的心理，1954年号召农民组织起来，成立农业生产合作社，土地、农具、牲口、劳力统一分配使用，除资产入股外，各家各户按劳计酬，我们全家当然非常高兴，就第一批积极加入了农业合作社，生产工具和劳力得到合理利用，生产效率很高，我的二儿子王世英还在队里当上了会计和生产队长。

1958年，中央又号召成立人民公社，我们全家尝到了走集体化道路的甜头，当然还是第一批人民公社社员，毛主席和党中央当时的出发点是好的，但地方上出现了严重的浮夸风，虚报产量，人们的头脑被吹昏了，因为大家都吃食堂，粮食似乎对个人没有什么意义了，1958年的的确确是丰产了，但却没有丰收，许多粮食都烂在地里没人捡，1959年还没有什么反应，到了1960年，粮食开始感到紧张，1961年、1962年连续三年吃不饱饭，那光景似乎回到了旧社会，那个教训难忘啊！

我和大哥分家时，只分了后院的三间北房，后来又盖了三间南房、两间小东房，老大人口多，住三间南房，老二人口少，住两间东房，孙女长大可以嫁出去，四个孙子长大后让他们住哪里啊，这又成了我们老两口的心病，琢磨着无论如何也要再买一块宅基地，可是又没有那么多钱，后来与村干部商量，把村西头一块公产庙地买下来，村干部出了价，我觉得不算贵，就连攒带借一咬牙把文书签下来了，我天天推土填埋西侧的湾边，一边推土一边琢磨如何还账，后来怎么算也觉得不上算，越琢磨越别扭，有一天突然不认人了，看谁都不顺眼，尤其是讨厌那些爱说话的妇女，再后来除了大孙子和老中医杨行五外，见谁打谁，吆喝着做小买卖的从不敢到我们家门口来，大夫说我得了精神病,我不知道什么叫精神病,就是见谁烦谁,我喜欢安静,家里人就在村西夏永厚原来的菜地盖了一间地窝子,每天给我送饭,后来稍好些了,大儿子把我接到陵县城里休养,租住在西街刘家东屋里,大孙子王同祯给我做伴,脱离了旧环境,家里的账也还得差不多了,我的疯病也慢慢好了。

到了 1956 年农历腊月十六生下小孙女兰妮(大名王丽蕙)为止,我们全家已经十四口人了,该上学的都上了学,虽然经历过 1961 年的苦日子,但中央很快纠正了错误,百姓日子一天一天又好起来。全家十几口人都挤在一个小院也非常困难,妯娌之间、婆媳之间经常闹些家务纠纷,我老伴儿气性大,一生气就哭挺过去,过去没人盼有人,现在人多了操心的事又接连不断,我们年纪也大了,实在没有精力操那些心,我和老伴儿商量着,还是分开好些,但分开住不能分家,老伴儿对他们说:"老大把你们那一家子带到德州去,老二留在家里种地,谁经济条件好谁多帮助家里,地已经入了社,房子不能分,其他财产也不能分,有我们在,咱这十几口人还是一家子。"大家表示同意,老大没有从家里带走一分财产,把他们一家子迁到德州。1957 年刚开始粮食定量供应,住在城里一定要报户口,一下子挤进德州五六口人,开头报户口时很困难,办事人员要求必须由派出所所长签字才行,老大琢磨了几天,无奈之下,自己学着所长的签字总算把户口报上了,否则连粮食供应都没有。经济上虽然很困难,但总算有了城市户口,有了平价粮供应,慢慢熬吧。1961 年困难时期,大儿子一个人的工资养活六七口人,也确实够他们为难的,孩子们有的上了学,有的连一天校门也没进过,小小的年纪就学着捡煤渣、做小买卖,日子过得非常不容易。

1958 年那年,大孙子初中毕业,大孙女小学毕业,如果大孙子继续上高中,大孙女就上不了初中,家里实在供不起两个中学生,再说后边还有几个要上小学的,没办法,为了大孙女好赖能上中学,大孙子放弃了上高中的机会,自己闯北京去了。三年困难时期过后,国家经济上有了恢复,我的几个孙子、孙女相继参加了工作,日子才真正开始好转,这时是我们老两口在世期间最最兴旺的时候了,看看我大哥王连元一家,我确实感到很满足。

大哥从小没养成一个过日子的好习惯,娶了月河的嫂子,日子过得很紧,整天讲吃讲喝,经常到外边打牌赌钱,赌输了就把小毛驴牵去抵债,当时我

九门深处轶闻多

和哥哥还没有分家，我老伴儿听到消息坚决不干，马上跑到三涧河与他吵了一架，把毛驴牵回了家。大哥他们老两口生了一个儿子四个闺女，大女儿嫁到三涧河，生了两个闺女，大女儿和女婿四十多岁时相继去世，丢下两个未成年的女儿到处"打游击"。二女儿叫牌子，嫁到展家，生了一个女儿，招来一个女婿。三女儿娟子，嫁到南仓村。四女儿叫四子，开头嫁到赵家屯，后来离婚改嫁到葛家，生了一个儿子，夫妇俩也是早年去世。大哥的儿子叫稞子，大名王世河，娶了赵家屯的媳妇，生了两个女儿，1954年，世河迷信自己的院门不吉利，非要改院门，两米高的土墙突然倒塌，竟把他砸瘫痪了，村里人把它送到济南人民医院，当时只进行了简单包扎处理，后来医院来信让家属交钱做进一步治疗，大哥穷得一分也交不起，村里也没人管，没有多少日子就命归西天，只好把尸体运回埋葬了事，侄媳妇一个人带着两个未成年的女儿也难以维持生存，后来带着孩子跑到东北改嫁了，从此大哥家真的灭了门。

想想大哥一家，再看看自己这一家子人，家里有地种、有粮吃，德州老大虽说工资不高，但月月见现钱，大孙子又考到首都北京去，他每月工资三四十元，还经常给我寄个十块八块回来，不寄钱就捎点吃的，如果没有共产党把我们从苦海中解救出来，做梦也没有今天的好日子，所以我告诉儿孙们，忘了我也别忘了共产党和毛主席，党也好，毛主席也好，他们如同一个凡人，做一百件事兴许会做错一两件错事，那没有什么了不起的，只要改了就行。国民党反动派、地主资本家也说共产党的错误，我们穷苦人也说共产党的错处，但内心深处可不是一码事，我们恨他们犯的错误，敌人恨共产党的存在，希望子孙们永远不要犯这个糊涂，要永远相信共产党。

另外，希望我的子孙们要始终保持艰苦奋斗、勤俭持家的优良传统，要团结，要争气，要学真本事，要自强自立，要懂得礼义廉耻，不要丢掉老王家的良好家风。

13. 轻回首——阿碧

新手出博客，肯定会眼生，有人会问：你为什么叫阿碧？那可就远了去啦。在上初中时，同桌叫张金柱，他的美术功底非常好，是于有为老师的得意门生，受他的影响，我也非常喜欢美术，只是喜欢而已，他画完画经常署名阿柱，他有艺名我也得有个艺名啊，想了好几天，从字典里翻出一个"碧"字，白石老人是伟大的美术大师，那我就叫王白石吧，由此"碧"字就成了我的艺名，这个阿碧一直用到毕业。后来事过境迁，很少用过这个阿碧，但小时的夙愿仍铭刻在心，退休了又想捡起儿时的兴致和乐趣，上网一看建博客还得有个昵称，得！就阿碧吧。

2009 年 7 月 7 日

14. 我快乐

我快乐，始终快乐。上班快乐，退休也快乐。在家写文章之余逗逗小外孙快乐，出门乘车有座没座都快乐，有人让座是人家尊重我，当然快乐，没人让座说明我还没老，也同样快乐，倒是一上车就有人让座的快乐中带有几分苦涩，起码说明我外表确实老了，想一想毕竟也是六十有九的小老头了，还能跟人家年轻人挤车，应该也是一种快乐。

2009 年

15. 孩子，我的堡垒

　　有人把孩子昵称为"宝贝"或"宝宝"，这是一种纯真的感情，是舐犊之情，是伟大的仁爱。但我觉得过分又长期地把孩子当成把玩的器物，就会让爱变味，长期让"宝贝"温暖在他人的掌心里，就会失去应有的灵性。孩子在"宝贝"声中长大，他就会真把自己当成稀世珍宝，既然是宝贝，就不能碰、不能挑一点瑕疵，久而久之，宝贝就会脱离他的伙伴和应有的环境，人即敬而远之，甚至让人生厌，须知这世界上不会只有他一个"宝贝"，"宝贝"碰上"宝贝"，其后果可想而知，这是谁都不愿看到的结果。

　　我非常喜欢自己的孩子，更喜欢孩子的孩子，左看漂亮、右看眼顺，我倒觉得他们像是一座座堡垒，家里有忧他们能分担，国家有难他们能撑持，民族有殃他们能誓死捍卫，如果每一个孩子、孩子的孩子都是坚不可摧的堡垒，我们做长辈的还有什么忧憾呢？所以从小就不要把他们当成宝贝器物，要把他们看作是具有独立人格的活生生的人，或者说是接班人。泥不摔不硬，铁不打不坚，让他们随着自然环境自然长大，他们就会习惯自然、融于自然，毕竟能改造自然的是少之又少的神才，其实神才是不存在的虚幻之影。

　　三十多年前我当上父亲，但傻得很，不知道如何养儿，更不懂怎么育才，完全根据当时的舆论教训孩子，那时既不怕养不活，也不担心成不了材。孩子没断奶就送回老家，牛奶喝多了消化不良，在满身湿疹的折磨下长到四五岁，想女儿了家里派专人送过来，在那个"革命高于一切"的日子里，我们没有条件侍弄孩子，我请两天假把女儿再送回去，有时没有时间，就把孩子交给列车员和同座旅客，孩子毫发无损地回到爷爷奶奶身边，那个令人怀念的时代还会再来吗？

　　大女儿在山东老家受到基础性熏陶，为人诚恳，性子耿直，待人待事正直热情，有时也不免吃些小苦头，我一个人弄两个孩子，没有时间耐心细致地说服，半个多小时中饭时间，饭后还不见她放学回家，到校一问，因作业没完留校补作业，我怒火一发，不免大声训骂，稍有顶抗就会拳脚相加，那时侯人家歧视受过审查的人，涨七元钱工资也没有我的份，一个男人带两个孩子，一个小学，一个托儿所，三班倒概不能免，我窝火呀，就不知道如何发泄，孩子也跟着倒霉。同一楼门的孩子也分派，有时妹妹受了委屈，姐姐不管他父母是谁，拉着妹妹就找人家算账去，这就是山东人的脾气。1979年老伴儿也回城安排在学校工作，我轻松多了，有时间经常到班主任那里询问孩子情况，一位老师的话让我记一辈子："孩子是家长的一面镜子，你什么样，镜子里的人就什么样。"至理名言！初中毕业时，大女儿只差三分就可以上高中，我们两人当时都在学校工作，就根本没想过去找找关系、托托人，顺当地上了一所四年制的中等职业学校，不管孩子如何努力，一个中专生的社会地位已经定型，孩子不服气也不甘心如此命运，在1989年那个动荡的年代，毅然走上了工作岗位，每月工资全部上缴，但她前进的步伐却没有停止，毕业第一年就考上了夜大，连续读完外贸英语和会计两个专业，四年来无论是风雪严寒，还是酷暑难耐，她坚持下来了，工作起来当然得心应手，后来经过两次冲击，终于拿下注册税务师证书，单位不景气时，要减员减薪，但领导安慰她说："安心工作，不仅不会减你，有条件时还会提高你的工资待遇。"这是何等的荣誉和信任，难道这不是社会地位的承认？不管她拿多少工资，经常问母亲："您缺什么，我给您买。"逢年过节总是大包小包往家提，无论谁过生日，都舍得花钱。看到"大丫头片子"这片心，我们全知足了，还求什么、忧什么呢？

16. 孩子，不必事事都第一

云云从娘胎里可能就明白，妈妈为了事业，直到34岁才从黑暗中把她领到这个无限灿烂的世界上，为了满足大人们的喜庆欲望，不多不少，正好6斤6两，多喜兴的数字啊。我成了外公，自然是高兴的事情。看到周围的孩子，有的成材，有的"啃老"，有的为财丢失了亲情，政策和年龄都不允许大女儿再有第二次生育机会了，所以生则养活，活则必成材，琢磨了几天，

九门深处轶闻多

我和孩子爹妈在商量育儿计划时提出，从小开始，要给孩子一个良好的成长环境，于是制定了学前三大原则：一、不许叫她"宝宝"或"宝贝"。直接叫她的名字，她与别人没有任何区别，她不是宝贝玩物，是一个具有独立人格的普通人。二、过年过节时不要接受别人包括亲友的金钱礼物。可以接受简单的玩具、文具，不要让她按给钱的数量给大人排队，尽力淡化她对金钱的亲密程度，可以不懂得花钱，但要懂将来挣钱。三、孩子跌倒让她自己爬起来。不要怪地不平，怪别人没扶好，要养成自立、自强的好习惯。为了贯彻这三项基本原则，我事先向亲友们几次通报，希望支持响应，对第一、第三两点亲友们都没有意见，也能够支持，唯有第二项执行起来很困难，他们总觉得过年不给孩子点儿压岁钱过意不去，第一年失败了，第二年部分亲友理解我的用意，并给予支持，第三年还是有点儿挫折，他们认为孩子好坏不在这一点儿钱上。我倒觉得培养孩子犹如绘制一张巨幅画，无数个小点点儿组成一幅美丽画卷，如果这个小点点儿没关系，那个小点点儿无所谓，那么这幅画则很难保证质量。

孩子也很懂得大人的良苦用心，从小语言清楚，办事认真，除了经常有点小病，简直挑不出一点毛病。刚上幼儿园小班就当上班长，能在全园师生面前清楚地介绍自己，并为大家唱歌，后来连续得了两张奖状，据说因为跟老师顶嘴，一度被"罢官撤职"，那段时间情绪明显低落，经过大人解释指点，慢慢调整好情绪，终于又"官复原职"，与此同时，也逐渐产生了"我就是第一"的心理，四岁多了，到姨家来和只有一岁半的小弟弟玩，有时一点儿都不让，在调解无效时，我说："弟弟，让着你妹妹点儿。"这丫头冲我歪头一笑，立即松手让位、让权。

孩子，世界上没有完人，没有永远的冠军，不可能事事都是你第一，只要你努力了，我们就满意。

17. 与一岁半的外孙子斗智斗勇

眼看二女儿就要临产,全家商量的结果是:一、不去忽悠人的高价医院。二、尊重女儿的意见,尽管已32岁,也不借助任何手术自然生产。第一天住进家附近的安贞医院,第二天晚上一个7斤3两的胖小子就呱呱落地,一个外孙女,又一个外孙子,能不让全家人高兴吗?三天后出院结账,除去应报销的部分,只花了四百多元就顺利完成任务,破除了迷信,赢得了自信,岂不乐哉?

这小子越长越像我那前奔拉、后勺子的梆子脑袋,有人赞许大头聪明,有人嗔怪从小没给后脑勺睡下去,都是好意,只能陪以会心一笑。这么个小不点儿谈不上聪明机智,但好像不太笨,八个月时就能指认小区楼顶的四个大字,叫他的名字时可以大声回应:"哎!"惹得众人围观议论。12月10号刚刚一岁零两周,突然从床上站立起来,没几天就颤颤悠悠地想挪步,这世道真是变了,连一岁的孩子也要闹改革。他的姐姐特别喜欢读书,只要给两本书,她可以认真看半天,翻过去嘟囔,翻过来念念有词,从画毛线团开始,到能按照意愿画出她喜欢的花草物件,基本没费太大功夫,各种书本保存得特别好,她不太喜欢动手拆卸或修理什么机器玩具。这小子可不同,书念得快,也破得快,一本书半分钟就能读完。他最爱看的电视节目是《天气预报》,无论哪个点儿,只要电视有天气预报,他就迅速爬到沙发上端坐着看"报报",最爱看的明星是马斌和王凯,早饭时看《马斌读报》,自己吃一口,给马斌吃一口,中午要看《财富故事》,特别爱瞧王凯那秃脑袋,有好吃的要送给王凯吃。最爱听的歌是《国歌》,只要听到"起来,不愿做奴隶的人们"立刻张开双臂指挥一番。一岁多点儿就自己动手开关电视、音响之类的东西,各种小汽车几天就玩得很溜儿,不仅玩,还要拆,装不上就拉着大人手帮忙。刚一岁半就能跟着音乐跳自创舞蹈,逗得大人们围观嬉笑,有时在别的地方被人认出来,就说:"这不是跳舞的小孩吗,太好玩儿了。"我们也打趣地说:"天羽,以后你出门得戴墨镜了。"门前领舞的阿姨见他十分可爱,几乎隔两天就送他点儿小礼物,他一见到阿姨就大声喊着"阿姨"

九门深处轶闻多

冲上去，然后快步走在阿姨前边，等着为阿姨开音响、装录音带。在家里动手开关电视音响顶多是钱物损失，夏天到了，空调板成了他的玩具，但电风扇就不是好玩的家伙了，只看一眼就学着大人样子去摆弄开关，正面说他装聋作哑不理，只好用转移注意力的办法对付他，一看苗头不对，就得放下手里的活计瞄准他的动向，稍有危险倾向，就要稳准狠毫不留情地把他抱走，还要安排他新的"工作任务"，否则他也会"闹情绪"。他喜欢各种汽车，尤其喜欢我的电动三轮车，因为不用花钱就可以随时调动我这个老司机，只要上了车就喊："爷爷，慢！慢！"无论我有啥着急的事，也得按"领导"指示慢开。上车前他把我推到一边，要自己开锁，钥匙实在捅不到锁眼儿去，他才肯让我帮忙。

我因为牙缝宽，饭后有剔牙的坏习惯，但要背着这小子，只要被他发现，他就喊："爷爷，牙不！牙不！"不仅说，还亲自检查我手中的牙签，我无论藏在指缝里还是手心里，都会被检查没收扔进垃圾篓。管人的人自己也会有辫子，他只要快吃饱就说："压（腿），压！"希望从喂饭桌上解放出来，只要一离小桌就会奔向他的专用柜，拿到奶嘴儿就笑嘻嘻地上床，让阿姨陪他睡觉，阿姨上了床，但他根本就没有睡意，叼着奶嘴儿给阿姨逗闷子，我动员他放下奶嘴儿再玩，他仍装聋作哑不理，我只好拿一根牙签假装剔牙，他喊："爷爷，牙不，牙不！"我就会说："天羽，嘴儿不，嘴儿不！"他只好笑着把奶嘴交出来，不交我就动手硬抢，他乐一乐也不说什么，对付这小子就得软硬两手都齐备。

三岁的小天羽9月6号进幼儿园，至今已有三个多月，每天早上起床总要找一个理由企图不去幼儿园，当然我们不会让他得逞，所以每天送幼儿园时总要哭上一鼻子，这在幼儿园是出了名的。昨天周日在一家泰国餐厅吃晚餐，饭后我问："天羽，明天上幼儿园还哭吗？"他干脆回答："还哭。"大家问："为什么哭，哭管用吗？"他装作没有听见，不予回答。妈妈问他："哭有什么好处呢？"他笑着说："可以中大奖。"逗得全家一阵大笑。

18.《家庭快报》号外

本报首期号外向全世界宣布,中华人民共和国首都北京2005年3月4日上午10点有一个小公民诞生。

数月来,一个伟大母亲的体重从120斤直线上升为180斤,在身体越来越重的情况下,仍坚持乘地铁上班,直到春节后才在家休息待产,这是多么不容易的事啊!

这位母亲结婚十年来,为了自己的事业和发展,一直坚持不要孩子,她虽然没有走进正规大学的门,但并不死心,读完四年的中专课程后,坚持边工作边进修,每周三、周四晚上和周日都坚持读夜大,无论严寒还是酷暑,从未间断过,有时下班晚了,顾不上吃饭也要往学校奔,用四年时间拿下外贸英语和会计两个专业的大专文凭,当得知有注册会计师考试的消息时,她又马不停蹄地学习税务知识,经过严格考试后,终于又拿下注册税务师证。在单位由一个把美元当成人民币找钱给人家受到领导批评的小出纳,变成一个业务主力多次受表扬,单位里整编裁人"炒鱿鱼",领导怕被她"炒鱿鱼",以涨工资留住她,多年的辛劳终于得到承认,她和她的家人得到了极大安慰。与此同时,在她的鼓励下,丈夫也积极参加业务进修,经过几年苦读,最后也拿下大本文凭,由小科员升为副科长、科长、党支部书记,成为单位的骨干力量。已过而立之年的夫妇二人,工作和事业都有了点眉目,打算要个娃娃时,却几次都不成功,经过多次努力,2003年终于成功怀孕,但不久又以流产宣告失败,她为此痛哭一场,大夫说可能因为喝防"非典"药太多所致,在总结经验的基础上再接再厉,2004年终于大获成功,初期有些流产征兆,经过治疗和休息,终于有了今天的美好结果。因为孩子头太大,又是高龄产妇,所以做了剖腹产,此时她已是34岁了,为了事业,为了自己的理想,34岁当妈妈,虽说有点晚,但她觉得值。

为了不影响大家的正常生活,住院的消息一直没有正式对外公布,但这个消息还是被亲人们知道了,3月4号早上她的舅妈、同学兼表嫂一大早就赶到安贞医院,她的妯娌嫂下夜班没有休息,也急匆匆大老远赶到医院,后来她的大伯哥也从单位赶到，她进手术室三个多小时，亲人们在手术室外等了三个多小时，她的丈夫、父母、妹妹就更不用说了。亲人们一看到母女平安回到病房才长长出了一口气，丈夫深深为之感动，中午要留大家吃顿喜饭，但亲人们更心疼一直辛勤伺候孕妇的这位丈夫，都饿着肚子回了自己家，同学兼表嫂一直守护在这位初为人母的妹妹身边伺候着，一大桌菜只犒劳了丈夫和父母三个人。中午她的舅舅从郊区打来电话询问，当得知平安生下一个胖娃娃时，一连串的"好好好"声中略带几分激动的颤抖。

说到这里，读者可能急于知道这位小公民的性别和重量，答曰："性别女，重6斤6两。"白白的皮肤，黑黑的头发，刚一个小时就四肢乱动，嘴眼时张时闭，尤其那个大脑门非常可爱，希望她不辜负众人期望，成长为一个有用之才。

记者王同祯 2005 年 3 月 4 日于北京报道

19. 北京访亲团胜利归来

据《家庭快报》报道，以颖为团长，毅和斌为副团长，惠为助理的东北访亲团一行四人，今晨 7 点 21 分胜利返京，受到马科长的热情欢迎和接待。

据副团长毅介绍说，这次赴铁岭事前没有告知被访的杨喜和先生及郭连娣女士，躺在病床上的杨先生抬头看到北京的亲人时，两行老泪从脸颊缓缓流下（据郭连娣介绍，这是老杨难得的一次流泪）。功勋卓著的杨老先生在当地受到国宝级的特殊照顾，看上去精神还不错，每天都是上午 8、9 点钟才打点滴，这天他 6 点就让护士给他输液，输完液一直跟随北京访亲团到处参观、吃饭、聊天。他们还去了趟龙泉山庄，并在"董事长桌"前合影留念。离别前大家都劝慰杨老先生一定要配合大夫好好治疗："活着就是胜利，喘气就有效益。" 2008 年是杨老先生和郭女士的金婚纪念日，一定要活到那一天，争取让更多的人给你们举办隆重庆祝活动。

北京访亲团成员看到，他们的两个儿子和儿媳对父母很孝顺，尤其是郭连娣女士对杨先生伺候得无微不至，因此也很辛苦，看上去人老了不少，白发渐渐爬上她的头顶，鉴于他们的卓越表现，对冰、晶、石给予口头表扬，发给郭女士一千元奖金，以资鼓励，并代表没能随团访问的亲人表示慰问。

记者王同祯 2004 年 10 月 3 日于北京报道

附：国外亲人观感回信

《家庭快报》的编辑：你好！你们发布的北京访亲团报道，十万分的精彩！看得我们笑声不断，看完之后更是一阵激动，深深打动着我们这远在他乡的亲人，真恨不得能和"访亲团"一道共享这亲密无间的会晤。

我们将于春节后返回华盛顿，我们也计划着将要去北京、铁岭一趟。年事已高，机会不多了，要抓紧才好。谢谢你报道的消息。

二姐（夫）2004 年 10 月 3 号于温哥华

20. 我玩儿出了几本书

"玩"是一种生活状态，是自我定位但又不刻意追求和死板约束的行为方式，玩什么，怎么玩，因人而异，因时因地而不同，有人喜欢抽烟喝酒，有人愿意游山玩水，有人把较多时间花在打牌、下棋上，也有人把健身、跳舞作为一天的主要任务。因为年轻时状况不算太好，所以以上技术基本都没学会，后来渐渐喜欢上旅游和摄影，但这是一种"败家"的奢侈玩意儿，不敢长时间沉溺，只能稍稍尝试而已。

退休后又被留用几年，任务很轻，时间非常自由，身体状况属于优和中之间，怎么办？没有太长时间选择，就决定了——看书！看多了就想到现场考察，笔记厚了又萌生了写本书的念头，希望趁机圆我儿时梦想，你看这多自不量力，这多可怕。因为退休前就写过一本小册子——《老北京城》，有一定的社会影响，曾在三联书店上了售书排行榜，心里多少有点底，于是

九门深处轶闻多

2000年就壮着胆子凑了一本《北京的桥》，以后又应北京出版社赵洛先生和北京民政局局长段天顺（北京水利史学会会长）之约，与段局长合出了一本《京水名桥》，我没有丝毫的名利要求，纯粹是玩儿。玩还能玩出让大家关心议论的效果，不断有人打电话过来问这问那，由"王学生"变成王老师，这倒蛮有意思的，于是就有点痴迷，反正退休有时间，就干吧。

我喜欢北京古老灿烂的历史，尤其对元代之前的北京更感兴趣，曾翻看了不少辽金史的书籍和资料，北京作为都城存在于世，主要还归功于萧燕燕，就是大家熟悉的鼎鼎有名的契丹萧太后，为了更深入地了解她和她所生活过的辽代，我和老伴儿还专门到契丹王朝的兴发地内蒙巴林左旗参观了调查一番，回来后，就动笔向《萧太后》"宣战"，这一下便不可收拾，白天写，晚上写，每天跟那台486老电脑纠缠6、7个小时，写到动情处，眼泪哗哗流满脸颊，为了一段故事的饱满性和连续性，有时不得不连续作战到深夜，经常是凌晨朦朦胧胧中被一个好的故事情节闹醒，便悄悄起床敲打键盘，经过一年多的奋战，30多万字的草稿总算熬到最后一个字符。

还没等我喘口气品尝一下胜利的滋味，一家文化传播公司的宋老板找上门来，命题作文《水乡北京》又排上我的创作日程，盛情难却，写吧，三天一探望，两天一询问进度，本来绷得很紧的神经就有点接近崩溃的临界点，为了信誉，还是坚持往前拱，快到完稿时的一天夜里3点多，突然心跳一百多下，有点像快完蛋的感觉，惊动了全家人把我送到安贞医院，经检查，心脏本身没有太大问题，经过抢救处理回了家，自此之后，大夫成了我见面最多的人，后来我才明白，我患的是心脏神经官能症，不是气质性病变，属于功能性疾病，万幸！这是玩儿过了头，教训，教训！经过两三年的治疗调整，总算恢复到正常状态。

"狗改不了吃屎，猫总喜欢闻腥"，一个人也是旧习气难改，刚刚恢复健康，就又想跟电脑较劲，为了给百年一求的北京2008奥运会作点儿贡献，就琢磨着写点儿什么，北京是华北平原北端的一颗璀璨的明珠，位居虎踞龙盘之地，这在老外眼里肯定还是一块未开垦的处女地，于是就定了"龙脉吉辰好奥运"这个书名，副标题是"北京奥运场馆游记"，主要介绍各场馆的历史地理背景情况，在龙脉宝地、良辰吉日召开奥运会，肯定会给世界一个惊喜，给老外们一个满意的答复，经过一年多的考察整理，20多万字的书稿又摆上了几家出版社编辑的案头，得到的答复多种多样，基本就一个意思，这个题目内容非常好，也肯定受欢迎，但奥运会组委会有规定，凡与奥运会有关的各种出版物和商品，都要向组委会交钱，为此我专门向组委会法律部交涉，得到的回答是：只要提到奥运会或任何场馆名字都算涉奥。真霸道！出版社说，我们是企业，赔赚难以预料，等一等再说，就这样等黄了。不过这次我接受了教训，时间再紧急，也绝不跟自己的身体玩儿命较劲，虽然书没有出成，但保住了身体，这也是胜利。后来在古都文化讲座上做了简要介绍，总算得到一点点安慰。

书出不成没关系，又一个准备了数年的新题目出现在我的电脑屏幕上——《寺庙北京》光鲜出炉，这是最让我得以安慰的一本书，也是玩得最得意的一次。北京三千多年的灿烂历史，必然伴随着三千多年的璀璨文化，比城垣、宫殿、陵寝、园林数量更多的历史文化建筑是各种寺庙，也是与北京人（包括皇家贵戚和平民百姓）联系最紧密的历史建筑，寺庙承载着北京人的期盼和梦想及经久不衰的宗教文化，北京的寺庙数量多如繁星，类别、年代、宗教属性、建筑形式、供奉神灵千差万别，要想说清这么复杂庞大的问题非常困难，但砖头总要有人抛，我就做这个抛砖的人吧，以我手头近十年来积攒的资料为基础，向各区县文物部门请教、求助，翻阅对照大量文献资料，经过四年多断断续续的草拟修改，一本40多万字的《寺庙北京》终于完成，这本书既有普通读者关心的热点问题，也有专业人士尚未掌握的大量资料内容，是一本资料性较强又具可读性的书籍，书的后编附有3415座宗教和类宗教建筑的简要介绍。

我听从了朋友的建议，为了不把自己搞得太被动，不事先与出版社约稿，初稿完成后，我向几家名气较大的专业出版社发出《寺庙北京》新书介绍，很快就有几位编辑表示愿意与我合作，但按照程序，需要社务会议选题会决定后才能最后答复，几天工夫，文物出版社就明确答复，愿意与我签订出书合同，这样的动作速度出乎我的意料，就这样我玩出的第七本书有了"婆家"，如果没有意外障碍，下月初就能见到新书了，借用佛家一句话：阿弥陀佛！

21. 在鼓楼前吃泡馍

　　初冬的大风赶走了秋日最后的一丝暖意，连最后赖着不落的柳叶也不得不纷纷扬扬飘洒而下，清晨的湖面铺上薄薄一层冰花，街上五颜六色的冬装把京城打扮得多姿多彩、妖娆妩媚。

　　趁小孙子不在身边的机会，我和老伴儿抓紧时机奔了景山，两年前那里是我们每周日必到之处，万春亭下悠扬嘹亮的歌声催促着我们加快了脚步，"激情广场"的组织者大都变成新面孔，但那里红歌的主旋律没有变，高昂的激情没有一丝减弱，几首歌下来，加速流转的血液夹带着暖意流遍周身，似乎秋天又折了回来，这时肚子也有点要"唱歌"的感觉。

　　出景山西门，进北海东门，穿过荷花市场和烟袋斜街直奔鼓楼前的泡馍店，一走进店门，阵阵香气扑面而来，虽说是一家清真店，但却没有一点儿膻腥味，20多平米的殿堂里摆放了大大小小20来张餐桌，进进出出的客人不得不侧身而行，端馍送菜的服务员熟练地穿行于来往客人之间，我们找准一个僻静处刚一落座，小服务员就把茶水送到桌前，环顾四周，虽都不认识，但从打扮和言语可以看出，百分之八十都是"老北京"。每逢出门，我们都是自带茶杯，一位像是领班的瘦高挑的服务员见我们两人用一个保温茶杯，就笑盈盈地走过来，大概她闻出了茶杯里浓浓的茉莉花香，就热情问道："您二老是加茶水还是加白水？"没等我们回答，她就说："还是加白水吧，你们的茶比我们店的茶好。"没等我们说声谢谢，她就把茶杯端到了柜台上，等送过来时，又多了一只干净的玻璃茶杯，姑娘说："我把您的茶水倒入玻璃杯，又给您续满了水，请慢用。"

　　本来泡馍是陕西的一种地方小吃，据说早在宋代时就有这种吃法，民间流传着关于泡馍的种种有趣传说。泡馍到底何时传入北京，尚无明确说法，北京第一家泡馍店是1954年在新街口开张的，过去我常去那里解馋。自从望德楼从德胜门搬到了鼓楼前，我就成了这里的常客。泡馍大体有"干泡"（没有太多汤）、"口汤"（先吃馍后喝汤）、"单走"（边吃馍边喝汤）、"水围城"（馍泡在大碗汤里）四种吃法，泡馍的做法那就更复杂、更有讲究了。我从来没有尝试过前三种吃法，一般都是"水围城"，但并不严守从碗边慢慢"蚕食"的吃法，饿时就饿虎扑食似的先从碗里挑肉吃，有点像老小孩。因为要伺候"小皇帝"，很长时间没来解馋了，尽管碗里肉少了、汤变清淡了，还是吃得津津有味。馍光汤净后，这才觉得有点不对味，为什么质量不如从前了呢？正当我不知如何向热情的服务员表达这一心情时，临桌两位吃主欲穿衣离去，还是那位领班对他们说："不急，看您都出汗了，穿好衣服再走，免得感冒。"时值正午，正是客人最多的时间，服务员不急不催的温暖话语让我把到了嘴边的话又咽了回去。

走出店门，我仍在琢磨泡馍为什么变味了呢？是不是由于成本上涨，泡馍又不能涨价太多，就降低了质量标准呢？这真有点儿遗憾，如果我是老板，我就会采取精品碗和大众碗的办法，不同的质量不同的价格，既能满足"吃饭"的要求又能满足"吃味儿"的要求。

写完这篇博客后，我通知那位姓沈的领班上网看看我的博客。数日后我再去吃泡馍，她告诉我，经理已经看到我的博客，并表示感谢。过了一段时间又去解馋，服务员问我："您吃一般的，还是吃精品泡馍？"我十分高兴，看来他们采纳了我的建议，既为老客户保住了原汁原味，又为饭店找到了新的经营方式。我回答说："当然要尝尝精品的了，这个建议是我提出来的。"服务员十分惊喜，服务也十分热情。以后有认出我的服务员，一定要给我打折。

22. 黄山归来

趁小外孙赴港验证的机会,我和老伴儿联合老弟夫妇俩去黄山玩了一把，因为黄山较近，按照先远后近的原则，一直拖到今天才实现很久的夙愿。来回总共一周的时间，游赏了黄山、绩溪、九华山、千岛湖等四五个景点，只能是走马观花了。虽是走马观花，但感慨、体会颇多。

九门深处轶闻多

　　黄山的秀、奇、险、峻固然令人难忘，但更让我们难以释怀的是四个老家伙都能顺利登上顶峰，又安全撤到山下，出乎我的意料，我69岁145斤，虽说没有"三高"和其他老年病症，但很长时间没有爬高山了，说实话有点信心不足，老伴儿65岁110斤，平时有点心肌供血不足，也是冒险而行，老弟和弟妹都61岁，全是150多斤的中胖子，那种令人羡慕的富态身材，平时去趟商场都想开车的主儿，虽说有点费劲，但总算没当逃兵，这点儿小小奇迹，让我想到人的能量潜力伸缩性很大，"没有吃不了的苦"这句俗话一点儿不假。这次体能测验是对生命旅程的一个小结，是生命活力的一次阶段性检验，也是人生后三分之一时间的展望，既让人看到了自己过去的成绩，又给我们指出了奋斗的目标和方向，珍惜时间就是珍惜生命。

　　四大佛教圣地我已游过了五台山（文殊菩萨道场）、普陀山（观世音菩萨道场）、峨嵋山（普贤菩萨道场），只差九华山（地藏菩萨道场）一游了，此次实现多年愿望当然非常高兴，近日我的新作——《寺庙北京》刚刚脱稿，承蒙文物出版社抬爱，决定出版这本书，喜上加喜的感觉别人是体会不到的，因此我除了拍些照片，也认真观察了庙里庙外的许多情况，并与僧人聊聊天，看看别人不太注意的角角落落，又一次受到社会现实的深刻教育。

　　今日之寺庙非昔日之寺庙，今日之出家人非昔日之出家人，今日之宗教观念非昔日之宗教概念，庙越大越多旅游越火，办"庙"的人也非常"与时惧进"，我惭愧！我声明：我的书中的那些记述和说教与现实脱节了，我太幼稚了，对社会太不了解了，但我绝不是忽悠人。不过我也见到不少的游人不问什么教，不问什么神，进庙就烧香，见神就磕头，虔诚至极，成捆的高香往焚炉里扔，他们对导游的忽悠也笃信不疑，我对小导说："如果佛真能收到那些钱就好了。"导游一乐无言以对，老弟解围补充道："就算是为修缮文物作一点贡献吧。"我说："但愿文物能沾上一点油水。其实把那份善心贡献给门口上不起学或吃不上饭的孩子更现实。"我不迷信任何宗教，也不反对别人信教，倒是一位外国人说出了一点道道："世界上的宗教学说太多了，不知到底谁说的对，因此我谁也不信，就信自己。"我也常与人聊天说：如果你站在树林里看树木，有点瞎子摸象的意思，在你眼前是什么树，你就说树是啥样子，这棵树后边是什么树你就不知道了，"一叶障目"就是这个意思。如果你站在高山或飞机上观察地面，地上的万物万象就会分辨得清清楚楚，这就是"站得越高看得越清"，你就不会盲目相信一家之说。其实人间社会中有许多高人和智者，他们创造了许多学说，有真知灼见，也有忽悠理论，多种宗教学说当然也是百花园中不可缺少的朵朵鲜花，信不信、信什么、怎么信，全凭您自己的眼力。

　　游黄山也顺便逛了逛绩溪，不起眼的龙川两岸藏龙卧虎，历代良臣名将都被供奉在胡氏宗祠里，胡姓是绩溪第一大姓，故有"龙川胡"之称，据说胡锦涛主席是龙川胡 48 代孙，胡主席的上祖胡宗宪是明朝户部尚书，被讲解员提升为重点介绍对象，现代名人胡适、胡雪岩等也成为当地百姓津津乐道的话题，据说另一位前国家领导人也是绩溪附近人，这倒很有趣味。我关心的不是这里出了这么多的名人，而是这里历史上一直是穷乡僻壤，为什么出这么多名人，当我把这个疑惑提给讲解员时，她认真地回答说："虽然地方穷，但都特别重视教育，再穷也要让孩子上学，世世代代形成了习惯传统。"哦，我明白了，这才是真知、真为、真理。

　　对千岛湖的风光记忆较浅，倒是游船的饭菜让我久久难忘，几条铅笔长的小鱼 88 元，一盘素炒圆白菜 20 元，一碗米饭 5 元，这可能是很有"营养"的原因吧。

（2009 年 10 月）

23. 旧作新读

一、蝶恋花·中秋思儿

我送娇儿西行走
娇儿留学跨洋越重九
两老归泪暗自流

九门深处轶闻多

> 环球如此不经走
> 无须嫦娥舒广袖
> 月圆桂馨又迎新中秋
> 望眼卯兔携戌狗
> 乃翁喜作旧词令

2003 年中秋

二、元宵节寄语

  风轻云淡，阳光明媚，湖边轻摇细摆的柳丝泛出淡淡的绿色，阳坡上的泥土洇湿了一大片，着急的小草也偷偷露出头来探望，过去老师只教我"江南春来早"，如今北国的春天也不甘落后了，今天才正月十五，离雨水节还有四天，难道大自然也闹起了改革？

  春天美，春天也短，不一会儿娇艳的太阳坠落在楼群中，走出公园，马路上的行人步履匆匆，手里提的不管是白色袋装，还是花花绿绿的盒装，几乎都是圆圆鼓鼓的元宵。据资料记载，我国古时把正月十五叫上元节，这天晚上叫元宵，唐代始有观灯的习惯，所以正月十五也称灯节，不知从何时开始，人们这一天要吃元宵，不管是南方的汤圆，还是北方的元宵，都是把甜美馅芯团在江米粉里，只是做法不同而已。不管是汤圆，还是元宵，都不是包，而是团，这个"团"字把元宵的本意诠释得清清楚楚，每一个家庭，按照一个圆心，把亲亲密密团得紧紧的，亲情、爱情都团裹其间，这就是汉文化，这就是中国。

  因为大女儿要到婆婆家补上春节的亏欠，所以我们两人就简单煮了几个元宵应景。趁我家女主人操厨时，我推开窗户，凭栏远眺，圆圆的月亮从东方升起，望着湛蓝的天空和一轮明月，我怎么也看不出那古老故事里的王母娘娘，也找不出嫦娥的影子，那银色的明月，就是一个大元宵，元宵里分明是一只小兔子和一只爱犬，它们高挂在冷清的远方，我伸手不及，问话不应，一丝伤感横生，望着望着，那只大元宵竟在没有点火的大蓝锅里游动起来，白兔乐了，爱犬也乐了，它们不是好好的吗？它们能上天问鼎，它们能遨游宇宙，这是它们的造化，是它们能力的体现，我何必伤感呢？

回到厨房，那炉火烧得正旺，元宵在锅里翻滚着，好香啊！不知这两只"小宠物"能不能闻得到。

2003 年 2 月 15 日

24. 雪天小记

才食腊八粥，又尝炖黄鱼，意犹未尽，再加六两天津包儿，两个老"馋猫"相互搀扶着回到老巢。

在一个阴沉沉的黑夜里，我为萧太后办完繁杂的"入葬"仪式，韩德让又一命呜呼，送神就送到西天吧，过度的熬夜劳累，一觉醒来已是七点了，刚一推开窗户，一股清新的空气浸入肺腑，啊！下雪啦！一个银装素裹的北京城闯入眼帘，好美的天、好美的地呀，草草填食了一点东西就急急奔向我们的"御花园"——柳荫公园，雪花纷纷扬扬飘个不停，落在脸上，阴凉潮湿，落在头上，青丝变成白发，脚下"扑哧扑哧"有韵律的清脆响声，让我们感到年轻了许多。

小雪不大，但一天一夜不停地飘洒，房顶上、树枝上已经积了厚厚一层白净松软的"棉衣"。下午我们又一次来到"御花园"，这里已经不是老翁和老妪的世界，"小眼镜"、"3W"和".com"们，还有一些红男绿女，他们都跑到湖中嬉戏、堆雪人，我们也好奇地走上野鸭岛，探寻夏日的神秘，我们相互提醒着："小心，别滑倒！"

干燥烦闷数月的心情终于得到了释放，洁白晶透的雪花涤荡着空气中的尘埃，扑杀着阴暗角落里的细菌和毒虫，一个洁净纯善的外部世界终于来到眼前，要是哪位高人能下一场心中的大雪，清除人们胸膛中、脑壳中的污物杂菌，那他就是真正的人间神仙。尽管外部世界如此美丽迷人，我们还是希望早一天见到"东方红，太阳升"。

一个多小时后，天色渐渐暗了下来，为了不吃"大马趴"，我们只好又一次回到那个老巢，有一个严重的"腐败分子"，不做饭、不洗菜，拿着半导体进了卫生间，蹲在暖风、暖水、暖座的"宝座"上半天不出来，你说这"腐败分子"该不该反？奶牛在音乐的伴奏下能多产奶，不知这位"腐败分子"能不能产出更多的"金条"来。

（2001年1月6日）

25. 读余梓林同志诗有感

寒夜偷闲读华章，字里行间少辉煌，
平淡之中多华彩，刚直清廉裹诗囊。
少年难得富贵梦，一世勤奋图国强，
是非曲直知耄耋，素捧纸墨灌汪洋。

2005年1月19日

26. 丑老鸭自画像

小故事——丑老鸭与白天鹅：晨曦揭去河两岸灰蒙蒙的薄纱，湿漉漉的泥草地上仍弥漫着细细的晶莹的露珠，一只蹒跚的小鸭子向河边移动着，太阳爬到离地面丈高时，哪里是漂亮小鸭子，分明是一只丑得不能再丑的老公鸭，它围绕一片草丛转来转去，似乎要寻找什么东西。这时从南方飞来一只美丽的白天鹅，抖了抖双翅向下盘旋着，想在河边饮水休息一下，丑老鸭见来了伙伴，就眨巴眨巴眼睛嘎嘎叫了几声，白天鹅猜出鸭子肯定遇到了什么困难，就凑近问道：鸭先生需要帮忙吗？丑老鸭摆了摆尾巴没好意思说话，白天鹅看出了门道，像是要拉粑粑，没等白天鹅再问，鸭子就说：不是方便，我也要下蛋，白天鹅忽闪着诧异的双眼问道：你也要下蛋？丑老鸭说：时代不同了，还分什么雌雄老幼，该时尚时就时尚。在白天鹅的帮助下，丑老鸭使尽全身解数，终于生下一个方蛋，这让鸭子为了难，这多难为情啊，白天鹅鼓励它说：总比没有强，没关系，在沙滩上多滚滚，方角就会被磨去，时间是最好的利器，总有一天会磨出一个滚圆滚圆漂亮的鸭蛋。丑老鸭很高兴，每天在沙滩上滚磨那只心爱的蛋，也许有一天奇迹真会出现。

——答谢丁丁妈妈帮助创建博客

27. 大米粥和小米粥

小米粥，因为小米性温而大米性寒，而且小米的营养更丰富！很多人知道小米粥有营养，但却不知道它朴素的外表下还有很多不为人知的优点。在你没胃口、食欲差的时候，小米粥的作用不亚于开胃菜。北京中医药大学养生系张湖德教授指出，小米含有多种维生素、氨基酸、脂肪和碳水化合物，营养价值较高，每100克小米含蛋白质9.7克、脂肪3.5克，都不低于稻、麦。一般粮食中不含有的胡萝卜素，而小米每100克中含量达0.12毫克，维生素B_1的含量位居所有粮食之首。小米含糖量也很高，每百克含糖72.8克，产热量比大米高许多。因此，对于老弱病人和产妇来说，小米可以说是再理想不过的滋补品。 我国北方许多妇女在生育后，都有用小米加红糖来调养身体的传统。小米熬粥营养价值丰富，有"代参汤"之美称。小米之所以受到产妇的青睐，皆因同等重量的小米中含铁量比大米高一倍，维生素B_1比大米高1.5~3.5倍，维生素B_2高1倍，而现在被称为"第七营养素"的纤维素更比大米高出2~7倍。因其含铁量高，所以对于产妇滋阴养血大有功效，可以使产妇虚寒的体质得到调养，帮助她们恢复体力。在工作压力之下，现代人胃部不适已成通病，每逢吃饭时，没胃口、没食欲成了许多人的口头禅，而帮助消化、增加胃动力的各种药物更是在电视广告中大行其道。其实，有一样健胃食品是最绿色也最没有副作用的，那就是小米。《本草纲目》说，小米"治反胃热痢，煮粥食，益丹田，补虚损，开肠胃"。而中医亦讲小米"和胃温中"，认为小米味甘咸，有清热解渴、健胃除湿、和胃安眠等功效，内热者及脾胃虚弱者更适合食用它。有的人胃口不好，吃了小米后能开胃又能养胃，具有健胃消食、防止反胃呕吐的功效。另外，小米因富含维生素B_1、B_2等，还具有防止消化不良及口角生疮的功能。小米粥是健康食品，可单独煮熬，亦可添加大枣、红豆、红薯、莲子、百合等，熬成风味各异的营养粥。小米磨成粉，可制糕点，美味可口。不过，需要注意的是，小米的蛋白质营养价值并不比大米更好，因为小米蛋白质的氨基酸组成并不理想，赖氨酸过低而亮氨酸又过高，所以不论是产妇，还是老弱人群，都不能完全以小米为主食，应注意搭配，以免缺乏其他营养。

28. 就文物保护工作给市政府的建议

刘淇市长、龙新民副书记：

您所领导的北京市至今已有3048年的历史了，如今不仅是特大型国际大都市，是我国的首都，也是一座文物大市，除了地上现存的文物和古迹外，由于数千年的风云涤荡，大量珍贵文物湮没在这块土地上，地上和地下的珍贵文物承载着古都的历史和灿烂光华，我们在为自己的首都有如此悠久的历史感到骄傲的同时，也承担着非常重大的文物保护责任。

新中国成立后，党和政府对保护文物非常重视，做了许多恢复性工作，但在那个"史无前例"的年代里，许多珍贵文物被戴上"四旧"的帽子，遭受到"史无前例"的严重破坏，文物保护工作也受到重创。改革开放给文物保护工作带来大好春天，特别是在近几年，市委、市政府和文物局对文保工作极其重视，本着"继承、弘扬、保护、利用"的方针，召开专门会议研究文物保护问题，几次拨专款修复现存的文物古迹，疏通水系，进行抢救性文物挖掘，这些成绩我们看在眼里，记在心上，我们的后代也会永远感谢党、政府和你们这些有远见卓识的领导人的。

在回顾我们的成绩和历数这些"文保"巨额转款的同时，我们也想到一个问题，许多文物的毁坏，有些是历史的自然，但有的则是人为善意或恶意破坏，有些愚昧的人除了知道文物能卖钱外，根本不知道"历史"和"文物"为何物，甚至个别基层领导也对文物的价值缺乏足够的认识，也就是说我们的文物保护宣传工作做得很不到位，要想让最广大群众都懂得文物保护的重要性，尚需做大量、艰苦、细致、有效的宣传工作。文物保护工作绝不是少数专家学者的事，而是千千万万人的义不容辞的责任，要想教育人民、发动群众，必须在有形的文物保护（拨巨款）的同时，建立一个无形的文物保护阵地，即建立广泛的宣传阵地。

今天我们投巨资做文物修复和抢救工作固然重要，试想觉悟了的群众、有历史知识、有文物保护意识的群众都来主动爱护文物，文物不遭受破坏，我们以后就可以不花或少花这么多的资金用来修复文物，我们的国家还不富裕，把这些巨资用在更需要的地方不更好吗？

本市现存的文物保护报刊，一是数量少，二是内容过专，三是受众面较窄，大量需要宣传教育的群众看不到或看不懂，例如，过去文物局办的《燕都》杂志就不错，可惜无故被停掉了，现在文物局办的《北京文物》小报也不错，但只是内部少量发行，大量文物保护积极分子和文物爱好者，他们就像一个个"文保尖兵"活动在各个角落里，不计报酬、不怕麻烦地守护着每件文物、每处古迹，但他们感到向报社投稿越来越困难，因此我们建议：

给一点点经费补贴，恢复《燕都》杂志。

扩大《北京文物》报的版面和发行量，让更多群众和文物爱好者受教育。

请《北京晚报》、《北京日报》、《北京青年报》等有影响的京报开辟专栏，让更多好文章有处发表，让更多关心文物保护的群众能看到好文章、好建议。

以上建议的目的总结成一句话，就是让每一个北京市民都受到历史和文

物保护的教育，让所有关心和爱护北京文物的人都能参与进来。

此致敬礼！

北京文保协会会员　王同祯
2002 年 3 月 14 日

29. 给段强的信

段总你好：

1985 年我调入刚刚建立的郊旅公司，直到 2000 年退休。和其他同志一起按照市农委"扶贫京郊开发旅游"的指示，我参加了门头沟风筝节、大兴西瓜节、昌平那达慕赛马节、延庆冰灯节的开发筹建工作，参加了《北京郊区旅游指南》编写工作。一系列开发旅游活动，让我更加热爱北京的历史文化。1987 年拆建普惠寺村时，我发现了砌在居民角门下的"明嘉靖三十六年重修普会寺碑"和埋在地下七百多年的金末元初《陀罗尼经》经幢，我指挥民工把明碑送往五塔寺，在小区中心绿地修刻"普会寺迹址碑"并撰写碑文，受到市区文物部门欢迎和重视。十几年来，我一直致力于研究北京的历史文化，现为中国古桥研究会会员、北京市文物保护协会会员。出版过《老北京城》、《北京的桥》、《京水名桥》（与段局长合写）、《水乡北京》、《寺庙北京》几本书，在专业和大众媒体发表过几十篇文章。另外在 2008 年前写过《龙脉吉辰好奥运》和《契丹女雄萧太后》两本书，由于种种原因，奥运书错过了出版时机，萧太后书稿至今仍放在家里。萧太后此人绝不是慈禧太后，也不是武则天，她是一位了不起的全才女性，她主宫 40 年，14 年皇后，26 年太后，出现了辽代历史上的"圣宗盛世"大好局面，为了保卫陪都南京的都城地位，在她的英明指挥下，与宋军打了 20 多年仗，没有她的英明果敢，北京城的下场很难想象，如果宋朝取胜，他们不可能把首都定在北京，萧太后在北京城做了大量建设性工作，没有成熟稳定的陪都南京城，也就没有北京的首次都城——金中都,她在北京历史上是一位值得大书特书的英雄人物,可惜多年来被人们忽略了,留下的大都是民间传说。为了还原历史原貌,多年来我通读《辽史》多遍,翻阅了大量有关辽金史的资料,根据历史事实,我撰写了传记体《契丹女雄萧太后》这本书,为了写这本书,我的眼底出血,难以彻底治愈,只好闲时写点"豆腐块"。

段总,在困难时我想起了农口老领导,无论你在什么岗位,你的威信名望不减。我已逾古稀之年,再也写不动大本书了,也不想把写好的东西带进棺材里,还是想为北京留下点东西,我知道,在网络媒体冲击下,又遇文化体制改革,平面媒体很不景气,请你帮我想想办法出了这本书,我不图任何报酬,如果实在有困难也就只好说声谢谢了。不耽误你宝贵的时间,静候你的回音。谢谢。

随信附上《契丹女雄萧太后简介》一份和电子稿U盘一个。

王同祯　2012年5月25日

30. 给阿南史代的信

尊敬的阿南史代女士:

　　节前收到您的大作,无疑又给新春佳节增添了几分喜悦,对此向您深表谢意。您以艺术家的独特视角挖掘出沉寂在深山老林和荒草野岭中的北京之美,您以历史学家的洞察力揭示出北京历史的悠久和丰富内涵,您以社会学家深邃宽广的洞察力解读了人与自然的不可分割性,您以一个外国人的公正和敏感性告诉每一个中国人应该如何珍视自己民族的独特魅力。总之,我难以用有限的语言表达对您的尊敬,作为中国人民的永久朋友,希望夫人在各个领域多栽友谊之花,以巩固中日睦邻友好关系,并渴望拜读您新的大作。

　　我已经搬到新家半年了,上次秘书还是把书寄到我的旧居,幸亏我年前有事回了趟旧居,才能拿到这份珍贵礼物。顺便告诉您,我女儿初三到布鲁

塞尔开会，还买了您英文版的新书作为礼物送给她的欧洲朋友。（阿南史代为日本驻华大使阿南惟茂夫人）

祝夫人和大使健康幸福！

王同祯
2月16日

31. 给维周的信（一）

维周及夫人你们好：

暑期一别又是半年，新春佳节即将来临，首先叩问全家安好，春节要到泰国度假，提前给你们拜年啦。

暑假见到二位身体康健、精神矍铄，令我辈愉悦，光屁股的朋友真有说不完的话语，惜已承担爷辈家担，只好依依作别，屈指算来，我们还能有15年的恋念吗，让我们共同努力吧，与衰老和死神抗争，向老天爷挑战，把更多的生命权利掌握在自己手里，享受天伦之乐、生活之乐。说真话，与我们一起从土坑里钻出来那些玩伴比，我们已经是幸运又幸福的了，但一想起你，我真佩服得不得了不得了，应该说我的客观条件比你稍好一点，但却没有你的头脑和学识，你是我永远学不完的榜样。

如今正处于社会大转变时期，各种思想和政治势力纷纷登台亮相，我在这里可能听到见到的更多一点，已经是这个年纪的人了，见异不怪，处变不惊，重要的是把观察社会的妙药传给子女晚辈，让他们顺畅地走好他们的每一步，不辱王（杨）门，不负祖训。

我后悔见面时留的影太少了，本打算回京即刻从电脑传给你，怕你不方便，就拖到年关，十分抱歉。

祝全家新春愉快！

同祯

32. 给维周的信（二）

维周及夫人你们好！

　　时光如箭，转眼又是一年，因为拉拉杂杂许多家务事，未能与你们多联系，敬请原谅。

　　过年就奔 71 了，但心里还觉得自己不老，什么事还想试一试、动一动，2008 年考了一个驾照，由于家人反对，始终未敢上路，不管怎么说，心里得到一份满足，我总算会开车了。家务之余，抽空锻炼锻炼身体，目前健康总体算个"上中农"，就像一个破钟表和老旧自行车，虽然还能走，但浑身指标明显下降，小毛病也不断骚扰生活，好在每年还可以做做体检，一般我不大迷信那些保健品，有就吃一点，没有就拉倒，今年我开始明显减少脂肪、糖和盐的摄入量，基本不吃油饼等油炸食物，小时候家里穷，就靠盐和辣椒送饭的习惯已经大大改变，啤酒和葡萄酒也很少饮，烟与我不沾边，还有就是我远离老家，杂事烦事也少，算是心静，遇事很快能自己调整。孩子们都孝顺要强，大女儿的孩子明年也要上学了，小女儿的孩子三岁刚上幼儿园，平时有阿姨照顾，我们就是采购和宏观管一下，也累不了多少。小女两口子也有事业心，在北京和深圳各开了一家律所，吃喝不愁吧，跟上层没法比，一个从土窝草坑爬出来的穷孩子，能有今天我已经知足了。

　　今年十月我们全家还有侄女两口子共十来口人回了趟老家，一是给老人上上坟，让孩子们了解什么是传统孝道。二是也看看德州、武城、张道那些亲人，以后机会越来越少了，本想去济南看看你们，因为还有个不到三岁的小外孙，人家上班我们还得给人家照顾家务，所以实现不了了，以后争取吧，人老了总想回顾往昔，找儿时的朋友天南海北地聊聊。这趟回家让我感触很深，德州变化太大了，小妹和弟弟都在开发区买了新房，环境非常好，我们人多

九门深处轶闻多

不能住在家里,只好住在东湖书院酒店,旁边是董(仲舒)园游览区,这里也是德州新的文化中心,规划得不错,我为弟妹们有这样的生活环境感到高兴。但静思之后,这要毁掉多少农田呀,有多少农民失去祖辈赖以生存的土地,老农就是上了楼,没有后续的经济保证,也还是社会最底层,转念一想,这不是德州一地之误,全国都在搞土地财政,恶劣的社会环境,扭曲的人际关系,变异了的政治标准,不出问题才怪呢!我怀着一种矛盾的心情回到村里,几十年基本没有什么大变化,两个弟弟家境很不理想,同样的社会环境,为什么人家有人能混好,他总混不上去呢?这就是个人原因了,奶奶活着时有个遗训:我活着你们不能分家,我死后就是分了家,也还要互相帮衬,混得好的要帮助混得不成的。因此父亲、叔叔没有分过家,以后就更谈不上分什么家了,在我的概念里他们仍和我是一家人,过去我上班时还经常接济他们一下,现在收入死板了,也没有那个能力了,再说他们都当了爷爷,我还能管到哪一天哪?随他们去吧,脚上的泡是自己走出来的,兜里的钱也是自己挣出来的。

路过陵县时看了下柱田,因为只有三四天工夫,车上有十几个人等着,所以只在他那里待了十几分钟,哎呀,环境真不理想,脑溢血后遗症很严重,一歪一歪的上厕所还要蹲那墙角茅坑,辛辛苦苦为国家当兵出力,又培养了三个孩子,到老竟然如此不顺心,我也无力帮助他什么,只能留给他几句安慰话语。回德州路上,我一直沉浸在儿时回忆中,咱们小时年龄相仿的几个人,合子赴朝打过鬼子,回国为民出过力,年纪不大就得了不治之症,躺在天井疼得嗷嗷叫,因为穷无钱治病,活活疼死,他也有两个儿子,结果惨烈而终。听说振子前两年刚过世,也是心里憋气加重病情而故。我虽然目前比他们生活条件稍微好一点,但比起你来我算佩服到了家,幼年丧母,在哥嫂羽翼下长大,很小就遇到重大社会变革,差点当成地主仔,杨五爷过世后,那日子更难受,在农村那样艰难条件下,苦苦挣扎、奋斗,可能也正是那一段磨炼了你的意志,脑子变得复杂起来,会琢磨问题了,让你变得成熟起来,不仅自己混得好一点,两个孩子也个个争气,按老话讲,杨家坟上冒了青烟,要出人物,当然这是笑谈,但我一直认为是杨五爷的精明干练在后代显了灵,按照现代说法那叫遗传。你有远见卓识,把家弄到大城市,生活发生了根本改变,混到这一步,终算有个好结局,能不叫人佩服吗!

这本《寺庙北京》是几年学习笔记的总结,可能也是今生最后一本书,太累了，没有必要受那个罪了，我闷得慌就写写博客聊以自慰，有时接待一下媒体采访，也有时给人家讲讲课，反正城市太大，毕竟见我的机会也不多。书的内容不少，但每部分都不精，也有一些错误，希望得到你的指点。

快过年了，送你什么礼物呢？琢磨了几天，你什么也不会缺，就送你一份珍贵的"历史文件"吧，算是咱们友谊的见证，看到你的早期作品，一定也会勾起你长长的回忆。

真想我的话，你不妨翻翻我的博客，博客地址太难记，你就干脆在百度上搜"同祯博客"即可，在百度上搜"王同祯"三个字也能了解我的部分生活状况。如果你电脑熟练的话，我们可以用电子邮箱联系。得闲到北京来玩玩，咱们好好聊聊。

代向学军、学勇及他们的夫人问好。

祝福全家幸福平安！

同祯

33. 给柱田的信

柱田哥你好：

一年一度的新春佳节将至，小弟我不能回去与你团聚，很是想念你们。

人说光阴似箭一点不假，从心理上说我还没有觉得老，可半个多世纪已经飞速滑过，小人过了一茬又一茬，我还留在儿时的记忆中，杀猪磨面、赶集买鞭炮、插松枝、敛笤帚疙瘩、买香请纸、贴门帘儿，桩桩件件往事历历在目，可惜这些活动再也轮不到我们了，我幼年的几个朋友长亭、维周还有你，如今天各一方，这就是生活。我和老伴儿几乎每个星期天都要到景山北海去散步，我经常指着北海西岸那片建筑告诉她：那里是柱田哥过去工作过的地方，如果少一点山东人的脾气，也许他和我们一样，仍生活在这座城市里，我们肯定会经常见面，谈小时候的生活，谈对社会的认识，谈老年保健，

九门深处轶闻多

谈我们为之骄傲的下一代，生活就像一本厚厚的无字书，永远也念不完、读不懂，这也许就是命运吧，不过我们也绝无悔愧之意，苍天也没有赐给我们太多太好的条件，我们年轻时却尽心尽力回报过社会，艰苦的生活锻炼了我们的坚毅性格，我们绝不服输，我们这一代办不到的，我们让下一代替我们实现，我们敢说，我们上没有愧对祖宗，下对得起子孙后代，我们的成果——孩子们都是好样的，想想这些，还有什么遗憾呢？

我和老伴儿都已退休，但眼下还多少干点儿事，她每天在图书馆整理整理图书，我是三天打鱼两天晒网，大部分时间我的五指在键盘上弹写自己对人生的感悟，近日应朋友之约，编写一本北京游览的书，是关于北京水系桥梁方面的内容。我的四十万字的历史人物传记小说——《契丹女雄萧太后》历时两年也已结笔，正物色出版途径。我的基本生活没有问题，所以比较注意防治老年病的发生，每天晨起到对面公园跑步做操，她打拳练剑，晚饭后到车少的地方快走散步，双休日有一天远足，争取少、晚给孩子们添麻烦，这是我们唯一能做的事情了。

大女儿这几年一直坚持学习考试，去年拿下注册税务师证书，今年六月又考过了会计师，她有精力考虑要个孩子了。昊上了几个月班感到天外有天，她是一个不甘人下的孩子，"十一"结完婚，两人琢磨着要到外面长长见识，因为"9·11"事件，美国不好进，还没打准去哪里留学。她的爱人是江阴人，婆婆是退休高级语文教师，一家子文化人，不错。这次回家给父母扫墓，实在太仓促，没有去拜望你，敬请谅解。

主要该向你汇报的都讲了，总觉得还没有说够，一会儿老大一家子来吃饺子，夫人加班还没回来，只得与你说再见了。希望你保重身体，安度晚年，争取多见几面。代问嫂子好。

顺祝全家春节快乐！

愚弟同祯　2002 年春节前夕

34. 给小勤的信

小勤你好：

　　与你交流是愉快的、真诚的，因此我很高兴，关于上次的谈话的确很重要，可惜距离影响了谈话的质量，不过我还是有几句重要话想告诉你；1.关于国内的形势大家都十分明白，优势、劣势也很明显，尤其党内的腐败问题举世瞩目。1948年蒋介石撤出大陆时就说过，把大陆这个烂摊子丢给共产党吧，看他们如何收拾。56年过去了，连战、宋楚瑜不还是主动来求和求助了吗？此次财富论坛，世界级大富豪几乎都到了，关键不看他们说了多少好话，而看他们下一步在中国扔下多少投资，这是实打实的判断标准。我看还是那句老话，前途光明、问题不少。2.我还是希望你们趁年轻多学一些西方先进的科技和管理经验，或者多赚点钱，积累些资本，为孩子、为老人、为自己解决些后顾之忧，千万不要为所谓的"信仰和真理"堵住自己的后路，不要去当那些所谓的"英雄"，许多华人学子学习到先进的东西后，不仅可以在西方挣钱，也可以回国挣钱，咱们东方人的文化、思维模式还是在中国生活工作更方便，否则20年后你们也进入老年行列，先进的东西没学到，资本也没有积累下，又不受国家欢迎，这种不给自己留后路的办法不聪明，聪明的人什么地方的钱都能赚，在什么地方生活都很愉快，自己的孩子也不会受上代影响而自由出入国门，希望三思。3.希望你们搞业务和科技的人多学些人类发展史、社会发展史，有些问题没有什么了不起，西方和中国基础不同，西方与中国、西方不同国家之间也不尽相同，不能用一个标准判断是非，回顾一下中国和世界历史，没有不"以暴力征服、以文化统治、以经济抚慰"为办法的，从奴隶到皇帝、从皇帝到军阀混战到抗日战争到国共合作到共产党执政，从没脱离过这个路子，在一个政权交替或起伏时期，总有些"倒霉蛋"受到冲击或受冤枉，这太正常了，如果咱不是橡皮脑袋装滚珠，千万不要轻易碰不该碰的那些大炸弹。至于历史上的一些具体事件，有的你们没有具体参与过，还不能太客观地准确评价，我看起码等到百年后，当事人和利益关系人都故去了，才好评判是非，当代人牵扯到自己或亲友利益时，很难

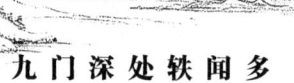

做出客观公正的评价。

　　从小就特别喜欢你，愿意给你讲真话，所以多讲了几句，更多的话留待见面时再聊吧。

2005年5月23号

35. 给莉莉的信

莉莉你好：

　　过年没有收到你的问候，我知道你这个年过得不算愉快，没关系，人生哪能都那么顺风顺水，有点小风浪、沟沟坎坎不算什么，只要挺得住、正确对待、不被困难压趴下，幸福还会降临的，听我的话没错，人生的路长着呢。

　　话虽这么说，既然问题发生了，也还应该有个总结，看哪里出了毛病，问题的症结在哪里，只有把问题真正搞明白、弄清楚了，你才能接得住从天而降的幸福。我不是这部"影片"的直接拍摄者和表演者，对问题的直接原因可能不十分清楚，但任何事物都有个基本规律和共同特征，我就按照这个基本规律谈谈个人看法供你参考：第一，婚姻的破裂，责任肯定是双方的，要想诚恳解决问题绝不能把主要责任全部推给对方，这是个前提条件。你有很多优点，比如孝敬父母、尊敬长辈、活泼热情、热爱生活，也有一定上进心，缺点虽然不是你的主要特征，但如没有一个清醒认识，你还是会遭遇其他挫折的，你们两个不是别人包办的，也不能说不熟悉、不了解，当时认真选择了对方，就应该包涵容纳他的全部优点和缺点，婚姻不是儿戏，是一个人对另一个人一生的承诺和责任。我看这里边没有基本道德问题，有的是鸡毛蒜皮的杂七杂八，所以事情闹到如此地步，各有各的责任和应该批评之处，作为你个人，我觉得你可能多多少少有点盲目的优越感，从客观条件上，你总觉得自己比对方条件好，你错了孩子，房子是你买的吗？钱是你挣的吗？全裸比的话，谁比谁也强不到哪里去，终归感情的基础不能用物质条件作为衡量标准，千万不能太盲目。父母的资产只能是给自己长本事的平台，绝不能成为自己继续发展前进的绊脚石，成为进步的包袱。再说你考虑过一个男人最忌讳的是什么吗？是没有脸面、尊严，如果谈吐之间流露出半点儿这种口气，也会刺激对方，中国有句俗话，"打人不打脸，骂人不揭短"，你违反了这条基本规律，可能也是造成痛苦的根本原因。第二，对方肯定也有他的缺点和毛病，作为长相厮守的伴侣，对他的长处要鼓励，对他的缺点要善意帮助，在爱人面前，男人就是个长不大的大男孩儿，要循序善诱，要有耐心，有错误批评，有缺点帮助，有事帮助他、拉他一把，给他出主意，帮他打开长点本事的思路，这才算真正的爱人，绝不能一句话把人推到南墙去。他从小生活的环境和你不一样，不能一味要求和你一样，对钱看重一点，过日子细点，处理问题小气一点，这都是可以理解的，这也是你在结婚前就了解的，没有什么大惊小怪的，更不能把气撒在长辈身上，埋怨人家老人这样那样，而立之年的人了，应该自力更生、自强自立，利用父母为自己创造的平台更上一层楼，多长本事，孝敬双方父母，你爸妈身体都不好，应该多做些让他们开心的事，而不是给他们添堵。第三，我总为我们家"五朵金花"感到自慰，个个不逊于男方，这"五朵金花"打心眼里让人感到高兴，让我们父母享受到你们的孝心，在这种情况下就更应该保持清醒头脑，要想事业顺利，家庭稳定是非常重要的支撑点，要谨言慎行，只有这样才能让幸福指数节节攀升。第四，怎么办？既然你们匆匆忙忙把家庭扒开一道大口子，就不要再犯同样的错误，没有想明白又急急慌慌将其合上，权当是做了一次大手术，与其急忙出院，还不如趁此机会让双方好好休整一下，想想为什么住的院，下一步如何面对更长的路，是另寻新欢还是重归于好，最主要的是要彻底把问题想清楚、弄明白，不要糊里糊涂地上了路再后悔，这样还会犯同样的错误，那才是最大的悲哀。千万不要听信网上那些甜言蜜语，十有八九是骗人的，不要太天真了，实际些更有保障，我看与其费尽九牛二虎之力去到处寻觅拉车的伙计，倒不如将曾经一块拉过车的伙伴叫在一块儿合计合计，开诚布公地讲讲条件，谈谈今后的路怎么走，可能他非常愿意满足你的所有条件，这也不行，没有提高水平还会出问题的，不要听他的百依百顺，要看他思想认识上有没有提高，有没有个男人味，有没有点志气，完全依赖家庭、他人、老婆的人也不可取。你要相信，受过这么大的刺激，他会有提高的，建议

你不妨照我的办法试试看,有什么困难我会全力帮助你的,说得不对也愿意听到你的批评。

大舅　11年2月5日

36. 给琳琳的信

琳琳你好:

　　爷爷收到你的信十分高兴,节后我从程家一个老乡那里知道你考上大学的消息,立即给你爸爸打电话批评他:"孩子考上大学这么大的事你为什么不告诉我!"这是我们王家第四位上大学的子孙,是祖先的百年之梦,也是我们这一代人的骄傲,所以我特别兴奋,虽说是大专,毕竟受的是高等教育。咱们家世世代代受穷,我的爷爷奶奶不识字,我的爸爸叔叔只念过几年小学,你爷爷也是小学,二爷爷虽说上了高中,但基本没起什么大作用。真正上过大学、读过研究生并留过学的只有你二姑一个人,她的外语水平是英语专业八级,今天能赚外国人的钱,全靠扎实的英语基础。大姑当初只上了四年职业中专,但她毕业后一天都没有歇脚,连续上了外贸英语和财会两个专业的大专,后来又刻苦努力考上了注册税务师,成为单位的业务骨干并受到领导重视。楠姑姑当年也遇到与你同样的情况,她没有选择复读,到北京上了一所成人大学,四年后拿下毕业证和学士学位证书,大学毕业后又经过几年刻苦努力,三次总算通过了司法考试,去年又取得了执业律师资格,在二姑所里成为有用之才。我中学毕业时,武城你大姑奶奶正逢小学毕业,她下边还有几个等着要上学,我爸爸每月六十元工资要养活八口人,我如果上了高中,你大姑奶奶就得失学,无奈之下我逃出来了,背上一床奶奶织的土布被子在北京安下脚来,但我没有停住脚步,边工作养活自己,边继续学习,虽然我没有进过正规大学的门,但我不仅学完了高中全部主要课程,还进修了大学课程,二十多年来换了三个工作单位,都是单位骨干力量,退休前后,我写了七本书，已经出版了五本，都是关于北京历史文化方面的内容，今年满七十岁，在与两个小外孙周旋的同时，还为报刊、媒体和社会组织写些文章，这就是我和我的亲人们的故事。如果你能加入到这个故事中来，那更是我的幸事，我相信你不会让我失望的。

  你信中"北京有很多机会，也有很多挑战，物竞天择，适者生存，以后我一定会去会会它的"几句话，虽然有点学生味儿，但却给我留下极其深刻的印象，像我们王家人！咱们家几辈子受穷，不是因为人笨不能干，也不是懒惰，是不合理的社会制度压抑了咱们，我的奶奶崴着一双小脚跟着老支书闹减租减息，1948年土改又分到了土地和农具，有了生产资本，日子立马好过起来，人丁兴旺，生产生活红红火火，为了铲除国民党反动派的统治，我的爸爸参加了地下党，后来又报名参加了解放军，因病未能到前线去，在后方国营酒厂待命，后来又转到邮电局工作。前辈们坚强不屈的精神深深影响着我，都有两只手，为什么我不如别人？带着这样的信念我走向社会，走到了幸福的晚年，我没有遗憾！一个没有机会进入正规大学校门的孩子，在首都被人称为"老师"、"学者"，几个孩子全都学业有成、事业有望，先祖知道后定当含笑九泉。

  琳琳，无论何时何地，社会都是分层次的，虽说人无高低贵贱之分，但现实社会里各人的社会地位还是不一样的，在一般意义上理解，地位越高，表示你为国家分担的责任越大，对国家和人民的贡献相对也越大，实现自己的人生目标，只要想得到，就有可能做得到。有了志向还要踏踏实实一步步实现它，你上不了正规大本肯定有你自己知道的原因，不用后悔，只要朝前走，总会弥补这段差距的。老师说百分之八十的书本知识可能用不上，这话对也不对，在一定时间段内人只能从事一种工作，顶多再兼职一份工作，大部分书本内容可能用不上，但谁知道自己将来从事哪种职业，谁又知道人一辈子要换几个岗位，人生是没有草稿的，知识越多选择余地越大，知识越多对大脑开发也越深广，处理复杂事物就越有办法，是这个道理吧？关键是狠狠抓住有利时机，做个知识贪婪的狂人，掠夺似的猎取大量知识，就会离自己目标越近，如果眼光短浅只看到眼前那点点亮光，事业前途肯定有限。如果能上大本就坚决读大本，不要担心爸妈有什么困难，这么多亲人不会让学费捆住你手脚的。一个大专生在一定场合和一定时间内，可能与大本生看不

九门深处轶闻多

出什么区别，路遥知马力，人生路子长着呢，就像做买卖，下多大本就有多大利。要想在社会上混出个名堂，分数不是唯一的，要有扎实的基础、灵活的头脑、坚忍不拔的毅力，社会实践的目的不是看你生产出多少机器零件，为老板挣了多少钱，而是通过社会实践厘清成败的原因所在，找到解决问题的方法。

看了我的信，可能你心中会激起层层波澜，也可能会有决心出来，但时间一长也会遇到许多拦路虎，最大的拦路虎就在自己身上，现在的社会精彩又复杂，宝贝、糟粕会一起向你涌来，就拿交朋友来说吧，20岁的姑娘谈个朋友不算啥过错，但处理不好往往会磨掉你的意志，根据过去的经验，学校阶段交的朋友成功率很低，将来谁知道谁奔向何方，如果没有十足的把握，就干脆忍一忍，等有了好机会再考虑也不迟，另外要坚决摒弃女方非到男家落户的旧俗，对男方许下的财产连眼都不眨一眨才行，如果自己有了本事在城里安个家，有了条件要孝敬双方父母，不枉父母对你们多年的养育和辛勤呵护。

爷爷可能啰唆得太多了，供你参考。学习上有什么困难来信告诉我，如果有条件就发电子邮件给我，我天天开邮箱，会及时与你联系，再有闲工夫翻翻我的博客，就当歇歇脑子消遣消遣。

祝你学习愉快！

爷爷　3月23日

琳琳回信——

爷爷：

前几天正准备考试，所以过去好多天才给您回信，今天下午两节课，我现在在校电子阅览室给您回信。

之前收到您的来信，心里很是激动，感觉手里的信沉甸甸的。读完您的信，我心中的确涌起层层波澜，无形的压力也集于心中，我会继续我们王家的故事的。阅读了您的博客，回去后自己沉默了好几天，感觉自己在您还有大姑、二姑面前挺惭愧的，我对学习的努力程度不知能占姑姑的几分之几，读到其中一篇关于姑姑的文章，写道"头发成绺地掉，从未叫过苦"，我不知道这是怎样的一种境界。自己的命运自己掌握，姑姑们做到了这些，才有今天的事业、今天的成功。我的爷爷奶奶一辈子定格在了农村，注定了平庸，无论是什么样的原因，我没有资格评论，也不可能再去改变什么，唯一可以改变的就是我自己。我的妈妈很善良、很勤快，或许是因为当时的社会环境和家庭的原因，妈妈没上过几年学，但是却有一颗很顽强的心，年轻时候进入社会，她不想比别人过得差，但终究还是受了没有文化知识的限制，日子过得紧巴巴的。如今的社会，穷了人家还是看不起，此时我的心里在无止境地汹涌着、澎湃着，犹如站在大海中的孤岛上迷失了方向，不知天的那一边到底是何方？北京？我向往的大都市，祖国的首都，我能跟得上它独特而又快速的步伐吗？能适应它吗？它又肯张开双臂欢迎我的到来吗？在不久的将来我会去与它碰面的，我期待着……

爷爷的博客，给我的第一个感觉就是爷爷虽然人老了，但心还是那么年轻。爷爷和奶奶的甜蜜婚姻生活让人羡慕，爷爷的性格脾气应该是蛮温和的。爷爷在信中提到"拦路虎"，请您放心好了，我很清楚地知道自己应该做什么、怎么做。姑姑们应该也有博客吧，我想知道她们更多的故事。看到她们的成功、曾经的艰苦奋斗，我心里就有一股热流在涌动，足以成为我动力的源泉。就此止笔，期待着你们的来信。

祝爷爷奶奶身体健康！

琳琳　4月8日

37. 给昊、翼的信

昊、翼吾儿：

中央电视台正播赵本山的《刘老根》续集，还是铁岭的那些农民演员，很有意思，八亿多农民总算看到了自己的节目，还是农民想着农民。

最近看到一篇文章很有意思，不妨抄一段给你们瞧瞧："现代人不屑于懂得马克思的阶级斗争学说是可以理解的。然而马克思通过分析早期资本主义的社会矛盾，揭开了资本雇佣劳动的内在机理，从而为资本主义在马克思之后的演进和发展提供了参照。因此，马克思作为剩余价值理论的发明者，

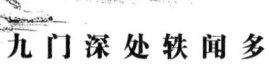

警告了资本主义社会,雇佣工人的悲惨命运将会对财富不断集中于资本所有者的这种社会带来致命的、颠覆性的'一击',这是个预言,也是个事实。后来的工人运动此起彼伏,以使资本主义国家不断调整其国家政策,从而在20世纪中晚期,西方资本主义成了福利主义的发源地,发达的资本主义国家成了社会福利主义的代名词。从这个意义上讲,是马克思拯救了资本主义。20世纪末期,世界顶级学者名流要在成千个著名人物中,评选出谁是过往一千年内对人类历史发展有重大影响和贡献的人,马克思竟名列前榜。西方世界的有识之士说:马克思是资本主义的'病理学家'。"此文抄自《中国十位著名经济学家批判》——邓宏图对张五常学术观点的批判一节。这十位经济学家依次是吴敬琏、厉以宁、萧灼基、茅于轼、林毅夫、张维迎、樊纲、温铁军、胡鞍钢、张五常。批判者是南开大学的十位博士。

我重点告诉你们的有两点:一、马克思的评述者不是马克思的教徒,而是世界范围内的学者,绝大部分是资本主义社会的著名人物。二、如此重大的世界范围内的评选结果,在号称信仰马克思主义的社会主义中国,当时只在不显眼的非主流媒体提了几句,而没有抓住这有利的大好时机大肆宣传自己信仰的马克思主义,悲哉!

老爸　2003年2月12日

38. 孩子们在伦敦过春节

收到翼和昊的远方来信,内心十分激动,小鸟们长大了就要远飞,他们在学业上不用我们操心,但在生活上却不那么令人满意,看到他们热闹滑稽的"春晚",既高兴又为他们吃不上妈妈的饺子感到惋惜,不免有些心凉,嘻,凡有作为的孩子哪个不经历过类似的生活磨砺呢?但愿不要影响到他们的健康,让他们顺利完成学业,回来报效祖国。

附信——今年我们在伦敦过春节

人在伦敦，可人是中国人，中国人就要过春节，那中国人在伦敦过不过春节？我们是中国人，已经过了三十多年的春节，所以，像我们这样一个平时忙得顾不上家，忘了陪伴父母，忘了联络朋友的人，春节是一年中唯一的也是最好的机会，可是今年不行了，洋人照样逼着你交作业，你照样要看永远看不完的书，矛盾，矛盾，存在于一个在西方的东方人心里。

几十年的习惯成了自然，除夕前几天，炯，一个永远热心肠加好脾气加大家喜欢的活动分子号召大家包饺子，人照例是那帮老家伙，再加上他一个来了英国十三年的老师，饺子是命中注定要失败的，如果是让一帮靠嘴皮子吃饭的律师来包的话，不仅味道不正，而且全部会粘在一起，大家要么只能吃馅，要么吃皮，没有人能吃上完整的饺子。

律师的嘴永远不闲着，炯借着刚从意大利回来的劲儿，号召中国人应当过中国传统的春节，要保留几千年的习俗，小鹰和习超却觉得现在越来越多的中国人选择旅游的方式来过春节也很好，让每个人有自由的选择，享受多样化的快乐。

昊不能让剩下的一锅馅浪费了，决定让洋人尝尝她粗糙的手艺，并且决定要自己擀皮，百尺竿头更进一步，我人生第一次擀饺子皮，昊一本正经地教三个洋人包饺子，失败乃成功之母，功大不负有心人，饺子不仅没有沾，味道也好多了，洋人一边夸一边抢着把饺子吃得只剩一个。

饺子宴后的游戏节目足以让东方人知道开放和含蓄有多大差别，我提议玩英语版大小西瓜，输了的唱歌，开头大家文质彬彬，两轮后，黑人提议玩做还是敢（do or dare）的游戏，规则是发挥想象力和胆量，敢不敢做人家说的难堪或为难的动作，大家想尽办法让对方为难，而又可以做，结果是黑人把两个气球塞进汗衫，搞出一个有足够弹力又诱人的大胸，墨西哥老婆居然让她的老公喝了半瓶花瓶里的水，当然她知道她老公当天下午可能会闹肚子，墨西哥老婆还迅速躺在地上，装着生孩子，一边逼真地叫，一边夸张地扭，昊被逼着躺在我怀里，像个刚出生的娃娃，一边吃奶一边哭（完全符合实际情况）。

伦敦的中国人颇有势力和影响，在中国城，初二下午有舞龙灯和舞狮子，还有游行，我们没有去，两顿饭就已经让我们意识到没有抓紧时间学习应该有多愧疚，虽然在看书的日子里，我们的思想常常飞翔着，思考吃什么。

就这样一个短短两天的春节，我们第一次吃全部由自己做的粗粮，我们

没有依赖能干的父母（是否可笑），我们没有看春节联欢晚会节目，我们没有休息……但是我们欣然充满了思念，我们羡慕回家过节的欣喜，我们想念过一个老春节。

（仅以此小小文章寄托我们对家人和朋友的思念，祝你们在新的一年里身体健康，万事如意！）

2003年3月13日

39. 给昊的电邮

昊儿：

　　昨天有一封电子邮件没有发出去，今天再发。关于贿赂罪的执行细则，虽然颁布得晚了点，但总算有了开端，在中国，财富本属勤劳和智慧，但让一些蠢材、昏材、混材抢占了去，他们有了不光彩的启动资金或称原始积累，西装洋服一穿，冠冕堂皇的企业家形象成了中国资金市场的乖孩子，再摇身一变，什么长、什么裁、什么总粉墨登上前台，好不光彩，好不荣耀！有时也做点蜻蜓点水的"好事"，因此备受当局的青睐和关爱。

　　爱因斯坦说过："进入科学殿堂有三种人，一种为名利而来，一种为兴趣而来，第三种是为追求真理而来，我们要把前两种人彻底赶出去，只留下为真理而战的人。"弘法的法学界、执法的政法界精英辈出，到底有多少是为真理而战，挤入这个神圣殿堂的？尽管不尽如人意，但中国还是需要他们的，希望他们不要辜负国人的信任。

父亲 2001年1月6日

40. 给昊、翼的信

昊、翼吾儿：

在收到我们捎给你们的东西时，央视 1 套《静静的艾敏河》也刚刚结束，60 年代初，一帮上海"孤儿"被遣送到茫茫的内蒙草原上，之所以"孤儿"要打引号，是有些孩子本来就有父母，他们为了自己的死活，把孩子送到孤儿院，后来这几千个孩子被火车拉到草原上，有一个名叫多兰的普通牧女，她本来就有一个遗腹子，因为太可怜这些孩子，自己又收留了两男一女三个苦命的孩子，历经了生活和政治风浪的磨难，总算把四个孩子抚育成人，二十年后，这些孩子都离开了这位襟怀坦荡的阿妈，一个个走向不同的地方，这位伟大的母亲，自己仍守在孤苦伶仃的蒙古包里。那情那景，让人感怀不禁……

自打那个盛着爱的提包离开家后，我们明知道斌还有几天才能登上飞机，但你妈和我几乎天天扳着手指头数天数，想象着你们打开包时的高兴劲儿，想象着你们啃烤鸭时满嘴满于油糊糊的样子。说到这里，历史忽悠一下就把我拉回到六十年前。有一年，家乡闹大旱，地里颗粒不收，为了全家活命，你老爷爷希望你爷爷奶奶带着我外出讨饭，但你爷爷一个大老爷们，拉着老婆孩子外出讨饭，无论如何也迈不开那条腿，就在院子里转悠，你老爷爷一生气，就背上打磨的家伙，拉着你老奶奶拿着一根打狗棍出了家门。

在天津静海一带，老爷爷帮人家打磨，老奶奶帮人家纺线，找不着活就讨口饭吃，忙活了一春一夏，攒下几斤净棒子面，他们心里总是惦记着在家挨饿的大孙子，把没有舍得吃的净棒子面托老乡张凤楼带回家给我蒸窝头吃，自从那个老乡一走，他们每天就盘算着想象着大孙子吃上净棒子面窝头的高兴劲儿，他们自己也非常高兴，干起活来就有劲儿。初冬来临，老爷爷老奶奶在外边待不住了，一步一步往家赶，在胡同口见到细胳膊细腿伸着大长脖子的我时，就忙问："我给你捎回的棒子面窝头好吃吗？"家里人说根本就没见到棒子面，老奶奶一听就气急了眼，立马要找那个老乡算账去，那个人吭吭唧唧地说："我实在饿得没办法，就自己蒸着吃了。"在老爷爷的劝说下，狠狠骂了那人一顿也就了事了。

我们没有多兰那博大胸怀和惊人业绩，时空已不再是六十年前了，我们的心和千千万万父母的爱心是一样的，愿你们生活、学习更顺利。

惦记你们的爸爸妈妈 2002 年 4 月 11 日

絮　语

每出版一本书或者发表一篇小"豆腐块"，总会带给我几天的兴奋，这本博客文集算是一份向朋友和家庭交出的必答作业吧。

50 年代进京，留在我脑海中的古都是永生抹不掉的深深印痕，如今城墙、城门早已无存，无论坐地铁还是乘公交，每逢路过叫城门的地段时，在我眼前出现的仍是那巍峨壮观的城墙城门，有时还向家人朋友絮叨当年的古都胜景。

古都文化是一代代北京人培育的艳丽奇葩。说到文化，那是埋在我心底的一个"心结"，我家世世代代没有文化、渴求文化，50 年代进京后，亲戚朋友就像王家出了状元似的祝贺家中父老。我生活在文化氛围中，生活在文物堆积中，为了满足祖辈期望、填补自己的空缺，就拼命似的走进文化，走近专家，拜访过侯仁之、单士元、朱家溍、王璞子这些大家，求教过陈垣、陈高华、李桂芝、齐心等专家学者。当然接触最多的犹如文物局的傅公钺这样"淡如水"的至交文友，傅公把我引进文物界大门，冒着酷暑为本书作序，所以每逢出一本书，首先像学生交作业一样送给他一本，以求他的无私指教和帮助。当然我更明白，真正的老师还是那些热情坦诚的老北京人，是他们创造了古都文化，虽然老北京的影子离我们越来越远，但一代代北京人为守护古都文物和文化尽了力，我向他们鞠躬致敬。

我知道自己是半斤还是八两，抬高了说顶多算个准"票友"，向专家学习就要舍得花工夫,有一段时间我的几乎所有周日都泡在图书馆里,几十年来与枯而不燥的书本和文字相亲相伴,用"敬畏"和"坚韧"两把利器在"心田"播下百多万文化种子,通过报刊和书籍让朋友们认识了我。人总是要走的,希望这些种子萌芽、开花、结籽,广撒在儿孙后代们纯朴善良的心田里,希望他们世世代代守护中华传统文化,也让后代子孙知道我这一世在想些什么、做些什么。将来无论他们走到哪里,一定要让他们明白:我是谁,我的祖先在何处,我的家国在哪里,无论处于怎样的环境,千万不能乱了性、断了根。

为出版这本集子费心尽力的文保协会各级领导和出版社编辑,尽一切可能为我开绿灯,在此一并向他们致谢。向曾经帮助过我的所有专家和朋友敬礼。

作者